킬러 안데르스와
그의 친구 둘

킬러 안데르스와 그의 친구 둘

JONAS JONASSON

요나스 요나손 장편소설 임호경 옮김

MÖRDAR-ANDERS OCH HANS VÄNNER
(SAMT EN OCH ANNAN OVÄN)
by JONAS JONASSON

Copyright © Jonas Jonasson 2015
Korean Translation Copyright © The Open Books Co. 2016
All rights reserved.

First published by Piratförlaget, Sweden.
Korean edition published by agreement with the author through Brandt
New Agency, Barcelona.

이 책은 실로 꿰매어 제본하는 정통적인 사철 방식으로 만들어졌습니다.
사철 방식으로 제본된 책은 오랫동안 보관해도 손상되지 않습니다.

아빠,
아빠는 이 책을 아주 좋아하셨을 거예요.
그래서 이 책은 아빠 거예요.

차례

제1부

어느 독특한 비즈니스 전략

1

얼마 후면 죽음과 폭력과 도둑놈들과 강도 놈들로 삶이 가
득 차게 될 젊은 친구 하나가 스웨덴에서 가장 음침한 호텔
중 하나의 접수 데스크 뒤에서 우울한 상념에 잠겨 있었다.

지금은 작고한 말 거래상 헨리크 베리만의 유일한 손자인
그는 자신의 불행한 팔자를 할아버지 탓으로 돌렸다. 헨리
크 베리만은 매년 최상급의 말을 7천 마리 이하로는 팔아
본 적이 없는, 이 영역에 있어서는 스웨덴 남부의 넘버원 격
인 인물이었다.

하지만 1955년부터 그 배신자 농부들은 말들을 버리고
트랙터로 갈아타기 시작했는데, 이 변화는 할아버지로서는
용납할 수 없었던 무시무시한 속도로 진행되었다. 7천 건에
달하던 거래가 7백 건으로 뚝 떨어지더니, 이 7백 건은 다시
70건이 되었고, 급기야 7건이 되었다. 집안에 넘쳐 나던 돈
다발들은 5년 만에 디젤 연기와 함께 어디론가 사라져 버렸
다. 1960년, 그때는 아직 태어나지 않았던 손자의 아빠는 건

11

져 볼 수 있는 것은 건져 보고자, 그 지방 농부들에게 기계화의 해악에 대해 설명하며 열심히 돌아다녔다. 사실 당시는 이에 대해 온갖 루머들이 난무하는 시절이기도 했다. 예를 들면 디젤 연료가 피부에 닿으면 피부암을 일으킨다는 거였고, 물론 농부들은 그걸 묻히는 일이 빈번했다.

또 아빠는 각종 연구 결과에 따르면 디젤은 남성 불임을 유발한다고 덧붙이곤 했다. 그러나 정말이지 그 말만은 하지 말았어야 했다. 첫째, 그것은 사실이 아니었기 때문이다. 둘째, 자식이 주렁주렁하지만 성욕만큼은 왕성한 농부들에게 이 말은 복음이나 다름없었기 때문이다. 콘돔을 구하려고 돌아다니는 것은 남우세스러운 일이지만, 매시 퍼거슨이나 존 디어[1]는 전혀 그렇지 않은 것이다.

할아버지는 알거지 상태로, 또 그의 마지막 남은 말 녀석에게 뒷발로 채여 죽었다. 하여 그의 낙담한, 그리고 말 한 마리 없는 아들이 바통을 이어받게 되었는데, 그는 모종의 직업 교육을 이수한 후에 당시 타자기와 기계식 계산기 분야의 세계적 기업 가운데 하나였던 파시트 AB사(社)에 채용되었다. 이게 바로 그가 인생에 한 번도 아니요 두 번씩이나 기술 진보에 무참히 짓밟히는 결과를 가져오게 되었으니, 난데없이 〈전자계산기〉라는 것이 시장에 튀어나온 것이다. 벽돌만 한 크기의 파시트사 제품과는 달리, 일본의 전자계산기는 재킷 안주머니에 쏙 들어가는 아주 귀여운 사이즈

1 둘 다 세계적인 트랙터 브랜드의 이름. 이하 모든 주는 옮긴이의 주임.

였다.

파시트 그룹의 기계들은 사이즈가 줄어들지 않았지만(적어도 충분히 줄어들지는 않았다), 회사 자체는 줄어들었고, 결국에는 완전히 쪼그라들어 버렸다.

말 거래상의 아들은 해고당하는 신세가 되었다. 삶이 두 번이나 자신을 속였다는 사실을 잊기 위해 그는 술을 퍼마시기 시작했다. 직업도 없고, 성격은 까칠해졌고, 1년 가야 샤워 한번 안 하는 반면, 술에는 항상 절어 있는 그는 이내 스무 살 연하인 아내의 눈에 모든 매력을 상실하게 되었다. 그래도 그녀는 얼마간 참으려고 애를 썼고, 그리고 또 얼마간 참으려고 애를 썼다.

하지만 결국 이 참을성 많은 젊은 여성은 엉뚱한 남자와 결혼한 실수를 바로잡기로 결심하기에 이르렀다.

「나 이혼할래.」 어느 날 아침, 그녀가 누런 얼룩들이 인상적인 흰 팬티 차림으로 어슬렁거리는 남편에게 선언했다.

「근데 내 코냑 병 봤어?」

「아니. 하지만 나 이혼할래.」

「어제저녁에 싱크대 옆에다 뒀는데, 당신이 어디다 치웠을 거야.」

「그래, 내가 어제 주방을 청소하면서 그걸 주류 진열장에다 넣었을 수도 있겠지. 뭐, 잘 기억은 나지 않지만. 지금 난 이혼하고 싶다고 말하는 중이야.」

「주류 진열장에다 넣었다고? 아, 맞다, 거길 들여다봤어야 했는데, 이런 멍청이 같으니라고⋯⋯! 그래, 당신 이사하겠다고? 그럼 옷에다 똥만 싸젖히는 저 녀석도 같이 데려가는 거야?」

그렇다, 그녀는 아기도 데려갔다. 밀짚처럼 노란 머리칼과 순해 보이는 파란 눈의 아기였다. 나중에 호텔 리셉셔니스트가 될 바로 그 꼬마였다.

그의 어머니는 어학 교사가 될 꿈을 갖고 있었는데, 불행히도 교원 자격 고사 최종 시험 15분 전에 아기가 쑤욱 세상에 나와 버린 것이다. 그녀는 아기와 몇 가지 소지품과 서명된 이혼 서류를 챙겨 스톡홀름으로 갔다. 이 과정에서 처녀 때 성(姓)인 〈페르손〉을 회복했는데, 이 일이 이미 〈페르〉라는 이름이 붙여진 아들에게 어떤 결과를 가져올 것인지는 깊이 생각해 보지 않았다고 한다. (뭐, 〈페르 페르손〉이나 〈요나스 요나손〉 같은 이름을 붙이면 절대로 안 된다는 법은 없다, 사실 좀 괴상한 이름들이긴 하지만.)

스웨덴의 수도에서 그녀를 기다리고 있는 것은 도로 주차 관리 일을 하는 임시직이었다. 페르 페르손의 엄마는 온종일 이 거리, 저 거리를 왔다 갔다 하면서 불법 주차한 인간들, 특히나 그녀가 방금 붙인 위반 딱지의 벌금을 즉시 지불할 능력이 있는 인간들로부터 거의 매일같이 침 튀기는 장광설을 들어야만 했다. 이로써 교사가 되고 싶은 소망은 한갓 꿈이 되었고, 그녀가 여격(與格)과 목적격을 지배하는 독일어 전치사들에 대한 지식을, 이따위 것에는 전혀 관심이 없는 학생들에게 전수할 수 있는 기회는 영영 오지 않을 것이었다.

그런데 그녀가 이 〈임시직〉에서 상당히 오랜 세월 동안 근무했을 때, 불법 주차를 해놓고는 오히려 호통을 쳐대는 그 무수한 사내들 중의 하나가 주차 관리인 제복을 입은 사람이 여자라는 사실을 발견하고는 잠시 사고의 흐름이 끊겨버린 일이 발생했다. 당연한 순서겠지만, 그들은 한 근사한 레스토랑에서 함께 저녁 식사를 하게 되었고, 거기서 커피 한 잔과 또 따끈한 술 한 잔을 나누는 시간이 되었을 때 위반 딱지는 시원하게 두 조각으로 찢어졌다. 또 당연한 순서겠지만, 주차 위반자는 페르 페르손의 어머니에게 청혼했다.

이 구혼자는 아이슬란드의 은행가로, 레이캬비크에 있는 자기 집에 돌아가려는 참이었단다. 그는 여자에게 휘황찬란한 미래를 약속했다. 또 아들에게도 두 팔을 활짝 벌렸다. 하지만 그동안 세월이 흘러 밀짚처럼 노란 머리칼의 꼬마는 이제 성인이, 다시 말해서 모든 것을 스스로 결정할 수 있는 나이가 되어 있었다. 그는 스웨덴에서의 보다 밝은 미래를 기대했는데, 아무도 그 후에 일어난 일들과 그 대신 일어날 수도 있었던 일들을 비교할 수는 없는 법이므로, 그가 계산을 잘했는지 못했는지를 말하기란 불가능하다.

열여섯 살 때 페르 페르손은 그다지 열의는 없었던 학교 공부와 병행할 수 있는 알바 자리를 하나 찾아냈다. 그는 어머니에게는 한 번도 이 일에 대해 자세히 설명하지 않았다. 그럴 만한 이유들이 있었다.

「애, 또 어디 가니?」 어머니가 가끔씩 묻곤 했다.

「일하러 가, 엄마.」

「이렇게 늦은 시간에?」

「응, 항상 할 일이 너무 많아.」

「그런데 무슨 일을 한다고 했지?」

「벌써 백 번은 설명했잖아. 그러니까…… 엔터테인먼트 분야에서 어시스턴트로 일한다고 말이야. 사람들의 만남을 주선하거나, 뭐, 기타 등등!」

「뭐, 어시스턴트? 그리고 대체 그 회사 이름은…….」

「엄마, 나 바빠서 가봐야 해. 나중에 전화할게.」

페르 페르손은 이번에도 용케 빠져나왔다. 당연한 일이겠지만, 그는 자신의 고용주가 스톡홀름 남부, 후딩에 있는 한 커다랗고 허름한 노란 목재 건물에서 인스턴트 사랑을 판매하고 있다는 사실은 별로 밝히고 싶지 않았다. 이 건물에 〈핑크 클럽〉이라는 간판이 걸려 있다는 사실도 밝히지 않았다. 또 자신이 맡은 일이 물류를 담당하고, 안내 및 감독 역할을 하는 거라는 것도 말하기가 좀 그랬다. 각 고객이 자기 방을 정확히 찾아가서, 정확한 시간 내에 정확한 사랑을 맛볼 수 있게끔 관리해 주는 것은 매우 중요한 일이었다. 소년은 스케줄을 짜고, 고객의 방문 시간을 정확히 측정하고, 문을 사이에 두고 소리를 엿들었다(그러면서 상상의 나래를 펴기도 했다). 그러다 뭔가 일이 고약하게 흐르는 낌새가 느껴지면 곧바로 비상벨을 눌렀다.

그의 어머니가 이민을 떠나고, 페르 페르손이 여러 가지 의미에 있어서의 〈공부〉를 마치기 바로 전에, 그의 고용주는 업종 전환을 결심했다. 그리하여 〈핑크 클럽〉은 〈땅끝 하숙텔〉이 되었다. 이 집은 바닷가에 있지도 않았고, 어느 곳에 있는 것도 아니었다. 하지만 이 호텔의 주인도 지적했듯이, 〈여기가 좀 돼지우리 같은 건 사실이지만, 그래도 뭔가 이름이 있어야 하지 않겠어?〉

방은 모두 열네 개인데, 하룻밤 대실료가 225크로나고, 화장실과 샤워실은 공동이었다. 침대 시트와 수건은 1주일에 한 번씩만 교체되는데, 그것도 이것들이 정말로 더럽게 보일 때만 적용되었다. 사랑의 둥지에서 3류 호텔로 넘어가는 것이 호텔 주인의 당초 계획은 아니었다. 사실 고객들이 누군가와 한 침대를 같이 썼을 때 수입도 훨씬 높았다. 그리고 아가씨들 중 한 명의 스케줄에 조금 여유가 생기면, 업주 자신도 잠시나마 그녀와 흐뭇한 시간을 가질 수도 있었다.

하지만 땅끝 하숙텔에도 이점이 하나 있었으니, 약간 덜 불법적이라는 사실이었다. 이 색싯집의 주인은 8개월을 감옥에서 지냈는데, 그로서는 이 정도면 충분했다.

물류 관리 분야에서 능력을 증명해 보인 바 있는 페르 페르손은 이번에는 리셉셔니스트 자리를 제안받았는데, 급료는 전보다 못했지만 그는 이 상황에선 이나마 다행이라는 생각을 했다. 그는 체크인과 체크아웃을 장부에 기입하고, 고객들로 하여금 확실히 숙박비를 지불하게 하고, 예약과 예약 취소를 확인하는 일을 맡았다. 또 영업에 부정적 영향을 미치지 않는 범위 내에서 약간 상냥한 모습을 보이는 것까지도 허용되었다.

그것은 새로운 직함하에 활동하는 새로운 일이었고, 페르 페르손은 전보다 무거운 책임을 지게 되었다. 이러한 상황은 페르로 하여금 사장에게로 가서 봉급 좀 조정해 달라고 공손히 부탁하지 않을 수 없게 만들었다.

「뭐? 조정? 위로, 아래로?」

페르 페르손은 상향 조정해 주시면 더 좋겠다고 공손히 대답했다. 하지만 대화는 그가 기대했던 대로 진행되지 않았다. 결국 그는 지금 가진 것만이라도 제대로 지킬 수 있기를 바라게 되었다.

적어도 그 바람은 이루어졌다. 그리고 사장은 뜻밖의 너그러운 모습까지 보여 주었다.

「에이 빌어먹을! 그리고 너 말이야, 앞으로 접수 데스크 뒤에 있는 방에 들어가서 지내라고. 그럼 집세는 절약할 수 있을 거 아냐?」

페르 페르손은 아닌 게 아니라 그리하면 돈을 좀 절약할 수 있겠다고 대답했다. 게다가 급료는 관청에 신고되지 않고 있었으므로, 사회 복지 수당에다 실업 수당까지 타먹을 수 있는 짭짤함도 있었다.

자, 이게 바로 이 젊은 리셉셔니스트가 그 자리에 껌딱지
처럼 붙어 있는 이유였다. 그는 호텔에서 살면서 일했다. 이
렇게 1년, 2년, 또 5년이 지났는데, 청년의 상황은 그의 아버
지와 할아버지의 그것에 비해 조금도 나아질 기미가 없었
다. 그리고 이 모든 원망은 죽은 할아버지에게로 향했다. 그
래, 자기는 갑부로 잘 먹고 잘살았다지! 그런데 두 세대 후
에 그의 후손이라는 놈은 이 거지 같은 접수 데스크 뒤에 하
루 종일 서서는, 악취를 풀풀 풍기고, 〈킬러 안데르스〉니 뭐
니 하는, 온갖 끔찍한 별명들을 가진 인간들을 상대하면서
지내는 신세가 되었다고!

킬러 안데르스는 이 땅끝 하숙텔에서 가장 오래된 주민
중 하나였다. 〈요한 안데르손〉이 본명인 그는 성인이 되고
나서 대부분의 세월을 감옥에서 보냈다. 그는 그렇게 언변
이 뛰어난 편은 아니었지만, 대신 전혀 다른 방법으로 상대
를 설득할 수 있다는 것을 매우 어린 나이에 깨우쳤다. 누군
가가 당신과 의견이 다르다면 주먹을 꼭 쥐고 상대의 콧등
을 세게 한 번 때리거나, 혹은 때릴 것을 심각하게 고려하고
있는 듯이 보이기만 하면 되는 것이다. 또 필요하다면 이 과
정을 한 번만 더 반복하면 되는 것이다.

시간이 흐르면서 이런 종류의 특별한 〈대화〉들은 어린 요
한의 주위에 못된 친구들이 꾀게 만들었다. 새 친구들은 이

미 상당히 폭력적인 위의 설득 수단에다가 술과 약물까지 곁들이도록 부추겼고, 이후로 일들은 다소 나쁜 방향으로 흘러갔다. 이 술과 약물 덕분에 스무 살밖에 안된 요한은 12년형을 때려 맞고 감옥에 들어갔는데, 들어간 후에도 왜 그 지역 암페타민 밀매계의 최대 거물의 등짝에 자신의 도끼가 박히게 되었는지 좀처럼 설명할 수 없었다.

8년 후, 감형을 받아 풀려난 킬러 안데르스는 이 석방을 자축했는데, 얼마나 신나게 자축했는지 술에서 깨자마자 또다시 철창 안에 앉아 있는 자신을 발견하게 되었다. 그 사유? 등짝에 도끼가 박힌 사내의 후계자의 얼굴에다 산탄총을 발사한 죄였다. 현장을 청소하려고 도착한 이들 앞에는 대단히 유쾌하지 못한 풍경이 펼쳐져 있었다.

법정에서 킬러 안데르스는 자신의 행동에는 전혀 사전 의도가 없었다고 주장했다. 적어도 그는 그렇게 믿었으니, 일이 어떻게 벌어졌는지 잘 기억이 나지 않았던 것이다. 아무튼 그는 다음번에도, 그러니까 그더러 성질이 더럽다고 책망한 그 바닥의 한 비즈니스맨의 목을 그었을 때에도 똑같이 주장했다. 목이 잘린 사내는 분명 사람 보는 눈이 있었지만, 이것이 그에게 큰 도움이 되지는 못했다.

이제 쉰여섯 살이 된 킬러 안데르스는 다시 자유의 몸이 되어 있었다. 지난번들과 달리 이것은 일시적인 가석방이 아닌 완전한 석방이었다. 적어도 그의 생각은 그랬다. 단지 술만 피하면 되는 일이었다. 또 약물만 피하면 되는 일이었다. 그리고 또 술과 약물과 조금이라도 관련된 것들과 사람들만 피하면 되는 일이었다.

맥주도 과히 나쁘지 않았다.[2] 이것도 그를 매우 행복하게 해주었다. 아니, 어느 정도는 행복하게 해주었다. 적어도 미처 날뛰지는 않게 해주었다.

그가 이 땅끝 하숙텔을 찾아온 것은, 감옥에서 10년, 아니 30년 동안 썩고 있을 때 맛볼 수 없었던 종류의 경험들을 이 장소가 아직도 제공한다고 믿었기 때문이었다. 더는 그렇지 않다는 것을 확인한 크나큰 실망감을 극복해 낸 그는, 대신 여기서 방이나 하나 잡아 지내기로 마음먹었다. 어쨌든 어딘가 머물 곳이 있어야 하니까. 또 하룻밤에 225크로나는 입씨름거리도 안 되는 가격이니까. 특히나 과거에 이 입씨름의 결과들이 어떠했는지를 생각해 본다면…….

방 열쇠를 넘겨받기도 전에, 킬러 안데르스는 어쩌다 인생길에서 마주치게 된 젊은 리셉셔니스트에게 자신의 스토리를 들려주었다. 여기에는 그의 어린 시절 이야기까지 — 비록 킬러는 이게 이후에 일어난 일들에 영향을 미쳤다고 생각하지 않았지만 — 포함되어 있었다. 그의 어린 시절은 다음과 같이 요약될 수 있었다. 아버지는 고된 직장 생활을 견뎌

---

2 스웨덴에서 술은 국가가 운영하는 주류 전문 매장인 〈쉬스템볼라게트〉에서만 구입할 수 있다. 단, 비교적 도수가 약한 맥주는 일반 마트에서도 살 수 있는데, 이 때문에 킬러는 맥주가 술이 아닌 일반 음료라고 생각하는 듯하다.

내기 위해 코가 비뚤어지도록 술을 마셨고, 어머니는 아버지를 견뎌 내기 위해 역시 코가 비뚤어지도록 술을 마셨단다. 그 결과, 아버지는 어머니를 더 이상 견뎌 낼 수 없게 되었고, 그 답답한 심정을 표현코자 그녀를 정기적으로, 보통 아들이 보는 앞에서, 두들겨 팼단다.

사내의 이야기를 모두 듣고 난 리셉셔니스트는 그에게 악수를 청하며 〈페르 페르손입니다〉라고 자신을 소개하는 것 외엔 감히 다른 말을 할 수 없었다.

〈난 요한 안데르손이야〉라고 킬러도 자신을 소개하면서, 앞으로는 가급적 사람을 덜 죽이도록 노력해 보겠다고 약속했다. 그러고 나서는 혹시 여기 남는 맥주 한 병 없느냐고 물었다. 17년을 못 마시고 지냈으니, 그의 목이 컬컬한 게 당연했다.

페르 페르손은 이 킬러 안데르스와의 관계를 맥주 한 병 주는 걸 거절하면서 시작할 생각은 추호도 없었다. 그래도 맥주를 공손히 따라 주며 조심스레 물어보았다. 혹시 안데르손 씨께서는 술과 약물만큼은 좀 멀리하실 의향이 있으신지요?

「흠, 그러는 게 좋겠지.」 요한 안데르손이 고개를 끄덕였다. 「그런데 말이야, 앞으론 날 〈킬러 안데르스〉라고 불러. 다들 그렇게 부르거든.」

2

페르 페르손은 알고 있었다. 사람은 소소한 것들에서 행복을 찾아야 한다는 것을. 예를 들자면 어느덧 몇 달이 흘렀지만, 킬러 안데르스는 리셉셔니스트도, 호텔 주변의 그 누구도 죽이지 않았다. 또 사장이 적어도 일요일에 몇 시간은 접수 데스크를 닫고 쉴 수 있게 해주었다. 날씨가 ── 그의 삶의 다른 것들과는 달리 ── 화창하기만 하면 그는 지체 없이 호텔 문을 나섰다. 어디 가서 신나게 한바탕 놀기 위해서가 아니었다. 그럴 돈은 없었다. 하지만 어느 공원 벤치에 쭈그리고 앉아 생각에 잠기는 것은 언제나 공짜였다.

햄 샌드위치 네 개와 산딸기 주스 한 병까지 준비해 온 그가 자리에 앉았을 때, 어디선가 이런 소리가 들렸다.

「형제님! 요즘 어떠세요? 잘 지내세요?」

눈을 들어 보니 자신보다 별로 나이 들어 보이지 않는 여자 하나가 보였다. 지저분한 행색에 피곤에 전 모습인데, 목 둘레에는 성직자들이 두르는 흰 칼라가, 때가 좀 묻어 있긴 하지만, 환히 빛나고 있었다.

페르 페르손은 종교를 가져 보려고 애쓴 적은 없었지만, 그래도 목사님은 목사님이었고, 이 여자는 적어도 그가 일하면서 접하는 살인범, 마약 중독자, 기타 인간쓰레기들만큼은 존중받을 자격이 있다는 생각이 들었다. 어쩌면 더 자격이 있을지도 몰랐다.

「물어봐 주시니 고맙네요!」 그가 대답했다. 「뭐…… 지금보다 좋았던 때가 있었죠. 아니, 생각해 보니까, 그런 때는 한 번도 없었던 것 같네요. 그래요, 내 인생은 불행의 연속이었어요.」

〈이런 빌어먹을, 처음 보는 여자에게 별소리를 다 하고 있네!〉 그는 속으로 투덜거렸다.

「하지만 몸뚱이에 생채기 몇 개 있다고 해서 목사님을 귀찮게 하고 싶은 생각은 없어요. 이 배 속만 든든히 채워져 있으면 아무 문제 없어요!」 그는 이렇게 덧붙인 다음, 주의를 샌드위치 상자 뜯는 데로 집중시키며 이제 대화가 끝났음을 암시했다.

목사는 이 신호를 알아채지 못했다. 그녀는 자신은 조금도 귀찮지 않다고 대답했다. 오히려 그의 삶을 보다 견딜 만한 것으로 만들어 줌으로써 다소나마 도움을 줄 수 있다면 자신은 매우 기쁘겠단다. 혹시 형제님을 위한 특별 기도에 관심이 있으신가요……?

뭐? 특별 기도? 페르 페르손은 이 더러운 목사가 대체 무슨 생각을 하고 있는지 궁금했다. 대체 기도를 해서 무슨 소용이 있단 말인가? 그래, 하늘의 창고를 열으사 돈벼락이라도 맞게 해주겠다는 건가? 아니면 빵 벼락이나 감자 벼락이라도? 하지만…… 뭐, 안 될 것도 없잖은가? 순수한 마음으로 자기를 염려해 주는 사람을 굳이 배척할 필요는 없었다.

「만일 목사님께서 하늘에 기도를 드려 내 인생을 조금이라도 편하게 해줄 수 있다고 생각하신다면, 난 조금도 반대할 생각이 없어요. 네, 정말 고맙네요.」

목사는 미소를 지으며 모처럼 일요 휴가를 즐기고 있는 리셉셔니스트의 옆에 자리 잡고 앉았다. 그러고는 작업을 시작했다.

「오, 하나님! 여기에 있는 당신의 자녀를 굽어살피소서……. 가만, 형제님 이름이 뭐죠?」

「내 이름은 페르예요.」 페르 페르손은 도대체 하나님께서 이 정보는 알아서 어디다 쓰시려나 궁금해하며 대답했다.

「오, 하나님! 여기에 있는 당신의 자녀 페르를 부디 굽어살피소서. 그가 얼마나 고통에 몸부림치고 있는지 굽어 살피소서…….」

「내가 엄청나게 고통에 몸부림치고 있다고는 생각하지 않는데요?」

목사는 뚝 멈추더니, 기도를 처음부터 다시 하는 게 좋을 것 같으며, 중간에 이런 식으로 자꾸 끊어지지 않으면 기도의 효과가 훨씬 커진다고 설명했다.

페르 페르손은 사과를 하고는, 그녀가 조용히 그리고 편안하게 기도를 끝낼 수 있게끔 해주겠다고 약속했다.

「고마워요.」 목사는 고개를 까딱하고는 다시 기도를 시작했다. 「오, 하나님! 여기에 있는 당신의 자녀를 굽어살피소서. 비록 엄청나게 고통에 몸부림치고 있진 않지만, 그래도 자신의 인생이 나아질 수 있다고 느끼고 있는 이 자녀를 굽어살피소서. 주여, 그를 지켜 주시고, 그에게 세상을 사랑하는 법을 가르쳐 주소서. 그러면 세상도 그를 사랑할 것이옵니다. 오 예수여, 그의 곁에서 당신의 십자가를 짊어져 주옵시고, 당신의 나라가 임하옵고……. 오, 기타 등등…….」

「……뭐, 기타 등등?」 페르 페르손은 속으로 흠칫했으나 차마 입은 열지 못했다.

「하나님의 축복이 형제님에게 임하옵기를. 그분의 힘과 권능과…… 음…… 힘이 임하옵기를. 성부와 성자와 성신의 이름으로 기도드렸나이다. 아멘!」

페르 페르손은 특별 기도가 어떤 식으로 이뤄지는 건지 잘 몰랐지만, 그래도 지금 들은 것은 뭔가 엉성한 감이 없지 않았다. 그가 이런 느낌을 밝히려 하는데 목사가 앞질러 말했다.

「자, 20크로나예요.」

뭐, 20크로나? 이거 값으로?

「아니, 기도 값을 받는 거였어요?」 페르 페르손의 눈이 뚱그레졌다.

목사는 고개를 끄덕였다. 기도란 것은 녹음기 틀듯이 암송하는 게 아니에요. 그것은 집중과 헌신, 다시 말해서 전심전력을 쏟아부어야 하는 일이에요. 더구나 나도 나중엔 하늘나라로 가겠지만 지금은 이 땅에서 살아가야 하는 몸이고요.

페르 페르손이 들은 기도는 그렇게 집중적이지도 헌신적이지도 않은 것 같았고, 이 목사가 때가 됐을 때 과연 하늘나라에 갈 수 있을까 하는 의문까지 들었다.

「……그럼 10크로나 정도는 낼 수 있나요?」

기도 값은 과자 값에서 껌 값으로 내려와 있었다. 페르 페르손은 그녀를 좀 더 주의 깊게 살펴보았고 지금까지 보지 못했던 뭔가를 발견했다. 그러니까…… 뭔가 불쌍해 보이는 구석이라고나 할까?

그는 이 여자를 사기꾼보다는 불우한 인생 쪽으로 보기로 했다.

「샌드위치 하나 먹을래요?」

목사의 얼굴이 해같이 밝아졌다.

「오, 고마워요! 기꺼이! 하나님께서 형제님을 축복하시길!」

페르 페르손은 자신의 개인사를 돌이켜 볼 때, 하나님께서는 너무 바쁘신 분이라서 특별히 자기를 붙잡고 축복하실 시간은 별로 없으신 것 같다고 대꾸했다. 그리고 방금 하신 기도도 상황을 크게 바꿔 놓을 것 같진 않다고.

목사는 뭐라고 항변하려 했지만, 리셉셔니스트는 얼른 샌드위치 상자 하나를 건네며 그 입을 막았다.

「자, 받아요. 조용히 먹기나 해요.」

「주께서 겸허한 자를 올바른 길로 이끄심이여, 겸허한 자에게 당신의 길을 가르치시리로다. 시편 제25편.」 목사가 샌드위치가 가득한 입으로 웅얼거렸다.

「참나!」 페르 페르손이 고개를 저었다.

사실 그녀는 진짜 목사였다. 햄 샌드위치 네 개를 게걸스럽게 먹어 치우며 그녀가 들려준 바에 의하면, 그녀는 지난주 일요일까지만 해도 자신의 교구를 가지고 있었는데, 한창 설교하고 있는 도중에 당장 강대상에서 내려와 보따리를 싸서 떠나 주시라는 말을 교회 평의회 회장으로부터 들었단다.

페르 페르손은 그건 좀 너무했다고 생각했다. 아니, 그쪽 하늘나라에는 고용 보장법도 없나?

물론 있단다. 하지만 교회 평의회 회장은 자신의 결정에는 충분한 이유가 있다고 믿었으며, 신도 전체도 그의 의견에 동의했단다. 사실은 그녀 자신도 수긍했단다. 적어도 신도 두 사람이 떠나는 그녀의 등에다 찬송가를 집어 던졌단다.

「짐작하시겠지만 이건 짧은 버전이고, 더 긴 버전이 있어요. 그걸로 듣고 싶어요? 그래요, 내 인생은 그렇게 장밋빛은 아니에요.」

페르 페르손은 생각해 봤다. 이 여자의 인생이 어떤 색깔들이었는지 내가 굳이 들어야 할 필요가 있을까? 나 자신의 불행만으로도 충분히 무겁지 않나?

「어둠 속에 사는 다른 사람들의 이야기를 듣는다고 해서 내 삶이 더 밝아지게 될지 모르겠네요. 하지만 요점 정도는 들어 볼 수 있겠죠. 너무 길어지지 않는 범위에서.」

요점? 요점은 그녀가 벌써 7일 동안이나, 그러니까 지난주 일요일에서 역시 일요일인 오늘까지 떠돌이 생활을 해왔다는 사실이란다. 창고 지대 혹은 어딘지 알 수 없는 으슥한 곳에서 찾아낸 지하실에서 새우잠을 자고, 아무거나 닥치는 대로 먹고…….

「내 햄 샌드위치 네 개처럼 말이죠? 자, 내 음식이 목구멍에 걸리신 것 같은데, 그걸 싹 다 내려 버리는 데 내 산딸기 주스가 도움이 될 것 같네요.」

목사는 사양하지 않았다. 갈증을 해소한 그녀는 다시 말을 이었다.「간단히 말해서, 난 신을 믿지 않아요. 예수는 더욱 안 믿고요. 목사는 아버지가 강요해서 된 거예요. 아버지는 불행히도 자기가 딸만 있고 아들은 갖지 못한다는 사실을 알게 되자, 나로 하여금 자기 발자취를 ― 예수의 발자취가 아닌 자기 자신의 발자취를 ― 따르게 했어요. 아버지도 할아버지의 강요로 목사가 된 거고요. 어쩌면 두 사람 다 악마가 보냈는지도 모르겠네요. 어쨌든 목사 일은 우리 집안 가업이라 할 수 있어요.」

그녀가 자기처럼 아버지와 할아버지 때문에 희생됐다는 얘기를 듣자, 페르 페르손은 곧바로 모종의 동질감을 느꼈다. 그는 말했다. 만일 아이들이 이전 세대들이 저지른 짓거리들에서 자유로울 수만 있다면, 그들의 삶이 훨씬 밝아질 수 있을 텐데 말이죠.

목사는 하지만 우리가 존재할 수 있기 위해서는 이전 세대들이 필요하다는 점을 지적하려다가 그만두었다. 대신, 그렇다면 그는 어떤 사연으로…… 이런 공원 벤치까지 오게 되었느냐고 물었다.

아, 이런 공원 벤치! 어디 그뿐이겠는가? 그가 일하면서 지내고 있는 그 우울한 호텔 로비도 있었다. 또 매일 맥주를 부어 바쳐야 하는 그 킬러 안데르스도.

「킬러 안데르스?」목사가 반문했다.

「네. 7호실에서 지내는 거지 같은 인간이죠.」

페르 페르손은 목사가 이렇게 물어 온 이상, 몇 분 정도 할애해 주는 게 차라리 낫겠다고 생각했다. 하여 그는 수백만 크로나를 날려 먹은 자기 할아버지에 대해 들려주었다. 또 결국 두 손 들어 버린 아버지와, 아이슬란드 은행가 하나를 낚아서 이 나라를 뜨려 하고 있는 어머니에 대해서도 들려주었다. 또 열여섯의 나이에 사창가에 발을 들이게 됐고, 지금은 그 색싯집이 간판을 바꾼 호텔에서 일하고 있는 자신의 한심한 신세에 대해서도 들려주었다.

「그리고 20분 정도 자유 시간을 얻어, 직장에서 겪어야 하는 그 도둑놈들과 강도 놈들에서 멀리 떨어진 이 벤치에 겨우 궁둥이 좀 붙였는데, 그러기가 무섭게 신을 믿지 않는다는 목사 한 분이 나타나더니만, 마지막 남은 내 몇 푼을 사취하려 들고, 그것도 모자라서 내 점심까지 몽땅 먹어 치워 버렸네요. 자, 이게 바로 간추린 내 인생 스토리예요. 돌아가 보니 그 기도 덕분으로 색싯집이 5성급 호텔로 변해 있지 않는다면 말이죠.」

입술에 빵 부스러기가 묻어 있는 여자 목사의 지저분한 얼굴에 부끄러워하는 표정이 떠올랐다. 그녀는 자신의 기도가 금방 효과가 있을 것 같지는 않다, 특히나 조금 대충 한 게 사실이고, 기도를 들을 대상이 존재하지 않기에 더욱 그렇다, 하고 대답했다. 그리고 자기 샌드위치까지 내준 너그러운 분에게, 약간 엉성했던 작업에 대한 대가까지 요구한 것을 미안하게 생각한다고 사과했다.

「근데 그 호텔에 대해 좀 더 얘기해 봐요. 혹시 거기에…… 가족 및 친구에 대한 특별 가격 같은 거 없을까요?」

「가족 및 친구에 대한 특별 가격이요? 아니, 우리가 언제부터 친구였죠?」

「음……. 지금이라도 안 될 것 없잖아요?」

3

목사는 킬러 안데르스의 방 옆에 붙은 8호실을 배정받았다. 하지만 페르 페르손은 한 번도 요금을 청구한 적 없는 안데르스에게와는 달리, 새 고객에게는 1주일 치 요금을 선불할 것을 요구했다. 정상 요금으로.

「선불? 그러려면 내게 남은 돈을 탈탈 털어야 하는데요?」

「그렇다면 더욱 돈이 사라지기 전에 받아 둬야겠네요. 원한다면 내가 당신을 위해 열렬히, 그리고 완전히 공짜로 기도해 줄 수도 있어요. 그럼 사정이 좀 나아지지 않겠어요?」

이때, 가죽점퍼와 선글라스 차림에, 사흘 정도 면도를 안 했는지 수염이 거뭇한 사내 하나가 호텔에 들어섰다. 딱 보기에 조폭같이 생겼고, 실제로도 조폭인 듯했다. 이 낯선 사내는 인사는 생략한 채로 다짜고짜 요한 안데르손이 어디 있느냐고 물었다.

젊은 리셉셔니스트는 가슴을 쭉 펴고 일어나 대답했다. 어떤 분이 이 땅끝 하숙텔에 계신지, 안 계신지는 아무에게

나 말해 주는 게 아니에요! 여기선 고객의 사생활 보호를 명예로운 의무로 여기고 있어요!

「네 거시기를 확 뽑아 버릴 수 있으니까 빨리 대답해!」 가죽점퍼의 사나이가 눈을 부라렸다. 「킬러 안데르스가 어디 있느냐고!」

「7호실요.」

무서운 사내는 뚜벅뚜벅 복도로 사라져 갔다. 여자 목사는 그의 뒷모습을 눈으로 쫓으며 여기에 어떤 골치 아픈 문제라도 생기는 게 아니냐고 물었다. 혹시 내가 목사로서 도와줄 일이라도 없을까요?

페르 페르손은 전혀 그렇게 생각하지 않았다. 하지만 그가 대답하려고 입을 열기도 전에 가죽점퍼의 방문객이 벌써 돌아와 있었다.

「안데르손은 술에 취해 곯아떨어져 있더군. 내가 그 인간을 잘 아는데 말이야, 이런 때는 그냥 조용히 놔두는 게 나아. 자, 그가 깨어나면 이 봉투나 전해 줘. 백작이 줬다고 하고.」

「그 말만 하면 되나요?」 페르 페르손이 물었다.

「그래……. 아니, 이 안에 1만 크로나가 아닌 5천 크로나만 들어 있다고 해. 일을 반밖에 안 했으니까.」

가죽점퍼의 사내는 몸을 돌려 떠나갔다. 5천 크로나? 그리고 원래는 1만 크로나였다고? 그리고 왜 이런 차액이 생겼는지 스웨덴에서 가장 위험한 사내에게 설명해야 하는 임무가 리셉셔니스트에게 떨어진 것이다. 방금 전에 도울 일이라도 없는지 물어본 목사에게 이 일을 맡기지 않는 한 말이다.

「킬러 안데르스란 사람이 정말로 있는 거였나요? 당신이 꾸며 낸 인물이 아니고?」

「지옥에나 떨어질 인간이죠.」 리셉셔니스트가 대답했다. 「지옥도 밑바닥에 떨어질 인간.」

목사는 그렇다면 그 사람이, 자신과 리셉셔니스트가 근처의 괜찮은 레스토랑에 가서 실컷 한 번 먹기 위해 그의 돈 1천 크로나만 조용히 빌려도 윤리적으로 문제가 없을 정도로 형편없는 인간이냐고 물었다.

페르 페르손은 도대체 당신은 어떤 종류의 목사이기에 그런 제안을 할 수 있느냐고 반문했지만, 생각 자체는 매력적임을 인정했다. 하지만 그에게 〈킬러〉라는 별명이 붙은 데는 다 이유가 있다는 것을 잊으면 안 되었다. 이유도 하나가 아니라 세 개나 되었다. 등짝에 박힌 도끼, 얼굴에 갈긴 산탄총, 그리고 목을 그어 버린 무언가.

한 흉악범에게서 슬그머니 돈 좀 빌리는 게 과연 좋은 생각인지 아닌지의 문제는 더 이상 고민할 필요가 없게 되었으니, 문제의 킬러가 잠이 깨어 가지고는 봉두난발의 몰골로 발을 질질 끌면서 복도를 걸어오고 있었기 때문이었다.

「아, 목마르다!」 그가 외쳤다. 「내가 오늘 돈 좀 받을 게 있는데 말이야, 그게 아직 도착하지 않아서 지금 맥주 살 돈이 없걸랑. 먹을 거 살 돈도 없고 말이야. 야, 너 그 금전 등록기 서랍에서 2백 크로나만 꺼내서 나 좀 빌려줄래?」

이 질문은 순전히 형식적이었다. 안데르스는 1백 크로나짜리 지폐 두 장을 즉시 건네받기를 원했다.

목사가 조금 앞으로 나서며 말했다.

「안녕하세요? 난 요한나 셀란데르라고 해요. 전에는 교구 목사였고, 지금은 그냥 여기저기 돌아다니는 목사예요.」

「뭐, 목사? 목사들이란 하나같이 헛소리나 늘어놓는 족속들이지.」 킬러 안데르스는 그녀에게 눈길도 주지 않고 내뱉었다.

정말이지 대화에는 영 소질이 없는 사람이었다. 그는 다시 리셉셔니스트에게 말했다.

「자, 돈을 줄 거야, 말 거야?」

「지금 하신 말씀에는 완전히 동의할 순 없네요.」 요한나 셀란데르가 다시 말했다. 「어디에고 좀 삐딱한 사람들이 있는 법이에요. 이 목사직에도 그런 사람들이 있고, 불행히도 나도 그중의 하나죠. 그 점에 대해선 우리가 나중에 얘기해 볼 기회가 있을 거고요……. 우선은 어떤 백작이라는 분이 5천 크로나가 든 봉투를 당신께 가져왔다는 사실을 알려 드리고 싶네요.」

「뭐, 5천 크로나?」 안데르스가 소리쳤다. 「아니, 1만 크로나가 아니고? 야, 그 나머지 돈은 어딨냐, 이 도둑년의 목사야!」

아직 술은 덜 깼지만 정신이 번쩍 든 킬러가 요한나 셸란데르를 살벌하게 노려봤다. 자신의 로비에서 목사가 살해되는 광경을 구경하고 싶지 않던 페르 페르손은 재빨리 끼어들어서는, 문제의 백작이 일이 반밖에 처리되지 않았기 때문에 돈도 반밖에 못 준다고 전하라고 했다고 설명했다. 여기 계신 목사님과 저는 아무 죄 없는 메신저들일 뿐이니, 부디 킬러 안데르스 선생님께서는 너그러이 이해해 주십사…….

그런데 이때, 요한나 셸란데르가 버럭 소리치고 나섰다. 〈도둑년의 목사〉라는 표현에 상당히 불쾌해진 것이다.

「이보세요! 세상에 그런 말을 하다니, 부끄럽지도 않나요?」 그녀가 얼마나 엄하게 꾸짖었는지 킬러 안데르스는 얼떨결에 사과까지 할 뻔했다. 그녀는 자신과 리셉셔니스트는 그의 돈 따위를 훔칠 마음은 털끝만큼도 없다는 걸 똑똑히 아셔야 한다고 말하고는,

「……우리 형편이 좀 어려운 건 사실이지만요. 그리고 말이 나온 김에 하는 얘긴데, 혹시 그 1천 크로나 지폐 다섯 장 중에서 한 장만 며칠 빌려줄 수 없나요? 좀 더 정확히는 1주일이요.」

페르 페르손의 입이 딱 벌어졌다. 우선, 이 여자 목사는 킬러 안데르스의 봉투 속의 돈에 슬그머니 손을 대려고 했었다. 그러고 나서는 그것 때문에 자기를 〈도둑년〉이라고 한 그를 꾸짖어 얼굴을 벌겋게 만들어 놓았다. 그리고 이제는 킬러와 1천 크로나 차용 협상까지 벌이고 있는 것이다! 도

대체 이 여자에게는 생존 본능이란 없는 걸까? 자기가 우리 두 사람 모두를 사망의 위험에 몰아넣고 있다는 사실을 모른단 말인가? 아, 빌어먹을 여자 같으니! 킬러가 그녀의 입을 영원히 막아 버리기 전에 자기가 먼저 나서서 그 입을 틀어막아야 했다.

하지만 무엇보다도 여자가 일으켜 놓은 폭풍부터 가라앉힐 필요가 있었다. 안데르스는 의자에 털썩 주저앉아 있었다. 아마도 충격 때문이었으리라. 분명히 자기 돈을 슬쩍한 것 같아 보이는 이 여자가 미처 훔치지 못한 돈까지 빌려 가려고 하는 것을 보는 데서 오는 충격 말이다.

「저…….킬러 안데르스 씨, 만일 제가 제대로 이해했다면, 지금 선생님께선 5천 크로나를 사기당했다고 느끼시는 것 같은데, 맞으시나요?」 페르 페르손이 최대한 회계원 같은 차분한 어조를 유지하려 애쓰며 물었다.

킬러 안데르스는 천천히 고개를 끄덕였다.

「그렇다면 저도, 그리고 아마도 스웨덴에서 가장 이상한 목사님이실 이분도 선생님의 돈에 절대 손대지 않았다는 점을 다시 한 번 분명히 확인해 드리고 싶습니다. 하지만 혹시 이 상황에서 혹시 제가 선생님을 도와 드릴 수 있는 일이 있다면, 그게 무엇이 됐든 조금도 주저치 마시고 말씀해 주세요.」

〈혹시 제가 도와 드릴 수 있는 일이 있다면……〉은 서비스 업계에서 흔히 사용하는 표현으로, 별다른 의미가 없는 형식적인 문구일 뿐이다. 그러나 킬러는 이 말을 문자 그대로 받아들였다.

「그래, 고마워……」 그는 지친 목소리로 대답했다. 「내 사라진 5천 크로나 좀 찾아다 줘. 그럼 내가 두 사람의 강냉이를 털어 버리지 않아도 되니까.」

페르 페르손은 백작을, 그러니까 자신의 가장 소중한 그 부분에 어떤 짓을 하겠다고 위협했던 그 사내를 찾아 나서고 싶은 마음은 추호도 없었다. 그자의 얼굴을 다시 보는 것만도 끔찍한 일인데, 게다가 돈까지 요구한다……?

리셉셔니스트의 오그라들던 마음은 요한나 셀란데르가 끼어드는 소리에 쿵 하고 내려앉았다.

「네, 물론이죠!」

「물론이죠?」 리셉셔니스트가 얼굴이 새파래져 되풀이했다.

「좋았어!」 〈물론이죠〉라는 소리가 연거푸 나오자 킬러 안데르스가 손가락을 딱 퉁겼다.

「물론 우린 킬러 안데르스 씨를 도와 드릴 수 있어요.」 목사가 말을 이었다. 「땅끝 하숙텔의 저희들은 언제고 당신께 봉사해 드릴 준비가 되어 있다고요. 합리적으로 보상만 해주신다면 우린 살인범이 됐든 강도가 됐든 누구든지 삶을 간편하게 해드릴 수 있어요. 주님께선 그분의 자녀들을 차별치 않으시니까요. 음……. 어쩌면 차별하실 수도 있겠지만, 너무 주제에서 벗어나진 말고요……. 아무튼, 먼저 백작이 말한 그 〈일〉이라는 게 뭔지, 그리고 왜 그게 〈반밖에〉 처리되지 않았는지에 대해서부터 얘길 시작해 볼까요?」

바로 이 순간, 페르 페르손은 거기서 한 천 킬로미터쯤 떨어진 곳에 있고 싶었다. 지금 요한나 셀란데르가 〈땅끝 하숙텔의 저희들은……〉이라고 말하는 것을 들었는데, 이 여자는 아직 체크인은커녕 객실료 지불도 하지 않은 주제에, 호텔을 대표하여 흉악범과 금전 협상을 시작하고 있지 않은가!

페르 페르손은 이 새 고객을 뼛속까지 증오하리라 마음먹었다. 하지만 현재로서 그가 할 수 있는 일은 로비 냉장고 옆의 벽면에 등을 딱 붙이고 서서, 최대한 하찮은 존재처럼 보이는 게 다였다. 아무런 흥미도 느껴지지 않는 인간은 패고 싶은 욕구도 느껴지지 않을 테니까……. 이게 그의 생각이었다.

킬러 안데르스 자신도 매우 혼란스러운 심정이었다. 목사가 아주 짧은 시간에 너무 많은 말을 했기 때문에, 요점을 제대로 파악하지 못했던 것이다(게다가 이 여자가 목사라는 사실은 혼란을 가중시켰다).

지금 이 여자는 모종의 협력을 제안하고 있는 듯했다. 이런 종류의 일들은 보통 결과가 좋지 않았지만, 한번 들어 보지 못할 이유는 없었다. 그리고 대화를 할 때 항상 주먹부터 휘둘러야 할 필요는 없지 않은가? 놀랍게도 이 표현 수단은 마지막으로 미루는 편이 좋은 경우가 많았다.

하여 킬러 안데르스는 자기가 한 일을 그들에게 상세히 설명해 주었다. 먼저, 자기는 아무도 죽이지 않았단다. 이게 그들이 상상하고 있는 거라면 말이다.

「물론 사람을 반만 죽이기는 쉬운 일이 아니겠죠.」 목사가 고개를 주억거렸다.

안데르스는 설명을 이어 갔다. 난 살인은 더 이상 안 하기로 마음먹었어. 왜냐하면 치러야 할 대가가 너무 크기 때문이야. 이번에 한 번 삐끗하면, 여든 살이 되기 전까지 세상 구경을 못 하게 되거든.

하지만 그가 출소하여 거처를 정하자마자 사방에서 온갖 제안들이 쇄도했다. 이 제안들의 대부분은 상당한 보수를 대가로 적이나 지인들이 깨끗이 제거되기를 원하는 사람들에게서 온 것이었다. 다시 말해서 안데르스가 더 이상 하지 않기로 결심한, 그리고 사실은 그가 원해서 한 적은 한 번도 없었던 활동이었다. 어쩌다 보니 일들이 그렇게 됐을 뿐이었다.

이런 제안들 말고도, 보다 온건한 요청들도 들어왔다. 바로 요번에 들어온 주문 같은 것으로, 백작에게서 자동차 한 대를 샀는데, 그날 저녁에 블랙잭[3]으로 차 대금을 날려 먹은 어떤 사내의 양쪽 팔을 부러뜨려 달라는 것이었다.

요한나는 블랙잭이 무엇인지 몰랐다. 그녀가 거쳤던 두 교구에서는 예배 후에 여흥을 할 때면 주로 나무 블록 빼기 놀이[4]를 즐겼던 것이다. 어쨌든 목사는 블랙잭보다는 자동차 매매가 어떤 식으로 이루어지는지가 더 궁금했다.

「그 사람은 돈도 안 내고 차를 가져갔던 건가요?」

3 주로 카지노에서 많이 하는 카드 도박의 일종.
4 쌓아 놓은 나무 블록이 허물어지지 않게끔 하나씩 빼내는 게임.

킬러 안데르스는 스톡홀름의 가장 불법적인 인간들 사이에서 통용되는 법들에 대해 설명했다. 백작에게서 차 한 대를 — 이번 경우에는 9년 된 사브 승용차였다 — 외상으로 사는 것은 아무 문제가 되지 않는다. 문제는 최종 시한까지 돈이 도착하지 않을 때 시작된다. 이 경우, 초조하게 손가락을 물어뜯고 있을 사람은 백작이 아니라 채무자가 된다.

「예를 들어 팔 하나가 부러지기 때문인가요?」

「그렇지. 아니면 내가 말했듯이 두 짝이 부러질 수도 있고. 차가 보다 새것이라면 갈비뼈나 낮짝도 주문에 포함될 가능성이 많지.」

「그런데 당신은 팔을 두 개가 아니라 하나만 부러뜨렸어요. 왜 그랬죠? 셈을 잘못했나요?」

「난 자전거를 한 대 훔쳐 가지고는 짐받이에 야구 방망이를 싣고서 그 도둑놈을 찾아갔어. 놈을 붙잡고 보니, 놈은 한쪽 팔에 갓난애 하나를 안고서는 제발 자비를 베풀어 달라는 둥, 눈물 콧물 짜가면서 빌더라고. 그런데 난 우리 엄마가 항상 말했듯이 사실 속마음은 착한 놈이거든? 놈의 양쪽 팔을 부러뜨리는 대신에 그냥 자유로운 한쪽 팔을 두 군데 부러뜨리고 말았지. 그리고 놈에게는 먼저 아기를 내려놓으라고 했어. 내가 작업을 할 때 놈이 나뒹굴면 아기가 다칠 수도 있으니까 말이야. 아닌 게 아니라 놈은 나뒹굴었지. 사실 내가 야구 방망이 좀 휘두르거든. 그런데 지금 생각해 보니까, 그놈이 떼굴떼굴 뒹굴면서 꽥꽥대고 있을 때 다른 팔을 부러뜨려도 괜찮을 걸 그랬어. 에이, 난 항상 생각이 늦게서야 돌아가는 게 문제라니까! 그리고 술과 약물이 좀 들어가면 아예 생각 자체가 없어지고. 전혀 기억을 못 해.」

그의 이야기 중에 한 가지 디테일이 요한나의 흥미를 끌었다.

「정말로 당신 어머니가 그렇게 말했나요? 당신이 속마음은 착하다고?」

페르 페르손의 머릿속에도 동일한 의문이 떠올랐지만, 그냥 기존의 전략을 고수하기로 했다. 즉 벽면과 최대한으로 일체가 되어 끽소리 않고 있는 전략 말이다.

「맞아, 그랬지.」 킬러 안데르스가 고개를 끄덕였다. 「적어도 우리 꼰대가 술에 취해 뒈져 버리고 나서, 하도 그 할망구가 시끄럽게 굴기에 내가 강냉이를 몽땅 날려 버리기 전까지는. 그다음엔 별말이 없었어. 말을 해도 무슨 소린지 못 알아먹겠고. 에이, 멍청한 할망구 같으니! 에이 빌어먹을! 에이 빌어먹을!」

요한나는 서로의 이빨을 날려 버리지 않고도 가족 간의 분쟁을 원만히 해결할 수 있는 다른 방안들을 가르쳐 줄 수 있었지만, 일에는 다 때가 있는 법이다. 우선은 킬러가 제공한 정보들을 자신이 제대로 이해했는지 확인하기 위해 그것들을 다시 한 번 정리해 보았다.

그러니까 당신의 최근의 고객은 두 팔 대신에 한쪽 팔의 두 군데를 부러뜨렸다는 이유로 약속한 보수의 50퍼센트

삭감을 요구했다는 얘기군요?

킬러 안데르스는 고개를 끄덕였다. 맞아, 그 〈50퍼센트〉라는 게 절반 값을 뜻하는 거라면.

맞아요, 50퍼센트는 가격의 절반을 의미하죠. 그리고 그녀는 그 백작은 좀 까다로운 사람인 것 같다고 덧붙였다. 어쨌든 자신과 리셉셔니스트는 그를 도와줄 준비가 되어 있단다.

끽소리 못 하고 서 있는 리셉셔니스트를 돌아보면서 그녀는 말을 이었다.

「20퍼센트의 수수료를 받는 대가로 우린 문제의 백작을 찾아가 그의 생각을 바꿔 놓겠어요. 하지만 이것은 단지 시작일 뿐이에요. 제2단계로 들어가면 우리의 협력 관계는 대단히 흥미로워질 거예요.」

킬러 안데르스는 목사가 한 말을 소화시켜 보려고 애쓰고 있었다. 이상한 용어들과 아리송한 퍼센티지로 가득한 문장들을 말이다. 하지만 그가 〈그 제2단계란 것은 대체 뭐야?〉라고 질문하기도 전에 목사가 앞질러 말했다.

제2단계는 킬러 안데르스의 조촐한 비즈니스를 자신과 리셉셔니스트의 공동 관리하에 발전시켜 나가는 것을 목표로 한단다. 여기에는 고객층 확장을 위한 신중한 홍보 전략, 지불 능력도 없는 인간들과 쓸데없이 시간을 허비하지 않기 위한 가격표 책정, 그리고 선명한 윤리 정책 등이 포함된단다.

목사는 리셉셔니스트의 안색이 그가 기대고 서 있는 벽 색깔만큼이나 하얘져 있고, 안데르스의 제한된 이해력은 더 이상 자신의 설명을 따라오지 못하고 있다는 것을 알아챘다. 그녀는 전자는 신선한 산소를 흡입할 시간을 갖고, 후자는 이해하려 애쓰기보다는 그냥 쉽게 〈이것들 귀싸대기나 한 대씩 갈겨 주자〉 하는 생각을 갖는 일이 없게끔 잠시 화제를 돌리는 게 좋겠다고 판단했다.

「그건 그렇고요, 그렇게 착한 마음을 가지셨다는 얘기를 듣고 참 감명을 받았어요. 아기가 생채기 하나 없었다니! 맞아요, 천국은 어린아이들의 것이죠. 〈마태복음〉 19장에 나오는 말씀이에요.」

「아, 그래? 정말이오?」 안데르스는 불과 0.1초 전만 해도 적어도 지금까지 한마디도 하지 않고 있는 녀석의 귀싸대기를 갈겨 주리라 마음먹었던 사실을 잊어버리고는 놀라며 물었다.

목사는 경건하게 고개를 끄떡였지만, 그 복음서의 바로 몇 줄 아래에 〈너희는 살인하지 말 것이고, 이웃을 네 몸처럼 사랑할 것이니라〉, 또 이빨을 날려 버린 일과 관련해서는 〈너희 어머니를 공경할 것이며, 더불어 너희 아버지도 공경해야 할 것이니라〉라는 말씀도 적혀 있다는 사실은 굳이 지적하지 않았다.

분노로 시뻘게져 있던 킬러 안데르스의 얼굴이 정상적인 안색으로 돌아왔다. 이를 본 페르 페르손은 마침내 안도의 한숨을 내쉴 수 있었다(다시 말해서 7호실 고객과의 대화

후에도 자신과 목사의 목숨이 붙어 있을 수 있다고 생각하게 되었다). 이처럼 호흡 기능뿐 아니라 언어 능력까지 회복하게 된 리셉셔니스트는 이런 긍정적인 추세에 조금이라도 기여코자 무언가의 20퍼센트가 무엇을 의미하는지 킬러 안데르스에게 알기 쉽게 설명해 주었다. 킬러는 자신의 무지를 사과하면서, 자기는 감방에서 보낸 햇수를 합산하는 데는 도사 수준이지만, 퍼센티지 계산에는 다소 약한 게 사실이라고 시인했다. 그래도 그 〈퍼센트〉라는 뭐시기가 보드카에는 대략 40 정도 들어 있으며, 아무런 관리 감독도 받지 않는 음침한 지하실에서 제조되는 술들의 경우에는 그 뭐시기가 좀 더 올라갈 수도 있다는 것쯤은 알고 있단다. 지난번 경찰 조사 때, 자신은 알약 형태의 약물을 삼키기 위해 시중에 유통되는 38퍼센트짜리 술과 개인이 만든 70퍼센트짜리 술을 섞어 마셨다는 사실이 밝혀졌단다. 물론 경찰 조사를 항상 믿을 수는 없는 일이지만, 만일 그 조사 결과가 사실이었다면, 자기 핏속에 알코올이 108퍼센트나 들어갔고, 거기다가 알약들까지 삼킨 상황에서는 그다음에 일들이 그렇게 고약하게 꼬인 것도 이상한 일은 아니었단다……. 이렇게 한결 부드러워지고 있는 분위기에 편승하여 요한나 셀란데르는 만일 자신과 리셉셔니스트가 매니저로서 전권을 부여받아 활동할 수 있다면 킬러 안데르스 씨의 사업 소득이 최소 두 배는 올라갈 거라고 말했다.

이 타이밍에 맞추어 페르 페르손은 얼른 냉장고로 달려가 맥주 두 병을 꺼내어 가져왔다. 킬러 안데르스는 곧바로 한 병을 비운 다음 두 번째 병을 따면서, 자기가 목사의 설명을 충분히 이해했다고 판단하고는, 〈에이 시발! 좋아, 그렇게 해!〉라고 외쳤다.

그러고는 두 번째 병을 꿀꺽꿀꺽 마셔 버리고, 큼직한 트림을 터뜨린 뒤 사과를 하고는, 가지고 있던 1천 크로나 지폐 다섯 장 중에서 두 장을 척 꺼내어 〈자, 20퍼센트라고 했지?〉라고 하며 목사에게 건넸다.

그리고 나머지 지폐 세 장은 셔츠 호주머니에 쑤셔 넣으면서, 지금은 자기가 근처의 단골 선술집에 가서 〈아점〉을 먹어야 할 시간이므로 더 이상 사업에 대해 얘기할 시간은 없다고 선언했다.

「자, 백작하고는 잘해 봐!」 그는 로비 문에서 이렇게 소리치고 사라졌다.

4

〈백작〉이라고 불리는 남자는 귀족 연감에서 찾아볼 수 없었다. 사실은 그 어디에서도 찾아볼 수 없었다. 그는 국세청에 내야 할 미납 체액이 70만 크로나 가까이 되는 사람이었다. 세무서는 필리핀의 수도 마닐라의 마비니 가(街)로 되어 있는 백작의 최근 주소로 수도 없이 경고장들을 보냈지만, 한 번도 답장을 받지 못했다. 물론 그것은 엉터리 주소였다. 경고장들은 현지의 어느 생선 장수의 집으로 날아갔고, 생선 장수는 이것들을 대하와 오징어를 포장하는 데 사용했다. 백작은 실제로는 스톡홀름에 있는 한 여자의 집, 다시 말해서 〈백작 부인〉이라는 호칭으로 불리며, 각종 마약을 취급하는 거물 딜러이기도 한 여자 친구의 집에서 살았다. 그는 이 여친의 명의를 차용하여 스톡홀름 남쪽 교외 지역에서 중고차 매매 업체를 다섯 개나 운영하고 있었다.

그는 차를 분해하고 조립하기 위해서는 IT공학 학위보다는 멍키 스패너가 필요했던 아날로그 시대부터 이 분야에 종사해 왔다. 하지만 그는 다른 이들보다 유연하게 디지털 시대에 적응했으며, 이것이 하나였던 회사가 불과 몇 년 사이에 다섯 개로 늘어날 수 있었던 이유였다. 이렇게 사업이 급성장해 가는 과정에서 백작과 국세청 사이에는 세무적 불협화음이 발생했고, 덕분에 지구 반대편의 부지런한 생선 장수는 기쁨과 약간의 짜증을 동시에 맛보게 되었다.

백작은 변화 가운데서 위험보다는 기회를 발견하는 종류의 인간이었다. 유럽을 비롯하여 세계 도처에서, 사는 데는 1백만 크로나가 들지만 훔치는 데는 단돈 50크로나만 있으면 되는 자동차들이 생산되었다. 50크로나로 필요한 전자기기를 구입하고, 인터넷에 나오는 다섯 단계 지시 사항만 충실히 따르면 되는 일이었다. 백작의 주특기는 스웨덴에 등록된 BMW X5들의 위치를 파악하는 것이었다. 일단 파악이 되면 그단스크에 있는 동업자에게 두 친구를 보내 달라고 하여, 그들로 하여금 차량을 폴란드까지 가져가 명의 세탁을 하게 한 다음, 다시 그 차를 스웨덴에 재수입했다.

차량 한 대당 순이익은 25만 크로나에 달했다. 하지만 뒤늦게 정신을 차린 BMW사가 고급 승용차마다, 그게 신차가 됐든 중고차가 됐든, GPS 추적기를 설치했다. 그런데 그 방식이 너무도 치사했다. 차량 절도범들에게 사전 통고도 없이 그런 몹쓸 짓을 한 것이다. 어느 날 갑자기 엥엘홀름에 있는 한 중개업자의 창고에 경찰이 들이닥쳐 차량을 압수하고 폴란드 친구들을 붙잡아 갔다.

백작은 무사했다. 그가 마닐라에 살아서 그런 게 아니라, 철창에 갇힌 폴란드 친구들이 순순히 그의 이름을 불기에는 자신의 목숨을 너무도 사랑했기 때문이었다.

그가 여러 해 전에 〈백작〉이라는 별명을 얻게 된 것은 지불에 인색한 고객들을 협박하는 방식이 매우 세련되었기 때문이었다. 예를 들면 이런 식의 표현을 썼다. 〈존경하는 한손 씨께서 약정하신 대금을 스물네 시간 내로 정리해 주신다면 대단히 감사하겠습니다. 그렇게만 해주신다면 한손 씨의 몸을 약 백여 조각으로 토막토막 자르는 일은 결코 없을 것임을 제가 분명히 약속드리겠습니다.〉이름이 한손이 됐든 뭣이 됐든 간에, 이 말을 들은 고객은 더 이상 군소리하지 않고 돈을 가져오곤 했다. 세상에 자기 몸이 토막 나기를 바라는 사람이 어디 있겠는가? 백 조각이 아니라 두 조각도 충분히 싫은 것이다.

세월이 흐르면서 백작은 — 백작 부인의 지도 편달하에 — 보다 상스러운 스타일을 발전시켜 왔다. 예를 들어 리셉셔니스트의 귀에 아직도 생생한 그 찰진 문장 같은 것 말이다. 이처럼 사람은 더 이상 귀족이 아니었지만, 칭호는 이미 굳어진 뒤였다.

페르 페르손과 요한나 셸란데르는 킬러 안데르스를 대리하여 이 악명 높은 백작에게 5천 크로나를 청구하러 길을 떠났다. 만일 이 일에 성공한다면, 7호실의 킬러는 앞으로 그들의 안정된 수입원이 될 수 있었다. 허나 실패한다면…….
아니, 실패는 생각도 해서는 안 되었다.

요한나는 이 일을 해결하기 위해서는 백작에게 강하게 나가야 한다고 의견을 밝혔다. 이런 세계에서는 점잖은 태도를 취해 봤자 아무 소용이 없을 거라고.

페르 페르손은 반대하고, 반대하고, 또 반대했다. 그는 스프레드시트와 객실 관리에 약간의 재능이 있는 리셉셔니스트이지, 폭력배는 아니었다. 설사 폭력배가 된다 해도, 그 커리어를 이 분야 최고의 거물 중 하나와 맞짱 뜨면서 시작하고 싶지는 않았다. 그리고 목사 자신은 이 세계에 대해 대체 무슨 경험을 해봤는가? 오히려 백작과 따뜻한 포옹을 한두 번 나누고 시작하는 게 정답이 아니라고 어떻게 확신한단 말인가?

뭐, 포옹? 그래, 기세등등하게 쳐들어가서는 별안간 바짓가랑이를 붙잡고 무조건 용서해 달라고 빌겠다고? 세상에, 다섯 살배기 아이도 웃을 일이네.

「자, 설교는 내가 할 거니까, 다 맡기고 있으면 아무 문제 없을 거예요.」 늘 그렇듯 일요일에도 열려 있는 백작의 사무실 앞에 도착했을 때 그녀가 말했다. 「그리고 내가 얘기하고 있을 때, 아무하고도 포옹하지 말아요!」

페르 페르손은 그래 봤자 거시기를 뽑힐 사람은 자기뿐이라는 생각이 들었지만, 결국 체념하고 말았다. 이 무모하기 짝이 없는 여자는 자기와 같이 온 사람이 호텔 리셉셔니스트가 아니라 마치 예수 그리스도인 것처럼 설쳐 대고 있었다. 그는 백작에게 〈강하게 나간다〉라는 게 뭘 의미하는지 알고 싶었지만, 그걸 묻기에는 너무 늦어 버렸다.

　백작은 초인종이 딸랑이는 소리에 책상에서 얼굴을 쳐들었다. 그는 어딘지 낯익은 두 사람이 들어오는 것을 보았다. 어쨌든 여자에 목에 둘린 흰 칼라를 보건대, 적어도 국세청에서 나온 사람들은 아니었다.

　「안녕하세요, 백작님! 또 뵙게 됐네요. 난 요한나 셀란데르라고 해요. 스웨덴 국교회 소속 목사로, 최근까지만 해도 이 자리에선 굳이 거론할 필요가 없는 한 교구의 목사로 봉직했죠. 그리고 옆에 있는 이 남자분은, 내 친구이며 오랫동안 함께 일해 온 동료로서…….」

　바로 이때, 요한나 셀란데르는 자신이 리셉셔니스트의 이름을 모른다는 사실을 깨달았다. 그는 공원에서 너그러운 모습을 보여 주었고, 방 값 문제에 있어서는 좀 인색했으며, 킬러 안데르스에게 입으로 맞서야 했을 때는 약간 소극적이었지만, 지금 앞에 버티고 앉아 있는 백작에게서 모자라는 5천 크로나를 받아 내러 온 자기를 따라온 걸 보면 충분히 용감하다고도 할 수 있는 사람이었다. 그는 공원에서 기도 값으로 20크로나를 덮어씌우려고 했을 때 자기 이름을 밝힌 것 같기는 했지만, 그게 너무 순식간에 지나간 일이어서…….

　「내 친구이며 오랫동안 함께 일해 온 동료인 이분은……

물론 이분도 누구나와 마찬가지로 이름이 있는데요…….」

「네, 페르 페르손입니다.」 페르 페르손이 자신을 소개했다.

「아멘.」 요한나 셸란데르가 고개를 끄덕이고는 다시 말을 이었다. 「그러니까 우리가 이렇게 백작님을 찾아온 것은…….」

「그런데 한 시간 전에 내가 땅끝 하숙텔에서 5천 크로나가 든 봉투를 맡긴 게 당신들 둘 아니야?」

이렇게 물었지만 백작은 이미 확신하고 있었다. 스톡홀름 남부 지역에서 때 묻은 칼라를 착용한 여자 목사와 마주칠 기회는 흔치 않은 것이다. 적어도 그런 인물을 이렇게 짧은 시간에 두 번이나 마주치는 경우는 극히 드문 것이다.

「네, 바로 그 점이에요.」 여자가 대답했다. 「봉투에는 5천 크로나만 들어 있었어요. 즉 5천이 모자랐어요. 그래서 우리의 고객이신 요한 안데르손 씨께서 우리에게 여기로 와서 잔금을 받아 와달라고 요청하셨어요. 그분은 이런 식으로 일을 끝맺는 게 모두에게 좋을 거라고 전해 달라고 하셨어요. 안데르스 씨가 말씀하시기를, 만일 그렇지 않을 경우, 당신은 아주 불쾌한 방식으로 목숨을 잃게 될 것이며, 본인은 20년 동안 다시 철창신세를 져야 하는 다소 유감스러운 결과를 맞게 될 거라고 하셨죠. 〈잠언〉 11장 19절의 말씀, 〈공의를 지키는 자는 생명에 이르지만, 악을 따르는 자는 사망에 이르느니라〉처럼 말이죠.」

백작은 곰곰이 생각해 보았다. 아니, 이것들이 겁대가리 없이 여기까지 찾아와서 나를 협박해? 이 목사 년은 저 빌어먹을 칼라를 비틀어서 당장에 목 졸라 죽여 버려야 마땅했다. 하지만 지금 목사가 설명한 바에 의하면, 그렇게 하는 것은 쓸모 있는 천치인 킬러 안데르스를 그냥 단순한 늙은 천치로 만드는 짓이었다. 이 경우 자신은 킬러가 자신을 제거하기 전에 먼저 그를 제거하지 않을 수 없게 되는데, 이는 자신이 가장 애용하는 팔다리 분쇄기를 더 이상 사용할 수 없게 된다는 것을 의미했다. 한편 그는 성경이 어떤 말을 했는지에 대해서는 전혀 관심이 없었다.

「흠…….」 그의 얼굴에 복잡한 표정이 떠올랐다.

목사는 자칫하면 이 협상이 난관에 봉착할 수도 있다고 판단하고는 얼른 설명을 이어 나갔다.

「안데르스 씨가 한쪽 팔만 두 차례 부러뜨리고 다른 팔은 성한 상태로 놔둔 것은, 그분이 매니저들, 즉 나 자신과 여기에 계신 내 친구 페르 얀센 씨와 함께 정한 윤리적 가이드라인을 따르기 위해서였어요…….」

「페르 페르손입니다.」 페르 페르손이 정정했다.

「이 가이드라인에 따르면 어떤 작업을 수행함에 있어, 아이들을 해치는 행위는 금지되는데, 만일 킬러 안데르스 씨가 예상 못 한 돌발 상황에 요령 있게 대처하지 않았더라면 불행히도 발생할 뻔한 일이었지요. 또 〈역대기〉 하권 25장 4절에 이런 말씀도 있고 말이죠. 〈자녀로 인하여 아비를 죽이지 말 것이요, 아비로 인하여 자녀를 죽이지 말 것이라, 각 사람은 오직 자기 죄로 인하여 죽을 것이니라.〉」

백작은 웃기는 소리는 집어치우라고 대꾸했다. 그리고 지금 걸려 있는 문제는 어떻게 할 거냐, 즉 한쪽 팔에만 석고 깁스를 한 그자가 그 빌어먹을 차를 신나게 몰고 다니는 이 엿 같은 상황은 대체 어떻게 처리할 거냐고 물었다.

「아, 그 점은 우리가 지금까지 다각도로 검토해 온 문제지요.」이 디테일을 지금에야 의식하게 된 목사가 대답했다.

「그래서?」

「……에, 그러니까, 우린 이렇게 제안드리고 싶어요.」백작이 묻는 바로 그 순간에 퍼뜩 해결책이 떠오른 목사가 말을 이었다.「당신은 지난번 계약에 따라 킬러 안데르스 씨에게 지불해야 할 5천 크로나의 잔금이 있어요. 그리고 당신은 하고 계신 비즈니스의 성격상, 얼마 안 있어 안데르스 씨의 도움을 다시 필요로 하게 될 거예요. 만일 우리 매니저들이 의뢰된 내용이 그분에게 걸맞은 일이라고 판단한다면 ─ 분명히 그럴 거라고 믿지만요 ─ 우린 합리적인 가격으로 일을 처리해 드릴 거고, 더불어 문제의 그 사람도 다시 방문할 거예요. 우선 근처에 아기가 없게끔 확실해 해놓은 다음, 다시 팔들을 부러뜨릴 겁니다. 갓 회복된 팔과 불행히도 저번에 생채기 하나 없이 살아남은 팔, 두 쪽 모두를요. 이 모든 걸 추가 비용 없이 해드리겠어요.」

백작은 이런 종류의 일을 어떤 목사와 ─ 옆에 있는 놈은 누가 됐든 간에 ─ 협상한다는 게 다소 야릇하게 느껴졌지만, 어쨌든 제안 자체는 괜찮다고 생각했다. 하여 그는 5천 크로나를 지불하고 목사와 또 다른 녀석과 악수를 나눈 다음, 그게 누가 됐든 또 어떤 사유가 됐든 뜨거운 맛을 보여줘야 할 작자가 생기면 꼭 연락하겠다고 약속했다.

「그리고 그 거시기 건에 대해서는 내가 페르 얀손 씨에게 사과해야 할 것 같구먼.」 백작이 작별 인사를 대신하여 말했다.

「아, 뭐, 괜찮습니다.」 페르 페르손이 대답했다.

「거시기엔 거시기로…….」 이것은 성경 말씀이 밴 목사의 입에서 순전히 반사적으로 튀어나온 말이었다. 그녀는 이어 〈눈에는 눈으로, 이에는 이로……〉라는 〈레위기〉 24절 말씀을 인용하기 직전에 혀를 꽉 깨물었다.

「뭐야?」 이게 모종의 위협이 아닌가 의심한 백작이 도끼눈을 했다. 불과 몇 분 사이에 백작을 두 번이나 위협하는 것은 적어도 1.5배는 지나친 일이었다.

「오, 아무것도 아닙니다!」 페르 페르손이 재빨리 목사의 팔을 잡으면서 대답했다. 「우리 목사님은 가끔씩 영혼이 성경의 세계 안으로 빠져들곤 하시죠. 그리고 여기가 좀 후덥지근하네요. 자, 목사님, 갑시다! 저쪽이 문이에요!」

5

목사와 리셉셔니스트는 돌아오는 길에 아무 말이 없었다. 두 사람은 저마다 생각을 정리해 보고 있었다.

리셉셔니스트는 뭔가 불길한 예감이 느껴졌다. 아울러 돈 냄새도 느껴졌다. 그러자 불길한 예감은 더욱 강해졌다. 더불어 돈 냄새도 더욱 짙어졌다.

불운에 대해서라면 이력이 나 있었다. 조금 더 불운해진 다고 해서 크게 달라질 것은 없었다. 하지만 돈뭉치는 가져 보기는커녕, 할아버지가 나타나는 악몽들 말고는 구경한 적도 없었다. 결국 그는 목사에게 물어보지 않을 수 없었다. 그런데…… 돈을 받고 사람들을 막 패고 다녀도 되는 건가요?

요한나 셸란데르는 뭔가 마땅한 대답을 찾아보았지만 생각나는 게 없었고, 그냥 〈주님께서는 그분을 두려워하는 자에게 길을 알려 주시느니라〉라는 인용구가 그녀가 할 수 있는 최선의 대답이었다.

「……시편 25편 말씀이에요.」 그녀가 확신 없는 어조로 덧붙였다.

리셉셔니스트는 자신은 이렇게 한심한 대답은 들어 본 적이 없다고 쏘아붙이면서, 그런 식으로 앵무새처럼 성경 구절만 달달 외우고 있기보다는 자신의 머리를 좀 사용하는 게 낫지 않느냐고 반문했다. 특히나 그 앵무새가 신도, 성경도 믿지 않는 사람인 경우에는 더욱 그래야 하지 않을까요? 게다가 오늘 한 인용들 중에서 마지막 두 개는 엉뚱하기 짝이 없더군요. 그래, 방금 전의 인용은 대체 무슨 뜻이죠? 우리가 윤리 의식이 희박한 사람들을 킬러 안데르스를 통해 바른길로 인도하기 위해 하나님이 보낸 사도들이라는 뜻인가요? 아니, 왜 하나님께서 그런 임무를 하나님도 믿지 않는 목사와 평생 성경 한 번 안 읽은 리셉셔니스트에게 맡기려고 할까요?

약간 기분이 상한 목사는 인생이라는 바다를 항해해 가는 것은 솔직히 쉬운 일은 아니라고 대답했다. 자신은 태어나서 지난주까지 가족의 전통에 갇혀서만 살아왔다. 그리고 이제는 세상에 나와 킬러의 매니저라는 전혀 뜻밖의 역할을 맡게 되었는데, 이게 과연 존재하지도 않는 신에게 복수하는 올바른 방법인지는 자신도 확신할 수 없다. 자신은 이렇게 안개 낀 바다처럼 불투명한 삶 속에서 한 발 한 발 더듬듯이 나아가야 하는 상황이며, 이런 시험적인 과정 중에 어쩌면 한두 크로나 만져 보게 될지도 모르겠다. 어쨌든 아까 자신이 백작 앞에서 최악의 타이밍에 성경 말씀이 입에 밴 탓에 순전히 반사적으로 〈거시기엔 거시기로……〉라고 지껄였을 때 페르 얀손 씨인지 페르 페르손 씨인지께서 신속히 개입해 준 것은 정말로 고마웠다고 말하고 싶다…….

「그거야, 뭐, 천만에요!」 리셉셔니스트가 약간 우쭐해하며 대꾸했다.

그는 더 이상 아무 말도 하지 않았지만, 한 가지는 확실했다. 목사와 자신은 피차 공통점이 많았다.

호텔에 돌아온 페르 페르손은 8호실 열쇠를 목사에게 내밀면서, 방 값에 대해서는 나중에 얘기하자고 말했다. 일요일인 오늘 하루 동안에 너무 많은 일들이 일어났으므로, 일찍 들어가 쉬고 싶었던 것이다.

여자 목사는 가장 세속적인 방식으로 감사를 표했다.

「어머, 고마워요! 덕분에 정말 좋은 하루를 보냈어요. 우리 내일 다시 보게 되겠죠? 잘 자요, 페르!」

◆

목사 한 명과 백작 한 명을 새로 만나고, 그가 너무나도 잘 알고 있는 살인마의 매니저가 된 그날 저녁, 페르 페르손은 접수 데스크 뒷방의 매트리스에 누워 천장을 올려다보았다.

따지고 보면, 이따금 누군가의 팔이 하나씩 부러진다 해서 세상의 종말이 오는 것은 아니지 않은가? 특히나 그 팔 임자가 그런 꼴을 당해도 싼 인간이고, 또 이를 통해 집행자와 매니저들의 형편이 조금이나마 나아질 수 있다면 말이다.

그 여자 목사는 그가 여태까지 만나 본 이 중에 가장 이상한 사람이었다. 하나님조차 잊어버린 곳이라 할 수 있는 이 땅끝 하숙텔에서 오랫동안 일하며 별의별 일을 다 겪어 온 그였지만, 그 목사 같은 사람은 한 번도 본 적이 없었다. 어쨌든 그녀에게는 추진력이 있었고, 특히 경제적으로 기발한 아이디어들이 넘쳐 났다(비록 공원에서는 20크로나 벌 수 있는 기회를 그 엉성한 기도 때문에 놓치긴 했지만).

〈요한나 셸란데르, 내가 당분간은 당신을 좀 따라다닐 것 같아.〉 페르 페르손은 속으로 중얼거렸다. 〈음, 그럴 것 같아. 당신에게선 돈 냄새가 나거든. 그리고 돈 냄새는 기분이 좋지.〉

그는 매트리스 옆에 늘어져 있는 맨전구의 불을 껐고, 그로부터 몇 분도 안 되어 잠이 들었다.

그리고 오랜만에 단잠을 잤다.

6

폭행 및 구타를 전문으로 하는 회사를 경영하는 일은 생각보다 복잡했다. 원칙적으로는 수익의 80퍼센트는 킬러 안데르스에게, 20퍼센트는 리셉셔니스트와 목사에게 가기로 되어 있었다. 하지만 예상외의 특별 비용들이 발생했다. 예를 들어 킬러 안데르스의 작업복이 피로 너무 얼룩져서 다시 못 입게 되었을 때 새 옷을 사주어야 했다. 여기에 돈을 아낄 수는 없는 노릇이었다.

또 킬러는 자신이 출동하기 전에 마시는 맥주 값은 공동 부담으로 해야 한다고 주장했다. 자신은 맨정신으로는 사람들을 패는 게 불가능하단다.

이에 리셉셔니스트와 목사는 조금만 훈련하면 맨정신으로도 얼마든지 교화 작업을 할 수 있는데, 다만 킬러가 시도해 보지 않았을 뿐이라고 반박했다. 어쨌든 앞으로 사람을 패야 할 일이 있는 날은 알코올 소비를 줄일 것을 권고했다.

이렇게 킬러 안데르스는 맥주 값 협상에는 실패했지만,

작업을 하러 갈 때 대중교통을 이용한다거나, 자전거를 훔쳐 짐받이에 야구 방망이를 묶고 다니는 것은 분별없는 짓이라는 점을 파트너들에게 납득시킬 수 있었다. 그리하여 회사가 택시 비용을 부담한다는 방안이 만장일치로 결의되었다. 리셉셔니스트는 택시비를 〈핑크 클럽〉의 고객 중 하나였던 탁시 토르스텐과 협상했다. 아가씨들은 그를 〈야한 택시〉라고 불렀고, 이게 페르가 그를 기억하는 유일한 이유였다. 어쨌든 과거의 색싯집 고객을 만나게 된 페르는 곧바로 본론에 들어갔다.

「1주일에 하루 이틀 정도 오후 동안, 스톡홀름 광역시 전체를 범위로 개인 기사 일을 하는 데 얼마나 드리면 될까요?」

「한 번 뛰는 데 6천 크로나.」

「9백 드릴게요.」

「알았어!」

「그리고 무엇을 보든, 무엇을 듣든 간에 입 꽉 다물고 있는 거 아시죠?」

「알았다고 했잖아!」

그룹은 사업을 한 걸음 한 걸음 발전시켜 나갔고, 월요일마다 후속 미팅을 가졌다. 애초의 가격표는 집행된 임무가 얼마나 골치 아팠는지에 대한 킬러 안데르스의 증언을 근거하여 계속 재조정되었다. 최종 요금 또한 주문된 조합에 따라 다양하게 책정되었다. 예를 들어 우측 다리 하나는 1만 5천 크로나고 좌측 팔도 같은 가격이지만, 이 둘을 묶어서 작업하면 3만이 아닌 4만 크로나였다. 이 가격 조정은 킬러 안데르스가 어떤 남자를 다룬 방식을 아주 생생하게 묘사해 준 뒤에 이뤄졌다. 킬러의 야구 방망이에 맞은 사내가 바닥에 쓰러져 얼마나 야단스럽게 뒹굴어 대는지 왼팔을 정확히 맞추기가 상당히 곤란했다고 한다. 게다가 킬러는 평소에도 왼쪽과 오른쪽을 잘 구별하지 못하기 때문에(선과 악을 구별하는 게 쉽지 않듯이) 더욱 애를 먹었단다.

또 그들은 윤리적 가이드라인을 정하는 데에도 특별한 주의를 기울였다. 첫 번째의, 그리고 가장 중요한 원칙은 아이들은 절대로 해치지 않는다는 것이었다. 직접적으로든 간접적으로든 충격을 주어서는 안 되었다. 예를 들어 어머니나 — 더 빈번하게는 — 아버지가 벌받는 광경을 아이가 목격하는 일은 없어야 했다.

두 번째 규칙에 따르면 부상 부위는 가급적이면 차차로 치유될 수 있어야 했다. 다시 말해서 벌받은 사람이 남은 생을 절뚝거리며 사는 일은 없어야 했다. 따라서 한번 망가지면 회복이 어렵거나 불가능한 종지뼈는 극도로 세심하게 다루는 게 필요했다. 반면 손가락 하나를 절단하는 것은 용인되었다. 두 개도 괜찮았다. 각 손마다 두 개씩 말이다. 하지만 그 이상은 불가였다.

열 명 중에서 아홉은 킬러에게 팔이나 다리를 야구 방망이로 부러뜨려 달라고 요청했지만, 죄인의 얼굴에 징벌의 흔적이 남기를 바라는 고객도 간혹 있었다. 이럴 경우 킬러의 업무는 맨주먹 혹은 미국식 너클을 낀 주먹으로 턱뼈나 코뼈나 광대뼈에 적정 수의 골절상을 입히는 게 되는데, 여기에다 보너스로 눈탱이를 밤탱이로 만들어 놓거나 눈썹께를 찢어 놓기도 했다(눈썹께는 작업하다 보면 혼자서도 잘 벌어지는 부위다).

페르 페르손과 요한나 셸란데르는 자신들을 통해 벌받는 사람은 마땅히 벌받을 만한 인간들이라고 서로에게 확신을 불어넣어 주었다. 아무튼 각 의뢰인은 자신의 입장을 충분히 정당화해야 했다. 여태까지 그들이 서비스를 거절한 사람은 딱 하나로, 최근에 석방된 어떤 헤로인 중독자였는데, 감옥에서 마약 중독 정신 치료를 받던 중에 자신의 인생이 꼬인 것은 지금은 아흔두 살이 된 그의 유치원 선생님 탓이라는 사실을 불현듯 깨달았다는 사내였다. 킬러 안데르스는 일리 있는 얘기라고 고개를 끄덕였지만, 페르와 요한나는 증거가 너무 빈약하다는 결론을 내렸다.

헛물을 켠 헤로인 중독자는 무거운 발걸음으로 떠나갔다. 설상가상으로 문제의 노부인은 이틀 후 폐렴으로 사망하여, 복수하려던 사내의 꿈은 영영 이뤄질 수 없게 되었다.

◆

업무는 다음과 같이 분담되었다. 페르는 접수 데스크를 지키고, 주문을 받고, 요금을 알려 주고, 스물네 시간 내로 결정 내용을 고지하겠다고 약속한다. 그러고 나서 요한나와 안데르스를 최고 임원 회의에 소집한다. 킬러는 가끔씩만 참석했지만, 의뢰가 수락되기 위해서는 찬성표가 적어도 두 표 이상 되어야 했다.

요금이 현금으로 지불되면 비로소 작업이 이뤄지는데, 보통은 며칠 내로 끝나고, 1주일 이상 끄는 법은 없었다. 왼쪽이 오른쪽이 됐거나 그 반대가 된 몇몇 경우를 제외하고는, 작업의 퀄리티에 대해 불평하는 고객은 단 한 사람도 없었다.

「왼손은 사람들이 손목시계를 차는 손이에요.」 리셉셔니스트가 설명해 보았다.

「뭐, 손목시계?」 첫 번째 살인 이후로 시와 분 단위가 아닌 달과 년 단위로 시간을 계산해 온 안데르스가 되물었다.

「혹은 포크를 잡는 손이기도 하죠.」

「난 감옥에서 주로 숟가락을 사용했거든.」

7

사업이 그렇게 지지부진하지만 않았더라도 땅끝 하숙텔에서의 삶도 그렇게 나쁘진 않았으리라. 킬러 안데르스의 뛰어난 재능에 대한 소문이 관련 업계에서 빨리 퍼지지 않는 게 문제였다.

1주일에 몇 시간만 일하는 게 조금도 문제가 되지 않는 이는 딱 한 사람, 바로 당사자였다. 안데르스는 모든 종류의 약물을 시도해 본 적이 있지만, 적어도 일중독 때문에 기소될 일은 없었다.

리셉셔니스트와 목사는 킬러의 기술을 홍보할 수 있는 최선의 방책을 찾기 위해 숙의를 거듭했다. 그들의 대화는 너무도 원만하게 진행된 나머지, 어느 금요일 저녁 요한나는 리셉셔니스트의 방(가구라고 해봐야 의자 하나, 옷장 하나, 바닥에 깔린 매트리스 하나가 전부였다)에서 와인 한 병을 마시며 대화를 마무리 짓자고 제안하기에 이르렀다. 제안 자체는 매력적이었으나, 페르 페르손은 그들이 처음 만났을 때 이 아가씨가 자신의 돈을 사취하려 했던 일이 너무도 기억에 생생했다. 그는 와인 한 병을 따는 것에 대해서는 조금도 이의가 없지만, 회의는 그냥 시작한 곳에서 계속하고, 그러고 나서는 각자의 방으로 돌아가자고 대꾸했다.

요한나는 실망했다. 그녀는 리셉셔니스트에게서 뭔가 까칠한 듯하면서도 귀여운 것을 느끼고 있었던 것이다. 그 공원에서 특별 기도 대가로 돈을 요구한 것은 정말이지 바보 같은 짓이었다. 이제 그에게 은근한 감정을 느끼고 있는데 (스스로도 놀라운 일이었다), 그 일이 계속 꼬리표처럼 따라다니는 것이다. 어쨌든 그들은 함께 와인 한 병을 비웠고, 아마도 이 덕분일 터인데, 미디어를 통한 홍보가 그들의 목적에 도달할 수 있는, 물론 위험성은 있지만 가장 효과적인 길이라는 합의에 이르게 되었다. 그들은 킬러의 예외적인 재능을 만방에 알리기 위하여, 그로 하여금 어느 적절한 스웨덴 미디어와 독점 인터뷰를 갖게 한다는 결정을 내렸다.

리셉셔니스트는 조간지, 석간지, 주간지, 월간지 등을 낱낱이 읽고, 다양한 TV 채널의 각종 프로그램을 시청하고, 또 라디오 방송도 이것저것 청취한 끝에, 스웨덴의 양대 타블로이드지를 통할 때 가장 빠르고도 최선의 결과를 얻을 수 있다는 결론에 이르렀다. 그의 최종적인 선택은 「엑스프레센」[5]이었는데, 이름이 「아프톤블라데트」[6]보다는 뭔가 속

5 〈속달〉이라는 뜻을 담고 있다.
6 〈석간신문〉이라는 뜻.

도감 있게 느껴졌기 때문이었다.

한편 목사는 킬러 안데르스에게 계획을 설명하고, 참을성 있게 인터뷰 연습을 시켰다. 그녀는 킬러에게 그가 전해야 할 메시지, 말해야 할 것과 절대로 말해서는 안 될 것 등, 다양한 정보를 주입했다. 요컨대 인터뷰 기사를 통해 킬러 안데르스가

1) 돈을 받고 서비스를 제공하며

2) 위험하며

3) 정신 이상자라는

사실이 암시되어야 했다.

「위험한 정신 이상자……. 음, 한번 해보지 뭐.」 킬러 안데르스가 그다지 자신감이 느껴지지 않는 목소리로 대답했다.

「당신이라면 충분히 할 수 있어요.」 요한나가 용기를 북돋아 주었다.

모든 준비가 끝나자 리셉셔니스트는 「엑스프레센」지의 여자 편집장에게 전화를 걸어, 〈킬러 안데르스〉라는 별명으로 더 잘 알려진 연쇄 살인마 요한 안데르손과의 독점 인터뷰를 주선해 줄 수 있다고 말했다.

편집장은 〈킬러 안데르스〉라는 별명을 가진 연쇄 살인마에 대해 한 번도 들어 본 적이 없었지만, 특종을 귀신같이 분간해 내는 후각을 갖추고 있었다. 〈킬러 안데르스〉는 왠지 감이 좋았다. 그녀는 더 얘기해 보라고 말했다.

페르 페르손은 설명하기 시작했다. 에, 이게 무슨 얘기인가 하면 말이죠, 요한 안데르손 씨는 일련의 살인 사건들을 저지르고 평생을 감옥에서 보낸 분이세요. 이분을 〈연쇄 살인마〉라고 부르는 것은 어쩌면 지나친 일일 수도 있겠지만, 이 킬러 안데르스 씨가 그를 감옥에서 썩게 한 드러난 살인 사건들 외에도, 얼마나 많은 다른 해골들을 벽장 속에 감춰 두고 계신지는 아무도 모를 일이죠.

어쨌든, 요즘 이 살아 있는 살인 기계님께서 석방되어 잘 지내고 계신데 말이죠, 그분의 친구인 저 페르 페르손에게 귀사에 전해 달라고 부탁하셨어요. 자신은 「엑스프레센」지 기자를 만나 자신이 좀 더 착한 놈이 됐다는 걸 밝히고 싶다네요. 아니면 할 수 없고요.

「아니면 할 수 없다?」 편집장이 놀라 말했다.

신문사 편집국은 단 몇 분 만에 요한 안데르손의 피비린내 나는 과거를 확인할 수 있었다. 그의 별명은 한 번도 미디어에 소개된 적이 없었고, 때문에 리셉셔니스트는 마지막으로 감옥 생활 할 때 굳어진 이 별명의 기원에 대한 설명을 세심하게 준비해 놓은 터였다. 하지만 이런 걱정은 쓸데없는 것이었으니, 편집장에게는 별명이 붙은 이유 따위는 조금도 중요치 않았던 것이다. 그가 〈킬러 안데르스〉면, 그냥 〈킬러 안데르스〉인 것이다! 너무나도 멋진 별명 아닌가? 그들의 신문도 그들만의 연쇄 살인마를 찾아낸 것이다! 시시한 살인 사건 백 개보다 훨씬 더 임팩트 있는 연쇄 살인마를 말이다!

바로 다음 날, 리포터 하나와 사진 기자 하나가 땅끝 하숙텔의 반들반들하게 닦아 놓은 접수 데스크 앞에 나타났다. 킬러 안데르스의 친구들은 리포터를 한쪽으로 데려가서는, 기사에서 자신들은 언급하지 말아 달라, 왜냐하면 자신들의 생명이 위태로워질 수 있기 때문이다, 하고 부탁했다.

바짝 긴장해 있는 젊은 리포터는 잠시 생각해 봤다. 기자가 취재를 하는데 제삼자가 나서서 그 조건을 정하는 것은 있을 수 없는 일이었다. 하지만 지금 인터뷰의 대상은 요한 안데르손이므로, 정보원들을 언급하지 않는다고 해서 크게 문제될 것은 없었다. 문제는 그들의 또 다른 요구 사항이었다. 신문사는 사진만으로 만족해야 한다는 것이었다. 음성 녹음도 안 되고, 웹 TV 녹화도 안 된다는 것이었다. 리셉셔니스트는 또다시 자신과 목사의 안전을 이유로 내세웠지만, 그 근거는 다소 모호했다. 리포터와 사진 기자는 눈썹을 찌푸렸지만, 결국 조건을 수락했다.

킬러 안데르스는 자신이 어떻게 사람들을 죽였는지 상세하게 묘사했다. 하지만 사전에 설정된 마케팅 전략에 따라, 자신이 술과 약물의 영향을 받았다는 사실은 일절 밝히지 않았다. 대신 그는 지금까지 자신의 뚜껑을 확 열리게 했으며, 또 앞으로도 자신을 광폭하게 만들 수 있는 것들을 열거했다.

「난 불의를 증오해!」 그는 요한나가 말한 것을 떠올리며 내뱉었다.

「대부분의 사람들이 그렇지 않을까요.」여전히 바짝 긴장해 있는 리포터가 반문했다. 「그런데 특별히 증오하는 불의라도 있으신가요?」

안데르스는 목사와 함께 모든 답변을 준비해 놓았지만, 지금 그의 두개골 밑에는 우주 공간만큼이나 거대한 허공이 존재할 뿐이었다. 그러니까 컨디션을 유지하기 위해서라도 아침 식사할 때 맥주를 한 병 더 마셨어야 했는데 말이다! 아니, 실제로 한 병 더 마셨던가……?

두 번째 경우라면 더 이상 할 일이 없었지만, 첫 번째 경우라면 해결책은 간단했다. 킬러는 엄지와 중지를 딱 퉁겼고, 리셉셔니스트는 신속히 시원한 맥주 한 병을 대령했다. 그로부터 정확히 30초 후, 맥주병은 투명한 시체가 되어 있었다.

「내가 어디까지 얘기했더라?」킬러 안데르스가 입가의 거품을 닦으며 물었다.

「우린 불의에 대해 얘기하고 있었습니다.」맥주 한 병을 이렇게 빨리 해치우는 것을 본 적이 없는 리포터가 상기시켜 주었다.

「아, 맞아! 그렇지! 그건 내가 아주 싫어하는 거지, 안 그렇소?」

「네……. 하지만 어떤 종류의 불의를 말입니까?」

연습하면서 요한나 셀란데르는 킬러의 이해력이 제멋대로 왔다 갔다 한다는 사실을 느꼈었다. 지금 그것은 어디론가 산책을 떠난 모양이었다.

사실 킬러 안데르스는 그가 증오하기로 되어 있는 것을 좀처럼 기억해 낼 수 없었다. 게다가 방금 마신 맥주 덕분에 기분이 사뭇 유쾌해져 있었다. 증오는커녕 세상 사람들을 다 사랑하고 싶은 심정이었다. 하지만 그렇게 말할 수는 없는 노릇이었다. 뭔가를 즉흥적으로 꾸며 내야 했다.

　「아, 그러니까…… 난 가난을 증오해. 그리고 고약한 질병들도 증오하지. 가만히 보면 항상 착한 사람들이 병에 걸리더라니까!」

　「아, 그렇습니까?」

　「그래. 항상 착한 사람들에게 암이나 다른 엿 같은 병들이 떼거지로 달라붙더라고. 나쁜 놈들은 절대로 안 걸려. 난 이게 아주 싫단 말씀이야. 그리고 난 선량한 사람들을 등쳐 먹는 인간들이 싫어.」

　「지금 누구를 생각하시는 건가요?」

　지금 누구를 생각하느냐고? 무엇을 생각하느냐고? 지금 이 순간, 자기가 말해야 할 것을 기억하는 게 끔찍이도 어렵다는 사실만이 생각날 뿐이었다. 뭐였더라? 살인에 대한 얘기 같았는데……. 더 이상 사람을 죽이지 않겠다는 얘기였나? 아니면 그 반대였나?

　「난 더 이상 사람을 죽이지 않소.」 그는 엉겁결에 이렇게 말했다. 「……뭐, 경우에 따라 다르긴 하지만. 내 미운 놈 리스트에 올라 있는 인간들은 조심해야 할 거요.」

　〈내 미운 놈 리스트〉? 리스트는 무슨 얼어 죽을 놈의 리스트야!

제발 저 리포터가 그냥 넘어가야 할 텐데……

「오, 〈미운 놈 리스트〉라고요?」 리포터가 되물었다. 「누가 거기 올라 있죠?」

에이, 빌어먹을! 킬러 안데르스의 두개골 아래의 톱니바퀴들이 전속력으로, 다시 말해서 슬로 모션으로 돌아가기 시작했다. 자, 다시 한 번 생각해 보자……. 목사가 뭐라고 했더라……? 내가…… 그래, 위험한 정신 이상자처럼 보여야 한다고 했었어. 맞아, 바로 그거였어!

목사와 리셉셔니스트는 제발 킬러 안데르스가 정신 좀 차릴 수 있도록 해달라고 그 어떤 신에게도 빌지 않았다. 그러기엔 그들과의 관계가 너무 안 좋다는 것을 스스로도 잘 알고 있었다. 반면 그들은 킬러 안데르스가 어떻게든 이 위기를 무사히 넘길 수 있기를 간절히 바랐다.

리포터의 어깨 너머 창밖으로 무심코 시선을 던진 안데르스는 약 1백 미터 전방에서 국영 부동산 중개소의 네온 간판과 바로 그 옆에 있는 한델스방켄(상업 은행)의 이 동네 지점을 발견했다. 은행은 호텔 로비에서는 잘 분간되지 않았지만, 그는 그게 거기 있다는 걸 알고 있었다. 이 은행 앞에서, 그를 어느 죄악의 소굴로 데려갈 버스를 기다리면서 얼마나 많은 담배를 피워 댔던가?

생각을 정리하는 것은 불가능했으므로, 그는 그냥 보이는 것들에서 영감을 구하기로 마음먹었다.

부동산 중개소, 은행, 버스 정류장, 흡연자…….

그는 엽총이나 권총을 한 번도 가져 본 적이 없었지만, 반사적으로 갈겨 대는 실력만큼은 누구에게 뒤지지 않았다.

「내 미운 놈 리스트에 누가 올라 있느냐고? 정말로 그걸 알고 싶소?」 그는 목소리를 낮게 깔면서 천천히 물었다.

리포터는 엄숙하게 고개를 끄덕였다.

「부동산 중개업자들…… 난 그들이 싫어. 은행원들도. 흡연자들도. 버스 통근자들도…….」

그는 창문을 통해 보이는, 혹은 분간되는 모든 것들을 열거했다.

「버스 통근자들도요?」 리포터가 놀라며 반문했다.

「그래. 댁도 그러슈?」

「아니요, 그러니까 제 말은…… 어떻게 그들을 미워할 수 있죠?」

안데르스는 자신의 배역에 완벽히 적응하고 있었고, 어쩌다 지껄인 것을 탁월하게 이용해 가고 있었다. 그는 목소리를 한층 낮게 깔고서는 한층 느릿해진 어조로 물었다.

「왜, 댁은 버스 통근자들에게 마음이 끌리슈?」

이 대목에서 「엑스프레센」의 리포터는 하얗게 겁에 질려 버렸다. 그는 자신은 버스 통근자들을 사랑하지 않는다고 단언하고는, 자신과 자신의 여자 친구는 자전거로 출퇴근을 한다, 그리고 지금까지 버스 통근자들에 대해 어떤 태도를 취해야 할지는 깊이 생각해 보지 않았다고 덧붙였다.

「난 자전거 타는 놈들도 싫어.」 킬러 안데르스가 대꾸했다. 「하지만 버스 통근자들은 더 나쁜 놈들이지. 그리고 병원 근무자들도. 그리고 정원사들도.」

킬러 안데르스는 이제 완전히 혀가 풀려 있었다. 목사는 리포터와 사진 기자가 지금 이 킬러가 자신들을 놀리고 있거나, 혹은 아무 말이나 되는 대로 지껄이고 있거나, 혹은 둘 다라는 사실을 깨닫기 전에 중단시키는 게 좋겠다고 판단했다.

「두 분께는 죄송하지만, 우리 킬러 안데르스 씨…… 아니 요한 안데르손 씨께서는 노란 알약과 주황색 알약을 한 알씩 드시고 오후 휴식을 취하셔야 할 시간이에요. 지금부터 저녁때까지 불의의 사고가 발생하지 않기 위해서는 꼭 필요한 일이죠.」

인터뷰는 계획한 대로 진행되지는 않았지만, 조금만 운이 따라 준다면 일이 잘 풀릴 수도 있었다. 한 가지 아쉬운 점은 가장 중요한 부분이 말해지지 않았다는 점이었다. 요한나가 킬러에게 적어도 스무 번은 연습시켰던 부분, 바로 본격적인 광고 부분이었다.

그런데 기적이 일어났다. 유레카! 불현듯 안데르스의 기억이 되살아난 것이다! 사진 기자는 벌써 신문사 승용차의 운전석에 자리를 잡았고, 리포터는 차에 한 발을 올려놓고 있을 때, 킬러가 뒤에서 외쳤다.

「혹시 어떤 놈 종지뼈를 박살 낼 일이 있으면 날 찾아 오슈! 난 그렇게 비싸진 않지만 실력 하나는 끝내준다우!」

눈이 동그래진 「엑스프레센」의 리포터는 얼른 남은 다리 한 짝을 차 안에 끌어올린 다음, 반사적으로 자기 무릎을 쓰다듬어 보고는 차 문을 쾅 닫고 동료에게 소리쳤다.

「빨리 떠!」

◆

다음 날, 「엑스프레센」지 1면에 다음과 같은 제목이 떴다.

킬러 안데르스와의 독점 인터뷰
그는 스웨덴에서 가장 위험한 인물인가?

〈나는 아직도 살인에 목마르다!〉

인용문은 정확한 것은 아니었으나, 사람들이 1면 제목으로 올릴 만한 문장으로 말할 능력이 부족할 때에는, 기자들은 그들이 실제로 말한 것 대신에 그들이 말하고 싶었던 것을 쓸 수밖에 없게 된다. 이게 바로 〈창조적 저널리즘〉이라는 것이다.

「엑스프레센」의 독자들은 장장 네 면에 걸쳐서 킬러 안데르스라는 소름 끼치는 인물을 발견하게 되었다. 거기에는 그가 고백한 그 모든 잔혹한 범죄들뿐만 아니라, 특히 그의 잠재적인 사이코패스 성향이 묘사되어 있었다. 또 그는 부동산 중개인들과 병원 근무자들과…… 심지어 버스 통근자들도 증오한단다.

〈사회 전반에 대한 킬러 안데르스의 격렬한 증오심에는 도무지 한계가 없는 듯하다. 아무도, 진정 아무도 안전하지 못하다. 실제로 킬러 안데르스는 그의 서비스를 팔고 있기도 하다. 그는 적당한 보수만 주면 그 누구의 종지뼈라도 부숴 주겠다고 「엑스프레센」의 리포터에게 제의하였다.〉

용기 있는 리포터와 살인마 간의 만남을 상세히 묘사한 메인 기사를 보충하기 위해 「엑스프레센」은 한 정신과 전문의를 인터뷰한 기사를 덧붙였다. 이 의사는 우선 자신은 일반적인 관점에서밖에는 논의할 수 없다는 점을 강조한 다음, 킬러 안데르스를 가둬 놓는 것은 불가능하다, 왜냐하면 의학적 관점에서 볼 때 그가 자신에게나 타인에게 위험하다고 판단할 수 있는 근거는 없기 때문이다, 라고 설명했다. 물론 그가 여러 가지 범죄를 저지른 것은 사실이지만, 법적으로 충분히 죗값을 치른 것도 사실이다. 따라서 그가 앞으로 또 다른 끔찍한 범죄들을 저지르리라 지레 상상하고는 이에 대해 떠들어 대는 것은 온당치 못하다고 전문의는 결론지었다.

「엑스프레센」은 전문의의 주장으로부터 킬러 안데르스가 다시 무슨 짓을 저지를 때까지 이 사회는 속수무책인 상황이라는 결론을 이끌어 냈다. 하지만 그가 본색을 드러내는 것은 시간문제일 뿐이라고.

이 모든 얘기들의 화룡점정은 신문사의 가장 유명한 여성 논설위원이 쓴 감동적인 칼럼이었다. 그녀는 이렇게 시작했

다. 〈난 어머니입니다. 난 버스 통근자입니다. 그리고 난 두렵습니다.〉

「엑스프레센」의 기사가 발표된 후, 사방에서 인터뷰 요청이 쇄도했다. 인터뷰 요청은 스웨덴을 포함한 스칸디나비아 반도의 나라들뿐만 아니라, 유럽 전체에서 날아들었다. 리셉셔니스트는 이중 몇몇 외국 신문사들만을 받아들였다 (「빌트 차이퉁」, 「코리에레 델라 세라」, 「데일리 텔레그래프」, 「엘 페리오디코」, 그리고 「르 몽드」). 기자들은 영어, 스페인어, 프랑스어 등으로 질문했고, 여러 언어가 가능한 요한나는 인터뷰를 통역하면서 킬러 안데르스가 실제로 지껄인 말보다는 그가 답변해야 마땅한 내용이 전달되게끔 했다. 킬러를 TV 카메라 앞, 혹은 그가 하는 말을 이해하는 기자 앞에다 방치해 놓는다는 것은 있을 수 없는 일이었다. 「엑스프레센」과의 인터뷰는 운 좋게 넘어갔지만, 그 행운이 다시 반복되기는 어려웠다. 그렇다면 스칸디나비아 제국(諸國)의 다른 미디어들로 하여금 예를 들면 「르 몽드」지에 실린 인용문들을 재인용하게 만들면 인터뷰는 효과 만점이지 않을까?

「당신은 확실히 마케팅 쪽에 재능이 있어.」 요한나 셸란데르가 페르 페르손을 칭찬했다.

「그쪽의 언어에 대한 재능이 아니었다면, 결코 성공할 수 없었겠지.」 페르 페르손이 화답했다.

8

이제 스웨덴 국민 전체와 유럽인의 절반 정도가 〈킬러 안데르스〉라는 이름으로 알게 된 사내는 매일 오전 11시경에 잠자리에서 일어났다. 그는 옷을 걸치고(어쩌다가 전날 밤에 옷을 벗고 잤다면) 복도를 따라 어슬렁거리며 걸어와서는, 치즈 샌드위치에 리셉셔니스트가 제공하는 맥주를 곁들인 아침 식사를 들곤 했다. 그러고 나서 다시 휴식을 취하고 있다가, 배가 본격적으로 꼬르륵대기 시작하는 오후 3시경이 되면 동네 선술집으로 가서 스웨덴의 가정식 요리를 한 상 가득 주문해 가지고는 다시 맥주 몇 병을 곁들여 알뜰히 먹어 치웠다.

하지만 이런 스케줄은 업무가 없는 날에나 가능했는데, 이런 경우는 신문 기사들이 뜨고 난 후로는 갈수록 드물어졌다. 그가 리셉셔니스트와 목사와 함께 경영하는 사업은 이제 정신없이 돌아가고 있었다. 안데르스는 월요일, 수요일, 금요일에만 일했다. 더 이상은 일하기가 싫었다. 사실 그는 1주일에 사흘 일하는 것도 별로 내키지가 않았는데, 특히 종지뼈 분쇄 주문이 예상보다 폭주하고 난 후로는 더욱 그랬다. 물론 이것은 그 자신이 어쩌다가 신문을 통해 제안한 것이긴 하지만, 누군가의 팔다리를 절단 내고 싶어 하는 인간들은 뭔가 다른 주문을 하기에는 상상력이 너무도 빈약했다.

안데르스는 스웨덴 가정식의 점심 식사를 마치자마자 업무에 들어가서는, 다시 맥주를 진탕 퍼마셔야 하는 저녁때 전까지 작업을 끝냈다. 택시로 돌아다니면 일은 보통 한 시간이면 마무리되었다. 이때 무엇보다 중요한 것은 취기의 정도를 적절히 유지하는 일이었다. 작업 전에 너무 많이 마시면 계약 내용을 정확히 이행할 수 없었다. 맥주 몇 잔만 더 들어가면 일이 아주 고약하게 흐를 수 있었다. 물론 거기에다 술과 약물까지 추가했을 경우보다는 덜하겠지만 말이다. 술과 약물은 절대로 안 돼, 이게 그가 항상 염불처럼 되뇌는 말이었다. 감옥에서 열여덟 달 정도 지내는 것은 고려해 볼 수 있었다. 하지만 18년은 절대 사양이었다!

목사와 리셉셔니스트가 그들의 사업 파트너에게 뭔가 얘기할 게 있을 때 모일 수 있는 가장 적당한 시간은 아침 식사를 하는 오전 11시와 점심을 먹는 오후 3시 사이였다. 다시 말해서 킬러 안데르스의 숙취가 좀 가시고, 이날의 본격적인 술판은 아직 시작되지 않은 때였다.

그들은 종종 불시에 회의를 열기도 했지만, 매주 월요일

11시 30분만큼은 마침 테이블 하나와 의자 세 개가 놓여 있는 호텔의 좁다란 로비에서 정기적으로 모였다. 킬러 안데르스는 전날 밤 어느 낯선 동네에 떨어져 제때 귀가하지 못하게 되는 일이 있지 않은 한, 가급적 모임에 얼굴을 비췄다.

모임은 항상 같은 식이었다. 리셉셔니스트는 안데르스에게 맥주 한 병을 제공하고, 자신과 목사 앞에는 커피를 한 잔씩 놓았다. 그러고 나서는 새로 들어온 주문들, 앞으로 해야 할 일들, 재정적 성장 상황 등에 대한 대화가 이어졌다.

사업에 있어서 문제점은 딱 하나였는데, 킬러는 여러 가지 충고들을 해줬음에도 불구하고 팔다리를 부러뜨리는 데 있어서 왼쪽, 오른쪽을 제대로 구별하지 못한다는 점이었다. 요한나는 그에게 다른 것들을 시도해 봤다. 예를 들어 오른손은 악수할 때 사용하는 손이라고 설명해 줬다. 하지만 킬러는 자신은 악수에는 별로 익숙지 않다고 대답했다. 그보다 자신은 분위기가 좋으면 잔을 번쩍 치켜들고, 그 반대의 경우에는 양손 다 바빠지는 경향이 있다고.

그러고 나서 목사는 킬러 안데르스의 왼손에다 〈왼쪽〉이라고 써넣으면 어떨까, 하는 생각을 해봤다. 이렇게 하면 문제가 깨끗이 해결되지 않을까? 킬러는 제안을 기꺼이 받아들였고, 보다 확실히 하기 위해 다른 쪽에다는 〈오른쪽〉이라고 써달라고 부탁하기까지 했다.

하지만 이 훌륭한 아이디어는 결국 실패로 돌아갔다. 안데르스의 〈왼쪽〉은 불운하게도 그를 마주하게 된 사람에게

는 〈오른쪽〉이 된 것이다. 안데르스의 왼 주먹에 〈오른쪽〉
이, 그리고 그 반대 주먹에 〈왼쪽〉이 써지고 나서야 겨우 혼
란이 가라앉았다.

리셉셔니스트는 그들의 고객층이 날로 확대되고 있으며,
손에 좌우 표시를 하는 절묘한 해결책을 적용한 이후로는
한 건의 클레임도 없었다고 흐뭇한 표정으로 발표했다. 심
지어 독일, 프랑스, 스페인, 영국 등에서도 주문이 날아들고
있단다. 이탈리아 사람들은 자기네끼리 알아서 해결하고 있
는 것 같다고.
오늘 3인조는 사업 규모 확대와 이에 따른 신규 인력 채용
이라는 문제를 검토하기로 되어 있었다. 혹시 킬러님에게 생
각나는 사람이라도 있으신지? 팔다리를 시원시원하게 부러
뜨릴 줄 알면서도 넘지 말아야 할 선은 확실히 지킬 줄 아
는, 그런 쓸 만한 인재가 없을까요? 만일 앞으로도 1주일에
사흘, 하루에 두 시간 이상은 일하지 않는다는 킬러님의 방
침을 계속 고수하겠다면 말이에요.
리셉셔니스트의 말에서 비난의 기운을 감지한 킬러 안데
르스는 자신은 두 사람과는 달리 악착같이 돈을 긁어모으
는 일에는 관심이 없으며, 여유롭고 의미 있는 시간의 가치
를 아는 사람이라고 대답했다. 1주일에 사흘 일하는 것만으
로도 충분하며, 자신이 쉬고 있을 때 잔뜩 흥분한 어떤 풋내
기가 사방에 난리를 치고 다니며 킬러 안데르스의 명성에

먹칠하는 것을 원치 않는단다.

또 도움을 요청해 온 다른 나라들에 대해 하고 싶은 말은 딱 하나로, 그의 생전에 그럴 일은 절대로 없을 거란다! 그렇다고 하여 자기가 외국인 혐오주의자라는 말은 결코 아니란다. 그런 것은 절대로 아니고, 자신은 오히려 만민 평등에 대해 깊은 신념을 지니고 있단다. 자신은 단지 얼굴이나 팔다리 모양을 조금 바꿔 놓을 사람에게 〈안녕하슈?〉, 혹은 〈오늘 참 날씨 좋네, 안 그렇소?〉라고 말해 줄 수 있으면 좋겠단다. 같은 인간으로서 적어도 이 정도는 바랄 수 있는 거 아냐?

「이런 걸 바로 〈존중〉이라고 한다고! 너희들은 들어 본 적도 없는 말이겠지만.」

리셉셔니스트는 곧 반쯤 죽여 놓을 사람에게 정중하게 인사하는 것이 얼마나 그를 존중하는 건지 모르겠다고 되받고 싶었지만 꾹 참았다. 하지만 자신은 킬러 안데르스가 악착같이 돈을 긁어모으고 있지 않다는 사실만큼은 확실히 알고 있다고 쏘아붙였다. 며칠 전, 동네 선술집에서는 주크박스에서 엿 같은 음악이 흘러나온다는 이유로 기계를 창밖으로 집어 던진 일도 있었고…….

「그래, 그 〈여유롭고 의미 있는〉 시간을 향유하시느라 돈이 얼마나 들어갔죠? 2만 5천 크로나? 3만 크로나?」 페르페르손은 모종의 쾌감을 느끼며 이렇게 몰아세웠다.

킬러 안데르스는 아마도 3만 크로나가 진실에 가까울 것이며, 솔직히 그것이 자신의 삶에서 가장 의미 있는 시간은 아니었다고 인정했다.

「하지만 어떤 바보가 훌리오 이글레시아스 같은 걸 들으려고 기계에다 돈을 집어넣겠냐고!」

9

페르 페르손에게 있어서, 삶이 자신을 속였다는 것은 객관적인 사실이었다. 그런데 그는 그 어떤 초월적 존재도 믿지 않았고 할아버지는 벌써 오래전에 죽었기 때문에, 좌절감을 쏟아부을 그 무엇도, 그 누구도 존재하지 않았다. 하여 그는 지구 전체를 혐오하기로 접수 데스크 뒤에서 아주 일찍부터 결심했다. 지구의 70억 주민을 포함하여, 지구에 실려 있거나 연관된 모든 것들을 말이다.

여기에서 그를 등쳐 먹으려다가 그와 연을 맺게 된 요한나 셀란데르를 예외로 할 이유는 전혀 없었다. 하지만 이 여자에게서 풍겨 나는 불행의 냄새는 왠지 자신의 그것을 떠오르게 했다. 또 그들은 처음 만난 날에 해가 저물기도 전에 빵 한 조각을 함께 나눠 먹었고(그녀가 그의 샌드위치 네 개를 몽땅 먹어 치웠다는 게 정확한 표현이지만) 또 위험천만한 사업의 동업자가 된 사이였다.

그들은 첫날부터 피차 강한 동질감을 느꼈지만, 리셉셔니스트는 목사보다도 이 사실을 선뜻 받아들일 수가 없었다. 혹은 시간이 좀 더 필요했던 것인지도 모른다.

사업을 시작한 지 1년 가까이 되었을 때, 리셉셔니스트와 목사는 약 70만 크로나를 벌었고, 킬러는 그보다 네 배를 챙겼다. 리셉셔니스트와 목사는 가끔씩 나가서 원 없이 먹고 마시고 즐겼음에도 불구하고 번 돈의 반이나 남아서, 그것을 두 개의 신발 상자에 차곡차곡 담아 접수 데스크 뒷방에다 고이 모셔 놓은 터였다.

페르 페르손의 꼼꼼하고도 현실적인 성격과 요한나 셸란데르의 대담하면서도 창의적인 기질은 서로를 보완해 주었다. 목사는 그가 삶을 혐오하는 게 마음이 들었으니, 자신도 마찬가지였기 때문이다. 또 자기 자신을 포함하여 아무도 사랑해 본 적이 없는 리셉셔니스트는 인류의 나머지는 전혀 불필요한 존재들이란 사실을 깨달은 사람이 지구상에 또 하나 있다는 사실을 결국 인정하게 되었다.

1백 번째 계약의 선금을 수령한 기념으로(어떤 이의 양다리, 양팔뿐만 아니라 상당수의 갈비뼈를 골절시키고 얼굴은 묵사발로 만들어 주는 대가로 아주 두툼한 봉투를 받았다) 쇠데르말름의 번화가에서 멋진 저녁 시간을 보냈다. 그 분위기가 얼마나 화기애애했던지, 어느 순간 페르는 요한나에게 혹시 여러 달 전에 그녀가 자기 방에서 남은 저녁 시간을 함께 보내자고 제안했던 일이 생각나느냐고 묻고 있는 자신을 발견했다.

물론 그녀는 잘 기억하고 있었고, 그가 한 대답도 기억하고 있었다.

「혹시 그 제안, 지금 다시 해볼 생각은 없겠지?」

요한나는 피식 미소 짓고는, 그러기 전에 긍정적인 대답을 보장받을 수 있느냐고 물었다. 두 번 연달아 거절당하고 싶은 여자는 세상에 없으니까.

「아니.」페르 페르손이 말했다.

「아니라니, 뭐가?」

「아니, 이번에 제안하면 〈아니〉라고 하지 않겠어.」

아마도 스웨덴에서 가장 신랄한 혀를 가졌을 두 사람이 침대 위에서 정상 회담을 가져 보니 그 맛이 달콤하기 그지 없었다. 마침내 그 일이 끝났을 때, 목사는 믿음과 소망과 사랑에 대해, 그녀에게서 처음 보는 진지한 어조로 짤막한 설교를 늘어놓았다. 특히 사도 바울은 이 세 가지 중에서도 사랑이 가장 위대하다고 말씀하셨단다.

「아…… 그 양반이 뭣 좀 알았던 모양이군!」그게 뭐가 됐든 뭔가를 있는 느낌 그대로 느끼는 게 가능하다는 걸 깨닫게 되고는 얼이 빠져 있는 리셉셔니스트가 중얼거렸다.

「음…….」목사가 머뭇거리며 말을 이었다. 「……근데 이 사도 바울은 멍청한 소리들도 꽤나 했어. 예를 들면 여자는 남자를 위해 창조되었다, 여자는 누가 말을 걸지 않는 이상 입을 꼭 다물고 있어야 한다, 남자들끼리는 같이 자면 안 된다, 등등.」

리셉셔니스트는 누가 누구를 위해 창조되었는지에 대해서는 논평 없이 넘어갔지만, 요한나가 입을 다물고 있는 편이 나았을 경우는 한 번 — 더 정확히 치자면 두 번 — 뿐이었던 걸로 기억한다고 말했다. 그리고 누가 누구와 같이 자야 하는가의 문제에 대해서는, 자신은 남자 킬러보다는 여자 목사와 같이 자는 편이 훨씬 좋긴 하지만, 사도 바울이 왜 이런 문제에 끼어들어 왈가왈부하는지 모르겠다고 고개를 갸우뚱했다.

「난 개인적으로 안데르스와 같이 자느니 차라리 자전거 거치대와 같이 자는 편을 택하겠어.」 목사는 덧붙이기를, 「하지만 나머지 점들에 대해선 자기와 1백 퍼센트 동감이야.」

리셉셔니스트가 그렇다면 성경은 여자와 자전거 거치대 사이의 성관계에 대해서는 무슨 말을 했는지 궁금해하자, 목사는 바울의 시대에는 아직 자전거가 발명되지 않았다는 사실을 상기시켰다. 아마 자전거 거치대도 존재하지 않았을 거라고.

더 이상 덧붙일 말이 없어진 그들은 다시 한 번 침대 위의 회담을 가졌고, 이 회담은 앞의 것 못잖게 화기애애했다.

◆

한동안은 모든 게 완벽했다. 목사와 리셉셔니스트는 지구의 전 주민을 포함한 온 세상에 대한 깊은 혐오감을 즐거이, 그리고 만족스럽게 나눴다. 그들의 짐은 반으로 줄어들었으니, 이제 각자는 70억 명이 아니라 35억 명만 미워하면 되었기 때문이다. 물론 더 이상 존재하지 않게 된 사람들도 상당수 덧붙여야 했지만 말이다. 그 가운데는 리셉셔니스트의 할아버지, 목사의 줄줄이 이어진 조상 전체, 그리고 특히 성 마태, 성 마가, 성 누가, 성 요한과 과거 요한나 셀란데르를 괴롭혔으며 지금도 여전히 괴롭히고 있는 성경의 다른 이들도 있었다.

사랑에 빠진 두 젊은이가 70만 크로나를 알뜰히 챙기는 동안, 킬러 안데르스는 계약에 따라 280만 크로나를 벌었다. 하지만 그는 밤새도록 술집 전체의 영업을 책임져 주는 능력이 있었던 탓에, 저축액이 1천 크로나 지폐 몇 장을 넘어가는 때가 한 번도 없었다. 돈을 버는 대로 흥청망청 써버렸고, 어쩌다 목돈이 수중에 들어올라치면 선술집은 주크박스가 창문 밖으로 날아가 버렸던 날처럼 분위기가 극도로 과열되는 양상을 보였다.

「그냥 플러그를 빼버리면 되지 않았을까?」 다음 날 술집 주인이 창피해하는 단골에게 조심스레 물었다.

「아, 맞아.」 킬러 안데르스가 약간 더듬으며 말했다. 「그래도 될 뻔했는데 말이야……」

사실 이런 일들은 목사와 리셉셔니스트에게는 득이 되었다. 왜냐하면 자기들처럼 착실하게 돈을 모아 놓지 않는 한, 킬러 안데르스는 개인적 콘셉트에 따라 정의를 실현할 여력이 있는 이들을 위해 계속 사람들을 패고 다녀야 할 필요가 있었기 때문이다.

하지만 페르와 요한나가 모르는 게 하나 있었으니, 그것은 이 킬러 안데르스가 자신의 삶에 아무런 희망이 없다는 느낌에 갈수록 사로잡히고 있다는 사실이었다. 그런데 이것은 아직은 막연한 느낌에 불과했다. 그는 평생 동안 주먹을 통해서만 사람들과 대화해 왔는데, 이런 방법으로 자신과 대화하는 것은 결코 쉬운 일이 아니었다. 하여 그는 대낮부터, 그리고 전보다 더 열렬히 알코올을 찾게 되었다.

알코올은 다소 도움이 되었지만, 이는 끊임없는 보충이 필요한 일이었다. 그리고 목사와 리셉셔니스트가 찰싹 붙어서 행복한 미소를 지으며 돌아다니는 모습을 보아도 기분은 별로 나아지지 않았다. 염병할, 저것들은 도대체 뭐가 그리 재미있단 말인가? 내가 감방으로 원위치 하는 게 시간문제라는 게 재미있나?

차라리 이 결말이 뻔한 과정을 빨리 끝내 버리는 편이 낫지 않을까? 아무나 천치 같은 놈이 하나 눈에 띄면 죽여 버리고, 20년 혹은 30년 형을 때려 맞는 편이, 지금까지 그토록 피하려 애써 왔던 운명을 빨리 받아들이는 편이 차라리 낫지 않을까? 그럼 적어도 출소했을 때 저것들의 저 꼴 보기

싫은 미소는 더 이상 보지 않아도 되리라. 처음엔 죽고 못 살아도 사랑이 20년 이상 가는 경우는 거의 없으니까.

어느 날 아침, 갑작스럽고도 서툰 자기 성찰에 사로잡힌 킬러 안데르스는 이 모든 것의 의미가 과연 무엇인지 자문해 봤다. 예를 들어 그 주크박스 사건에는 어떤 의미가 있었던가?

물론 그는 그냥 플러그를 뽑아 버릴 수도 있었다. 그러면 훌리오 이글레시아스는 입을 다물었겠지만, 이 가수의 팬들, 즉 한쪽 테이블에 둘러앉은 네 남자와 네 여자는 요란하게 항의했을 것이다. 운이 좋으면 가장 시끄럽게 떠드는 친구의 낯짝에 한 방 먹여 주는 것으로 충분했겠지만, 운이 나쁘면 여덟 명 모두를 박살 내야만 하는 상황이 벌어질 수도 있었다. 최악의 경우에는 이들 중 하나가 영영 눈을 뜨지 못하게 될 수도 있었다. 이 경우, 다시 감방에 들어가 또 20년을(여기에 10년이 더해지거나 감해질 수 있겠지만) 썩어야 할 것이었다.

더 나은 해결책은 그 얼간이들이 좋아하는 음악을 듣도록 놔두는 거였으리라. 하지만 훌리오 이글레시아스는 정말이지 참을 수 있는 한계를 넘어선 것이었다.

킬러 안데르스는 주크박스를 번쩍 들어 창밖으로 집어 던져 모두의 저녁 시간을 끝내 버렸는데, 이 덕분에 그의 파괴적인 자아가 그의 극도로 파괴적인 자아를 억누를 수 있었다. 결과적으로 비싼 대가를 치르긴 했지만, 무엇보다도 중요한 것은 감방이 아닌 자기 방 침대에서 잠이 깰 수 있었다는 점이었다.

주크박스가 그의 인생을 구한 것이다. 혹은 그가 주크박스를 무기로 사용하여 자신을 구했다고도 할 수 있다. 이것은 그의 무의식이 불안스레 속삭여 대기 시작한 것과는 달리, 그가 다시 감옥에 들어가는 것은 그렇게 필연적이지만은 않다는 얘기가 아닐까? 만일 폭력을 휘두르지 않고도 사는 게 가능하다면? 아니, 심지어 주크박스 같은 것들을 집어던지지 않고도 사는 게 가능하다면?

만일 그렇다면, 어떻게 해야 그 길을 찾을 수 있으며, 또 그 길은 어떤 길일까?

그는 이런 생각을 하면서 이날 아침의 첫 번째 맥주병 마개를 땄다. 그리고 얼마 안 가 두 번째 병마개도 공중으로 솟았다. 그러자 지금까지 하던 생각이 어디론가 사라져 버렸지만, 어쨌든 답답한 가슴이 사르르 풀리는 게 다시 한 병 더 따지 않을 수 없었다.

정말이지 맥주는 생명의 물이었다. 그리고 거의 매번 느끼는 바지만 술맛은 세 번째 병이 최고였다.

「캬, 좋다!」

이날의 결론이었다.

10

세 사람이 백작에게 빚을 갚아야 하는 날이 왔다. 이번에 희생자는 주말 동안 백작의 렉서스 RX 450h를 시험 주행해 보려고 가져갔다가, 그 이틀 동안에 차를 도둑맞은 어느 고객이었다.

적어도 그의 주장은 그랬다.

사실 그는 달라르나에 있는 누이의 집에 차를 숨겨 놓은 거였는데, 그녀는 핸들을 잡은 자신의 모습을 셀카에 담아 서둘러 페이스북에 올렸다. SNS의 공간에서는 누군가를 알고 있는 누군가를 알고 있는 누군가는 결국 세상의 모든 사람이 알게 되는 법이므로 백작이 진실을 발견하는 데는 몇 시간 걸리지 않았다. 부정직한 고객이 자신이 노출됐다는 사실을 채 깨닫기도 전에 그의 얼굴은 죽사발이 되고 앞쪽의 치아는 몽땅 깨져 있었다. 아울러 자동차의 연식(몇 년 안 된 것이었다)과 그것의 가격(아주 높았다) 때문에 종지뼈 하나와 넓적다리뼈 하나도 부러져 있었다.

여기까지는 늘 하는 일이었지만, 이번에는 19개월 전에 맺은 협정에 따라 킬러 안데르스는 블랙잭으로 돈을 날려 먹었지만 아기 덕분에 형벌의 반을 면제받았던 사내의 두 팔도 부러뜨려야 했다.

킬러 안데르스는 이 일도 아주 깔끔하게 처리했다(팔 한쪽만 부러뜨리는 것보다 두 쪽 다 부러뜨리는 게 한결 수월했으니, 좌우를 혼동할 위험이 없었기 때문이다). 그런데 이 일은 여기서 끝나지 않았으니, 과거 목사를 처음 만났을 때 그녀가 뭔가 상냥한 얘기를 해줬던 게 문득 생각난 것이다. 그때 그녀는 그가 어린아이는 손대지 않은 것을 칭찬했었다.

그러면서 목사는 성경을 인용했었다. 다른 것도 아니고 성경을 말이다. 그런데 만일 벽돌처럼 두툼한 그 책 속에 뭔가…… 그를 기분 좋게 해줄 다른 얘기들이 들어 있다면? 그를 다른 인간으로 바꿔 줄 얘기들이 들어 있다면? 사실 이런 엉뚱한 생각들이 이따금 떠오르긴 했지만, 그는 술 한 병을 들이켜며 날려 버리곤 했었다.

좋다, 내일 한번 목사와 대화를 나눠 보자. 내일 당장! 오늘은 일단 술집에 가고. 벌써 4시 반이나 됐으니까.

아니……?

그냥 지금 호텔에 잠시 들러 본다? 들러서 목사에게 이런 저런 것들에 대해 한두 가지씩 물어보고 설명을 들어 본다? 배 속의 술 귀신은 그다음에 달래 줘도 되리라. 사실 목사가 얘기할 때는 말을 많이 할 필요도 없었다. 그냥 듣고만 있으면 되리라. 따라서 맥주를 마시며 대화를 나누는 것도 얼마든지 가능했다.

◆

「어이, 목사, 나랑 얘기 좀 해!」

「왜요? 돈 좀 빌려 달라고요?」

「아니.」

「냉장고에 맥주가 떨어졌어요?」

「있어. 방금 전에 확인했어.」

「그럼 원하는 게 뭐죠?」

「너랑 얘기하고 싶어.」

「뭐에 대해서요?」

「하나님, 예수님, 성경, 기타 등등이 어떻게 되는 건가 좀 알고 싶어.」

「엥?」

이때 그녀는 뭔가 골치 아픈 일이 생긴다는 것을 퍼뜩 알아챘어야 했다.

생전 처음 해보는 종교 토론에 대한 서론 격으로, 킬러 안데르스는 자신은 그녀가 종교 분야의 상당한 전문가임을 알고 있다고 운을 뗐다. 자, 그럼 맨 처음 얘기부터 시작해 보지?

「맨 처음 얘기요? 흠, 그러니까 보통 이렇게들 말하죠. 맨 처음에 하나님이 하늘과 땅을 창조하셨느니라, 이것은 약 6천 년 전에 일어난 일이니라……. 하지만 어떤 이들은 생각하기를…….」

「에이 제기랄, 그 맨 처음이 아니고! 넌 개인적으로 맨 처음에 어떻게 시작했는지 알고 싶단 말이야.」

이 대목에서 요한나는 바짝 긴장하고 경계하기보다는 놀랐고 또 모종의 기쁨마저 느꼈다. 그녀와 리셉셔니스트는 세상의 모든 것들과 모든 인간들을 둘이서 함께 미워하기로 합의하고 또 그렇게 해왔지만, 몇 가지 사소한 것들 외에는 피차의 삶에 대해 진정으로 깊은 대화를 나눈 적이 없었다. 그럴 기회가 생겼다 해도, 서로의 고뇌와 그 이유들보다는 둘이서 할 수 있는 즐거운 것들에 시간을 쓰는 편을 택했다.

한데 그들이 이러고 있는 동안, 킬러 안데르스는 자신의 삶에 대해 고민하고 있었던 모양이었다. 사실 이것은 보통 일이 아니었다. 왜냐하면 월, 수, 금마다 누군가의 턱뼈와 코뼈를 깨뜨리는 직업을 가진 사람이 한쪽 뺨을 맞으면 다른 쪽 뺨을 내밀라고 권고하는 책들을 읽게 된다면…… 그들의 사업은 어떻게 되겠는가?

객관적인 시각에서 보자면, 이때 요한나가 곧바로 사태를 파악하고는 지체 없이 리셉셔니스트에게 알리는 게 옳았으리라. 하지만 요한나도 결국 한 명의 인간(그리고 신과 인간 사이의 상당히 의심쩍은 중개자)일 뿐이었다. 누군가가 자신의 삶에 대해 알고 싶다면, 설사 그 사람이 반쯤 미친 폭력배, 살인자라 해도, 그녀는 기꺼이 그의 소원을 들어줄 용의가 있었다. 뭐, 그녀는 그런 사람이었다.

하여 그녀는 자신의 이야기를, 지금까지는 이케아에서 산 베개 외에는 누구에게도 들려준 적이 없는 자신의 인생 스토리를 킬러에게 들려주기 시작했다. 물론 그는 싸구려 베개보다 훨씬 똑똑한 대화 상대라곤 할 수 없었지만, 적어도 자신의 얘기를 열심히 들어 주기는 할 것이었다.

「에, 그러니까, 맨 처음에 우리 아버지가 이 땅에 지옥을 창조하셨죠…….」 그녀가 이야기를 시작했다.

요한나는 아버지에 떠밀려 성직자의 길을 걷게 되었는데, 이 아버지는 여자가 목사직을 맡는 것을 당연히 반대하는 사람이었다. 그것은 〈여성 목사〉라는 존재가 주님의 뜻에 어긋나기 때문이어서가 아니라(사실 모르는 일이지만), 여자가 원래 있어야 할 자리는 부뚜막 앞이고, 또 이따금 남편의 마음이 동할 때면 이부자리 속이기 때문이었다.

하지만 구스타브 셸란데르로서도 어쩔 도리가 없었다. 셸란데르 가문에서 목사직은 17세기 말부터 아버지에서 아들로 계승되어 왔다. 이는 신앙이나 사명감 따위와는 아무런 관계가 없었다. 단지 전통을 잇고, 사회적 위치를 보전해 가는 게 문제였다. 딸이 신의 존재를 믿고 안 믿고는 조금도 중요치 않았다. 그녀는 무조건 목사가 되어야 했고, 그렇지 않을 경우 저주를 받게끔 그가 특별히 신경을 쓸 것이었다.

요한나는 대체 왜 자신이 끽소리 못 하고 아버지가 시키는 대로 해왔는지, 오랫동안 자문해 왔었다. 정말이지 스스로도 이해할 수 없는 일이었다. 어쨌든 그녀가 기억하는 한에 있어서, 그녀는 항상 아버지 밑에서 꼼짝하지 못했다. 아주 오래된 기억 속에서, 아버지는 그녀가 키우는 토끼를 죽이겠다고 위협하고 있었다. 그녀가 제시간에 잠자리에 들지 않거나, 물건을 정돈하지 않거나, 학교에서 나쁜 성적을 받아 오면 토끼를 불쌍히 여겨서라도 죽이는 게 좋은데, 왜냐하면 녀석에게 필요한 것은 책임감 있고 모범을 보이는 주인이지, 그녀 같은 사람이 아니기 때문이라는 것이었다.

그리고 그 식사 시간들! 요한나는 아버지가 자기 자리에서 천천히 팔을 뻗어 그녀의 접시를 집어 들어서는 쓰레기통으로 걸어가…… 음식물이 담긴 접시를 그대로 떨어뜨리는 광경을 선명히 기억하고 있었다. 그녀가 식탁에서 말을 해서. 아버지가 하는 말을 잘 듣지 않아서. 제대로 대답하지 않아서. 제대로 행동하지 않아서. 혹은 그냥 못됐기 때문에.

그렇게 깨져 버린 접시가 모두 몇 개나 되었던가? 한 50개?

킬러 안데르스는 그녀의 이야기 중에서 뭔가 귀담아들을 만한 것이 나오기만을 기다리며 집중해서 들었다. 그녀의 아버지에 대한 이야기는 전혀 그렇지 못했다. 처음 몇 마디 들었을 때부터 킬러 안데르스는 그 영감탱이는 한번 찾아가서 늘씬하게 패줄 필요가 있다는 결론을 내렸다. 그러면 문제가 깔끔히 해결되리라. 필요하다면 한 번 더 찾아갈 수도 있고.

결국 킬러 안데르스는 목사에게 자신의 서비스를 제의하지 않을 수 없었으니, 목사의 신세 한탄이 도무지 끝날 줄을 몰랐기 때문이다. 그녀가 열일곱 살이 된 생일날, 그녀의 아버지는 그녀의 발치에 침을 탁 뱉으며 이렇게 지껄였단다. 〈오, 하나님, 도대체 날 얼마나 미워하기에 딸을 주셨습니까? 게다가 이런 딸을요! 주님, 벌을 내려도 어떻게 이런 벌을 내리십니까?〉 그는 그녀만큼이나 신을 믿지 않았지만, 신의 도움을 받아 사람들을 괴롭히는 일은 그의 습관이자 장기이자 취미였단다.

「어이 목사, 제발 나한테 그 영감탱이 주소 좀 알려 달라고! 내가 야구 방망이를 들고 가서 버릇을 좀 고쳐 주게 말이야. 아니, 〈좀〉이 아니라 많이 고쳐 줘야 할 것 같아. 왼쪽과 오른쪽, 양쪽 다 손봐 줘야 하겠지? 팔일지 다리일지는 자네가 고르고.」

「제의해 줘서 고맙긴 한데, 너무 늦었어요. 아버지는 벌써 2년 전에 세상을 떠났거든요. 삼위일체절이 끝나고 네 번째 일요일이었죠. 그날 난 〈죄인을 정죄하지 말고 용서하라〉라는 주제로 설교를 할 예정이었는데, 부음을 듣고 생각이 바뀌었어요. 난 강대상에 올라가서는, 아버지를 데려가 준 악마에게 감사를 표했어요. 그때 일이 전부 기억나지는 않는데, 아버지에 대해 말하면서 너무도 흥분한 나머지 여자 성기와 관련된 어떤 표현을 쓴 것만큼은 확실해요.」

「……시발놈?」

「너무 세부적으로 들어갈 필요는 없겠죠. 어쨌든 신도들은 내 말을 중단시키고, 날 강대상에서 끌어 내려서는 출구를 가리켰어요. 물론 그게 어디 있는지 나도 잘 알고 있었지만 말이에요.」

킬러 안데르스는 그녀가 구체적으로 어떤 욕을 했는지 알고 싶어 죽을 지경이었지만, 그녀가 선택한 표현이 신도 중 가장 신앙이 독실한 두 사람으로 하여금 찬송가를 집어 던지게 했다는 사실을 아는 것으로 만족해야 했다.

「아하! 그렇다면 그 말은 분명히······.」

「자, 자!」 요한나 셸란데르가 그의 말을 끊었다. 「난 교회를 나와 정처 없이 떠돌았어요. 그러다 그다음 일요일에 어느 공원 벤치에서 우리의 친구 페르 페르손을 만났죠. 또 당신도 만났고요. 그렇게 해서 우리가 이렇게 같이 앉아 있게 된 거예요.」

「그래, 이렇게 같이 앉아 있지······. 자, 그럼 이제 성경 얘기로 돌아와 보는 게 어때? 자꾸 그렇게 삼천포로 빠지지 말고 말이야.」

「하지만 알고 싶다고 한 것은 당신이었잖아요. 내 〈맨 처음〉에 대해.」

「맞아. 하지만 그런 장편소설은 아니었다고.」

11

성장 과정에서 겪은 일들을 누군가와 — 그 어느 누구와
라도! — 나누고 싶은 욕구가 절실했던 요한나 셀란데르는
킬러 안데르스에게 자기를 찾아온 사람은 바로 그이며, 따
라서 그런 사람답게 행동하라고 말했다. 요컨대 자기가 이
야기를 다 마칠 때까지 입을 다물고 있으라는 것이었다.

킬러 안데르스는 다른 사람에게서 지시를 받는 성격은 아
니었지만, 그녀가 이렇게 말하면서 맥주 한 병을 내놓았으
므로 그냥 넘어가기로 했다.

「고마워.」

「조용히 하라고 했잖아요!」

요한나 셀란데르는 태어난 날부터 신체적 학대를 제외한
온갖 종류의 학대를 받았다. 아버지가 처음이자 마지막으로
딸의 몸과 접촉했을 때, 그녀의 체중은 3.34킬로그램에 불
과했다. 그는 필요 이상의 힘으로 아기를 꽉 잡아 자기 얼굴

앞까지 들어 올린 다음, 아기의 귀에 대고 속삭였다.

「너, 지금 여기서 뭐하고 있는 거냐? 엉? 난 널 원치 않아. 내 말 듣고 있냐? 난 널 원치 않는다고!」

「구스타브, 세상에 어떻게 그런 말을 할 수 있어요?」 출산으로 기진맥진해 있는 요한나의 어머니가 분개하며 항의했다.

「무슨 말을 하고 안 하고는 내가 결정해! 알았어? 앞으론 내가 얘기하는 데 절대로 끼어들지 마! 엉?」이라고 구스타브 셸란데르는 아기를 아내에게 돌려주며 호통을 쳤다.

아내는 끽소리도 못 했다. 그 후 16년 동안, 요한나의 어머니는 한 번도 남편에게 말대꾸하지 못했다. 대신, 삶이 더 이상 견딜 수 없게 느껴지자 그냥 바다에 뛰어드는 편을 택했다. 아내가 실종된 지 이틀 만에 파도에 실려 온 시신이 해변에서 발견되자 구스타브는 불같이 화를 냈다. 앞에서도 말했듯 그는 한 번도 폭력을 행사한 적이 없었지만, 요한나는 만일 어머니가 벌써 죽어 있지 않았더라면 그가 바로 그 자리에서 그녀를 살해했을 거라는 것을 그의 얼굴에서 느꼈다.

「어우, 나 똥 좀 싸고 싶은데……」 킬러 안데르스가 도중에 말을 끊었다. 「아직도 이야기가 많이 남았어?」

「내가 얘기할 때는 입 다물고 있으라고 했잖아요! 그리고 뒤쪽에 난 입도 꼭 다물고요. 내 얘기가 다 끝나기 전에는 아무 데도 못 가요!」

킬러 안데르스는 그녀가 이렇게 단호하게 나오는 것을 본 적이 없었다. 뭐, 화장실이 그리 급한 것은 아니었다. 단지 약간 지루할 뿐이었다. 킬러 안데르스는 한숨을 내쉬며 그녀가 이야기를 계속하게 놔두었다.

어머니가 죽고 나서 3년 후, 요한나는 대학 공부를 위해 집을 떠났다. 이렇게 멀리 떨어졌지만, 아버지는 편지와 전화를 통해 늘 그래 왔던 것처럼 그녀를 계속 지배할 수 있었다.

목사는 하루아침에 될 수 있는 게 아니다. 요한나는 신학, 성서 주해, 해석학, 종교 교육학 등의 과목에서 꽤 많은 학점을 쌓아 놓은 다음에야 웁살라에 있는 스웨덴 국교회 사목(司牧) 연구소에 입학할 수 있었다.

아버지가 세워 놓은 목표에 딸이 가까이 갈수록, 아버지의 기분은 더욱 고약해졌다. 요한나는 여자였고, 지금도 여자였다. 그녀는 본질상 가업을 이을 자격이 없는 존재였다. 구스타브 셸란데르는 수백 년 동안 이어져 온 가문의 전통을 지켜야 하는 필요성과, 아들이 아닌 딸을 목사로 만들어 조상들을 배신해야 하는 상황 사이에서 진퇴양난의 심정이었다. 그는 이런 자신의 운명을 한탄하며, 자신을 미워하는 신(만일 신이 존재한다면)과 그럴 만한 배짱이 있다면 역시 자신을 미워할 게 뻔한 자기 딸을 똑같이 미워했다.

요한나가 반항한 방법은 단 하나였다. 그것은 온 힘을 다해 신을 경멸하고, 예수를 불신하고, 성경에 나오는 이야기들을 의심하는 것이었다. 그녀는 순수하고도 복음주의적인 개신교 신앙을 비웃음으로써 자신의 아버지를 비웃었다. 하지만 이 철저한 반(反)신앙을 겉으로는 드러내지 않은 덕에,

비 내리는 6월의 어느 날에 목사로 서품될 수 있었다. 그날은 단지 구름이 끼고 비만 내린 게 아니었다. 폭풍에 가까운 거센 바람까지 몰아쳤다. 6월인데도 기온은 섭씨 4도밖에 안 되었다. 그날, 싸락눈까지 조금 떨어지지 않았던가?

요한나는 그날을 회상하며 빈정댔다. 만일 그게 내가 목사 서품받은 것에 대해 신이 항의하는 방식이었다면, 싸락눈을 뿌리는 것보다 더 좋은 방법이 있었을 텐데 말이에요……

비가 그치자 그녀는 짐을 꾸려 고향 쇠를란드로 돌아왔다. 처음에는 아버지의 영향권에 있는 한 교구에서 봉직하다가, 4년 후에는 그의 계획대로 가문의 교구를 물려받았다. 그러고 나서 아버지는 은퇴했다. 아마도 뒤에서 모든 걸 조종하려는 의도가 있었겠지만, 덜컥 위암에 걸려 버렸다. 그리고 세상에! 그도 꺾일 수 있는 존재라는 게 밝혀졌다. 신은 평생 걸려도 못 한 것을 (시도하기나 했는지 모르겠지만) 암이 단 석 달 만에 해결해 버린 것이다. 소식을 접한 딸은 고인이 지옥으로 잘 가시길 바란다고, 강대상에서 아주 자연스럽고도 직설적으로 내뱉었단다. 그리고 33년 동안 교구의 상징 격이었던 인물에 대해 여자 성기와 관련된 어떤 표현까지 사용했을 때, 신도들의 인내심은 한계에 달했단다.

「그 말이 〈시발놈〉이었다고 그냥 시원하게 말해 버리면 안 돼?」 킬러 안데르스가 다시 끼어들었다.

목사는 〈내가 입 다물고 있으라고 하지 않았어요?〉라고 말하는 듯한 표정으로 그를 노려보았다.

교구 최초의 여성 목사의 시대는 이렇게 막을 내렸다. 아버지는 죽고, 딸은 자유의 몸이 되었다. 동시에 실업자도 되었다. 그리고 1주일 동안 거리를 헤매고 다닌 끝에 더럽고 배고픈 노숙자가 되어 있었다.

하지만 햄 샌드위치 네 개와 산딸기 주스 한 병을 얻어먹고 나서, 새 보금자리와 새 직업을 얻게 되었다. 그새 일은, 처음에도 수입이 괜찮았지만, 2년이 지난 지금은 더욱 짭짤해졌다. 그리고 연인까지 얻게 되었다! 지금 마주 앉은 킬러가 성경에 대해 얘기하자고 고집부리지만 않는다면 더 바랄 게 없을 텐데 말이다……

「그래, 성경!」 킬러 안데르스가 동을 달았다. 「이제 징징대는 거 끝났으면 본론으로 돌아와 보자고!」

요한나는 킬러가 자신의 기구한 인생 스토리에 별로 관심이 없는 데에 기분이 상했다. 또 자기가 금했음에도 불구하고 계속 지껄이는 것에 부아가 치밀었다.

「맥주 한 잔 더 마시고 싶어요?」 그녀가 물었다.

「아, 드디어! 그래, 고마워!」

「네, 맥주는 없어요!」

12

신학도 요한나 셸란데르의 적극적 무신론을 떠받쳐 온 중심 이론 중의 하나는 4복음서는 의심의 여지 없이 예수가 죽고 나서 한참 후에 써졌다는 것이었다. 만일 물 위를 첨벙첨벙 걸어다니고, 아무것도 없는 데서 먹을 것을 뚝딱 만들어 내고, 절뚝발이를 걷게 하고, 미친 사람에게서 귀신을 쫓아내어 돼지 떼 속으로 들어가게 하고, 심지어 사흘 동안 죽어 있다가 벌떡 일어나서는 쌩쌩하게 돌아다닐 수 있는 남자가 (혹은 여자라도) 진짜로 존재했다면, 왜 한 세대, 두 세대, 혹은 그 이상의 시간이 지나서야 누군가가 이 모든 놀라운 사실들을 기록해 놓을 생각을 했단 말인가?

「내가 그걸 어떻게 알아?」 킬러 안데르스가 퉁명스레 대꾸했다. 「그런데 그가 절뚝발이를 걷게 했다고? 그 얘기 좀 더 해봐!」

요한나 셸란데르는 자신의 동업자가 의혹들보다는 기적에 더 관심이 많다는 것을 알아챘지만, 포기하지는 않았다.

그녀는 네 복음 기자 중 두 사람은 복음서를 쓸 때 세 번째 복음 기자가 쓴 글을 참고했다고 설명했다. 그러니 이 셋의 증언이 서로 비슷한 것은 조금도 놀라운 일이 아니라고. 하지만 마지막 복음 기자, 즉 요한은 예수가 십자가에 매달리고 나서 거의 백 년이 지난 후에 혼자서 별의별 이야기를 다 지어냈단다. 그는 느닷없이 예수는 길이요 진리요 생명이라고, 또 세상의 빛이요 생명의 빵이요 기타 등등이라고 주장하고 나섰단다.

「아…….길이요, 진리요, 생명이라…….」안데르스가 눈을 지그시 감고 되풀이했다.「그리고 세상의 빛이라……!」

목사는 설명을 계속하면서, 심지어 「요한복음」의 어떤 부분들은 요한이 쓴 게 아니라고 말했다. 예수가 〈너희 중에 한 번도 죄지은 적이 없는 자가 먼저 돌을 던져라〉라고 말한 그 유명한 장면을 포함하여, 3백 년 후인 4세기에 새로 첨가된 구절들이 꽤 있단다. 이 부분을 써넣은 사람은 ― 누구인진 모르겠지만 ― 아마도 세상에 죄 없는 사람은 없다는 말을 하고 싶었던 것이겠지만, 도대체 이 이야기가 성경에 왜 끼어들었는지 모르겠단다.

「3백년 후에! 아니, 이게 이해가 가요?」목사가 분개하며 물었다.「이건 내가 지금 여기 앉아서 프랑스 대혁명이 실제로 어떻게 진행됐는지 쓰겠다고 마음먹는 것보다도 지독한 일 아니에요? 그리고 세상의 모든 역사가들이 내 글을 읽고, 고개를 끄덕이고, 내 말에 동의하는 것만큼이나 어처구니없는 일 아니냐고요!」

「음, 맞아……」 자기가 원하는 것만을 듣는 경향이 있는 킬러 안데르스가 고개를 주억거리며 대답했다. 「세상에 죄 없는 사람이 어디 있는가……?」

「아니, 내가 말하려는 건 그게 아니라…….」

킬러는 몸을 일으켰다. 술집이 그를 부르고 있는 모양이었다.

「자, 그럼 수요일 같은 시간에 또 보자고, 오케이?」

「수요일은 내가 시간이…….」

「좋았어! 안녕!」

13

목사와 킬러 간의 미팅은 갈수록 잦아졌다. 요한나는 처음에는 이 사실을 리셉셔니스트에게 알릴 필요가 없다고 생각했지만, 나중에는 알릴 엄두가 나지 않았다는 게 더 정확한 말일 것이다. 그녀는 그들의 대화가 바람직하지 못한 방향으로 진전되는 것을 막아 보려고 갖은 애를 써봤지만 허사였다. 킬러 안데르스는 현재의 자기 자신에 대해 불만을 표시하기 시작했다. 자기는 목사와 하나님의 인도를 받아 착한 사람이 되고 싶다는 것이었다. 요한나가 자기에겐 그렇게 해줄 시간도 에너지도 없다고 대답하자, 그는 파업에 들어가겠다고 위협했다.

「뭐, 처음이니까 그렇게 크게 벌이지는 않고, 아주 부드럽게 시작하겠어.」 그는 어조를 약간 누그러뜨리며 덧붙였다. 「그래도 우린 동업자니까 말이야. 성경 말씀에 따르면……」

「알았어요, 알았어……」 목사가 한숨을 쉬며 고개를 끄덕였다.

이제 그녀에게는 한 가지 방법밖에 없었다. 하나님의 얼굴에 먹칠을 하여, 킬러로 하여금 신에 대해 나쁜 생각을 갖도록 만드는 것이었다.

그녀는 「욥기」를 인용하면서 신과 킬러 안데르스는 사람들을 죽였다는 공통점이 있는데, 킬러와 달리 신은 어린아이라고 해서 사정을 봐주지는 않았다고 주장했다.

「어느 날, 신은 욥이 신앙을 버리지 않는다는 걸 사탄에게 보여 주기 위해 그의 아이를 열 명이나 죽였어요.」

「애들 열 명을? 걔들 엄마는 뭐라고 했는데?」

「그녀가 태어난 첫 번째 목적은 조용히 순종만 하는 것이었지만, 그때는 난리를 친 모양이에요. 뭐, 충분히 이해할 수 있는 일이죠. 하지만 몇 번의 시련을 더 내린 후, 신은 이 훌륭한 아비에게 열 명의 새 아이를 보냈어요. 아마도 그 바가지 잘 긁는 마누라가 낳은 거겠죠. 아니면 우체국 소포로 받았거나요. 이에 대해서는 아무런 언급이 없네요.」

킬러 안데르스는 이마를 찌푸리며 잠시 침묵을 지켰다. 그는 지금 들은 얘기에 대한 어떤 합리적인 설명을 ─〈합리적 설명〉이란 용어 자체를 모르는 사람이지만─ 그의 기억 속에서 찾아보고 있었다. 요한나는 그가 동요하고 있음을 눈치챘다. 오, 그렇다면 희망이 있어!

왕년의 킬러는 그래도 주님은 새 아이 열 명을 보내 주지 않았냐고 웅얼거렸다……. 어쨌든 고마운 거 아냐……? 이 말에 목사는, 만일 신이 부모들에게는 자식들이 스노타이어처럼 간단하게 교체할 수 있는 것이 아니라는 사실을 모른다면, 그렇다면 신은 별로 믿을 만한 존재가 못 된다고 반박했다.

뭐, 스노타이어? 욥의 시대에? 아주 희한하고도 괴상한 얘기였지만, 어쨌든 목사의 이 말은 킬러의 사고에 하나의 출구를 열어 주었다.

「가만, 그게 뭐였더라? 저번에 당신이 사용했던 표현 말이야. 그때 당신이 어려운 말들을 써가며 잘난 척을 해서 내가 소리를 질렀었잖아?」

아, 안 돼!

「기억이 안 나는데요?」 목사는 시치미를 뗐다.

「무슨 기억이 안 나? 그때 당신이 말했잖아. 〈주님께서 생각하는 방식은…… 신묘막측하도다〉라고.」

「난 오히려 창조주는 변덕스럽거나 아주 심각한 정신적 장애가 있다고 말했어야 옳았어요. 잘못 얘기해서 미안해요…….」

「그리고 당신은 이렇게 덧붙였지. 〈하나님의 지혜는 무한하여 인간으로서는 이해할 수 없도다〉라고. 안 그랬어?」

「아니에요……. 네, 뭐, 그랬어요! 난 〈사람들은 설명할 수 없는 것을 설명해야 할 필요가 있을 때는 그런 상투적인 말들을 늘어놓는다〉라고 말하고 싶었을 뿐이에요. 예를 들면 신이 어린아이 열 명과 스노타이어 네 개도 구별하지 못하는 것을 설명해야 할 때 그딴 말을 늘어놓는다고요.」

킬러 안데르스의 귀는 여전히 자기가 듣고 싶은 것만을 들었고, 이에 따라 이렇게 말을 이었다.

「내가 소싯적에 우리 엄마가 가르쳐 줬던 어떤 기도가 생각나. 전에 얘기했잖아, 그 이빨 빠진 늙은 멍청이 말이야. 술독에 빠지기 전에는 그렇게 형편없진 않았어. 그 기도가 뭐였더라? 그래, 〈어린아이들을 사랑하시는 하나님이시여, 여기 엎드려 있는 저를 굽어살피소서…….〉」

「그래서요?」

「〈그래서요〉라니! 전에 당신 입으로 말했잖아! 하나님께서는 어린아이들을 사랑하신다고. 그런데 우리 모두가 어린아이들이란 말이야! 이건 내가 바로 어제 변기에 앉아서 읽은 건데…….」

요한나는 그의 말을 중단시켰다. 그다음 말은 들을 필요도 없었다. 그는 그녀가 모르는 사이에 그녀에게서 『신약 성경』한 권을 얻어 낸 바 있었고, 그 책은 지금 2층 화장실의 스툴 위에 고이 모셔져 있었다. 아마도「요한복음」을 들춰 본 모양이었다. 이제 운명에 맡기는 수밖에, 어쩌겠는가……? 그녀에겐 실탄이 부족했고, 남은 총알은 단 하나, 신이 그토록 선하고 전능하시다면 세상은 왜 이 모양 이 꼴인지를 따지는 신학의 그 핵심적 문제였다.

이것은 역사적으로 마르고 닳도록 토론된 논제였으나, 아마 킬러 안데르스는 한 번도 들어 본 적이 없을 것이므로, 어쩌면…….

바로 이 순간, 킬러 안데르스가 벌떡 일어섰다.

우려하던 재앙은 현실이 되었다.

「난 더 이상 사람들을 때리지 않을 테야! 왜냐하면 모두가 어린아이들이니까! 또 술도 마시지 않을 테야! 이제부터 내 인생을 예수님 손에 맡길 테야. 그리고 내가 어제 마지막으로 한 일에 대해서는 정확히 지불해 주기 바라. 그 돈은 적십자에 기부할 생각이야. 그다음에 우리는 이를테면 각자의 길을 가는 거야.」

「하지만…… 당신은 그러면 안 돼요! 내가 허락하지 못한다고요!」

「허락하지 못한다고? 그래, 내가 말했지. 더 이상 사람들을 때리지 않겠다고. 하지만 예외를 두 개 둬도 예수님께서는 그리 나쁘게 생각하지 않으시리라 확신해……. 당신과 리셉셔니스트 말이야!」

14

저녁이 되고, 또 날이 밝았지만 요한나 셀란데르는 잠을
이루지 못했다. 블라인드 틈 사이로 햇빛이 새어 들어왔을
때, 그녀는 리셉셔니스트를 깨워 우울한 진실을 알리는 것
외에는 다른 선택이 없음을 깨달았다. 자신이 경솔하게도 킬
러 안데르스에게 소개해 준 예수가 이 50대 남자를 돈 받고
사람을 패는 짓과 술로부터 빼돌린 것이다.

유예 기간도 없이.

그리고 만일 자신의 요구를 받아들이지 않을 경우, 그녀와
리셉셔니스트는 그가 버릇을 고쳐 줄 유일한 사람들이란다.

「그 요구가 뭔데?」 페르 페르손이 아직 잠이 덜 깬 눈으로
물었다.

「우린 그에게 3만 2천 크로나를 지불해야 해. 그걸 적십자
에 기부하고 싶다나, 뭐라나. 그게 다래.」

리셉셔니스트는 벌떡 일어나 앉았다. 누군가에게 맹렬히
화를 내고 싶었지만, 그게 누구인지는 확실치 않았다. 그의

할아버지, 요한나 셸란데르, 킬러 안데르스, 그리고 예수 등이 머리에 떠올랐지만, 그래 봤자 아무 소용없다는 걸 자신도 잘 알고 있었다.

최선의 길은 일단 아침 식사를 하고, 저 빌어먹을 접수 데스크 뒤에 앉아서, 앞으로 어떻게 할 것인가를 곰곰이 생각해 보는 것이리라.

그들의 폭력 대행 회사는 유일한 출장 기사를 잃었는데, 이는 그들이 더 이상 수입을 기대할 수 없게 되었음을 의미했다. 킬러가 그의 결정을 철회하지 않는 한, 할아버지에 대한 복수는 중단될 위기에 처한 것이다. 따라서 킬러에게 매우 나쁜 영향을 미치고 있는 하나님, 예수, 그리고 성경으로부터 그를 멀어지게 하여, 원래 그가 섬기던 술과 술집과 술판 쪽으로 다시 데려올 필요가 있었다.

리셉셔니스트가 이 계획을 연인에게 막 설명하려 하는 순간, 왕년의 킬러가 평소보다 두 시간이나 일찍 모습을 드러냈다.

「두 분께 주님의 평강이 임하기를!」 그는 맥주와 샌드위치를 요구하는 대신 이렇게 외쳤다.

하루아침에 술을 끊는 것은 결코 쉬운 일이 아니다. 비록 지금은 예수가 우위를 점하고 있는 것은 분명했지만, 리셉셔니스트는 킬러의 내부에 치열한 싸움이 벌어지고 있음을 눈치챘고, 다음 순간 그의 머릿속에 매우 즉흥적이고도 음험한 계획 하나가 슬그머니 모습을 드러냈다. 즉흥적이면서도 음험한 계획은 원래 목사의 전문 영역이었기 때문에, 청년은 자신의 말에 킬러가 예상대로 반응하자 짜릿한 자부심을 느꼈다.

「오늘도 물론 치즈 샌드위치로 하시겠죠? 또 맥주 드시는 대신에, 영성체를 하실 거고요. 이제 예수님을 믿는 분이시니까요.」

킬러 안데르스는 치즈 샌드위치라는 말은 이해했지만, 그나머지 부분은 아니었다. 태어나서 한 번도 교회에 가본 적이 없는 그는 〈영성체〉가 뭔지 전혀 몰랐던 것이다.

「아직 이른 아침이니까, 반병만 드실 거죠?」 페르 페르손은 말을 이으며, 포장지에 싸여 있는 샌드위치 옆에 레드 와인 병을 경건하게 내려놓았다.

「난 술은 안 마시는데…….」

「네, 잘 압니다. 성찬식 포도주 외에는 쳐다보지도 않으신다는 걸. 네, 그렇죠, 포도주는 예수님의 피죠. 자, 제가 포장지를 벗기고 예수님의 몸도 꺼내 드릴까요?」

「예수님의 뭐?」 킬러는 깜짝 놀라며 반문했다.

페르 페르손의 시커먼 의중을 눈치챈 요한나는 곧바로 지원 사격에 들어갔다.

「우리의 성경 공부가 아직 많이 나아가진 않았지만, 당신이 그토록 신앙을 진지하게 받아들이고, 주님의 피와 살을 먹고 마시는 일을 소홀히 하지 않으려는 것을 보니 난 너무 기뻐요. 이 세속적인 세계에서는 점점 드물어지는 일이거든요.」

킬러 안데르스는 〈세속적인 세계〉라는 말이 무엇을 의미하는지 전혀 몰랐고, 예수와 싸구려 와인 사이에 대체 무슨 관계가 있는지 알 수 없었지만, 적어도 자신이 예수의 이름으로 치즈 샌드위치에 곁들여 포도주 반병을 마실 수 있다는 사실만큼은 이해할 수 있었다. 환상적인 소식이 아닐 수 없었으니, 그의 배 속은 뭔가 그런 종류의 것을 부어 달라고 아우성치고 있었던 것이다. 모든 종류의 알코올음료를 포기하겠다는 그의 결심은 너무 성급한 것이었다.

「하아, 내가 그걸 몰랐군! 하기야 완전한 사람은 아무도 없으니까…… 특히 아직 신앙이 어릴 때는……. 이제 예수님의 길을 따르기로 했으니, 마셔야지 어쩌겠어? 그런데 말이야, 나와 그분은 어제저녁에 처음 만났으니까, 아직 안 마신 반병이 남아 있는 게 맞지?」

바로 이런 걸 두고 〈불행 중 그나마 다행〉이라고 하는 것이리라……. 이제 킬러 안데르스는 진정으로 예수의 길을 따르고자 하는 자는 오전과 오후에는 간단하게, 그리고 저녁에는 보다 정식으로 성찬식을 한 번씩 치른 뒤, 밤 9시 이후에는 끝을 볼 때까지 달리는 야간 성찬식을 거행해야 할 필요가 있다고 확신하게 되었다. 그가 적십자에 기부하고자 했던 3만 2천 크로나는 그리스도의 피에 투자하기로 생각을 바꿨다.

하지만 그는 업무에 복귀하는 것은 계속 거부했다. 따라서 예수와 킬러가 마주치기 직전에 받아들인 네 건의 주문은 처리되지 못했다. 리셉셔니스트는 잠재적 고객들이 접촉해 오면 모호한 태도를 취하곤 했다. 〈죄송합니다, 요즘 스케줄이 꽉 차서요〉, 혹은 〈우리 서비스에 일시적인 장애가 발생해서요〉라고 둘러대곤 했다. 하지만 이런 상황이 무한히 지속될 수는 없었다. 이제 사업을 접어야 할 때가 되었나? 그래도 약간의 돈을 모아 놓은 신발 상자들도 있고 하니 말이다. 그것들은 파업 중인 킬러가 아니라, 전적으로 리셉셔니스트와 그가 아주 사랑하는 여인의 몫이었다.

오케이, 그가 아주 사랑하는 여인은 동의했다. 킬러 안데르스의 신앙은 그 어떤 호전의 — 혹은 쇠퇴의 — 징후도 보이지 않고 있었다. 따라서 목사는 이 파업자와 더 이상 함께해야 할 이유가 없다고 느꼈다. 킬러와 예수는 둘이서 나란히 떠나면 될 거였고, 또 혹시 절벽과 마주치게 되면 둘이 손을 잡고 나란히 뛰어내려도 상관없었다.

또 그녀는 자신은 땅끝 하숙텔 없이도 얼마든지 살 수 있지만, 페르 페르손과 함께 지내는 것에 너무도 익숙해져 버렸노라고 고백했다. 어차피 둘 다 온 세상과 맞서게 된 신세, 그만 괜찮게 생각한다면 신발 상자들과 자신의 삶을 영원히 그와 함께 나누고 싶단다.

자신과 마찬가지로 삶의 투쟁들이 궁극적으로 무얼 위한 것인지는 잘 모르지만, 어쨌든 자신과 함께 모든 것들과 모든 인간들에 맞서 맹렬히 싸우는 이 여자에게는 뭔가 특별한 게 있었다. 하여 페르 페르손은, 그녀가 언젠가 자신의 이

름을 기억해 줄 수만 있다면, 그들이 이미 걷고 있는 길을 계
속 가고 싶었다.

15

접수 데스크 뒷방의 신발 상자들 안에는 60만 크로나에
가까운 돈이 들어 있었는데, 이는 목사와 리셉셔니스트가
함께 모아 놓은 것이었다.

또 처리하지 못한 세 건의 주문에 대해 받은 10만 크로나
도 있었다. 그들은 이 돈을 의뢰인들에게 돌려줘야 했는데,
왜냐하면 킬러 안데르스와 예수의 사이가 나빠질 기미가 전
혀 보이지 않았기 때문이다.

하지만 페르 페르손은 스톡홀름의 다양한 체급의 세 조폭
에게 각각 3만 크로나, 4만 크로나, 그리고 3만 크로나를 환
불하는 일을 결코 서두르지 않았다. 첫째, 그리하면 그들의
저금통에서 무려 10만 크로나나 빠져나갈 것이었다. 둘째,
고객들이 원하는 것은 지불한 돈에 대한 결과이지, 결과가
없는 돈은 아니었다. 셋째, 이 고객들은 그들이 바라는 것만
큼 그렇게 융통성 있지도, 화통하지도, 이해심 깊지도 않았
다. 만일 킬러 안데르스가 사람들 패는 일을 중단했다고 알

린다면, 두 사람은 매우 불쾌한 일을 당할 게 뻔했다.

「가장 좋은 방법은 돈을 간단한 해명의 말과 함께 우편으로 보낸 다음, 둘이서 감쪽같이 사라져 버리는 것일 수 있어.」리셉셔니스트가 말했다. 「아무도 우리의 이름을 모르고, 또 우린 뒤에다 거의 단서를 남기지 않을 거거든. 솔직히 우리보고 우릴 찾아보라 해도 찾기가 힘들 거야.」

목사는 그가 하는 말을 묵묵히 듣고만 있었다. 페르는 그녀에게 생각해 볼 시간이 필요한 것이라고 이해했다. 결국 지금 그들은 세 조폭에게 어떤 방식으로 도발할 것인가를 논의하고 있는 거니까. 리셉셔니스트는 말을 이었다.

「아니면 그냥 우리가 돈을 가질 수도 있겠지. 왜냐하면 어차피 그들은 화를 낼 거니까. 우린 그들의 레이더망을 충분히 벗어날 수 있을 거야. 난 지금까지 계속 불법으로 일해 왔고, 또 내가 아는 한에 있어서는, 그 어디에도 등록된 적이 없거든. 또 자기로 말하자면, 내가 자기 이름을 호텔 숙박부에 기입하기도 전에 호텔 손님에서 내 동업자가 되고, 또 내 여자 친구가 되어 버렸지. 반면 7호실의 그 새로 구원받은 양반은 온 세상이 이름을 알고 있지만, 그는 여기다 남겨 놓을 거야. 그럼 그 양반은 세 고객에게 신나게 설명해 주겠지. 예수님께서 자기 사업을 금지하셨고, 또 자기 매니저들은 새 주소도 알려 주지 않고 어디론가 이사 가버렸는데, 너무 급하게 떠나는 바람에 고객들의 돈을 다 가져가 버렸다고 말이야.」

목사는 여전히 말이 없었다.

「어때, 나쁜 생각인 것 같아?」 리셉셔니스트가 물었다.

목사는 부드럽게 고개를 저었다.

「아니, 좋은 생각이야. 하지만 지나치게 소극적인 생각인 것 같아. 기왕에 우리가 조금이라도 분별 있는 사람이라면 감히 사기 칠 생각을 못 할 종류의 사람들을 속여 먹기로 마음먹었다면, 왜 그들 모두를 등쳐 먹을 생각을 못 하는 거지? 저마다 지불하겠다고 하는 만큼 받아 낼 생각을 못 하는 거지? 아니, 이왕이면 좀 더 많이? 10만 크로나는 물론 괜찮은 액수야. 하지만 솔직히…… 1천만 크로나면 더 낫지 않아?」

목사는 모나리자와도 같은 미소를 던졌고, 리셉셔니스트는 얼빠진 미소로 화답했다. 목사가 공원 벤치에 앉아 있던 그에게 접근하여 엉성한 기도의 대가로 20크로나를 후려 먹으려고 했던 그날 이후로 벌써 2년의 세월이 흘렀다. 그 사건으로 그들은 처음에는 적이 되었다가, 이내 사업 파트너가 되고, 또 친구가 되고, 결국에는 커플이 되었다. 그리고 이제 그들은 함께 떠나려 하고 있었다. 기분 좋은 일이었다. 그 부분만큼은 기분이 좋았다. 하지만 그 나머지는……. 할아버지, 아버지, 어머니, 수백만 크로나의 돈, 그리고 조폭들…….

1천만 크로나는 10만 크로나보다 백배나 많은 돈이었다.

그렇다면 거기에 따르는 위험은 몇 배나 더 커질까? 그리고 요한나는 그 돈을 가지고 무얼 하길 원하는 걸까? 기껏해야 좀 더 부유한 상태로 서로를 사랑하는 것 말고 또 뭐가 있을까?

리셉셔니스트는 이런 질문들을 해볼 시간이 없었으니, 때마침 킬러 안데르스가 콧노래를 흥얼거리며 로비를 가로질러 왔기 때문이다.

「주님께서 두 분과 함께 하시길!」 이렇게 인사하는 그의 목소리가 얼마나 온화했던지, 리셉셔니스트는 울컥 부아가 치밀었다.

다행스럽게도 그에게는 킬러가 저지른 모든 것들에 대해 복수하기 위해 꼼꼼히 준비해 놓은 계산서가 있었다.

「안데르스 씨께서는 지난 2년 36주 동안 한 번도 요금을 정산하지 않으셨습니다. 하룻밤에 225크로나니까, 최소한으로 해드려도 22만 크로나입니다.」

예전 같았으면 이런 식으로 객실료 정산을 요구했다가는 큰코다칠 일이었으나, 지금은 더 이상 그렇지 않았다.

「이보게, 우리 리셉셔니스트 선생,」 킬러 안데르스가 항의했다. 「우린 하나님과 금송아지를 동시에 섬겨선 안 된다네.」

「아, 그런가요? 그렇다면 난 먼저 금송아지부터 섬기겠어요. 그러고 나서 혹시 시간이 남으면 다른 것도 한번 생각해 보죠, 뭐.」

「말 한번 잘했어!」 목사가 거들었다.

「그보다는 먼저 나한테 치즈 샌드위치 하나 주는 게 낫지 않을까?」 킬러 안데르스도 포기하지 않았다. 「우리는 이웃을 자기 자신처럼 사랑해야 한다는 걸 잊으면 안 돼. 난 아직 빵 한 조각 먹지 못했다고. 아니, 정확히 말하자면 예수님의 몸이지.」

왕년의 킬러가 지껄이는 말들을 듣고 있으려니 목사도 짜증이 치밀었다. 그리고 성경이라면 그녀도 누구 못지않게 빠삭했다.

「배고픈 자는 복이 있도다. 〈누가복음〉 6장 21절.」 그녀가 못 박았다.

「아, 정말 죄송합니다.」 리셉셔니스트가 말을 이었다. 「전 안데르스 씨의 복을 깨뜨리고 싶지 않네요. 샌드위치를 드리지 않는 게 제가 당신을 위해 할 수 있는 최소한의 도리인 것 같아요. 혹시 당신을 돕기 위해 제가 삼가야 할 다른 일이라도 있나요? 만일 없으시다면, 부디 즐거운 하루를 보내시길 바라겠습니다.」

킬러 안데르스는 코웃음을 쳤지만, 술집에 가지 않으면 아무것도 얻어먹을 수 없다는 것을 깨달았다. 그래서 그는 주린 배를 움켜쥐고 문 쪽으로 종종걸음을 치면서, 주님께서는 우리의 행실을 다 지켜보고 계시기 때문에, 목사와 리셉셔니스트는 아직 늦지 않았을 때 자신이 어떻게 행동해야 할지를 잘 생각해 봐야 할 거라고 웅얼거렸다.

다시 둘만 있게 되자, 목사는 자신의 생각한 바를 설명했다. 「무엇보다도 저 미친 인간이 신자가 되었다는 사실을 사람들에게 밝히면 안 돼. 완전히 반대로 얘기해야 해. 킬러 안데르스가 전보다도 더 잔인해졌고, 더 이상 한계를 모른다고 말이야. 그리고 우리는 최대한으로 주문을 받아들이는 거야. 살인, 종지뼈 박살 내기, 눈알 뽑기 등등…… 돈만 많이 주면 무엇이라도 좋아. 그러고 나서 여길 뜨는 거야.」

「그러니까 자기 말은…… 실제로는 눈알을 뽑지 않고 사라지자는 거지?」

「단 한 개도 안 뽑아. 심지어 유리 눈알도 안 뽑아. 첫째, 그건 우리 취향이 아냐. 둘째, 그렇게 해줄 사람도 없어.」

리셉셔니스트는 재빨리 속으로 계산을 해보았다. 실제로 일을 처리하지 않고 얼마 동안이나 주문을 받아들일 수 있을까? 2주? 3주? 킬러가 몸이 아프다는 핑계를 대면 조금 더 버틸 수 있으리라. 그렇다면 4주로 잡아 보자. 아주 공격적으로 마케팅을 한다면 6~7건의 살인과, 그 두 배에 달하는 중증 복합 골절과, 다시 이것의 두 배에 달하는 고전적인 구타를 끌어모을 수 있으리라.

「자기는 모두 해서 1천만 크로나로 잡았지.」 회사의 회계와 영업을 맡은 리셉셔니스트가 말했다. 「내 계산으로는 1천 2백만 크로나 정도 나와.」

한쪽에는 1천2백만 크로나, 그리고 다른 쪽에는 엄청나게 열을 받은 스톡홀름 암흑가의 인사들……

한쪽에는 흔적도 없이(그들이 누구인지 아는 사람은 아무도 없으므로) 증발해 버린 두 사기꾼, 그리고 다른 쪽에는 죽을 때까지 그들을 쫓아다닐 한 무리의 살벌한 사람들······.

「자, 어떻게 생각해?」 요한나가 물었다.

페르는 극적인 효과를 위해 몇 초간 뜸을 들였다. 그러고는 목사의 그 모나리자 미소를 흉내 내면서, 이 계획이 좋은 생각인지 아닌지를 알 수 있는 유일한 방법은 일단 실행에 옮겨 보는 것이라고 대답했다.

「그럼 해보는 거야?」 목사가 물었다.

「그럼, 해보는 거지! 하나님께서 우리와 함께하시길!」

「뭐라고?」

「하하, 농담이야.」

16

　1440만 크로나가 더 들어온 후, 페르와 요한나는 그 주의 목요일 오후에 있을 출발에 대비하여 새로 구입한 빨간색과 노란색 트렁크를 각자 하나씩 꾸려 놓았다.

　회사가 내놓은 보다 과격한 신상품들에 시장은 열광적으로 반응했다. 목사와 리셉셔니스트는 주변의 누군가를 제거하기 위해 기꺼이 지불할 준비가 되어 있는 사람들이 너무도 많은 데에 경악을 금치 못했다. 마지막으로 찾아온 고객은 멸치처럼 바짝 마른 사내였는데, 자기 이웃이 닭 울타리를 짓는데 규정대로 두 집의 경계선에서 4.5미터 떨어진 곳이 아닌 4.2미터 떨어진 곳에다 지었다고 설명했다. 멸치가 이 점을 지적하자, 그 이웃이 멸치의 아내에게 인상을 썼단다. 멸치는 이웃을 패주기에는 너무 허약했고, 누군가 다른 사람이 대신 패준다 해도, 이웃은 몸이 회복되는 대로 복수에 나설 게 뻔했다. 따라서 이 이웃은 이 땅에서 영원히 사라져 버려야 한단다.

「닭 울타리 하나 때문에요?」리셉셔니스트가 놀라며 반문했다. 「왜 시청에다 민원을 넣지 않나요? 관련 규정이 있다고 하지 않았나요?」

「있죠. 하지만 닭 울타리는 일반 울타리로 간주되지 않는답니다. 따라서 법적으론 그에게 문제가 없대요.」

「그래서 그가 죽어야 한다?」

「그 자식이 내 마누라에게 인상을 썼다고요.」멸치가 다시 한 번 으르렁댔다.

지금 리셉셔니스트는 그 건방진 이웃이 죽는 일은 결코 없을 것이며, 계약을 했을 때 일어날 유일한 변화는 멸치의 예금 통장이 그의 몸매처럼 홀쭉해지는 것뿐이라는 사실을 잊고 있었다. 요한나는 리셉셔니스트가 주문을 거절하려는 것을 눈치채고는 후딱 대화에 끼어들면서 화제를 돌렸다.

「그런데 고객님께선 우리의 서비스에 대해서는 어떻게 알게 되셨나요?」

「신문에 기사가 수도 없이 나와 있어요. 그 자식이 날 엿 먹인 것은 이게 처음이 아니라서 기사 내용을 잘 기억해 뒀죠. 그리고 이번 일이 터졌을 때, 이곳을 찾아오기 위해서는…… 좀 음침한 동네 몇 군데에 가서 물어보는 걸로 충분했죠.」

말이 되는 소리였다. 목사는 이런 경우에는 비용이 80만 크로나가 든다고 설명했다.

멸치는 흡족한 표정으로 고개를 끄덕였다. 이 액수는 그가 평생 저축한 돈 전부에 해당했으나, 이건 그럴 만한 가치가 있는 일이었다.

「돈은 수요일에 가져올게요. 괜찮겠어요?」

그래, 괜찮을 것이었다. 그들의 출발은 목요일로 계획되어 있었고, 오늘이 드디어 그 목요일이었다. 두 사람은 그들의 미래에 대해 많은 것을 알지 못했다. 이 미래는 경제적으로 는 보장되어 있다는 것, 이게 막 시작되려 한다는 것, 그리고 최근에 구원받은 전직 킬러 같은 것은 여기에 포함되어 있지 않다는 게 그들이 아는 전부였다.

「두 분께서 어디 여행을 떠나시나?」

굶주린 배를 예수님의 몸과 — 특히나 — 피로 좀 채워 보고자 밖으로 기어 나온 킬러 안데르스가 물었다.

요즘 들어 그는 거의 매일 스톡홀름 중심가로 나가 그곳 의 술집들을 전전하고 있었는데, 이곳 변두리에서는 모욕을 당하지 않고는 더 이상 복음을 전할 방법이 없었기 때문이 었다. 전직 킬러가 더 이상 위험하지 않다는 사실을 알게 된 동네 사람들은 아스널-맨체스터 축구 경기가 한창인데 그 가 성경을 낭독해 주겠다고 고집을 부리면 당장 꺼지라고 겁도 없이 소리치곤 했다.

접수 데스크 뒤의 방에 놓인 트렁크 두 개가 반쯤 열린 문 을 통해 킬러의 눈에 띄었던 것인데, 다행히도 그것들 안에 쟁여질 지폐 다발들은 보지 못한 모양이었다.

「뭐, 필요한 거라도 있나요?」 파업 중인 킬러의 질문에 꼬 박꼬박 답변해야 할 의무가 전혀 없다고 생각하는 리셉셔니스트가 쌀쌀맞게 쏘아붙였다.

「아니. 두 분의 길에 주님께서 함께하시길…….」

킬러 안데르스는 이렇게 웅얼거리며 오늘은 쇠데르말름 구(區)의 선술집들 중 하나를 가보기로 마음먹었다. 그 동네는 맥주가 넘쳐 나기로 유명한 곳이었으나, 포도주도 한 잔 정도는 얼마든지 찾아낼 수 있으리라는 게 그의 생각이었다.

외스트예타가탄 거리에 위치한 〈솔다텐 슈베이크〉 카페에 자리 잡고 앉은 킬러 안데르스는 카베르네 소비뇽 와인 두 잔을 주문했고, 웨이트리스는 곧바로 와인을 쟁반에 담아 가져왔다. 그녀는 한 잔은 전직 킬러 앞에다 놓았고, 그가 그걸 원샷으로 들이켜고 있는 동안 두 번째 잔은 어디다 둬야 할지 몰라 망설였다. 킬러는 빈 잔을 가득 찬 잔으로 바꾸었고, 또 그 잔을 비우면서 〈아가씨가 여기 있는 김에〉 세 번째와 네 번째 잔도 추가로 주문했다.

예수님의 피는 킬러의 피와 섞여 들면서 그에게 일종의 〈주님의 평강〉을 안겨 주었다. 무심코 주위를 한번 둘러보던 킬러는 어떤 낯선 사내와 시선이 마주쳤다. 그런데…… 뭔가 알 것도 같은 얼굴이었다. 커다란 맥주잔을 손에 든 40대의 사내였다. 맞아! 저번에 교도소에 지낼 때 알았던 감방 동료였다. 저 친구와 같은 토론 그룹에 속했었는데……. 쉴 새 없이 지껄이던 친구였었지. 이름이 구스타브손이었던가, 올로프손이었던가……?

「헤이, 안데르스 형님! 만나서 반갑소!」 구스타브손인가, 올로프손인가가 소리쳤다.

「아, 나도 반갑네, 나도 반가워! 자네 이름이 구스타브손이었지, 아마?」

「올로프손이요. 같이 앉아도 괜찮아요?」

물론 괜찮았다. 이름이 무엇이든 간에 말이다. 킬러는 이 친구라면 전도하기가 그다지 어렵지 않겠다고 생각했다.

「그동안 잘 지냈는가? 난 요즘 예수 그리스도의 길을 걷고 있다네.」 킬러가 부드럽게 운을 뗐다.

마주 앉은 사내는 기대했던 반응을 보이지 않았다. 올로프손은 풋 하고 웃음을 터뜨리더니, 킬러가 심각한 표정을 짓자 더욱 크게 웃어 댔다.

「아, 그렇구먼! 그럼 축하하는 의미에서 건배!」 그는 이렇게 외치고는 맥주를 벌컥벌컥 들이켰다.

킬러 안데르스가 뭐가 그렇게 우스우냐고 물어보려 하는데, 올로프손은 목소리를 낮추면서 말했다.

「나도 알고 있소. 형님이 황소를 담가 버리려 한다는 걸.」

「뭐?」

「아, 걱정 마쇼! 난 아무 말도 안 할 거니까. 주문을 넣은 게 바로 우리 형이오. 난 그 더러운 돼지 새끼가 돼지게 돼서 얼마나 좋은지 모르겠소! 그 자식이 내 누이한테 어떻게 했는지 알죠?」

〈황소〉는 교도소 출입을 밥 먹듯이 하는 덩치 크고 멍청한 수많은 조폭들 중 하나였다. 그는 체구가 너무도 거대했던 나머지, 자기가 휘파람을 불 때 총알같이 달려오지 않으면 그게 누가 됐든 늘씬하게 패줄 권리가 있다고 생각하는 친구였다. 그가 어느 날 이 논리에 따라 자신의 여친도 따끔하게 손을 봐줬다. 물론 그녀도 갓 태어난 새끼 양처럼 순결하기만 한 존재라고는 할 수 없었다. 가사 도우미인 그녀는 어르신들의 열쇠를 복사해서 자기 오라비들에게 선물하는 게 취미였고, 그러면 오라비들은 그 집을 슬그머니 방문하여 값나가는 것들을 쓸어 오곤 했다. 또 어르신들이 집에 있으면, 그분들이 평생 못 해본 오싹한 체험을 안겨 드리기도 했다.

그런데 황소는 열쇠는 응당 자기에게 와야 한다는 의견이었고, 따라서 먼저 자기 여친을 팬 다음, 그녀의 두 오라비 중 하나도 손봐 줬다. 그리고 또 다른 오라비는 지금 스톡홀름의 한 카페에서 킬러 안데르스 앞에 앉아 감사를 표하고…….

「뭐? 내가 황소를 담가? 난 아무도 담그지 않아! 말했잖은가, 난 이제 그리스도의 길을 걷고 있다고!」

「누구의 길?」

「예수 그리스도, 빌어먹을! 난 구원받았다고!」

올로프손은 안데르스의 얼굴을 빤히 쳐다보았다.

「그럼 우리 형의 80만 크로나는 어떻게 되는 건데? 그 돈 벌써 받았잖아?」

안데르스는 올로프손에게 진정하라고 말했다. 주님의 길

을 걷는 사람은 결코 돈을 받고 이웃을 죽이질 않는다네. 자네 자네 형의 그 80만 크로나를 다른 데 가서 찾아봐야 할 거야…….

돈이 분명히 들어가 있는 호주머니 말고 다른 데 가서 찾아보라고? 올로프손은 결코 겁쟁이가 아니었다. 그는 벌떡 일어나 자기 형의 1백만 크로나에 가까운 돈을 꿀꺽하려 하고 있는 돼지에게로 한 걸음을 내디뎠다. 게다가 이 개자식은 우아하게 와인까지 홀짝대고 있지 않은가?

잠시 후, 올로프손은 KO되어 길게 뻗어 있었다. 킬러 안데르스는 신앙인이 되긴 했지만, 그렇다고 해서 왼쪽 뺨을 내미는 사람은 아니었고, 사실은 첫 번째로 뺨을 내미는 사람도 아니었다. 대신 그는 올로프손의 레프트 훅(아니면 라이트 훅이었던가?)을 가볍게 피한 다음, 묵직한 라이트 스트레이트(아니, 레프트 스트레이트인가?)로 그를 때려눕혔다. 앞으로는 뺨을 내미는 동작도 좀 훈련해야 하리라…….

주문한 와인 두 잔을 쟁반에 받쳐 들고 돌아온 웨이트리스는 바닥에 누워 있는 올로프손 앞에서 흠칫 멈춰 섰다. 새 신자는 자기 친구가 너무 과음한 탓에 이렇게 되긴 했지만 금방 정신을 차릴 것이며, 양쪽의 술값을 자기가 다 계산할 거라고 잠들기 전에 약속했다고 설명했다.

쟁반 위의 두 잔 중 한 잔을 입 속에 털어 넣은 킬러는 자고 있는 친구가 깨어나면 원할 것이니 한 잔은 남겨 놓는다고 말했다. 그런 다음 올로프손의 뻗어 있는 몸을 성큼 넘어

카페를 나왔고, 스톡홀름 광역시 남쪽 변두리의 어느 하숙텔을 향해 걸음을 옮겼다. 지금 이 순간, 녀석들은 빨간색과 노란색의 두 트렁크를 열심히 꾸리고 있으리라. 그리고 튀는 날은 바로 오늘이리라.

「도대체 돈을 얼마나 챙긴 거야, 엉?」 하고 킬러는 중얼거렸다.

그는 머리가 그리 빠릿빠릿하지 않고, 말에도 별로 재능이 없다는 것은 분명한 사실이었다.

하지만 그도 바보는 아니었다.

17

한 시간만 더 지났더라도, 그들은 이 어수룩한 킬러를 영원히 보지 않아도 되었을 것이다. 불행히도 킬러는 카페에서 잘못된 사람과 만났고, 거기서 올바른 결론을 이끌어 냈다. 하여 지금 그는 리셉셔니스트의 방 한가운데 서서는, 빨간색과 노란색 트렁크를 열고 그 안에 수북이 쌓인 지폐 다발을 발견하고 있었다.

「자, 이게 뭐지?」 그가 물었다.

「1440만 크로나예요.」 리셉셔니스트가 체념한 얼굴로 대답했다.

목사는 자신들의 목숨을 구하고, 위기를 모면해 보고자 했다.

「이 중에서 480만 크로나는 물론 당신 거예요. 그걸 적십자든지, 구세군이든지, 아무 데나 원하는 곳에 기부하셔도 돼요. 우린 당신을 빈손으로 남겨 둘 생각은 전혀 없었어요. 그럼요, 3분의 1은 당연히 당신 몫이죠!」

「내 몫이라고?」

이 〈내 몫〉은 지금 킬러의 두뇌가 처리할 수 있는 유일한 정보였다. 전에는 여러 가지를 생각할 필요가 없었기 때문에 훨씬 간단했다. 전에는 그저,

1) 목사와 리셉셔니스트의 얼굴을 죽사발 내버린다.

2) 돈이 든 트렁크들을 집어 든다.

3) 조용히 사라진다,

이 세 가지만 하면 되었다. 하지만 지금은 받기보다는 줄 때 더 큰 축복이 있으며, 부자가 하나님의 왕국에 들어가는 것보다 낙타가 바늘귀로 들어가는 게 더 쉽다는 것을 알고 있었다. 그리고 사람은 이것도 탐내서는 안 되었고, 또 저것도 탐내서는 안 되었다.

하지만……. 아니, 모든 것에는 한계가 있는 법이었다! 홀연 그에게 주님의 음성이 들려왔다. 〈오랫동안 널 이용해 먹은 이 음흉한 바리새인들을 없애 버려라! 그들의 돈을 취하여, 먼 곳으로 떠나 새 삶을 살아라!〉

지금 예수님은 정확히 이렇게 말씀하셨고, 킬러는 이 말씀을 두 사람에게 그대로 옮겨 주었다.

페르 페르손은 절망감에 사로잡혔고, 이제는 킬러의 바짓가랑이에 매달려 제발 목숨만 살려 달라고 빌 때가 되었다고 생각했다. 그런데 목사는 킬러의 말에 모종의 호기심을 느끼는 모양이었다.

「예수님께서 정말로 말씀하셨어요? 그것 참 희한하네요.

난 하늘과 땅 사이의 대사 역할을 맡아 수 년 동안 일해 왔
지만, 그분은 내게는 한마디도 하지 않으셨거든요.」

「그건 아마도 네가 사기꾼이기 때문이겠지, 안 그래?」

「네, 그럴 수 있겠네요.」 목사는 고개를 끄덕였다. 「몇 분
더 살 수 있다면, 앞으로는 좀 더 귀를 기울여 보죠, 뭐. 그런
데 당신이 우릴 없애 버리기 전에 한 가지 물어보고 싶은 게
있는데요…….」

「뭔데?」

「예수님께서 그다음에는 어떻게 하라고 말씀하시던가요?」

「말했잖아. 돈을 갖고 사라져 버리라고.」

「네, 하지만 그러고 나서는요? 아시죠? 이 나라 전체가 당
신이 누군지 알고 있다는 걸? 사람들 눈에 띄지 않는 건 불
가능해요. 그리고 스톡홀름 암흑가의 거의 전체가 쫓아올
거예요. 그 점도 예수님께 설명드렸나요?」

킬러는 잠시 침묵을 지켰다. 그리고 침묵이 길어졌다.

요한나 셸란데르는 그가 예수와의 통화를 열심히 시도해
보지만 상대가 응답하지 않는다는 걸 눈치채고는 이렇게 말
했다. 킬러님, 너무 서운하게 생각하지 마세요. 예수님께서
뭔가 바쁜 일이 있으시겠죠. 할 일이 너무도 많으신 분이잖
아요. 물고기로 그물들도 가득 채워 줘야 하고, 과부의 아들
들도 부활시켜 주셔야 하고, 장님들도 치료해 주셔야 하고,
벙어리들의 몸에서 마귀도 쫓아내셔야 하고……. 내 말이 믿
기지 않으면 〈누가복음〉 5장과 〈마태복음〉 9장을 보면 확

인할 수 있을 거예요.

페르 페르손은 목이 바짝 마르는 걸 느끼며 몸을 뒤틀었다. 세상에, 지금 킬러를 도발할 때인가?

그러나 킬러는 화를 내지 않았다. 그녀의 말이 옳았다! 아닌 게 아니라 지금 예수님은 몹시 바쁘신 모양이었다. 그는 혼자서 문제를 해결해야 했다. 아니면 누군가에게 조언을 구하든지. 예를 들면 이 목사에게.

「그래, 뭐, 좋은 생각이라도 있어?」 그는 떨떠름한 목소리로 물었다.

「지금 나한테 묻는 거예요, 아니면 예수님한테 묻는 거예요?」 목사가 이렇게 되물었고, 리셉셔니스트는 그녀를 죽일 듯 노려보았다. 〈제발 적당히 좀 하라고!〉

「염병할, 너한테 묻고 있잖아!」

그로부터 10분 후, 목사는 솔다텐 슈베이크 카페에서 어떤 일이 일어났었는지 킬러의 입을 통해 대충 파악할 수 있었다. 킬러는 으르렁대는 올로프손을 자기가 어떻게 때려눕혔는지(〈레프트를 피하고 가볍게 라이트 한 방으로 상황이 종료됐어〉), 그리고 이 난투극 전에 있었던 대화에서 어떤 결론을 이끌어 냈는지를 밝혔다. 자기는 목사와 리셉셔니스트가 팬티까지 벗겨 먹을 기세로 동업자를 등쳐 먹고 있다는 사실을 깨닫게 되었단다.

「정확히는 전(前) 동업자죠.」 리셉셔니스트가 조심스럽게 표현을 고쳤다. 「이 모든 것은 당신이 파업을 해서 시작됐다고요.」

「내가 예수님을 만났잖아! 그게 그렇게도 이해하기 힘든 일이야? 단지 그 이유로 너희들은 날 이 똥통에 처넣었어!」

이때 목사가 끼어들어 지금은 더 길게 끌고 갈 시간이 없는 입씨름을 중단시켰다. 그녀는 킬러가 현 상황을 — 표현이 약간 거칠기는 했지만 — 매우 정확히 묘사했다고 인정했다. 하지만 지금은 신속한 결정이 요구되는 때인 바, 왜냐하면 왕년의 감방 동료가 술집에서 깨어나면, 맹렬한 분노에 사로잡혀 지체 없이 자기 형 집으로 달려갈 것이기 때문이란다.

「조금 전에 내게 좋은 생각이 있냐고 물었죠? 내 대답은 〈예스〉예요.」

그들이 함께 떠나는 거란다. 목사와 리셉셔니스트의 임무는 저들이 찾아내지 못하게끔 킬러를 보호하는 것이고, 세 사람은 화목한 형제들처럼 트렁크 속의 돈을 공평하게 나눠 가질 거란다. 회사의 두 매니저가 좀 더(많이는 아니고 약간 더) 정직한 방법으로 저축해 놓은 돈까지 합치면 각자의 몫은 무려 5백만 크로나를 웃돌 거란다.

어디로 가냐고? 그건 잘 모르겠단다. 하지만 그 전날 리셉셔니스트는 킬러 안데르스의 오랜 친구인 백작의 집을 방문하여 조그만 캠핑카를 하나 구입했단다. 원래는 두 사람이 사용할 계획이었으나, 얼마 동안은 세 사람이 같이 지내도 아무 문제 없을 정도로 공간이 충분하단다.

「캠핑카? 그래, 얼마나 주고 샀는데?」 킬러가 궁금해서 물었다.

「사실 얼마 안 줬어요.」 리셉셔니스트가 솔직하게 대답했다.

페르 페르손은 킬러가 늦어도 다음 금요일까지 백작을 찾아가 차 값을 지불하고, 백작이 의뢰한 이중 살인을 어떻게 처리했는지 자세히 설명할 거라고 약속하고는, 그 대가로 캠핑카를 몰고 나왔단다.

「이중 살인?」

「네, 의뢰되고, 지불되었지만, 아직 처리되지는 않은 사안이죠. 하나는 중고차 업계에서의 백작의 경쟁자에 대한 거고, 다른 하나는 마약 시장에서의 백작 부인의 경쟁자에 대한 거예요. 그들은 경기장에 선수들이 너무 많은 게 싫은 거고, 이건 160만 크로나를 투자할 가치가 있는 일이라고 판단한 거죠.」

「백육……. 이 노란 트렁크 속에 들어 있는가?」

「아니면 빨간 트렁크겠죠.」

「그리고 백작과 백작 부인의 의뢰한 이중 살인은 처리하지 않을 거라고?」

「네. 당신이 업무에 복귀해야 한다고 예수님께서 주장하신다면 또 모르겠지만요. 물론 우리가 그걸 바랄 이유는 전혀 없지요……. 반면 백작과 백작 부인은 캠핑카 한 대를 도둑맞게 될 거고, 따라서 우리에 대해 가장 화가 난 고객들이 될 가능성이 있어요. 또 그들만큼은 아니지만 역시 상당히 화가 난 다른 고객들도 꽤 많이 있으니, 우린 당장 출발하는 게 좋을 것 같아요.」

정말이지 인생은 왜 이리도 고달픈지……! 사실 요한 안데르손이라는 이름으로 살아가는 것부터가 그리 쉽지는 않았다. 하지만 〈킬러 안데르스〉라는 별명으로 더 잘 알려지게 된 것도, 최근에 구원을 받은 것도, 또 유일한 친구인 줄 알았던 자들이 맞아 죽지 않으려면 캠핑카를 타고 무작정 떠나는 게 좋겠다고 느닷없이 제안하는 두 웬수가 되어 버린 것도 그의 삶을 더 쉽게 만들어 주진 못했다.

목사와 리셉셔니스트는 계속 지껄여 대는데, 예수님은 통곡의 벽처럼 아무 말씀도 없으셨다.

「가는 길에 드시게 주님의 보혈 반병을 드릴까요?」

킬러는 그때서야 결정을 내렸다.

「그래……. 아니면 오늘 같은 날은 그냥 한 병도 괜찮겠지. 자, 어서 꺼져 버리자고!」

18

쇠데르말름의 한 카페에서 최근 구원받은 감방 동료에게 KO되었던 올로프손은 몇 분 되지 않아 깨어났다. 그는 달려온 구급 대원들을 거칠게 대했고, 계산서를 내민 불쌍한 웨이트리스에게 욕설을 퍼부었으며, 아직 와인이 남아 있는 유리잔을 벽에다 내던진 후, 비틀거리며 카페를 나왔다. 그리고 30분도 못 되어 그의 형 올로프손(전과자들 사이에서는 이름은 보통 생략한다)의 집에 들이닥쳤다. 동생 올로프손은 형 올로프손에게 상황을 설명했고, 올로프손 형제는 정의 구현을 위해 땅끝 하숙텔로 향했다.

하숙텔의 분위기는 어수선했다. 고객 몇 명이 난감한 얼굴을 하고서 접수 데스크 앞에서 서성대고 있었다. 그들 중 하나가 올로프손과 올로프손에게 설명하기를, 자기가 로비 벨을 울려 봐도 아무 반응이 없어서 휴대폰으로 호텔 전화번호를 돌려 봤는데, 결과적으로 카운터에서 울리는 전화를 자기가 받게 되었단다.

「두 분도 체크인하시려고요?」 사내가 물었다.

「아뇨.」 올로프손이 대답했다.

「그럴 일은 절대로 없을 거요.」 올로프손이 덧붙였다.

그러고 나서 형제는 그들의 차로 가서 휘발유 통을 하나 가져와서는 건물 뒤쪽으로 돌아가 불을 붙였다.

일종의 메시지였다.

구체적으로 어떤 메시지인지는 불분명했지만.

이 형제가 함께 있으면 일은 보통 이런 식으로 흘러갔다. 올로프손은 그의 형 못지않게 한 성질 하는 인물이었다.

한 시간 후, 후딩에 소방서의 소방 대장은 더 이상 지원을 요청할 필요가 없다고 느꼈다. 호텔 건물 자체는 화염에 휩싸여 무너져 버렸지만, 다행히 바람이 불지 않아 근처의 다른 건물들에 불길이 번질 위험은 없었던 것이다. 그들은 건물이 전소될 때까지 기다리기만 하면 되었다. 현재로서는 단정 지을 수 없지만, 증언에 따르면 불 속에 갇힌 사람은 아무도 없으며, 신원 불명의 두 남자가 고의로 불을 놓았다는 것이었다. 법적으로 이건 방화에 해당하는 행위였다.

인명 피해가 전혀 없었으므로, 전국적인 관점에서 볼 때 이 사건은 별로 흥미로운 뉴스거리가 아니었다. 하지만 「엑스프레센」지의 야간 편집자는 〈킬러 안데르스〉라는 이름으로 알려진 사내의 인터뷰가 바로 이 호텔에서 있었다는 사실을 기억해 냈다. 아마 1년 전? 아니면 3년 전이었던가? 킬러 안데르스는 이 호텔에서 지냈던 걸로 알고 있는데, 아직까지도 그럴까? 기자는 약간은 성급한, 하지만 매우 효율적인 작업 끝에 다음 날의 1면 기사 초안을 멋지게 뽑아낼 수 있었다.

암흑가의 전쟁
킬러 안데르스를 노린 방화극,
당사자는 무사히 빠져나간 듯

무려 두 페이지에 달하는 장문의 기사는 이 킬러 안데르스가 얼마나 위험한 인물로 알려져 있는지에 대해 길게 설명한 다음, 살인 기도로 의심되는 이 사건의 원인들을 다각도로 짚어 보고 있었다. 또 화재 중에 사망하지 않은 킬러는 지금 어딘가에서 — 어쩌면 당신과 아주 가까운 곳에서! — 새로운 은신처를 찾고 있을지도 모른다는 추측도 빼놓지 않았다.

자고로 타블로이드란 오싹하게 해주고 돈을 받는 장사인 것이다.

◆

리셉셔니스트의 생각으로는, 땅끝 하숙텔이 기둥뿌리만 남고 홀라당 타버린 것은 두 가지 이유에서 환상적이었고 동시에 한 가지 이유에서 매우 불행한 일이었다는 것이었다.

목사와 킬러는 보다 자세한 설명을 요구했다.

에, 이게 환상적인 이유는 먼저 호텔 주인, 그러니까 포르노 마니아이자 자린고비인 그 영감탱이가 주 수입원을 잃게 되었기 때문이란다. 또 리셉셔니스트가 기억하는 바로는, 호텔 주인은 건물 보험을 위해 1년에 수천 크로나씩 쓰는 것은 별로 사나이답지 못한 짓이라고 생각했단다. 따라서 그에게는 화재 보험이 없었고, 그래서 더욱 고소하게 느껴진단다.

「〈사나이답지 못하다〉라고?」 요한나 셸란데르가 놀라며 반문했다.

「때로 사나이다움과 멍청함은 종이 한 장 차이지.」

요한나는 〈남자다움〉에 대해 더 깊이 이해하는 것을 포기하고는, 리셉셔니스트에게 화재의 두 측면에 대한 설명을 계속해 보라고 말했다.

에, 그러니까, 두 번째의 이점은 화염이 지문들이며 그들의 신원을 밝혀 줄 수도 있을 물건들을 모조리 없애 버렸다는 점이란다. 그들은 그 어느 때보다도 익명의 존재가 되었다고.

……하지만 킬러 안데르스는 그렇지 못하며, 이게 바로 이 사건의 부정적 측면이란다. 「엑스프레센」을 위시한 각종 신문들은 이 위험한 인물의 스토리를 지겹게 되풀이하면서, 그의 사진들을 대문짝만하게 싣고 있단다. 이제 킬러는 머리에 담요를 뒤집어쓰지 않는 한, 캠핑카 밖으로 나와서는 안되고, 또 머리에 담요를 뒤집어쓰면 사람들의 이목을 끌 것

이기 때문에 더더욱 캠핑카 밖으로 나와서는 안 된단다. 요컨대 그는 캠핑카를 나올 수 없게 되었단다.

◆

다음 날, 일간지들은 현재 스웨덴에서 가장 핫한 사나이에 대한 새로운 정보라는 형태로 대중에게 두 번째 간식을 제공했다. 그가 저지른 범죄들에 대한 소문이 그 바닥에 얼마나 넓게 퍼졌던지, 3류 건달 몇몇이서 정보 제공의 대가로 1천 크로나라도 벌고자 전화로 신문사에 접촉해 왔었던 것이다.

「아, 그 개자식이 어떻게 했는지 아슈? 사람들을 담가 준다는 대가로 미리 쩐을 받은 다음, 일은 안 하고 날라 버렸어. 헤헤, 쩐을 쉽게 번 것은 인정하지만, 그래 가지고 얼마나 더 오래 살 수 있다고 생각하슈?」

19

〈정처 없는 방황〉은 좀 지나친 표현이겠지만, 어쨌든 캠핑카는 뚜렷한 목적지 없이 남쪽으로만 달렸다. 무엇보다도 스톡홀름에서 1킬로미터라도 멀어지는 게 중요했다. 또 한 군데 머무르지 않고 계속 이동해야 할 필요도 있었다. 이렇게 이틀을 달려 스몰란드 주의 벡셰 시에 이른 그들은 아점을 먹을 수 있는 패스트푸드점이라도 하나 찾아보고자 시내로 향했다.

신문 가판대들이며 상점들의 입구에는, 지금쯤 절망 상태에 빠져 있을 위험한 살인마가 여러분들에게서 아주 가까운 곳에 있다고 요란스레 경고하는 신문들이 가득 꽂혀 있었다. 이렇게 전국 방방곡곡에다 대문짝만한 활자들을 뿌려대면 결국 어딘가에서는 — 예를 들면 이 벡셰에서 — 〈정확한 보도〉가 되리라.

요한나와 페르가 그들의 장래 계획을 명확히 세우지 않은 것은 사실이지만, 적어도 최근에 기독교에 심취한 뚱딴지같은 알코올 중독자이며, 스웨덴 범죄자들의 거의 절반에게 쫓기고 있는 한 킬러와 비좁은 캠핑카에서 동거하는 것만큼은 계획에 포함되어 있지 않았었다.

백셰 시 전체에 깔린 대문짝만한 활자들과 킬러의 험상궂은 얼굴 사진들을 본 요한나는 자신의 반쪽과 마음 편히 스킨십을 즐길 수 있는 날은 금방 올 것 같지 않다고 투덜거렸다.

「허허……」 킬러가 미소를 지었다. 「난 괜찮으니까 상관 말고들 해! 귀를 꽉 막고 있을 테니까.」

「그리고 눈도 감아야죠.」 목사가 쌀쌀맞게 대꾸했다.

「눈도 감으라고? 아니, 내가 무슨 애도 아니고……」

바로 이 순간, 캠핑카가 휙 지나친 무언가가 킬러의 생각을 그 야한 상상으로부터 벗어나게 했다. 그는 리셉셔니스트에게 유턴을 하라고 황급히 지시했다. 왜냐하면 그가 방금 본 것은…….

「식당……?」

「아니, 잔소리 말고 유턴이나 하라고! 빨랑!」

페르 페르손은 어깨를 으쓱하고는 시키는 대로 했다. 킬러는 자신이 꿈을 꾸지 않았음을 금방 확인할 수 있었다. 그가 본 것은 분명히 어느 적십자사 사무실이었다. 때는 아침 10시 15분, 킬러의 애타주의적 성향은 방금 전에 오간 로맨틱한 대화로 한껏 고조되어 있었다.

「내 몫이 5백만 크로나라고 했지? 자, 너희 둘 중 하나가 저 사무실로 가서 예수님의 이름으로 50만 크로나를 드리고 오라고!」

「당신 미쳤어요?」 목사는 이렇게 반문했지만, 무슨 대답이 돌아올지는 뻔히 알고 있었다.

「야, 넌 가난한 사람들에게 기부하는 부자들을 그렇게 부르냐? 〈미친놈〉이라고? 너, 목사인 거 확실해? 내 돈을 적십자가 됐든 구세군이 됐든, 내 마음대로 나눠 주라고 한 게 바로 너 아니야?」

요한나는 자기가 저번에는 자신의 목숨을 구하려 했을 뿐이며, 이제 다시 한 번 구하려 하고 있을 뿐이라고 대꾸했다. 자신과 리셉셔니스트의 감춰진 신원은 무슨 일이 있어도 보호되어야 한다는 것이었다.

「이봐요, 우리가 저 사무실로 들어가서 밑도 끝도 없이 〈자, 여기 돈 좀 가지고 왔습니다!〉라고 말할 수 있겠어요? 저기에는 분명히 감시 카메라들이 있을 거고, 누군가 우릴 수상히 여겨 휴대폰으로 사진을 찍어 놓을 수도 있어요. 또 경찰을 부를 수도 있고요. 그럼 경찰은 우리와 캠핑카를 발견하게 될 거고…… 내게 몇 초만 줘도 저기 가면 안 되는 이유를 수십 가지……」

여기까지가 목사가 할 수 있었던 말이었다. 킬러 안데르스는 노란 트렁크를 열고 지폐 두 다발을 움켜쥐고는 캠핑카 밖으로 뛰쳐나갔다.

「금방 다녀올게!」

성큼성큼 걸어간 킬러는 어느새 건물 안으로 들어가 있었다. 리셉셔니스트와 목사의 느낌으로는 사무실 전면 유리 뒤로 뭔가 소동이 감지되는 것 같기도 했지만…… 정확히 뭔지는……. 가만, 고객 하나가 두 손을 들어 올렸나? 유리창 같은 게 와장창 깨지는 소리가 거리에까지 들렸고…….

그로부터 30초 후, 밖으로 뛰쳐나오는 킬러를 쫓는 사람은 아무도 없었다. 그는 나이가 믿어지지 않는 민첩한 동작으로 캠핑카에 뛰어오르더니 차 문을 닫고는 곧장 출발하라고 리셉셔니스트에게 일렀다.

페르 페르손은 욕설을 내뱉으며 좌회전하고, 우회전했고, 다시 좌회전 한 번 한 다음 회전 교차로를 그대로 가로지른 뒤, 두 번째, 세 번째 회전 교차로(벡셰에는 회전 교차로가 많은 편이다)도 같은 방식으로 가로질렀고, 네 번째와 다섯 번째 회전 교차로에서는 두 번째 도로로 빠져나와 앞만 보고 똑바로 달려 벡셰 시로부터 멀리멀리 벗어나서는, 어느 숲에서 갈림길이 나오자 좌회전하고, 다시 좌회전하고, 또 다시 좌회전했다.

결국 그는 인적이 없어 보이는 스몰란드의 어느 숲속에 난 공터에 차를 세웠다. 그 와중에 백미러로 동태를 살펴보건대, 아무도 그들을 쫓아오는 것 같지 않았다. 하지만 리셉셔니스트의 끓어오른 분노는 쉽사리 가라앉지 않았다.

「당신이 한 짓이 얼마나 멍청했는지, 1에서 10점 사이로 평점을 한번 매겨 볼까?」

「그 돈뭉치에는 모두 몇 크로나나 있었죠?」 요한나가 물었다.

「잘 모르겠어.」 킬러가 대답했다. 「하지만 예수님께서 내 대신 적당한 금액을 뽑아 주셨으리라 믿어.」

「뭐, 예수님?」 리셉셔니스트가 성난 얼굴로 내뱉었다. 「만일 그 양반이 물을 포도주로 바꿀 수 있다면, 돈도 우리 걸 빼먹지 않고도 얼마든지 새로 만들어 낼 수 있지 않을까요? 그 양반에게 내가 이렇게 말한다고 전해 줘요, 그러니까…….」

「그만, 그만,」 목사가 끼어들며 진정시켰다. 「어쨌든 우리가 무사하니까 됐어. 하지만 역사상 유례없이 아둔하신 우리 전직 킬러님께서 처음부터 끝까지 다른 식으로 행동할 수도 있었다는 점에는 나도 동의하는 바야. 자, 그럼 사무실에서 무슨 일이 있었는지 한번 들려줄래요?」

「〈유례없이 아둔하신〉?」 킬러가 되물었다.

그는 자신이 이해하지 못하는 표현이 나오면 별로 기분이 좋지 않았다. 하지만 그냥 넘어가기로 했으니, 예수님이 물을 포도주로 바꾸었다는 — 그로서는 — 새로운 정보를 들었기 때문이다. 언제나 나는 그런 깊은 믿음에 이를 수 있을까? 하고 그는 고개를 설레설레 저었다.

20

　적십자 사무실에서의 사건이 있은 후, 그들의 유일한 선택은 헬가셴 호(湖)를 동쪽으로 우회하여 남쪽으로 향하는 것이었다. 아점은 주유소 편의점에서 산 핫도그와 인스턴트 으깬 감자로 대충 때웠다. 아점을 먹은 후, 스코네 주 헤슬레홀름 시 외곽 지역에 이를 때까지는 별다른 문제가 없었다. 그런데 거기서 킬러는 주류 판매점에 잠시 들러야 할 절박한 필요성을 호소했으니, 그와 예수님 간의 접속 상태를 유지해 주는 와인이 부족한 증상이 나타나기 시작했던 것이다. 50대의 사내는 캠핑카에서 찾아낸 생수 한 병을 포도주로 변화시키려 노력해 봤지만, 생각대로 되지가 않았다. 그러니까 〈명필은 하루아침에 만들어지는 게 아니다〉라고 하지 않던가?

　교대하여 핸들을 잡고 있는 요한나는 킬러의 요청이 탐탁지 않았고, 나중에 다른 도시로 들어가 뭔가를 해본다 해도 우선은 소동을 벌인 백셰에서 조금이라도 더 멀어지고 싶은 마음이었다. 하지만 그녀는 그냥 시키는 대로 했으니, 킬러 안데르스보다 더 고약한 것은 말짱한 정신의 킬러 안데르스였기 때문이었다.

리셉셔니스트도 비슷한 이유에서 잠자코 있었다. 킬러는 리셉셔니스트가 주류 판매점이 있는 쇼핑센터에 잠시 다녀올 동안 캠핑카 안쪽 구석에서(거기서 그는 이유는 알 수 없지만 생수병 하나를 붙잡고 뭐라고 지껄이고 있었다) 숨어 있으라는 지시를 받았다.

「금방 다녀올게.」 페르가 요한나에게 약속했다. 「그리고 당신, 당신은 여기서 꼼짝 말고 있어요! 그런데 와인은 어떤 걸로 원해요?」

「빨간색이고 술맛만 나면 뭐든 상관없어. 예수님과 나는 그렇게 까다롭지 않다고. 예배용 포도주에 돈을 낭비할 필요가 있나. 세상엔 어려운 사람들도 많은데 말이야……」

「네, 알겠어요, 알겠어……」 페르 페르손이 그의 말을 끊으며 멀어져 갔다.

몇 주 전, 킬러 안데르스는 〈주님께서 행하시는 방식은 신묘막측하다〉라는 것을 배운 바 있었다. 그리고 지금 그는 캠핑카의 옆 창문을 통해, 이 표현에 담긴 놀라운 진실을 확인할 수 있었다. 그에게서 약 5미터 떨어진 곳에 구세군 마크를 단 여자 하나가 보였다. 그녀는 사람들로 북적이는 주류 판매점 앞의 전략적인 위치에 모금함을 들고 서 있었지만,

모금 활동이 그리 성공적인 것 같지는 않았다.

운전석에 앉아 생각에 잠겨 있던 요한나 셸란데르는 다가오는 위험을 전혀 알아채지 못했다. 킬러 안데르스는 지폐를 전처럼 듬뿍 한 줌 쥐어 주유소 편의점에서 얻은 비닐봉지에 집어넣었다. 그런 다음, 천천히 캠핑카 차 문을 열고는 구세군 자원봉사자를 향해 팔을 크게 흔들었는데, 마침내 그 모습을 보게 된 구세군 자원봉사자는 다행히도 그가 〈스웨덴에서 가장 위험한 사내〉라는 사실을 모르는 듯했다. 남자의 손짓이 자신에게 향한 것이라는 것을 깨달은 여자는 몇 걸음을 걸어 캠핑카 옆으로 다가왔다. 킬러는 열린 차 문을 통해 주님의 일을 하는 그녀에게 감사를 표한 뒤, 비닐봉지를 내밀었다.

그리고 구세군 자원봉사자가 몹시 지쳐 있다고 느낀 그는 뭔가 격려의 말을 해주고 싶었다.

「고이 잠들라!」 그는 이렇게 부드럽게 말하고는 차 문을 닫았지만, 목소리가 너무 높았다.

〈고이 잠들라?〉 화들짝 놀라 고개를 돌린 요한나 셸란데르는 차 문 손잡이를 잡고 있는 킬러의 모습에 1차 호흡 곤란이 일어났고, 나이 지긋한 부인 하나가 받아 든 돈의 액수에 놀라 휘청거리는 모습에 2차 호흡 곤란이 일어났으며, 예배용 와인 병들이 든 봉지 두 개를 들고 돌아오던 리셉셔니스트가 휘청거리는 부인의 몸에 부딪히는 광경에 3차 호흡 곤란이 일어났다.

와인 병들은 다행히 충격을 견뎌 냈다. 리셉셔니스트는 부인에게 사과를 했다. 그런데 부인, 왜 그러세요? 어디 아픈 데라도 있으세요?

이때 캠핑카의 오른쪽 창문에서 목사의 목소리가 터져 나왔다.

「할망구는 잊어버리고 빨리 올라타! 저 바보가 또 한 건 했어!」

21

헤슬레홀름에서 북동쪽으로 정확히 5백 킬로미터 떨어진 곳에서 한 자동차 판매업자가 그의 여친과 열띤 토론을 벌이고 있었다. 대다수의 이 나라 시민들처럼 그들은 스톡홀름 암흑가 전체를 등쳐 먹은 킬러에 대한 기사들을 읽은 것이다.

사내와, 그와 아주 잘 어울리는 반쪽은 이 사기당한 사람들 중 하나였다. 그리고 아마도 가장 원한에 찬 이들 중 하나였을 것이다. 이 원한 품기는 그들이 공유하는 성격적 특성 중의 하나였는데, 단지 돈만이 아니라 캠핑카까지 한 대 도둑맞았다는 사실 때문에 더욱 증폭되고 있었다.

「놈을 수백 토막으로 토막 내 버리는 게 어떨까? 아래쪽부터 시작해서 위쪽으로 올라가는 거야.」 범죄계에서 〈백작〉이라고 불리는 사내가 제안했다.

「살아 있는 상태로 서서히 토막 내자는 말이겠지?」 백작 부인이 물었다.

「대충 그런 뜻이야.」

「난 오케이. 단, 토막 내는 데 나도 직접 참여한다는 조건으로.」

「물론이지, 자기야! 자, 놈이 어디 있는지 알아내기만 하면 돼!」

제2부

또 하나의 독특한 비즈니스 전략

22

 적십자와 구세군에 관련된 사건들이 있은 후, 목사는 북쪽으로 방향을 틀었다. 만일 추격해 오는 자들이 있다면, 벡셰와 헤슬레홀름 다음에는 당연히 말뫼가 다음 기착지라고 판단할 것이므로, 그 역방향을 선택한 것이다.

 킬러 안데르스가 캠핑카 뒤쪽, 트렁크 두 개를 나란히 놓고 그 위에 깐 매트리스에서 우렁차게 코를 골고 있을 때, 요한나는 할란드 주와 베스테르예틀란드 주 사이의 어딘가에 위치한 한 호수 근처의 쉼터에 차를 몰고 들어갔다. 그녀는 시동을 끄면서 저 아래쪽 호숫가에 보이는 바비큐 취사 구역을 가리켰다.

 「우리, 가서 비상 회의 좀 해.」 그녀는 킬러를 깨우지 않으려고 조그맣게 속삭였다.

 리셉셔니스트는 고개를 끄덕였다. 그와 목사는 완만한 비탈길을 걸어 내려가 바비큐 구역 옆에 있는 한 바위에 나란히 걸터앉았다. 두 사람 모두 지금 이렇게 유쾌하지 못한 상황만 아니라면 둘이서 얼마나 유쾌한 시간을 보낼 수 있을까, 하는 생각을 해보았다.

「자, 그럼 회의 개최를 선언합니다!」 그녀는 캠핑카 안의 킬러가 듣지 못하게끔 여전히 목소리를 낮추어 말했다.

「개최 선언을 정식으로 인정합니다.」 페르도 같이 속닥거렸다. 「유감스럽게도 불참한 분도 보이네요. 자, 오늘의 의제가 뭐죠?」

「딱 하나야. 캠핑카 안에서 잠들어 있는 저 웬수덩어리를 어떻게 우리의 목숨을 희생시킴 없이 없애 버리느냐의 문제지. 그리고 가급적 돈은 다 우리에게로 와야겠지? 킬러 쪽으로 가면 안 되겠지? 적십자로도, 유니세프로도, 세이브 더 칠드런으로도, 그 어떤 자선 단체로도 가게 놔둘 순 없단 말이야.」

그들은 먼저 그들의 킬러를 제거하는 임무를 어떤 다른 킬러에게 맡기는 방안을 생각해 봤다. 하지만 그들에게 전문 킬러 한 명을 추천해 줄 수 있는 사람들 중 많은 이가 최근에 킬러 안데르스를 대리한 목사와 리셉셔니스트에게 사기당한 일이 있는 까닭에…….

그들의 킬러를 죽이기 위해 또 다른 킬러를 고용하는 것은 다소 위험해 보였다. 또 윤리적으로도 문제가 있는 일이었다. 그런데 목사의 머릿속에 아주 간단한 방법 하나가 생각났다. 만일 킬러가 방광을 비우러 캠핑카에서 내려 어느 나무둥치 쪽으로 어기적거리며 걸어갔을 때 그대로 차를 몰아 튀어 버린다면?

「그럼 우린 그를 깨끗이 떨쳐 버리는 거지!」 페르가 엄지를 치켜들었다.

「또 돈도 몽땅 우리 게 되고!」 요한나가 덧붙였다.

세상에 이렇게 간단할 수가! 왜 이걸 진즉 생각해 내지 못했던가? 벡셰의 적십자 사무실 앞에서, 킬러가 〈금방 다녀올게!〉라고 소리치며 차에서 내렸을 때 말이다. 그때 그들은 정신을 차리고서…… 그대로 내빼 버릴 시간이 거의 1분이나 있었는데!

그런데 아홉 시간이 지난 지금에서야 이걸 깨닫게 되다니!

회의는 끝났다. 그들은 만장일치로 결정을 내렸다. 그들은 너무 성급하게 행동하지는 않을 것이었다. 차분하게 기다리면서 상황을 관찰하리라. 사흘 동안 꼼짝 않고 숨어서, 벡셰와 헤슬레홀름에서의 사건들에 대해 매체들이 어떻게 보도하는지 지켜보리라. 킬러 안데르스가 온 나라에 얼마나 겁을 주었는지, 그들 두 사람의 신원은 아직도 감춰져 있는지, 그리고 무엇보다도 사람들이 얼마나 적극적으로 그들을 찾아 나설 것인지를 예의 주시하리라.

그러고 나서 수집된 정보들을 기반으로 행동을 취하리라. 그들 자신과 두 트렁크를 지금 코를 골고 있는 사내로부터 최대한 멀리 떨어뜨려 놓는다는 명확한 목적하에 말이다.

그들은 도로에서 잘 보이지 않는 곳에 캠핑카를 주차시켜 놓았다. 식량은 2킬로미터 가량 떨어진 고속도로 휴게소에서 사 올 수 있었다. 리셉셔니스트는 자기가 거기까지 도보로 다녀오겠다고 제안했다. 그동안 목사는 킬러가 어쩌다 근처를 지나가게 된 누군가에게 1~2백만 크로나를 기부하겠다고 숲속으로 뛰쳐나가는 사태를 막고 있을 것이었다.

23

벡셰와 헤슬레홀름에서의 기부 사건들은 일단 범죄로 취급되었고, 스웨덴에서 가장 위험한 사내로 일컬어지는 인물에 의해 저질러졌기 때문에 최우선 순위 사건으로 분류되었다.

벡셰의 적십자에서는 47만 5천 크로나가, 그리고 헤슬레홀름의 구세군에서는 56만 크로나가 압수되었다. 이 스웨덴 남부 두 도시의 경찰은 긴밀한 협조 체제에 들어갔다.

적십자 벡셰 지부는 사람들이 물건들을 기부하면, 그것들을 판매해서 그 이익금을 세계에서 가장 빈곤한 지역들에 보내는 일을 하는, 일종의 상점이었다. 사건이 일어난 날, 여직원 두 명과 손님 두 명이 사무실에 있었는데, 문이 벌컥 열리면서 전국적으로 알려진 〈킬러 안데르스〉가 살기등등한 얼굴로 저벅저벅 걸어 들어왔다. 적어도 고객 중 하나는 〈살기등등한 얼굴〉이라고 느꼈다는데, 그녀는 찢어지는 비명을 내지르며 도자기로 가득한 진열대 하나를 뛰어넘어 도망을 시도했다. 여직원들은 항복의 표시로 두 손을 번쩍 쳐들었다. 반면 헨리크손이라는 이름의 두 번째 고객은 아주 먼 옛날에 크로노베리 연대, 제18중대에서 복무한 바 있는 용맹한 퇴역 중위로서, 그는 무기를 대신하여 49크로나짜리 솔빗자루를 꽉 움켜쥐었다.

킬러 안데르스는 이 모든 이들에게 〈여러분께 하나님의 평강이 임하시기를!〉이라고 외쳤지만, 기대했던 효과는 나타나지 않았다. 그는 여전히 두 팔을 머리 위로 쳐들고 있는 여직원들 앞에 두툼한 지폐 다발 하나를 내려놓고는, 그 팔들, 특히 그 손들은 예수님의 이름으로 드리는 이 돈을 받는 데 사용하시면 좋을 것 같다고 말했다. 그런 다음, 좋은 하루 되시라고 인사하고는, 들어온 것만큼이나 급작스럽게 떠나갔다. 그는 문 쪽으로 걸어가면서 어쩌면 〈호산나!〉라고 외쳤는지도 모른단다. 이 점에 있어서 두 여직원의 증언은 일치하지 않았다. 한 사람은 킬러가 그저 재채기를 했을 뿐이라고 단언했다. 그러고 나서 범죄자는 어떤 흰색 승합차 같이 느껴지는 무언가에 휙 올라탔는데, 이 차량은 두 번째 여직원만이 언뜻 본 모양이었다. 다른 증인들은 산산조각이 난 도자기 조각들을 온몸에 뒤집어쓴 여자에게로 눈을 돌렸는데, 그녀는 〈살려 주세요! 살려 주세요!〉라고 앵앵거리며 진열대 밑을 도마뱀처럼 기어가고 있었단다.

이 모든 상황은 너무 빨리 종료된 탓에 아무도 흰색 캠핑카가 거기 있었다고 증언하지 못했다. 반면, 상점 안에 있던 네 사람 모두 킬러 안데르스를 알아보았다. 퇴역 중위 헨리

크손은 자신은 필요하다면 침입자와 격투를 벌일 용의가 있었으며, 그자는 아마도 자신의 단호한 결의를 느낀 듯 계획했던 범행을 저지르지 않고, 돈도 모두 내팽개친 채로 발길을 돌렸다고 주장했다.

도자기들을 박살 낸 또 다른 고객은 경찰에게도, 기자들에게도 질문받지 못했다. 스웨덴에서 가장 흉악한 대량 살인범으로부터 기적적으로 목숨을 건졌다고 확신하는 그녀는 현재 병원에 입원하여 벌벌 떨기만 할 뿐 입도 벙긋 못 하고 있는 상태였다. 그래도 그녀는 병동을 기웃거리던 「스몰란드포스텐」지의 리포터에게 〈제발 그 괴물을 잡아 줘요!〉라고는 말했다는데, 담당 간호사가 곧바로 뛰어나와 리포터를 정중히 돌려보냈단다.

두 팔을 쳐들었던 두 여직원은 경찰의 1차 증인 신문 후에 그게 미디어가 됐든 누가 됐든 아무 말도 하지 말라는 지시를 받았다. 이 지시를 내린 것은 스톡홀름에 있는 스웨덴 적십자 본부의 홍보과였다. 두 여자가 겪은 일에 대해 알고 싶은 사람은 사건 당시 현장에서 470킬로미터 떨어진 곳에 있었던 홍보 과장에게 전화해야 했다. 그리고 이 홍보 과장은 적십자사의 이미지에 먹칠할 수 있는 것은 일절 말하면 안 된다는 보도 지침을 숙지하고 있었다. 하여 그녀가 매체들에게 답변하는 방식은 대략 다음과 같았다.

질문: 직원분들은 킬러 안데르스와의 만남에 대해 뭐라고 말

씀하셨습니까? 그는 위협을 했습니까? 직원분들은 공포감을 느꼈습니까?

답변: 최근 일어나고 있는 일련의 사건들과 관련하여, 저희는 우리 적십자의 인도주의적 도움을 필요로 하시고 또 받고 계신 전 세계 수십만의 어려운 분들을 항상 생각하고 있다고 말씀드리는 바입니다.

구세군 자원봉사자에게 일어난 사건과 관련해서는, 증언들이 보다 많고 상세했다. 철도 교통의 요지라는 점 말고는 내세울 게 별로 없는 헤슬레홀름은 방문하기보다는 도망쳐 나오기가 훨씬 쉬운 곳으로 알려진 도시이다. 그래서 시민, 정치가, 기자 등 이곳의 모든 이들은 쇼핑센터 옆에서 일어난 이 놀라운 사건에 열광해 마지않았다.

주류 판매점 앞의 보도에서 범죄 장면을 목격한 행인들은 매체들과 경찰의 질문에 기꺼이 답변했다. 한 여성 블로거는 자기가 길모퉁이를 돌아 나오면서 범인을 깜짝 놀라게 했고, 그 바람에 살인을 막은 것 같다는 내용의 글을 게시했다. 하지만 보다 자세한 진술을 위해 경찰에 소환된 그녀는 킬러 안데르스와 그의 공범들이 빨간색 볼보를 타고 사라졌다는 사실밖에 모른다고 말을 바꿨다.

가장 신뢰할 만한 증언은 사건 당시에 우연히도 구세군 자원봉사자와 아주 가까운 곳에 있었던 한 캠핑카 마니아에게서 나왔다. 그는 2008년형 엘나그 듀크 310 캠핑카의 운전석에 어떤 여자가 앉아 있는 것을 봤다고 자기 목을 걸고 맹세했지만, 이 모델 차량의 운전석에는 에어백이 장착되었다는 사실 외에는 공범으로 보이는 여자에 대해 별다른 것을 알려 주지 못했다. 정보에 굶주린 지역 신문 기자들과 이들보다 조금 더 답답해진 수사관들이 계속 질문을 해봤지만, 문제의 여자는 〈여느 여자와 다름없는 평범한 외모〉이며, 이상하게도 휠 림이 원래의 것이 아닌 것 같다는 사실 외에는 아무것도 알아낼 수 없었다.

시장은 신속히 이니셔티브를 취하여 〈위기 대응 팀〉을 시청에 설치했다. 킬러 안데르스의 출몰로 직, 간접적으로 피해를 입은 시민은 누구나 이용할 수 있단다. 시장이 자기 친구들 중에서 의사 두 사람, 간호사 한 사람, 심리학자 한 사람까지 불러 구성한 위기 대응 팀이었지만, 이용하려는 시민이 한 사람도 나타나지 않았다. 정치적 대실패를 예감한 시장은 직접 차를 몰고 구세군 자원봉사자의 집으로 쳐들어가 그녀를 끌고 왔다. 으깬 순무를 요리하는 중이었던 여자 자원봉사자는 가고 싶지 않다고 거부했지만, 모든 점들을 다 고려해 봐야 하는 이 중차대한 시기에 그녀의 의견은 고려될 수 없었다.

그리하여 매체들은 시장의 발의로 설치된 위기 대응 팀을 마침내 다룰 수 있게 되었다. 충격을 받은 희생자가 정상적인 삶으로 복귀할 수 있기 위해 거기서 필요한 도움을 받고 있으며, 또 얼마나 많은 시민들이 거기서 치료를 받고 있느냐는 질문을 받은 시장이 인권 보호를 위한 비밀 유지의 필요성을 역설한 사실 등이 소상히 보도되었다.

진실, 다시 말해서 구세군 자원봉사자가 조금도 충격받지 않았고 다만 배가 몹시 고플 뿐이라는 사실은 일반 대중의 귀까지 도달하지 못했다.

24

사건 3일째 되는 날, 분위기가 변하기 시작했다. 우선 경찰은 요한 안데르손에 대한 수사가 종결되었다고 발표했다. 백만 크로나를 기부한 사람은 전과가 있는 것은 사실이지만, 그는 이미 죗값을 씻었고 국세청에 내야 할 돈도 없었다. 게다가 그 돈이 자기 것이라고 주장하고 나서는 사람은 아무도 없었으며, 그 지폐들을 이전의 어떤 범죄들에 연결 지을 만한 단서도 전혀 없었다. 적십자와 구세군은 각각 47만 5천 크로나와 56만 크로나를 돌려받았다. 그게 설사 살인범이라 해도 이곳저곳에 기부하는 것은 불법이 아닌 것이다.

물론 어떤 증인들은 요한 안데르손이 살기등등했다고, 적어도 〈살기등등하게 느껴졌다〉라고 묘사했다. 이와는 반대로, 구세군의 여자 자원봉사자는 킬러 안데르스는 아름다운 눈을 지녔으며, 가슴 속에도 분명 아주 따뜻한 심장이 뛰고 있을 거라고 주장했다. 그녀는 그가 작별 인사 격으로 내뱉은 〈고이 잠들라!〉라는 표현을 어떤 위협의 말로 해석하는 것을 거부했다. 사건 담당 수사관은 그녀의 말이 맞겠다고 중얼거리고는 사건을 종결지어 버렸다.

「너도 이제 고이 잠들어.」 그는 수사 파일에 이렇게 말한 뒤, 경찰서 지하에 있는 종결 사건 문서 보관실에 내려보냈다.

이 사흘 동안, 누군가가 킬러 안데르스를 응원하는 페이스북 페이지를 만들 생각을 했다. 스물네 시간 후, 열두 명의 팔로어가 생겼다. 마흔여덟 시간 후에는 6만 9천 명이 되었다. 그리고 사흘째 되는 날의 점심시간이 되기 전에 팔로어는 1백만 명을 훌쩍 넘어섰다.

누리꾼들은 실제로 어떤 일이 일어나고 있는지를 「엑스프레센」과 「아프톤블라데트」와 거의 동시에 알아낸 것 같았다.

한 살인범이 예수를 만났고, 그 결과 악당들을 속여 빼돌린 돈을 가난한 사람들에게 나눠 주고 있었다. 그는 이 시대의 로빈 후드, 그것도 업그레이드된 로빈 후드라는 게 전 국민(어떤 백작, 어떤 백작 부인, 그리고 스톡홀름 광역시의 가장 음침한 곳들에 사는 몇 사람을 제외하고)이 갑작스레 갖게 된 의견이었다. 또 상당수의 신앙인들은 〈이건 신의 기적이야!〉라고 생각하고는, 성서적 함의의 유사한 운동을 페이스북상에서 시작하기도 했다.

이게 다가 아니었다.

「난 끔찍한 별명을 가진 이분이 진정으로 용기와 힘과 관대함을 보여 주었다고 생각해요. 난 앞으로 이분이 그 가상한 노력을 전개해 나감에 있어서, 어려움에 처한 아동들도 조금 생각해 주기를 바라요.」한 TV 갈라쇼에서 왕비 전하께서 생중계로 말씀하셨다.

「설마, 농담이겠지?」이 나라 국가 원수의 마누라가 킬러 안데르스에게 세이브 더 칠드런 혹은 그녀 자신이 운영하는 월드 차일드후드 파운데이션에 50만 크로나를 보내라고 암시했다고 요한나 셸란데르가 알리자 리셉셔니스트는 어이가 없어 했다.

「봤어? 봤어?」킬러 안데르스가 목사에게 말했다. 「세상에! 왕비님이 나한테 얘기하다니, 이거 상상이 가? 정말이지 주님께서 행하시는 방식은……. 음, 그다음에 뭐더라?」

「……신묘막측하도다!」목사가 내뱉었다. 「자, 두 사람 다 차에 올라타요. 떠날 거니까.」

「어디로?」리셉셔니스트가 물었다.

「몰라.」

「우리, 왕궁에 가면 환영받지 않을까?」킬러 안데르스가 제안했다. 「거기에 빈방이 되게 많을 텐데.」

25

보로스 시 근처에 이르러, 요한나 셀란데르는 당장 교체해야 할 필요성이 생긴 차량 문제에 대해 논의하기 위해 인적이 없는 한 또 다른 쉼터에 차를 세웠다. 그런데 뜻밖에도 그들의 거추장스러운 승객을 1백 퍼센트의 성공 확률로 떨쳐 버릴 수 있는 기회가 찾아왔다.

캠핑카를 세우자마자 킬러는 차에서 펄쩍 뛰어내렸다.

「아아아!」 그는 온몸으로 기지개를 켜며 말했다. 「하나님께서 창조하신 이 아름다운 자연에서 잠시 산책하지 않는다면 몸이 완전히 가버리겠어.」

맞다, 분명히 그럴 것이었다. 예수님께서는 즉시 허락해 주시는 한편, 지금 날씨가 꽤나 쌀쌀한 고로 뭔가 속을 훈훈히 데워 줄 수 있는 것을 가져가는 게 좋겠다고 조언해 주셨다. 예를 들면 피노 누아르 와인 한 병 같은 것. 비록 너무 차갑긴 하지만.

「한 30분 정도 다녀올 거야. 거닐다가 볼레투스 에둘리스,

그러니까 그물버섯 같은 것을 발견하면 더 늦어질 수도 있고. 내가 없을 때 둘이서 여유 있게 뽀뽀할 시간을 갖고 싶을지도 모르니까 미리 알려 주는 거야.」 킬러는 이렇게 덧붙이며 그의 바지 뒷주머니에 와인 한 병을 쑤셔 넣었다.

그가 시야에서 사라지자 요한나는 페르에게 몸을 돌렸다.
「누가 그에게 그물버섯의 라틴어 학술명을 알려 줬지?」
「난 아냐. 나도 처음 들어 보는 단어야. 그리고 누가 그 버섯이 4월에는 나오지 않는다는 사실은 말해 주지 않았지?」
목사는 잠시 말이 없다가 대답했다.
「……몰라. 이제 나도 뭐가 뭔지 전혀 모르겠어.」

그들의 애초 계획은 조금이라도 기회가 나면 자신들과 두 트렁크, 그리고 채취 기간이 적어도 네 달은 남은 버섯을 찾아 헤매고 있는 남자 사이의 거리를 최대한으로 벌려 놓는다는 것이었다.
그런데 지금 목사와 리셉셔니스트의 대화 가운데는 어떤 옅은 피로감 같은 게 감돌고 있었다. 아니면 어떤 체념 같은 것……? 그리고 또 어떤 희미한…….
뭘까?
어떤 가능성?
그동안 너무 많은 변화들이 있었는데, 캠핑카가 허용하는 최대한의 속도로 도망쳐 버리는 게 지금의 상황에서 과연 현명한 행동일까? 예를 들면 킬러 안데르스가 요 이틀 사이에 스웨덴에서 가장 인기 없는 인물에서 가장 인기 있는 인물로 둔갑해 버렸는데?

상황을 새롭게 분석해야 할 필요가 있었다. 지금 그들은 엘비스 프레슬리 못잖은 인기를 누리고 있는 남자와 함께 돌아다니고 있는 것이다!

「엘비스는 저세상에 있긴 하지만.」 리셉셔니스트가 덧붙였다.

「난 이따금 생각하곤 해.」 목사가 털어놓았다. 「만일 저 킬러가 지금 엘비스가 있는 곳에 같이 있다면, 우리가 사는 게 얼마나 편할까 하고. 가는 김에 이 세상 인간들 대부분을 데리고 간다면 더욱 좋겠고. 하지만 어쩌겠어, 현실을 받아들이는 수밖에.」

킬러 안데르스를 데리고 있는 것은 상당히 위험한 일이었다. 하지만 돈을 많이 좋아한다면, 저 제2의 엘비스를 도로변에 강아지 버리듯 쉽게 내던질 수는 없는 노릇이었다.

「자, 이렇게 해. 저 바보가 산책에서 돌아올 때까지 기다리는 거야. 그런 다음 보로스를 들러서, 보다 크고, 이것과는 최대한으로 다르게 생긴 캠핑카를 한 대 사는 거야.」 리셉셔니스트가 제안했다.

목사는 마지못해 고개를 끄덕였다. 뭐, 장비와 관련해선 네가 더 똑똑하니까……. 하지만 그녀는 조금 의견을 바꿨다.

「그보다는 먼저…… 그가 말한 것부터 시작해 보면 어떨까?」

「누가?」

「버섯 채취자.」

「그러니까…… 뽀뽀?」

바로 그것이었다.

26

요한나 셀란데르와 페르 페르손은 서로 팔짱을 끼고서 보로스의 최대 — 그리고 아마도 유일의 — 캠핑카 판매 대리점을 찾아갔다. 그들은 서로를 딜러 앞에서 〈자기야〉, 〈여보〉 등의 호칭으로 부르며 전체적으로 진짜 부부 같은 인상을 주는데 성공했다. 한편 킬러는 두 블록 떨어진 곳에 주차된 차 안에서 시간을 보내고 있었다. 그는 그물버섯은 찾지 못했지만, 와인 한 병과 성경책이 곁에 있어 그리 외롭진 않았다.

목사와 리셉셔니스트는 호비 스핑크스 770 모델을 선택했다. 따로 방을 한 칸 쓸 수 있다는 점이 이 모델을 선택하는 데 있어 크게 작용했다.

66만 크로나에 달하는 가격도 문제가 되지 않았다. 아니, 문제가 전혀 없지는 않았다.

「네? 현금으로요?」 딜러가 낙담한 표정으로 되물었다.

요한나 셀란데르가 빛을 발하는 것은 보통 이런 종류의

상황에서였다. 그녀는 먼저 목사 칼라를 가리고 있던 스카프를 천천히 풀었다. 그런 다음, 현금으로 지불하는 게 대체 뭐가 문제가 되느냐고 조용히 물었다. 바로 어제만 해도, 스웨덴 경찰이 킬러 안데르스 씨께서 — 주님께서 그분을 축복하시길! — 적십자와 구세군에 기부한 현금을 고스란히 돌려주지 않았던가요?

이 나라 최대의 특종 뉴스를 물론 잘 알고 있었던 딜러는 머뭇거리는 어조로 목사님 말씀에 조금도 틀린 데가 없다고 인정했다. 하지만 66만 크로나는 조금······.

만일 금액이 너무 많다고 느끼신다면, 가격을 조금 낮춰도 목사는 반대하지 않겠단다. 그 차액은 스웨덴 국교회 국제 봉사부에 전액 기부할 거란다.

「말이 나왔으니 말인데, 그 단체도 현금 기부를 받고 있어요. 하지만 만일 사장님께서 저희가 이 세상 기아(飢餓)에 맞서 투쟁하는 데 사용할 차량을 판매할 뜻이 없으시다면, 저흰 다른 곳에 가서 찾아보는 수밖에 없겠죠.」

요한나는 딜러에게 고개를 까딱하고는, 리셉셔니스트의 팔을 붙잡고 발길을 돌리려는 시늉을 했다.

그로부터 10분 후, 모든 서류가 작성되었다. 그리고 요한나 셸란데르와 페르 페르손은 새 캠핑카를 인도받았다. 차에 오른 리셉셔니스트는 아까부터 목구멍을 간질거리던 질문을 마침내 꺼낼 수 있게 되었다.

「우리가 기아에 맞서 투쟁한다는 것은 또 뭐야?」

「그냥 한 말이야. 그런데 정말 배가 고프기 시작하네? 우리 잠시 맥드라이브에나 들를까?」

◆

새로운 국가적 영웅으로 부상한 킬러 안데르스를 만나 보고 싶어 하는 사람은 (이런 사람들이 수도 없이 많았다!) 옆에 캠핑카가 한 대 지나갈라치면 눈에 불을 켜고 쳐다보곤 했다. 더 나아가, 혜슬레홀름 사건의 증언까지 자세히 기억하고 있을 정도로 프로페셔널하게 파고드는 이들은 보다 구체적으로 자문해 보곤 했다. 〈가만, 저기 지나가는 저 차, 2008년형 엘나그 듀크 310 모델 아냐? 보자……. 휠 림은 어떻게 생겼지? 저게 저 모델의 원래 부품인가?〉

따라서 3인조를 기다리고 있는 다음 스케줄은 어딘가에 백작의 차를 갖다 버림으로써 이 〈프로〉들을 떨쳐 버리는 일이었다.

하지만 몽매한 〈아마추어〉들에게 캠핑카는 그저 캠핑카일 뿐이었다. 차를 교체하든 안 하든, 목사와 리셉셔니스트와 민중의 영웅은 여전히 호기심 어린 행인들의 시선을 끌게 될 것이었다. 어? 저 조수석에 앉은 사람, 킬러 안데르스 아냐? 그리고 운전석에는 어떤 여자가 앉아 있지 않아? 증언에 따르면 여느 여자와 다름없는 평범한 외모라고 했잖아?

유일한 해결책은 백작의 캠핑카를 온 나라의 이목이 쏠리도록 최대한 요란스럽게 버리는 것이었다. 그리고 안전을 기하기 위해 보로스에서 상당히 먼 곳에다 버릴 필요가 있었다.

맥드라이브를 거치고, 주류 판매점을 별 탈 없이 들르고, 그들의 배와 연료 통을 채우기 위해 주유소 겸 편의점에서 잠시 차를 세운 후, 세 사람은 다시 북동쪽으로 길을 떠났다. 다음 날의 계획은 명확히 세워져 있었다.

왕비의 TV 발언이 있은 후, 킬러 안데르스는 예수의 이름으로 다시 50만 크로나를 기부하는 문제를 가지고 계속 두 사람을 들볶았다. 이번에는 애들에게 퍼주겠단다! 목사와 리셉셔니스트는 결국 동의했는데, 이것은 아이들 때문이라기보다는, 기부하는 장소가 기가 막혔기 때문이다. 그곳은 세이브 더 칠드런 본부가 있는 스톡홀름의 북쪽 외곽 도시인 순드뷔베리였는데, 바로 〈백작〉의 관할 구역이었다.

몇 차례의 예행연습 끝에 킬러는 계획이 무엇인지 이해했다고 말했다. 그리고 세 번 더 해본 후에는 목사와 리셉셔니스트가 그를 믿기 시작했다. 이제 거기로 가기만 하면 됐다.

페르는 백작의 차 운전대를 잡았고, 요한나는 새로 산 차를 몰기로 했으며, 킬러와 성경책은 그녀 뒤에 자리 잡았다.

반 정도 길을 갔을 때, 세 사람은 밤을 보내기 위해 차를 세웠다. 킬러는 한 캠핑카에서 곯아떨어졌고, 커플도 다른 캠핑카에서 그럴 참이었으나…… 음, 기회란 그렇게 쉽게 찾아오는 게 아니므로…….

어쨌든 킬러 안데르스를 믿어야 했다. 그동안 킬러는 오랜 시간 동안 앉아서 성경을 뒤적이곤 했었다. 특히 〈아낌없이 베풂〉에 관련된 구절들을 즐겨 모으곤 했다. 전에 두 차례 기부할 때 너무도 기분이 좋았고, 신문들과 SNS를 통해 쏟아져 들어오는 감사의 말들을 읽을 때도 기분이 좋았다.

　밤이 지나 아침이 되었고, 다시 순드뷔베리를 향해 출발할 시간이 왔다. 목사가 킬러가 있는 차에 가보니, 그는 벌써 일어나 「출애굽기」 읽기에 푹 빠져 있었다.

　「좋은 아침이에요, 예수 꿈나무님! 혹시 밤사이에 우리 계획을 잊진 않았겠죠?」

　「몇 주 전만 해도 넌 나한테 먼지가 나도록 두들겨 맞았을 거야!」 킬러 안데르스가 실쭉해져서 대꾸했다. 「아니, 난 잊지 않았어. 그리고 세이브 더 칠드런에게 남길 편지는 내가 직접 쓸 생각이야.」

　「그럼 꾸물대지 말고 빨리 써요. 지금 당신이 읽고 있는 책은 수천 년 전부터 내려오는 거니까, 지금 안 읽는다고 해서 바뀔 위험은 없다고요.」

　요한나는 이유 없이 짜증이 났다. 물론, 새로 신앙인이 된 이 사내를 도발하는 것은 쓸데없는 짓이었다. 하지만…… 이건 그녀가 원하던 방향이 아니었다. 그녀가 계획한 리셉셔니스트와의 삶에 이 킬러는 포함되지 않았었다. 또 이 인간만 없다면, 자신과 리셉셔니스트는 온 세상의 관심을 한 몸에 받는 일 없이 마음껏 돌아다닐 수 있을 텐데 말이다!

하지만 어쩌겠는가? 이 새로운 상황에 최대한 적응하려고 노력하는 수밖에. 사실 킬러가 스칸디나비아 반도 최고의 슈퍼스타로 변신한 사실에는 뭔가 찾아내야 할 가능성이 숨어 있었다. 두 사람이 인류 전체에 대해 벌이는 작은 전쟁 중에서, 좋은 결과로 — 다시 말해서 돈으로 — 이어질 수 있는 어떤 가능성 말이다.

하지만 모든 전쟁에는, 심지어는 삶이라는 이름의 전쟁에도, 병사가 필요한 법이다. 그리고 병사들이란 기분이 좋아야 잘 싸운다.

「미안해요.」 목사는 벌써 끙끙대며 편지를 쓰고 있는 킬러에게 사과했다.

「뭐가 미안한데?」 킬러는 고개도 들지 않고 되물었다.

「신경질 내서요.」

「신경질 냈다고? 아, 그랬나? 자, 편지 다 썼어. 내가 한번 읽어 볼까?」

세이브 더 칠드런 임직원 여러분, 안녕하십니까? 나는 더 많은 아이들을 구하기 위해, 예수님의 이름으로 50만 크로나를 기부코자 합니다. 할렐루야!「출애굽기」 21장 2절.

킬러 안데르스 드림.

P.S. 난 이제 내 빨간색 볼보를 타고 물러나렵니다.

요한나는 킬러의 성경을 펼쳐 「출애굽기」 21장 2절을 찾아보았다. 〈너희가 남자 히브리인 노예를 사면, 그는 6년 동안 종노릇할 것이지만, 제7년째 되는 해에는 몸값을 치름 없이 자유인이 될 수 있느니라〉라는 내용이었다. 그녀는 이 구절은 대체 왜 인용했느냐고 물어보았다.

킬러는 이 구절이 〈공짜 노예 해방〉을 얘기하고 있기 때문에 골랐다고 설명했다. 목사님은 이게 뭔가 너그럽게 베푸는 행동이라고 생각하지 않는지?

「6년 동안 종으로 부려 먹고요?」

「그래.」

「아뇨!」

편지는 다소 한심하게 느껴졌지만, 목사는 편지 쓴 이와 더 이상 입씨름하고 싶지 않았다. 볼보를 언급한 것은 사람들로 하여금 더 이상 캠핑카를 찾지 않게 하려는 의도였단다.

요한나는 자기도 안다고 대꾸했다.

◆

그들은 마침내 목적지에 도착했다. 목사는 백작의 캠핑카를 순드뷔베리 시 란드스베옌 가 39번지의 세이브 더 칠드런 건물 입구 바로 앞에다, 보도에 반쯤 걸치게끔 세워 놓았다. 그리고 운전석에는 〈세이브 더 칠드런 앞으로〉라고 적은 꾸러미를 하나 올려놓았다. 꾸러미 안에는 킬러의 편지와 48만 크로나(킬러가 돈을 잘못 세었다)가 들어 있었다.

목사와 리셉셔니스트가 킬러와는 전혀 연결될 수 없는 새 캠핑카를 타고 거리 한쪽에서 기다리고 있을 때, 킬러는 건물로 들어가 엘리베이터를 탔고, 한 친절한 여직원이 안내 데스크에서 그를 맞았는데 당장은 그를 알아보지 못했다.

「자매님께 평강이 임하소서!」 그는 정중히 허리를 굽혔다. 「난 킬러 안데르스라는 사람이에요. 비록 지금은 살인을 멈 췄고, 어쩌다 말고는 어리석은 짓들도 안 하고 있지만 말입 니다. 대신 나는 예수님의 이름으로 선한 일을 위해 돈을 기 부하고 있어요. 난 세이브 더 칠드런도 선한 일을 하는 곳이라 고 생각하기 때문에, 50만 크로나를 드리려고 해요. 사실은 더 가져오고도 싶었지만, 뭐 이것만 해도 절대로 개 코딱지만 큼은 아니란 말씀이에요! ……내 입이 좀 험해서 미안해요, 감방에서 욕을 너무 많이 배워서 그래요. 근데 어디까지 얘기 했더라? 아, 그래! 돈은 이 건물 앞에 주차된 내 캠핑카에 들 어 있어요……. 뭐, 엄밀히 말해서 내 캠핑카는 아니지만. 그 차 주인의 이름은 백작인데…… 아니, 이름이 〈백작〉은 아니 고……. 어쨌든 그는 백작이라는 친군데, 원하시면 차를 그 친구에게 돌려주셔도 되지만, 먼저 돈부터 챙기세요……. 자, 이게 다입니다! 자매님께서 예수님의 이름 안에서 영광 스러운 하루를 보내시길 빌면서……. 호산나!」

경건한 미소로써 독백을 마무리 지은 킬러는 다시 엘리베 이터를 탔고, 그 뒤에 남은 안내 데스크의 여자는 한동안 입을 열지 못했다.

그로부터 한 시간 반 후, 경찰 탐지견은 세이브 더 칠드런의 입구 앞에 주차된 흰색 캠핑카 운전석에 놓인 꾸러미는 개봉해도 위험하지 않음을 알려 주었다.

개가 열심히 작업하고 있는 동안, 경찰관들은 넋을 잃은 여자를 살살 달래 가며 킬러 안데르스가 〈호산나〉 말고 또 무슨 얘기를 했는지 알아내려고 애썼다.

◆

〈킬러 안데르스, 또 한 번 저지르다!〉

대문짝만하게 뜬 헤드라인들 중에는 이런 식의 표현도 있었지만, 이 모호한 문장의 의미를 잘못 이해하는 사람은 아무도 없었다. 모두가 알고 있었다. 지금 한 살인범이 도주 중이며, 이 살인범은 어려운 사람들을 살해하는 대신에 그들에게 아낌없이 돈을 나눠 주고 있다는 사실을.

세이브 더 칠드런 홍보 캠페인의 또 하나의 성공 사례였다! 약속받은 50만 크로나가 아닌 48만 크로나만 받았다는 게 옥의 티라면 티였지만. 뭐, 그래도 그들은 여전히 행복했다.

안내 데스크 여직원에 대한 경찰의 인내는 드디어 결실을 맺었다. 몇 시간이 지나자, 그녀는 킬러가 한 말들을 대충 기억해 낼 수 있었다. 여기에는 〈백작이 아닌 어떤 백작〉의 소유라는 캠핑카에 대한 좀 이상한 이야기도 포함되어 있었다. 역시 신문들에 보도된 이 정보는 캠핑카를 원소유자(공

식적으로 차량은 백작 부인의 딜러들 중 하나의 소유였다)
에게 반환시켰을 뿐만 아니라, 한 공무원으로 하여금 잠자
고 있던 세무 파일을 다시 펼쳐 백작의 존재를 발견하고, 그
에게 106만 4천 크로나의 미납 세액이 있음을 통지하는 결
과도 가져왔다.

「……전에 우리가 말했지? 놈을 아래쪽부터 위쪽까지 천
천히 토막 내버릴 거라고.」 백작이 나지막이 말했다.
「그래.」 백작 부인이 고개를 끄덕였다. 「아주 천천히…….」

◆

그들이 처한 상황에서 이런 식의 전개는 괜찮다는 게 요
한나 셀란데르의 생각이었다. 그녀와 리셉셔니스트와 이 시
대의 엘비스 프레슬리가 두 번째 캠핑카를 타고 사방을 돌
아다니고 있을 때, 영웅의 팬들은 빨간색 볼보만을 눈이 빠
지게 찾고 있는 것이다. 심지어 헤슬레홀름의 한 여성 블로
거가 완전히 자제력을 상실하고는, 지역 경찰서 앞에 버티
고 서서 〈빨간색 볼보오! 내가 빨간색 볼보를 봤다고 했잖
아아!〉라고 악을 쓰다가, 결국 출동한 경찰견에게 쫓겨난
일까지 있었다.
이 시점에서, 목사가 보기에 그들 앞에는 두 개의 길이 놓
여 있었다. 하나는 그들이 이미 토의한 것으로서, 목사, 리셉
셔니스트, 그리고 트렁크들을 킬러에게서 최대한 멀리 떨어

뜨려 놓은 후 연기처럼 증발해 버리는 것이었다. 이게 아마 가장 평화적인 선택일 터였다.

또 하나의 길은 지금 킬러가 누리고 있는 엄청난 인기의 결실을 풍성히 수확하는 것이었다. 그리고 목사는 그 방법을 깊이 숙고해 봤다.

「뭐? 교회를 하나 세우자고? 킬러의 이름을 따서?」 리셉셔니스트가 입을 딱 벌렸다. 「그럼 〈성 킬러 안데르스 교회〉가 되겠네?」

「응. 하지만 〈킬러〉라는 말은 뺄 거야. 나쁜 인상을 줄 수 있거든.」

「그런데 왜 교회를 세우자는 거지? 난 네 인생의 목적은 ─ 내 인생의 목적도 마찬가지지만 ─ 하나님과 예수님을 포함해서 가급적 많은 이들과 이 엿 같은 상황을 증오하는 거라고 알고 있었는데?」

요한나는 존재하지도 않는 것을 증오하는 것은 어려운 일이지만, 그 점 말고는 페르의 말이 다 맞는다고 웅얼거렸다.

「하지만 내 말 좀 들어 봐……. 이건 하나의 비즈니스야.」 그녀가 다시 설명했다. 「혹시 〈헌금〉이라고 들어 봤어? 엘비스 프레슬리가 돌아왔다고! 그리고 이 엘비스는 여기저기 돈을 뿌리고 다니는 것을 좋아해. 세상에 엘비스처럼 되고 싶지 않은 사람이 있을까?」

「나.」

「또 있어?」

「너.」

「또 있어?」

「흠, 그렇게 많지 않네?」

27

교회를 하나 세우기 위해서는, 건물을 사는 것만으로 충분치 않다. 적어도 스웨덴에서는 그렇다. 2백 년이 넘는 세월 동안 전쟁이 비껴간 이 나라에서, 사람들은 충분한 시간을 가지면서 평화로운 성격의 대부분의 것들에 대한 법규를 만들어 놓았다.

예를 들어, 어떤 신성한 계시를 체험하고 이를 조직적인 방식으로 다른 이들과 나누고자 하는 사람들이 따라야 하는 명확한 규정들이 존재한다.

요한나 셸란데르는 어떤 종교적 공동체의 창설에 대한 문제는 〈스웨덴 법률, 재무 및 행정 사무국〉 소관이라는 사실을 알고 있었다. 그런데 세 사람에게는 캠핑카 말고는 다른 주소가 없었기 때문에, 그녀는 스톡홀름 시내 중심가인 비르예르 야를스가탄 가에 위치한 문제의 사무국에 직접 찾아가기로 했다.

그녀는 담당관에게 고개를 까딱하여 인사하고는, 자신은

빛을 보았는지라 교단을 하나 창설하고 싶다고 말했다.

　나이가 지긋한 담당관은 18년 동안 그 자리에 있으면서 〈계시받은〉 경우들을 수없이 봐왔지만, 계시받은 당사자를 직접 보는 것은 이번이 처음이었다.

　「좋아요. 이 신청 서류만 몇 장 작성하면 돼요. 자, 이 양식들은 어떤 주소로 보내 드릴까?」

　「그걸 왜 보내겠다는 거죠? 내가 지금 이렇게 담당관님 앞에 있지 않나요? 주님께서도 〈레위기〉에서 비슷하게 말씀하셨듯이 말이에요.」

　스웨덴 국교회의 오르간 주자이기도 했던 담당관은 훌륭한 기억력의 소유자였다. 그래서 「레위기」에는 다른 말씀도 있다는 대꾸가 그의 목구멍까지 올라왔다. 「레위기」는 경고하고 계세요. 하나님의 규례를 따르지 아니하는 자는 공포와 폐병과 열병, 그리고 기타 다른 병들에 걸린다고요. 내 기억이 맞는다면 눈이 먼다고 하셨을 거예요…….

　문제는 주님께서는 양식들은 반드시 우편으로 보내야 한다는 말씀을 그 어느 곳에서도 하지 않으셨다는 사실이었고, 따라서 지금 수신인 본인이 이렇게 눈앞에 서 있는 이상, 서류를 직접 교부하지 않을 하등의 이유가 없다는 점이었다.

　담당관이 이런 생각을 하면서 잠시 뜸을 들이자, 고무공 같은 순발력의 소유자인 목사는 얼른 접근 방식을 바꿨다.

　「그런데 제 소개가 늦었네요. 전 요한나 셸란데르라고 하고, 전직 목사예요. 교구 목사로 봉사하면서 저는 하늘의 것들과 땅의 것들 사이에서 다리 역할을 해야 했는데, 늘 한계를 느꼈었지요. 그런데 그 다리를 드디어 찾았답니다! 진정한 다리를 말이에요!」

담당관은 별로 동요하지 않았다. 교단 창설 신청자와 직접 대면하는 것은 이번이 처음이었지만, 그는 오랜 세월 동안 별의별 것을 다 겪어 온 사람이었다. 모든 신성함의 근원은 베름란드 북서부에 위치한 한 풍차 방앗간 안에 거한다는 확신을 정식으로 등록하고자 했던 어느 그룹을 포함해서 말이다. 이 그룹의 마지막 두 멤버는 어느 해 겨울, 혹한에 얼어 죽었고, 이들이 얼어 죽고 있는 동안 풍차 방앗간 속의 신성한 존재는 손 하나 까딱하지 않았다.

이 동사한 신자들에 관련하여 가장 중요한 점은 그들이 자체적인 정관과 평의회, 그리고 명확한 목표들을 가지고 있었다는 점이었다. 이들은 매주 일요일 오후 3시에 풍차 방앗간 앞에서 명상 및 기도 집회를 열었다. 따라서 사무국은 그들의 교단 등록 신청을 거부할 이유가 전혀 없었다. 영하 12도에서 18도 사이의 혹한에서 1.5미터 높이로 쌓인 눈 속에서 매주 한 번씩 모인다는 것은 여간 뜨거운 신앙이 아니면 어려운 일인 것이다.

결국 담당관은 규정에 따라, 벌써 서랍에서 꺼내어 놓은 양식을 직접 건네줄 뿐 아니라, 서류 작성에 있어서도 도움을 줄 수 있다는 결론을 내렸다.

그는 직접 필수 기재란들을 일일이 채워 주고, 의무적인 질문들을 할 때는 상대가 적절한 답변을 할 수 있게끔 조언해 주면서 진행했다. 새 교단의 이름을 정하는 순서가 되자, 담당관은 목사에게 그 요건들을 알려 주었다. 교단명은 교단의 활동이 다른 교단들의 활동과 구별된다는 점을 알려야하며, 미풍양속을 해치거나 법과 질서에 어긋나서는 안 된다는 것이었다.

「이런 요건들을 감안해서, 그쪽 교단에는 어떤 이름을 붙이고 싶나요?」

「안데르스 교회요. 우리의 영적 지도자의 이름을 따서요.」

「오, 그렇군요. 그럼 그분의 성(姓)은 뭐죠?」

「그분의 이름은 안데르스가 아니라 요한이에요. 요한 안데르손.」

매일 저녁 퇴근길에 타블로이드지들을 읽는 담당관은 고개를 번쩍 쳐들고 곧바로 (약간 프로답지 못하게) 되물었다.

「킬러 안데르스?」

「어떤 맥락들에서는 그 별명으로 불리시기도 하죠. 원래 성자들이란 별명이 많은 법이니까요.」

담당관은 크흠 목을 한 번 고르고는, 자신이 조금 경솔하게 말한 것을 사과한 다음, 〈성자들은 별명이 많은 법이다〉라는 지적은 정말 옳은 말이라며 고개를 끄덕였다.

그러고 나서는 등록 수수료 액수(5백 크로나)를 알려 주고, 가급적 은행 계좌 이체로 납부하는 게 좋다고 설명했다.

요한나 셸란데르는 대신 그의 손안에 5백 크로나 지폐 한 장을 쑤셔 넣었다. 그런 뒤, 그의 친절한 봉사에 감사를 표하며 직인이 찍힌 등록 서류를 집어 들고는 캠핑카로 돌아왔다.

「안데르스 설교사님!」 그녀는 캠핑카에 오르며 소리쳤다. 「설교사님 새 옷이 필요하게 됐어요!」

「그리고 예배당도!」 리셉셔니스트가 덧붙였다.

「하지만 먼저 영성체 와인 한 잔 어떨까?」 새로 설교사가 된 남자가 제안했다.

28

　최대한 빠른 시일 내에 준비해야 할 것들이 갑자기 너무
나 많아졌다.

　어떤 강력한 메시지를 만들어, 그것을 사용할 수 있게끔
안데르스 설교사를 훈련시키는 일은 요한나의 몫이었다. 그
녀는 이게 아주 힘든 작업이 될 것이라 생각했고, 이 생각을
리셉셔니스트에게 밝혔다. 반면 그는 아무 문제가 없다는
의견이었다. 우리의 슈퍼스타가 지껄이는 것들을 누가 그렇
게 꼬치꼬치 따지려고 하겠어? 중요한 것은 뭔가 대단히 열
정적인 듯한 느낌을 주는 것인데, 요즘 킬러가 입만 열면 그
렇지 않아? 엘비스는 돈을 퍼주고 싶어 하고, 모든 사람은
엘비스를 따라 하고 싶어 한다는 것, 이게 바로 우리 교회의
기본 원리 아니겠어?

　그랬다. 아닌 게 아니라 그들의 계획은 킬러 안데르스의
말씀 덕분에 빨간색과 노란색 트렁크에 난 구멍을 메우고,
가능하다면 여기에 다른 트렁크들까지 — 색깔이 뭐가 됐

든 ─ 더한다는 것이었다. 하지만 이건 괴상망측한 설교 한 번으로 끝날 문제가 아니었다. 그들에겐 매주 조금씩 다른 형태로 반복할 수 있는 어떤 종교적 메시지가 필요했다. 그리고 이 메시지는 강대상 위의 설교자가 중간중간 몸을 숙여 와인을 한 모금씩 마셔 가며 내지르는 〈호산나〉, 〈할렐루야〉보다는 훨씬 그럴듯한 것이어야 했다. 더 나아가, 그들의 프로젝트는 지나치게 한 사람에게 의존해서는 안 되었다.

「무슨 뜻이지? 안데르스가 없는 안데르스 교회?」

대충 그런 뜻이란다.

「지금 백작과 백작 부인을 생각하고 있는 거야?」

「응. 그리고 20여 명의 다양한 체급의 다른 조폭들도. 그들이 킬러를 석 달 후에 덮칠지, 3분 후에 덮칠지는 우리로선 알 길이 없어. 하지만 그 일이 일어나면, 킬러의 설교는 더 이상 기대할 수 없게 돼.」

「그래서?」

「고인이 되신 교단 창시자를 기리며 우리의 활동은 계속되어야만 해. 안데르스 설교사님이 주님의 곁으로 가시면, 우리는 그를 이을 수 있는 잘 준비된 두 번째 설교자가 필요하게 되지. 비극적으로 떠나가신 목자님을 그분의 양 떼와 함께 애도하고 또 길이 추모할 수 있는 사람. 그분을 기리며 돈을 거둘 수 있는 사람······.」

「지금 네 얘기를 하고 있는 거지?」

문제는 안데르스 설교사가 이 땅을 떠나 그게 위쪽일지 아래쪽일지는 잘 모르겠지만 여하튼 저세상 여행을 하게 될 때, 목사는 어떤 메시지를 물려받아야 하느냐는 점이었다. 요한나 셸란데르의 지금까지의 삶을 고려해 볼 때, 그녀가 다시 강대상에 올라, 거짓으로라도 가업을 다시 잇는다는 것은 극히 어려운 일이 될 것이었다. 정말이지 그것만은 아니었다!

　리셉셔니스트는 그들이 설립한 교회의 종교적 문제들에 자신은 관여하지 않는 편이 낫다고 느끼고 있었다. 또 목사의 딜레마도 충분히 이해하고 있었지만, 그들의 콘셉트상, 킬러 안데르스는 예수와 손을 잡고 나란히 걷는 걸로 되어 있기 때문에, 예수를 다른 것으로 대체할 수는 없다는 점을 지적했다.

　물론 목사도 예수가 그들의 프로젝트에 있어서 필요 불가결한 요소임을 잘 알고 있었다. 성찬식의 포도주, 혹은 수석 설교사의 혈관 속 약간의 알코올 성분만큼이나 말이다.

　페르 페르손은 힘을 북돋아 주기 위해 목사를 꼭 안아 주면서, 그녀는 분명히 적절한 해결책을 찾게 될 거라고 격려했다. 복음서는 빼고 예수만 가져가는 방법도 있지 않겠어?

　「흠…….」 목사가 생각에 잠기며 말했다. 「구하라, 그리하면 찾으리라……. 〈마태복음〉 7장 8절.」

　그들의 신변 보호 문제는 그렇잖아도 리셉셔니스트의 〈할

일 리스트〉의 상단에 위치해 있던 항목이기도 했지만, 요한 나의 우려는 그로 하여금 다시 한 번 곰곰이 생각해 보게 만들었다. 아닌 게 아니라 지금 그들은 단지 킬러뿐 아니라 그들 자신까지를, 그들을 땅속에 묻어 버리기만을 바라는 사람들 앞에 노출시키려 하고 있는 상황이었다.

안데르스 설교사가 평화와 기쁨과 사랑을 설교하고 있을 때, 그 흉악한 인간들이 그를 살해하는 것은 손바닥 뒤집기보다 쉬운 일이었다. 목사는 이미 이 가능성을 생각하고 있었는데, 그리되면 경제적 관점에서 엄청난 손실이었다. 하지만 더 큰 문제는 따로 있었다. 그들의 계획에 따라, 목사와 리셉셔니스트는 이제 그늘에서 나와 세상에 모습을 드러내야 하는데, 이 경우 그들이 살아남을 수 있다는 보장은 전혀 없었다. 만일 이렇게 셋 다 세상을 영영 하직하게 된다면, 그들의 비즈니스 플랜은 세상에 다시없는 멍청한 플랜이 될 것이었다. 그리고 여러 백작 사장님들, 백작 부인 여사님들, 기타 그들이 등쳐 먹은 다른 분들께 이제 와서 심심한 사과와 위로의 말을 적은 우편엽서를 보내 본들 아무 소용없을 터였다.

「그러니까 자긴 지금 경호원을 생각하고 있는 것 같은데?」 목사가 물었다.

「아니, 내가 생각하는 것은 경호원이 아냐. 나는 경호 팀을 생각하고 있어.」

목사는 리셉셔니스트를 칭찬한 다음, 자신들의 길고도 가급적이면 행복한 삶을 보장하고자 애쓰고 있는 그에게 행운이 있기를 빌었다. 그리고 경제적으로 쓸모가 있는 한, 킬러 안데르스까지 끼게 해주는 게 좋겠단다.

「자, 난 그만 가봐야겠어. 예수님은 들어가되, 하나님은 가급적 안 들어가는 종교를 하나 만들어야 하거든.」 그녀는 미소를 지으며 리셉셔니스트의 볼에 키스를 했다.

29

경호 팀, 적당한 건물, 정식 은행 계좌, 전화번호와 이메일 주소……. 페르 페르손은 그야말로 할 일이 태산이었다. 또 마케팅 매니저로서 다양한 SNS 서비스도 검토해 봐야 했고…… 페이스북, 트위터, 인스타그램…….

지금까지 그는 페이스북 계정이 하나 있긴 했지만, 친구라곤 딱 한 명뿐이었다. 바로 아이슬란드에 있는 그의 어머니로, 언제부터인가 그의 메시지에 응답하지도 않는 사이였다.

페르는 모르는 사실이었지만, 그녀는 아이슬란드의 수도를 떠나 유럽 최대의 빙하인 바트나이외쿠틀 근방의 한 오두막에서 살고 있었다. 그녀의 은행가 남편은 레이캬비크에서 엄청난 실수를 저지르고는, 아직도 충분히 매력적인 (그렇게 계속 화만 내지 않는다면 참 좋을 텐데……) 아내와 함께 세상의 끝으로 도망쳐야 할 필요성을 느꼈던 것이다. 그는 레이캬비크, 런던…… 그리고 기타 몇 군데의 일들이 잠잠해질 때까지는 납작 엎드려 있는 게 상책이라고 설명했다.

공소 시효인지 뭔지가 있단다. 그저 3년만 조용히 흘려보내면 만사 오케이란다.

「뭐, 3년?」 리셉셔니스트의 어머니는 호흡 곤란을 느끼며 되물었다.

「그래. 또는 5년일 수도 있고. 법적으로 상황이 그리 명확치 않아.」

리셉셔니스트의 어머니는 내가 도대체 내 인생을 가지고 무슨 짓을 한 거지, 하고 한탄했다.

「난 지금 어떤 섬의 어떤 빙하 발치에 붙어 있는 좁쌀만 한 오막살이에 살고 있어. 어쩌다 누군가와 마주친다 해도 말도 통하지 않는 그런 곳에 말이야. 오, 하나님! 대체 내게 무슨 짓을 한 거죠?」

하나님께서 이 소리를 들었던 것일까? 그녀의 절망적인 질문이 끝나기가 무섭게, 뭔가가 나지막하게 으르렁대는 소리가 들렸다. 지진이었다. 진원은 빙하 바로 밑이었다.

「아이고! 바르다르붕가가 깨어나고 있는 모양이야!」 망명 중인 은행가가 비명을 질렀다.

「바르다르 뭐라고?」 아내는 이렇게 짖어 댔으나, 사실 바르다르 어쩌고가 정확히 뭔지 별로 알고 싶지 않았다.

「화산이야. 빙하 밑 4백 미터에 있는. 잠든 지 벌써 1백 년이 지났으니 이제 피곤이 풀린 것도 당연해……」

화산 폭발이 있기 전에도 오두막에는 와이파이가 없었으므로, 리셉셔니스트는 그의 유일한 페이스북 친구와 접촉이 끊겨 있었다. 하여 그는 이 SNS 플랫폼들의 사용 방법이나 〈셰어링〉이니 〈프로토콜〉이니 하는 것들에 대해선 경험이 별로 없었지만, 첫 번째 슬로건을 입력하는 순간, 자신도 이 분야에 재능이 만만찮다는 것을 깨달았다.

받을 때보다 드릴 때 더 큰 행복이
안데르스 교회

자기가 생각하기에도 기가 막힌 문구였다. 그리고 그 옆에는 성경책과 아이패드를 양손에 든 킬러 안데르스의 모습을 역광으로 잡은 사진을 배치했다.

「대체 이 컴퓨터가 내게 왜 필요하지?」 킬러는 사진 촬영을 위해 포즈를 취해야 했을 때 이렇게 항의했다.

「이건 컴퓨터가 아니고 태블릿이라고 하는 거예요. 전통과 현대성의 대조를 상징하는 거죠. 우리의 메시지는 모든 이에게 향한 거예요.」

「그 메시지가 뭔데?」

「주는 게 받는 것보다 낫다.」

「오, 그건 정말 맞는 말이야.」

「그렇게 맞진 않고요……. 그냥 넘어갑시다.」

목사가 설교용으로 쓰일 종교적 메시지를 완성하면, 리셉셔니스트는 SNS 페이지들에 마지막 터치를 가할 수 터였다. 하지만 그는 벌써부터 〈좋아요〉 버튼이 눈엣가시처럼 느껴졌다. 이것 때문에 사람들은 그냥 엄지손가락만 척 한 번 치켜들고는 1백 크로나 지폐 한 장 보내는 것은 잊어버릴 게 아닌가? 적어도 20크로나 지폐라도 말이다.

집회 장소는 또 다른 문젯거리였다. 리셉셔니스트는 헛간, 외양간, 창고 등, 머릿속에 떠오르는 온갖 것을 찾아보다가, 자기가 너무 복잡하게 생각하고 있다는 것을 퍼뜩 깨달았다.

그냥 예배당을 하나 사버리면 되잖아?

예전에는 루터 국교회가 스웨덴 방방곡곡에 깔려 있었고, 다른 것을 믿는 것을 일절 금지했다. 또 아무것도 믿지 않는 것도 금지했으며, 잘못된 방식으로 믿는 것도 금지했다.

이 교회는 18세기에 절정기를 누렸지만, 벌써 이 시대부터 끔찍한 주변 나라들의 영향을 받아 보다 열렬한 신앙을 요구하는 경건주의자들의 도발에 직면해야 했다. 루터교의 관습적이고도 무미건조한 신앙은 충분치 않다는 것이었다.

모름지기 병이란 치료보다 예방이 중요한 법, 스웨덴 국교회는 신앙을 올바로, 하지만 잘못 믿는 사람들을 깡그리 잡아들였다.

이들 가운데 대부분은 회개를 했고, 평생 국외 추방이라는 형벌로 비교적 가볍게 빠져나올 수 있었다. 하지만 버티는 이들도 있었다. 가장 고집 센 사람은 토마스 레오폴드라는 이였다. 재판 중에 그는 얌전히 제자리로 돌아가는 대신 재판관을 위해 기도하기 시작했고, 화가 난 재판관은 그에게 보후스 요새 성에서의 7년 감금형을 선고했다.

하지만 레오폴드는 수그러들지 않았고, 결국 칼마르 요새 성에서의 5년 감금형, 그리고 또 단비켄 정신 병원에서의 5년 감금형을 추가로 얻어맞았다.

이렇게 17년 동안이나 갇혀 있었으면 웬만하면 고개를 숙일 법도 하건만, 천만의 말씀이었다.

결국 두 손 두 발 다 들어 버린 국교회는 경건주의자를 보후스 요새 감옥, 즉 그가 영어 생활을 시작했던 바로 그 감방에 다시 처넣은 다음, 열쇠는 강물에 던져 버렸다.

토마스 레오폴드는 분통 터지는 26년을 더 버티다가, 결국 일흔일곱 살이 되었을 때 현명하게도 세상을 하직했다. 이것은 물론 슬픈 이야기이긴 하지만, 당시 국교회의 태도가 얼마나 단호했는지를 잘 보여 주는 예이다. 질서와 규율! 그리고 일요일엔 예배!

하지만 엄격한 18세기는 보다 부드러운 19세기에 자리를 넘겼다. 몇몇 독립 단체들이 합법화되어 음지에서 벗어났다. 그리고 나서는 끔찍한 일들이 줄을 이었다. 1951년, 종교 자유법이 투표로 통과되었고, 50년 후에는 정교분리가 실현된 것이다.

이처럼 올바로 믿지 않는다는 이유로 43년 동안(즉 죽음이 당신을 풀어 줄 때까지) 감옥에 갇혀 지내야 했던 시대가 존재했었다. 그로부터 250년도 못 되어, 매달 5천 명의 스웨덴인들이 벌금 딱지 하나 안 떼고서 국교회를 떠나고 있다. 그들은 어디든 원하는 곳으로 갈 수 있고, 또 아무 데도 안 갈 수도 있다. 법이 그걸 보장하고 있다. 남아 있는 이들 중에 어떤 이들은 일요일 예배에 꼬박꼬박 참석하는데, 누구한테 혼날까 봐 그러는 게 아니라 진심으로 원하기 때문이다.

다른 이들, 즉 대다수는 더 이상 예배에 참석하지 않는다.

이렇게 예배 참석 인원이 줄어듦에 따라 교구들은 서로 합쳐져 갔다. 18세기에서 20세기로의 이행이 의미하는 바는, 자랑스러운 스웨덴 왕국의 곳곳에서 텅 빈 예배당들이 — 이들을 보존하기 위한 사적인 투자가 없는 한 — 을씨년스러운 폐허로 화해 가고 있다는 사실이다.

돈이라면 국교회에 얼마든지 있다. 국교회는 무려 70억 크로나에 달하는 자본을 보유하고 있다. 하지만 이 자본의 연간 이익금은 겨우 3퍼센트에 머물고 있는데, 이는 국교회가 매우 올곧게도 — 그리고 쩝쩝 입맛을 쓰게 다시며 — 석유, 담배, 주류, 폭격기, 탱크 같은 것들에 투자하는 것을 일찌감치 포기해 버렸기 때문이다. 이 3퍼센트의 이익금 중에서 일부분은 교회 활동에 재투자되고 있지만, 목사가 비에 흠뻑 젖는다고 해서 전도사에게까지 빗물이 떨어지는 것은 아닌 것이다. 쉽게 말해서 수많은 소교구들이 스러져 갔다. 이런 상황에서 어떤 독지가가 갑자기 나타나, 돈만 잡아

먹고 있는 폐쇄된 예배당을 현금 3백만 크로나를 주고 매입하겠다고 한다면, 세상에 구세주가 따로 없는 것이다!

「3백만 크로나?」 그란룬드 목사는 입을 딱 벌리며, 역시 여기저기 쇠락의 기미를 보이기 시작하는 자신의 주 예배당을 위해 할 수 있는 모든 것들을 머릿속에 그려 보았다.

원래 매도 가격은 490만 크로나였으나, 예배당이 매물로 나온 지 2년이 지났지만, 잠재적 구매자는 한 사람도 나타나지 않았던 것이다.

「안데르스 교회라고 하셨나요?」 그란룬드가 물었다.

「네, 우리 설교사님이신 요한 안데르스 님의 이름을 따서요. 아주 놀라우신 분이죠. 진정으로 하나님의 기적이라고 할 만한 분이시죠.」 이렇게 대답하는 리셉셔니스트의 머리에, 정말로 신이 존재한다면 당장 자기 머리에 불벼락을 내리지 않을까 하는 생각이 스쳤다.

「네, 알아요. 그분에 대한 이야기는 나도 신문을 통해 들어 왔어요.」

교구가 협상인으로 지명한 그란룬드 목사는 제안된 3백만 크로나를 받아들였다. 교회 건물은 상당한 크기였지만, 벌써 1세기 전에 유통 기한이 지난 데다가, E18 고속 도로와 너무 가까웠으며, 최소 50년은 된 묘비들이 삐죽삐죽 솟아 있는 공동묘지 하나도 옆에 붙어 있었다. 그란룬드 목사는 그 묘지들을 떠올리면서, 오랫동안 거기에 아무도 묻히지 않은 것은 참으로 다행스러운 일이라고 생각했다. 스웨덴에서 가장 통행량이 많은 간선 도로들 중 하나의 바로 옆에서 어떻게 편히 쉴 수 있겠는가?

그런데 이 잠재적 매입자와의 대화 중에 어쩌다 이 묘지 얘기가 나오게 되었다.

「저…… 그 묘지들의 평화를 존중해 주실 의향은 있으신 거죠?」 그란룬드 목사는 그 어느 법도 그 반대의 경우를 금지하지 않는다는 사실을 의식하며 조심스럽게 물었다.

「물론이죠!」 리셉셔니스트가 단언했다. 「우리는 단 하나의 무덤도 파헤치지 않을 겁니다. 다만 약간의 정지 작업을 하고, 그 위에다 아스팔트를 깔 거예요.」

「아스팔트?」

「네, 주차장이요. 자, 영수증을 써주실 수 있으시면 지금 당장 돈을 드리겠습니다.」

그란룬드 목사는 묘지 얘기를 꺼낸 것을 후회하고, 답변은 못 들은 걸로 하기로 마음먹고는, 손을 내밀어 악수를 청했다.

「좋습니다! 이제 페르손 씨께서는 이 예배당의 소유주가 되셨습니다.」

「와, 정말 기쁘네요! 목사님께서도 우리 교회에 들어오시지 않으실래요? 그래 주시면 우리로서도 대단한 영광일 텐데요. 원하신다면 무료 전용 주차석을 하나 마련해 드릴 수도 있고요.」

그란룬드 목사는 자기가 뭔가 불길한 것에 예배당의 문을 열어 주었다는 느낌이 들었다. 그의 교단은 3백만 크로나가 필요한 것은 사실이지만, 그렇다고 해서 비굴하게 매입자의 기분을 맞춰 줘야 할 필요까지는 없는 것이다.

「페르 페르손 씨, 이제 그만 가보시죠. 내가 생각을 바꿀 지도 모르니까.」

30

이제 리셉셔니스트는 경호 팀 문제를 처리할 수 있게 됐다.

페르 페르손은 성인이 된 이후로 각종 범죄자들 사이에서 살아온 게 사실이었지만, 그쪽 세계를 접촉하는 데에 있어서는 자신이 적임자가 아니라고 느꼈다. 왜 그쪽 세계를 접촉해야 하냐면, 바로 거기서 쓸 만한 경호원들을 찾을 수 있을 것 같았기 때문이었다. 백작이나 백작 부인, 혹은 그와 비슷한 누군가가 튀어나오면 이유 불문하고 때려눕혀 줄 수 있는 그런 믿음직한 친구들 말이다.

그 세계에서 오랫동안 몸담아 온 사람은 물론 안데르스 설교사였다. 리셉셔니스트가 그 문제에 대해 물어보자, 설교사의 대뇌 속의 톱니바퀴들이 삐걱삐걱 돌아가는 소리가 들렸다. 하지만 최근 들어 이 톱니바퀴들은 뭔가가 끼었는지 금방 멈춰 서는 경향이 있었고, 그의 대뇌에서는 아무것도 나오지 않았다. 그래도 그는 자기 감방 친구들 중의 상당수가 나이트클럽 같은 곳의 〈기도〉로 일한 경험이 있다는 매우 흥미로운 사실을 알려 주었다.

「오, 훌륭해요!」 리셉셔니스트는 일단 그를 칭찬했다. 「그 중 몇 사람의 이름을 말해 줄 수 있어요?」

「응…… . 홀름룬드.」 안데르스 설교사는 기억을 더듬었다. 「그리고…… 말코손바닥사슴…… .」

「말코손바닥사슴?」

「그래, 그 친구 이름이야.」

「그 사람 좀 만날 수 있을까요?」

「지금 감방에 있어. 살인죄로. 금방 나오진 않을 거야.」

「그럼 홀름룬드는요?」

「말코손바닥사슴이 죽였어.」

이 기도 출신 전과자들이 애용한다는 스톡홀름의 헬스클럽 두어 개를 설교사가 알려 주자 리셉셔니스트의 기분이 조금 나아졌다. 그는 즉시 탁시 토르스텐을 불러서는(캠핑카를 사용하지 않기 위해), 쓸 만한 〈어깨〉들을 구하러 떠났다.

처음의 두 헬스클럽에서는 별다른 성과를 얻지 못했다. 그럴듯한 사람이 눈에 띄지 않기도 했거니와, 아무한테나 다가가서 혹시 당신이 전에 기도로 일했고, 또 감방 생활 좀 하셨느냐고 물어볼 수도 없는 노릇이었다.

그런데 차 안에서 기다리고 있기가 지루했던 탁시 토르스텐은 문제가 뭔지 대충 짐작하고는, 자기가 도움을 줘야겠다고 마음먹었다.

세 번째 헬스클럽에 도착하자, 그는 리셉셔니스트가 요청하지 않았는데도 따라 들어가서는 안내 데스크의 청년에게 곧바로 다가가 자신을 소개한 뒤 이렇게 물었다.

　「자네가 생각하기에, 오늘 여기 나와 있는 고객들 중에 함부로 까불면 안 되는 사람이 있다면, 그게 누구지?」

　청년은 탁시 토르스텐을 위아래로 훑어보았다.

　「이름이 탁시 토르스텐이라고 했어요?」

　「그래.」

　「혹시 무슨 문제를 일으키려고 왔어요?」

　「천만에! 오히려 문제를 일으키지 않으려고 물어보는 거야. 알아야 조심을 할 것 아니겠어?」

　청년은 잠시 망설이더니, 결국 홀 저쪽 끝의 프리처 컬 머신에서 이두박근을 단련 중인, 온몸이 문신으로 뒤덮인 한 거한을 가리켰다.

　「사람들이 〈잭나이프 예뢰〉라고 부르는 사람이에요. 왜 그렇게 부르는지는 잘 모르겠고, 알고 싶지도 않아요. 어쨌든 다들 그를 무서워하는 것 같아요.」

　「오케이!」 옆에 있던 리셉셔니스트가 손가락을 딱 퉁겼다. 「잭나이프 예뢰라고 했죠? 오, 느낌 좋은데?」

　리셉셔니스트는 청년에게 감사를 표했다. 그리고 탁시 토르스텐에게는 이렇게 자발적으로 도움을 줘 너무 고맙지만, 이제는 택시로 돌아가 기다려 달라고 말했다. 지금부터의 일은 그와는 상관없는 문제이므로.

리셉셔니스트는 잭나이프 예뤼가 이두박근 부풀리기 운동을 잠시 중단할 때까지 기다렸다.

「저…… 잭나이프 예뤼 씨죠?」

사내는 별로 화내지 않고 페르 페르손을 찬찬히 뜯어봤다.

「지금으로선 〈잭나이프 없는 예뤼〉지. 하지만 자네가 무얼 원하느냐에 따라 상황이 달라질 수도 있어.」

「아, 정말 반가워요! 내 이름은 페르 페르손이고, 킬러 안데르스님의 대리인이에요. 혹시 그분 얘기 들어 봤어요?」

잭나이프 예뤼는 그 뜨악하면서도 무심한 듯한 표정을 계속 유지하기가 힘들어졌으니, 대화가 매우 흥미로운 양상을 띠어 가고 있었기 때문이다. 대체 이놈이 무슨 말을 하려는 거지?

「흠, 킬러 안데르스라……. 얼마 전에 예수를 만났고, 더불어 적들도 한 무더기 얻게 된 양반?」 잭나이프 예뤼가 생각에 잠긴 표정으로 물었다.

「댁이 그들 중 한 명은 아니겠죠?」

아니, 잭나이프 예뤼는 킬러 안데르스와는 개인적으로 아무런 문제가 없단다. 그들은 서로 만난 적도 없고, 수감 기간이 겹친 적도 없단다. 하지만 많은 사람이 그를 쫓고 있는 걸로 알고 있단다. 예를 들면 백작이라는 친구와 그의 맛이 간 여친…….

바로 그거란다! 지금 킬러 안데르스님은 당신이 설립한 교회의 설교사님으로 새 커리어를 시작하셨단다. 이런 종류의 일은 상당한 수준의 투자가 요구되며, 만일 이 투자금이 회수되기도 전에 갑자기 그분이 창조주를 만나러 올라가 버리신다면 매우 유감스러운 일이 아닐 수 없단다. 바로 이런 이유로 페르 페르손은 이렇게 실례를 무릅쓰고, 잭나이프 든 예뤼든 잭나이프 안 든 예뤼든 간에, 이렇게 예뤼 씨를 찾아온 거란다. 간단히 말해서, 예뤼 씨는 킬러 안데르스님을 가급적 오래 살아 계실 수 있도록 지켜 주는 일을 맡아 줄 수 있는지? 그리고 기왕 일을 하는 김에 이 페르 페르손과 요한나 셸란데르라는 목사 한 분에 대해서도 같은 일을 해 줄 수 있는지?

「지나가는 말인데요, 아주 매력적인 여성분이죠.」

잭나이프 예뤼는 이 페르 페르손과 킬러 안데르스의 관계는 순수하게 비즈니스적인 것이라고 이해했고, 이것은 매우 건전하게 느껴졌다. 그 자신은 지금 스톡홀름의 어느 따분한 업소에서 기도로 일하고 있었는데, 좀 더 활기찬 새 일자리로 옮긴다고 해서 나쁠 게 없었다. 그리고 그 백작이란 친구는 자기의 한주먹 거리도 안 될 것이었다. 그렇다면 우리 페르 페르손 씨는 계약 조건을 어떻게 생각하고 있는지?

이것은 리셉셔니스트가 아직 생각해 보지 않은 문제였다. 하지만 지금은 꾸물거리고 있을 때가 아니므로, 그는 경애하는 목사의 의견도 물어보지 않은 채로, 이 잭나이프 예뤼야말로 자신들에게 딱 맞는 인물이라는 결론을 내렸다. 이 사내는 점잖은 언어로 자신의 생각을 분명히 표현할 줄 알

뿐 아니라, 킬러 안데르스를 백작과 백작 부인, 그리고 꽤 많은 악당들로부터 보호해야 하는 녹록치 않은 일을 앞두고도 놀라울 정도로 차분한 모습을 보이고 있는 것이다.

「저는 예뤼 씨가 최대한 빠른 시일 내에 직접 보안 팀을 선발하여 그 지휘를 맡아 줬으면 해요. 채용된 요원들은 모두 섭섭지 않게 대우해 줄 거고, 당신에겐 더블을 주겠어요. 만일 이 일을 할 생각이 있다면, 언제부터 시작할 수 있느냐는 게 내 마지막 질문이에요.」

「지금 당장은 못 해.」 잭나이프 예뤼가 대답했다. 「샤워는 해야지.」

31

이제 그들에게는 신앙 공동체를 설립할 수 있는 허가증, 예배당 한 채(아스팔트 작업이 한창인 묘지가 포함된), 설교사 한 명과 목사 한 명, 그리고 곧 구성될 보안 팀까지 있었다. 하지만 요한나 셀란데르는 약간 의기소침해 있었다. 그녀는 아직 명확한 대안적 종교 메시지를 찾아내지 못한 것이다.

그녀는 복음주의적 교리들에서 한 걸음, 아니 여러 걸음 멀어지고 싶었다. 그리스도의 몸에 새로운 피를 섞고 싶었다. 예를 들면 무함마드 같은 것 말이다. 그쪽에 관해서라면 그녀도 충분히 알고 있었다. 그의 원래 이름은 〈신실한 자〉라는 뜻인 알아민이었고, 사람들은 그를 〈선택받은 자〉라는 의미로 무스타파라고 불렀다. 그녀는 개인적으로 〈신의 예언자〉라는 관념이 〈불쌍한 요셉이 옆에서 지켜보는 가운데, 하나님이 임신시킨 마리아〉라는 관념보다는 훨씬 호감 있게 느껴졌다.

하지만 예수와 무함마드를 킬러 안데르스의 양옆에다 세워 놓는다……? 아니, 그건 결코 통하지 않을 것이었다! 그녀의 또 다른 아이디어, 즉 하나님과 예수를 사이언톨로지와 화해시킨다는 생각만큼이나 희망 없는 것이었다. 이 사이언톨로지는 거의 모든 것을 고칠 수 있다는 어떤 영적 재활 요법을 포함하고 있는데, 사실 이것은 돈이 될 수 있었다. 〈1천 크로나 내시면, 당신의 생각을 바꿔 드립니다. 5천 크로나 내시면, 당신을 대신해서 생각해 드립니다.〉뭐, 이런 것들 말이다.

문제는 사이언톨로지가 외계인이나 기타 괴상한 것들에다 너무 많은 노력을 쏟는다는 점이었다. 어떤 점들에서 보자면 예수를 외계인으로 간주하는 것도 불가능하진 않겠지만, 이 두 신앙을 서로 조화시킨다는 것은 결코 쉬운 일이 아니었다. 가장 큰 난관은 지구의 나이 문제일 터인데, 성경에서는 6천 년으로 보는 데 반해, 사이언톨로지는 적어도 40억 년으로 잡는 것이다. 그 중간을 뚝 자른다 해도, 성경의 족보는 20억 년 전까지 확장되어야 하는데, 그 작업을 누가 어느 세월에 하고 있단 말인가?

사실 그녀는 이런 문제점을 처음부터 잘 알고 있었다. 그녀는 킬러 안데르스가 푹 빠져 있는 성경이 너무 갑갑했던 것이다. 하지만 이 안데르스 교회는 하나의 비즈니스일 뿐, 목사는 그냥 웃으면서 참아 내기로 마음먹었다. 어차피 기독교는 여전히 스웨덴 전역에 퍼져 있지 않은가? 안데르스 교회에 들어오려는 사람들이 너무 이질감을 느껴 포기하는 일은 없어야 했다. 안데르스 교회의 참신한 점? 그것은 강대상에 절정의 인기 스타가 서 있다는 (그를 죽지 않게 지켜 줄 수만 있다면) 점이고, 또 이 스타는 그녀가 성경에서 뽑아 줄 금쪽같은 부분들만을 가지고 설교한다는 점이었다.

요한나 셸란데르가 개인적으로 선호하는 우화 중의 하나는 마태가 지어낸 착한 사마리아인의 이야기였다. 이 이야기는 〈주는 것이 받는 것보다 복이 있느니라……〉라고 말하는 「사도행전」의 구절(20장 35절)과도 같은 맥락이었는데, 좀 웃기는 것은 마태는 사후에 가톨릭교회에서 시성되었고, 그 이후로 세관원들과 세리(稅吏)들의 수호성인으로 쭉 활동해 오고 있다는 점이었다.

또 「잠언」에서도 건질 게 한두 가지가 아니었다. 자기의 재물에 의지하는 자는 패망하려니와 안데르스 설교사에게 돈을 드리는 자는 푸른 잎사귀 같아서 번성하고…… 또 여러 가지 좋은 일들이 있으리라……. 물론 여기서 〈안데르스 설교사〉라고 명확히 말하지는 않았지만, 그들에게 유리하게 해석하는 것은 얼마든지 가능했다. 다만 이 「잠언」이 『구약 성경』에 들어 있다는 사실은 좀 유감스러웠다. 어쩔 수 없이 『구약 성경』도 패키지에 넣어야 할 것이므로.

목사는 드디어 새 교단의 청사진을 완성했다. 안데르스 교회는 〈아낌없이 드리는 이들〉의 성지가 될 것이었고, 예수는 인질이, 하나님은 교구에서 가장 인색한 자들에게 가차 없이 회초리를 드는 엄한 아버지가 될 것이었다.

리셉셔니스트는 계산을 해보았다. 수익금의 5퍼센트는 킬러에게, 5퍼센트는 보안 팀에게 가고, 5퍼센트는 일반 경비로, 5퍼센트는 어려운 이들을 위해 쓰일 것이었다. 요한나 셀란데르와 자신에게는 80퍼센트밖에 안 남는다는 얘긴데, 그들은 이걸로 만족해야 할 것이었다. 지나친 욕심은 불행을 가져올 수도 있으므로. 어차피 킬러의 두 눈 사이에 총알이 박히면 그의 몫은 그들에게 돌아오지 않겠는가.

또 성경에 〈아낌없이 주는 자는 가득 채워지리라〉라는 위로의 말씀도 있고 말이다.

◆

몇 주가 흐르면서, 스웨덴에서, 아니 유럽에서 가장 매력적인 사내에 대한 세간의 관심은 점차 시들해졌다. 처음에는 페이스북과 리셉셔니스트가 서둘러 만든 이체용 은행 계좌를 통해 매일 최소 15만 크로나씩 쏟아져 들어왔다. 하지만 이 액수는 이내 절반으로 줄었고, 며칠 후에는 다시 그것의 절반이 되었다. 정말이지 인간들의 기억이란 왜 이리도 짧은지!

모든 준비가 끝났을 즈음에는 민중의 영웅 킬러에게 오는 성금 액수가 제로에 가까워졌다. 회계를 맡은 리셉셔니스트는 몹시 불안해졌다. 첫 예배는 코앞에 다가와 있었다. 만일 아무도 오지 않는다면? 킬러가 무슨 소린지 모를 설교를 늘어놓고 있을 때, 자기와 요한나만 덩그러니 앉아서 마지막 남은 동전 몇 개를 헌금 바구니에 집어넣고 있다면?

요한나는 한결 여유가 있었다. 그녀는 미소를 지으면서 성경에서와 마찬가지로 이 땅에서도 믿음은 산을 옮길 수 있는 것이며, 고지를 눈앞에 둔 지금 이 믿음을 잃어서는 안 된다고 강조했다. 그녀 자신은 킬러에게 설교법을 코치하기 위해 1주일간의 특별훈련에 들어갈 예정이란다. 그동안 리셉셔니스트는 잭나이프 예뤼와 그의 요원들이 임무를 제대로 수행할 수 있도록 잘 훈련시켜 준다면 대단히 고맙겠단다.

그런데 이 잭나이프 예뤼는 한 가지 보안상의 문제점을 지적한 바 있었다. 설교 중인 안데르스를 누군가가 공격했다고 가정했을 때, 예배당에는 피신할 비상구가 하나밖에 없다는 것이었다. 만약의 사태를 대비하여 탈출로를 적어도 두 개는 확보해야 한다는 것은 어느 정도 경험 있는 절도범이라면 다 아는 사실이라고.

「요컨대 예뤼는 성구 보관실 벽에다 구멍을 하나 뚫고 싶어 해. 난 자기한테 말해 보겠다고 대답했어. 왜냐하면…… 아무리 그래도 성스러운 건물의 성스러운 방에다가…….」

「괜찮아. 성스러운 건물의 성스러운 벽에다 성스러운 구멍을 뚫는 거니까.」 요한나가 안심시켰다. 「그리고 성구 보관실에 비상구가 있다는 사실을 알게 되면 아마 소방관들이 우리 발을 핥아 주려고 할 거야!」

목사는 엿새 동안 킬러 안데르스에게 맹훈련을 시켰다.

「이제 그가 준비된 것 같아.」 7일째 되는 날, 그녀가 선언했다.

「보안 요원들도 아주 컨디션이 좋아.」 리셉셔니스트도 알렸다. 「잭나이프 예뤼가 보안 팀을 아주 잘 만들었어. 심지어 나 자신도 신분증을 제시하지 않고는 감히 예배당에 들어가지 못할 정도야.」

그러고 나서는, 첫 예배가 열리기도 전에 사람들이 마음이 비단결 같은 그들의 킬러를 잊어버리면 어쩌나, 하는 말을 다시 늘어놓았다.

「걱정 마, 다 해결 방법이 있으니까…….」 목사가 또다시 그 모나리자 같은 미소를 머금으며 말했다.

리셉셔니스트는 그녀가 무슨 꿍꿍이속인지 알 수 없었지만, 어쨌든 헤벌쭉 같이 웃었다. 이제 그는 여친의 창의적 능력에 대해 무한한 신뢰를 품고 있는 터였다. 그녀가 레오나르도 다빈치라면 자신은 엑셀 스프레드시트라고나 할까?

「무슨 소리야? 자긴 그보다 훨씬 뛰어난 사람이야!」 그녀는 실제로 생각하는 것 이상으로 진지하게 반박했다.

이 사랑의 표현에 고무된 페르 페르손은 내친김에 〈우리 뽀뽀나 한번〉 하면 어떻겠느냐고 제안했다.

「어디서?」 요한나가 그리 싫지 않은 기색으로 물었다.

맞아, 빌어먹을……! 그들이 평생을 킬러 안데르스와 함께 캠핑카에서 지낼 수는 없는 노릇이었다. 주거 문제는 조속히 해결해야 할 또 하나의 과제였다.

「오르간 뒤?」 페르가 제안했다.

32

기자에게 무슨 말을, 그리고 왜 해야 하는지를 킬러 안데르스에게 설명해 주자, 그는 놀라울 정도로 쉽게 이해했다. 또 해야 할 말을 실제로 했을 뿐 아니라, 거기에다 조금 엉뚱한 소리들까지 곁들이기도 했는데, 그로서는 어쩔 수 없는 부분이었다. 하지만 그가 정말로 어처구니없는 소리를 지껄이기 시작하면, 그의 〈어시스턴트〉 요한나 셸란데르가 얼른 끼어들어 보충 설명을 해주곤 했다.

「엑스프레센」은 2년 반 전에 왔던 기자와 사진 기자를 다시 보냈다. 그들은 예수를 발견하고 이제 새 교회를 시작하려 하는 킬러 안데르스와의 독점 인터뷰를 제의하자, 두 시간 만에 총알 같이 달려왔다. 전과 달리 두 사람 모두 잔뜩 긴장한 얼굴은 아니었다.

인터뷰가 진행되는 동안, 킬러 안데르스는 받는 것보다 주는 것이 얼마나 영광스러운 일인가에 대해 길게 설명을 늘어놓았다.

「내 비록 암흑가의 몇몇 녀석의 돈을 뽑아 먹은 일은 있지만 말이야. 그것도 거의 흉악하다고 할 수 있는 방법으로.」

「네? 거의 흉악하다고 할 수 있는 방법이요?」 기자가 어리둥절하여 반문했다.

「에, 그러니까, 많은 경우 악당들은 살인을 의뢰하고는 돈을 미리 지불하지. 그런데 만일 그 살인이 정말로 범해졌다면, 그건 진짜로 흉악한 일이었겠지. 하지만 물론 살인은 범해지지 않았어. 그 목적으로 지불된 돈은 대신 어려운 사람들에게로 갔고, 더 이상 살인을 않기로 맹세한 나는 단 1외레도 챙기지 않았지(영성체 포도주 구입을 위해 몇 푼 쓴 것 빼고는 말이야……. 그래, 포도주에만 조금 썼어). 그리고 지나가는 말인데, 난 또 다른 기부를 계획하고 있어!」

운 좋게도 기자는 살인을 의뢰한 사람들의 이름을 알려 달라고 요청했고, 이 말은 킬러로 하여금 자신은 결코 그들을 배신하고 싶지 않노라고 말해야 한다는 사실을 기억하게 해주었다. 오히려 그는 매일 밤 그들을 위해 기도드리고 있으며, 그들이 자기 교회를 찾아온다면 기꺼이 받아들여 예수님께 소개해 드릴 거고, 또 예수님은 그들을 품 안에 따스하게 안아 주실 거란다.

「할렐루야! 아멘! 아멘!」 설교사는 이렇게 외치며 두 팔을 하늘을 향해 번쩍 추켜올렸다. 그러면서 팔꿈치로 옆에 있던 〈어시스턴트〉의 옆구리를 쿡 쳤고, 어시스턴트 요한나는 그가 가장 중요한 부분을 까먹었음을 알아채고는 즉각 개입했다.

「그리고 설교사님께서는 일련의 예방 조치들도 취하셨잖아요?」

「어, 그래……?」 킬러는 두 팔을 내리며 웅얼거렸다. 「아, 맞다, 맞아! 그래, 그래! 만일 내가 혹시 길거리에서 트럭에 치이거나, 이마에 총알을 맞거나, 목매달아 자살한 걸로 발표되거나, 기타 여러 가지 방법으로 예상보다 일찍 세상을 뜨는 일이 발생할 경우, 나한테 누군가를 죽여 달라거나 팔다리를 부러뜨려 달라고 의뢰했던 자들의 이름이 하나도 빠짐없이 만천하에 공개되게끔 확실히 조치해 놨지.」

「그 말인즉슨, 과거에 누가 당신을 킬러로 고용했는지 온 세상이 알게 된다는 뜻이겠군요……. 그렇다면 그들이 노린 표적들이 누구였는지도 알게 될까요?」

「물론이지! 하늘나라에는 도무지 비밀이 없는 법이야…….」

요한나는 킬러가 하는 말들이 하도 아리송해서 오히려 그럴싸하게 들린다고 생각했다. 「엑스프레센」의 기자도 계속 흥미를 느끼는 것 같았다.

「그렇다면 설교사님께선 그들이 복수하려 나설까 두려우신 건가요?」

「오, 아니야.」 킬러가 손을 내저었다. 「그들의 회개가 임박했다는 게 마음속 깊은 곳에서 느껴지네. 우리 그리스도의 사랑이 온 천하 만민에게 미치고 있으니까. 하지만 만일 여전히 악마에 사로잡혀 있는 자가 남아 있다면, 우리 사회는 그에게…… 음, 뭔가를 해야 할 거야……. 할렐루야!」

이로써 말해져야 할 것이 다 말해졌다. 요한나 셸란데르는 이제 인터뷰를 마쳐야 할 것 같다고 양해를 구했다. 안데르스 설교사님께서 첫 설교를 준비하셔야 하므로.

「이번 주 토요일 오후 5시 정각에 열릴 예정이에요. 방문객들에겐 주차와 커피가 무료랍니다.」

이 언론 인터뷰에는 두 가지 목적이 있었다. 물론 첫 예배가 있기 전에 안데르스 교회를 세상에 홍보하는 것도 중요한 일이었다. 하지만 여기에 덧붙여, 백작, 백작 부인, 그리고 기타 악당들은 만일 자기들이 안데르스 설교사의 머리카락 한 올이라도 건드릴 경우 어떤 대가를 치르게 될는지 분명히 알게 될 것이었다.

이론적으론 훌륭한 계획이었다.

그러나 실제의 세계에선 그렇지 못했다.

왜냐하면 백작과 백작 부인의 분노 게이지가 상상을 초월할 정도로 상승했기 때문이다.

33

「이런 찢어 죽일 여우 같으니라고!」 백작 부인은 「엑스프
레센」지를 탁 덮으며 이를 으드득 갈았다.

「어허, 그건 잘못된 표현이야.」 옆에 있던 백작이 정정했
다. 「내가 그 인간을 40년 가까이 알아 왔는데 말이야, 그 인
간은 다른 것은 몰라도 절대로 여우는 아니야. 누가 그자를
대신해서 머리를 굴리고 있는 거라고.」

「목사 년?」

「그래, 신문에서는 요한나 셸란데르라고 하더군. 그리고 캠
핑카를 훔쳐 간 놈, 페르 페르손⋯⋯. 내 기억이 정확하다면
말이야. 그때 놈의 거시기를 확 뽑아 버렸어야 했는데⋯⋯.
하지만 지금도 절대로 늦지 않았어.」

백작과 백작 부인은 스톡홀름의 어둠의 세계에서는 그 누
구보다도 권위가 있었다. 만일 수도의 영향력 있는 악당들
이 공동보조를 취해야 한다면, 그걸 제안해야 할 사람은 바
로 이 귀족 커플이었다. 그리고 그들은 그렇게 했다.

하닝에에 있으며, 전시된 자동차들 중 반쯤이 팔려 나간 백작의 대리점에서 스웨덴 최초이자 최대 규모의 범죄자 총회가 열렸다.

이 하닝에 대리점은 이번 주에 대단한 판매 실적을 올렸다. 사고 차량들과 불법 수입 차량들은 교역상의 몇 가지 트릭을 거치면 공장에서 금방 나온 새 차들처럼 보였다. 백작은 구매자에게 자동차가 지금까지 무슨 일을 겪어 왔는지, 또 껍데기 속의 건강 상태는 어떠한지에 대해 얘기해 줘야 할 의무를 느끼지 않았다. 어차피 영화에서 말고는 차들은 말이 없는 법이다.

지난 열흘 동안, 자동차 열 대가 거의 신차 가격으로 대리점을 빠져나갔다. 그중 어느 차의 에어백도 작동하지 않았으나, 무슨 상관이랴? 운전자들이 알아서 도로 위에 붙어 있어야 하지 않겠는가?

전반적으로 괜찮은 한 주라고 할 수 있었지만, 이것이 지금 시작되려 하는 총회를 개최한 이유는 아니었다.

그건 그렇고, 적절한 참석자들의 리스트를 작성하는 것도 약간의 미묘한 트릭이 필요한 일이었다. 살인이나 구타를 의뢰한 사람들의 명단은 그 어디에도 존재하지 않았기 때문이다. 따라서 소환 작업은 신중하게 고른 네 개의 술집을 통해 입에서 입으로 이루어져야 했다.

약속된 시간이 되자, 열일곱 명의 사내가 자동차 대리점에 나타났다. 백작과 백작 부인은 한쪽의 단 위에 서서 그들을 기다리고 있었다.

원래 이 단은 매장에서 가장 멋진 차를 전시하기 위한 것이었다. 하지만 이 차는 최고 품질의 메탐페타민 9백 그램에 준하는 가격에 방금 전에 팔렸고, 자신들이 누구보다 우월하다는 점을 강조하고 싶었던 백작 커플에게 기막힌 무대를 내주었다.

개회를 선언한 것은 남친보다 훨씬 더 화가 나 있는 백작 부인이었다.

「내가 여러분에게 던지고 싶은 질문은 〈킬러 안데르스의 목숨이 붙어 있어야 하는가?〉가 아니야. 그것은 〈우리가 그 놈을 어떻게 죽일 것인가?〉야. 여기에 대해 백작과 난 몇 가지 생각이 있어.」

단 아래에 서 있는 열일곱 명의 사내 중 몇 사람은 난처한 표정으로 몸을 꼼지락거렸다. 그들은 살인을 거부한 킬러가 살해될 경우, 의뢰인들의 신원을 밝히겠다는 안데르스의 위협을 떠올리고 있었다.

그들 중 하나는 감히 그런 식으로 이의를 제기하기까지 했다(우연히도 그는 백작과 백작 부인을 제거하기 위해 상당한 액수를 지불한 인물이었다). 그는 킬러 안데르스의 죽음은 스톡홀름 암흑가가 피바다가 되는 결과를 초래할 것이라고 주장했다. 그냥 지금처럼 각자의 생업에 종사하며 사이좋게 지내는 게 낫지 않겠소? 우리끼리 치고받고 해서 좋을 게 뭐가 있겠소?

백작은 자신이 누군가의 공갈 협박에 굴복하는 성격은 질대 아니라고 대꾸했다. 하지만 그는 현금과 캠핑카를 주고 킬러 안데르스에게 살인을 의뢰했지만 헛수고로 끝난 바 있는, 동종 업계의 두 경쟁자를 자신과 백작 부인이 직접 처리해 버렸다는 사실은 구태여 밝히지 않았다.

그러자 또 다른 참가자가 겁대가리 없게도 자신은 첫 번째 남자와 같은 생각이라고 말했다. 그는 과거에 이 귀족 커플을 한꺼번에 없애 버릴 여력은 없었으므로, 훨씬 위험하고, 무엇보다도 훨씬 예측 불허의 존재로 느껴지는 백작 부인 하나만의 제거를 의뢰한 바 있었다. 그 역시 킬러 안데르스의 만수무강을 소망해야 할 이유가 이 세상 누구보다도 많았다.

세 번째 사내는 백작의 한 사촌에 대한 방망이찜질을 위해 돈을 지불한 바 있었다. 또 다양한 정도의 폭력을 의뢰한 사람도 여럿이었고, 오늘 모인 이들 중 적어도 여덟이 그 표적이었다. 참석자 중 단 한 명만이 〈죄가 없다고〉 할 수 있었는데, 그 이유는 오직 하나, 스스로를 지금보다 더 죄 많은 존재로 만들 경제적 여력이 없었기 때문이었다.

백작과 백작 부인은 모두에게 두려움의 대상이었다. 하지만 단 밑에 늘어선 열일곱 명의 덩치들은 결국 용기를 내어 커플에 맞서 반대 의견을 내기에 이르렀다. 그들 모두는 이

번 일은 그냥 잊어버리는 게 모두의 비즈니스를 위해 좋다고 주장했다. 복수는 요즘의 사업 환경과는 정반대되는 행태란다. 그리고 건전한 사업 환경을 지키는 게 훨씬 중요한 일이란다.

백작 부인은 열일곱 명의 사내를 〈뼈도 없는 버러지 같은 것들〉 등으로 취급하며 온갖 욕설을 퍼부었다. 그 욕설이 얼마나 험했던지 어떤 이들은 킬러 안데르스를 — 이번에는 일을 제대로 처리한다는 조건하에 — 다시 고용하고 싶은 생각이 들 정도였다.

또 어떤 이는 버러지들이 정말로 뼈가 없을까, 하는 단순한 의문이 떠오르기도 했지만, 이 의문을 큰 소리로 표현할 정도로 센스가 없진 않았다.

총회는 20분도 안 되어 끝났다. 이 일에 관련된 거물급, 혹은 잔챙이급의 모든 악당들이 참석한 가운데, 단 한 사람만이 불참했는데, 바로 자기 마누라에게 인상 쓴 이웃을 사망시켜 달라고 80만 크로나의 거금을 지불한 멸치 같은 사내였다. 복수에 목말랐고 곧 극빈자로 전락한 그 남자는 아내가 문제의 이웃 사내를 따라 카나리아 제도로 떠나 버리자 자살을 택했다. 이웃 사내의 〈인상 쓰기〉처럼 보였던 것은 사실은 고도로 세련된 〈작업〉의 한 형태였다고.

결론적으로 사기당한 열아홉 명의 사기꾼들 중에서 열일곱 명은 킬러 안데르스를 그냥 놔둘 것이었다. 나머지 두 명의 생각은 전혀 달랐다. 그는 반드시 뒈져야 했고, 요한나 셸

란데르와 페르 얀센도 ─ 아니 페르 페르손이었던가? ─
그 뒤를 따라야 했다.

34

안데르스 교회 창립 예배를 이틀 앞둔 날, 바로 요한나의 또 다른 아이디어를 실행에 옮길 때였다. 전국을 떠들썩하게 만들 통 큰 기부를 한 번 더 터뜨린다는 아이디어 말이다. 탁시 토르스텐이 운전하는 차의 뒷좌석에 목사와 리셉셔니스트, 그리고 킬러 안데르스가 나란히 앉아 있었다. 킬러의 무릎 위에는 50만 크로나와 이 돈의 수령인에 대한 개인적 메시지를 담은, 아주 정성스럽게 포장된 꾸러미 하나가 놓여 있었다.

관광 시즌은 아직 시작되지 않았지만, 스톡홀름 왕궁 주변 구역에 인적이 완전히 끊기는 경우는 결코 없었다. 그곳은 특히 왕궁 근위대가 끊임없이 순찰하는 장소이며, 이 일은 무려 1523년부터 이어져 왔다(근위병들은 1700년 전후에 일어난 왕궁 대화재 덕분에 잠시 쉴 수 있었다고 한다).

탁시 토르스텐은 매우 창의적인 드라이버였다. 슬로트스바켄 가에서 차를 획 돌려 포석이 깔린 광장으로 덜컹 올라가서는 말쑥한 제복 차림에 번쩍이는 대검이 달린 장총을 어깨에 걸치고서 차렷 자세로 서 있는 근위병에게로 천천히 다가갔다.

킬러는 차에서 내려 그에게 꾸러미를 내밀었다.

「안녕하시오.」 그는 엄숙한 목소리로 인사했다. 「난 킬러 안데르스이고, 이 50만 크로나를 왕비 전하와 그분의 월드 차일드…… 뭐더라……? 그래, 파운데이션에 드리려고 가져 왔소……. 젠장, 계속 외우면서 왔는데도 잊어버렸잖아, 어디서부터 외우고 왔느냐 하면……. 아니, 내가 어디서 왔는지는 별로 중요치 않고…… 여하튼…….」

「빌어먹을, 빨리 돈이나 전해 주고 와요!」 리셉셔니스트가 택시에서 버럭 고함쳤다.

하지만 그게 말처럼 쉽지 않은 일이었다. 근위병은 폭발물이 장치되었을지도 모를 꾸러미를 선뜻 받으려 하지 않았다. 대신 비상경보 버튼을 누르고, 기억을 더듬어 뭔가를 복창하기 시작했다.

「경호 영역에 접근하려 하거나, 경호 영역의 근처에 있는 자는 누구나 경호 영역을 보호하는 요원의 요구에 따라 그의 성명, 생년월일, 주소를 밝혀야 할 의무가 있으며, 신체 수색에 응해야 하는데 여기서 서한 및 기타 사적 문서는 수색 대상에서 제외되며, 모든 차량, 선박, 혹은 항공기에 대한 수색에도 응해야 하며…….」

여전히 꾸러미를 내밀고 있는 킬러는 근위병의 둥그렇게

뜬 눈을 들여다보았다.

「어이! 이봐, 괜찮아? 그리고 이제 우리 그만 좀 돌아가게, 이 빌어먹을 꾸러미를 예수님의 이름으로 좀 받아 줄 수 있겠어?」

근위병은 다시 한 번 숨을 깊게 들이마셨다.

「……경호 영역의 안전을 책임진 보안 요원은 그의 온전한 임무 수행을 위해 필요하다고 판단되는 경우, 경호 영역의 내부 혹은 주변에 있는 모든 인물을 쫓아낼 수 있으며, 이 조치가 미흡하다고 판단되는 경우, 문제의 인물을 일시적으로 체포…….」

「그래, 나 좀 한번 체포해 봐, 이 허수아비야!」

겁에 질린 근위병은 복창을 계속했다.

「만약 문제의 인물이 이 법에 따른 결정에 근거한 어떤 금지 사항을 위반하거나, 요구된 정보들의 제공을 거부하거나, 이 정보들이 부정확하다고 판단되는 경우에 시행하는 신체 수색을 거부하거나…….」

바로 이 순간, 킬러는 암송 중인 근위병을 옆으로 확 밀치고는 꾸러미를 초소 안에 털썩 던져 넣었다.

「자, 이놈아, 이거나 왕비님께 확실히 전해 줘!」 그는 엉덩방아를 찧는 병사에게 대고 소리쳤다. 「그렇게도 신체 수색을 하고 싶으면 이 꾸러미한테나 하고 말이야. 하지만 돈에는 절대로 손대지 마!」

이렇게 말하고 그는 기다리는 세 사람에게로 돌아왔고,

탁시 토르스텐은 요리조리 차를 몰아 저쪽에서 허겁지겁 달려오는 다른 근위병들이 도착하기 전에 셉스브론 가의 자동차들 사이로 사라지는 데 성공했다.

◆

처음에는 킬러 안데르스가 〈왕궁을 습격했다〉라고 보도되었다. 하지만 이 소식은 왕비 전하가 합동 기자 회견을 열어 〈그분〉께서 어려운 아이들을 위해 써달라고 월드 차일드후드 파운데이션 재단에 쾌척하신 49만 4천 크로나라는 환상적인 — 그리고 X선 검사대를 통과한 — 선물에 깊은 사의를 표할 때까지만 유효했다.

「도대체 언제가 되어야 5백까지 세는 법을 배울 수 있을까요?」 리셉셔니스트가 쏘아붙였다.

킬러는 대답 대신 입을 삐쭉 내밀었다.

이번 광고는 그야말로 하나의 걸작이었다. 첫 번째 장면에선 뭔가 위험한 일이 터질 것 같은 분위기가 흐르고, 두 번째 장면에선 왕비가 상황을 깨끗이 정리해 주며, 마지막 장면에서는 일명 킬러 안데르스, 혹은 안데르스 설교사라고도 하는 요한 안데르손의 일대기가 무한 반복된다…….

「이제 내 칭호를 바꿔야 하지 않을까? 설교사 말고 목사로…….」 킬러가 꿈꾸듯이 중얼거렸다.

「안 돼요!」 요한나가 잘라 말했다.

「왜 안 되지?」

「왜냐하면 내가 안 된다고 하니까!」

「그럼 장로는 어떨까?」

35

잭나이프 예뤼는 그의 팀과 함께 매우 중요하면서도 어려운 문제를 하나 논의해야 했다. 바로 복장 문제였다.

아니, 그건 아니란다! 검은 가죽점퍼, 징 박힌 너클, 그리고 스웨덴에서 가장 허접한 무기상에게서 단돈 35크로나에 구입한, 그리고 물론 눈에 확 띄는 AK-47 자동 소총 등으로 꾸민 오토바이 폭주족 같은 패션은 정말 아니란다.

아니, 요즘의 유행은 오히려 치노 바지와 재킷이란다. 대부분의 경호원들이 — 그들 중 제대로 공부한 사람은 하나도 없지만 — 학창 시절 이후로는 걸쳐 본 적이 없는 것들 말이다. 그리고 만일 기관 단총을 착용해야 한다면, 그건 얇은 코트 밑에 감춰져야 하고, 미제 수류탄들은 재킷 호주머니 속에 얌전히 숨어 있어야 한단다.

「우리의 임무는 적대적 요소들을 제거하는 것이지,」 잭나이프 예뤼가 목소리를 높였다. 「선량한 교인들을 내쫓는 게 아니란 말이야!」

입구에 설치한 금속 탐지기는 돈이 가장 많이 들어간 투자였다. 잭나이프 예뤼가 생각하기에, 이 장비가 주는 가장 큰 이점은 그 어떤 무기도 건물 안에 들어올 수 없다는 점이었다. 목사와 리셉셔니스트의 관점은 약간 달랐다. 그들은 이 금속 탐지기와 은밀하게 감춰진 감시 카메라 덕분에 달랑 동전 몇 개만 들고 찾아오는 방문객들과 지폐로 빵빵하게 채워진 지갑을 들고 오는 방문객들을 확실히 구별할 수 있다는 것을 깨달았다. 영혼의 갈증은 채우기를 원하면서, 그 대가를 지불할 생각은 별로 없는 자들에게 아까운 교회 좌석을 내줄 필요가 있겠는가?

공동묘지는 차량 5백 대를 수용할 수 있는 널찍한 주차장으로 변신했다. 1800년에서 1950년 사이에 사망한, 인원 미상의 고인들이 아스팔트 밑에 누워 있었다. 이 용도 변경에 대해 아무도 그들의 의견을 물어보지 않았지만, 그들은 전혀 소란을 피우지 않았다.

주차장이 가득 찬다고 가정한다면, 차 한 대당 두 사람으로 계산하면 방문객이 적어도 1천 명은 될 것이었다. 예배당이 넓기는 하지만 8백 명밖에 수용할 수 없기 때문에 리셉셔니스트는 대형 화면과 고품질의 사운드 시스템을 구입했는데, 그 가격이 얼마나 비쌌는지 체한 것처럼 명치가 꽉 막힐 정도였다. 대형 화면은 창립 예배 당일 아침에 건물 바깥에 설치되었고, 대금은 현금으로 치렀다. 전에 그 많던 재산에서 이제 남은 것은 트렁크 속의 지폐 몇 장이었다.

「걱정 마!」 요한나가 말했다. 「성경에서나 성경 바깥에서나 믿음은 산도 옮긴다는 사실을 기억하라고!」

「성경 바깥에서도?」

아, 물론이란다! 신학을 공부하던 시절, 요한나 셀란데르는 하나님이 하늘과 땅을 단 며칠 만에 뚝딱 만들어 냈다는 창세기에 대한 대안적 이론들에 빠져든 적이 있었다. 우리가 믿기를 선택할 수 있는 진실 중의 하나는 〈판게아 이론〉이라는 것으로, 이에 따르면 맨 처음 존재하던 초(超)대륙 판게아가 스스로 쪼개져서 오늘날의 대륙들이며 산들이며 골짜기 등등이 생겨났다고 한다. 아마도 누군가의 믿음이 아주 강했기 때문이 아닐까? 모를 일 아냐? 우리가 뭐라고 이에 대해 판단할 수 있겠어?

목사의 평온한 모습 앞에서 리셉셔니스트는 자신도 마음이 평온해지는 걸 느꼈다. 그래, 빨간 트렁크와 노란 트렁크는 다시 돈으로 가득 채워지리라. 목사의 믿음이 그렇게만 해준다면야, 힘이 남아서 산 한두 개를 옮기든 말든 자기는 상관할 게 없었다. 그 믿음을 어디서 길어 올지는 목사가 결정할 문제였고.

「그렇다면 난 성경 쪽을 선택할래. 딱 오늘 하루만. 왜냐하면 시간 좀 절약하려고. 하나님은 1주일밖에 안 걸렸다잖아? 반면 판게아는 수십억 년 동안 천천히 움직였다는데, 난 그렇게 오랫동안 킬러 안데르스와 캠핑카와 나머지 모든 것들을 견뎌 내지 못할 거야.」

「나머지 모든 것들? 그럼 나도 못 견뎌?」 리셉셔니스트가 물었다.

「수십억 년 동안? 음, 아마도.」

◆

안데르스 교회의 창립 예배까지는 이제 몇 시간밖에 남지 않았다. 잭나이프 예뤼는 예배당 부지 내 북서쪽의 약간 볼록하게 솟은 지점에 자리 잡고서 매의 눈으로 사방을 살폈다. 모든 게 평온해 보였다.

그런데 갑자기, 자갈이 깔린 진입로 저쪽 끝에 갈퀴를 든 노인 하나가 눈에 들어왔다. 위험한 인물일까? 변장한 것일까? 그는 사람들이 갈퀴로 으레 하는 일을 하고 있는 듯했다.

다시 말해서 갈퀴질을 하고 있었다.

저렇게 갈퀴질하는 척하면서 자갈길을 쭉 따라 올라와 예배당 정문에 접근하려는 것일까?

「진입로 끝자락에서 문제가 발생했다, 오버.」 잭나이프 예뤼는 역시 장난 아니게 비싸게 구입한 통신 장비를 통해 팀원들에게 알렸다.

「쏴버릴까요?」 종탑 안에 매복한 저격수 중의 하나가 제안했다.

「아냐, 이 멍청아! 먼저 누구인지 확인해야지!」

낯선 노인네는 여전히 자갈길을 갈퀴질하고 있었다. 예뤼는 재킷 호주머니 속에서 그가 아끼는 칼을 꽉 움켜쥐었다.
그는 안데르스 교회의 보안 팀장이라고 자신을 소개한 다음, 당신은 누구이며 지금 무얼 하고 있느냐고 물었다.

「보다시피 갈퀴질을 하고 있소.」노인이 대답했다.

「아, 그렇군요. 하지만 누가 갈퀴질하라고 시켰죠?」

「시켜? 난 이 진입로를 지난 30년 동안, 1주일에 한 번씩, 예배가 있을 때마다 꼬박꼬박 갈퀴질해 왔소. 이 하나님의 집을 닫는다는 불경한 결정이 내려지고 나서, 요 몇 년 동안은 조금 뜸했지만 말이오.」

「에이, 시발.」임무 수행 중에는 욕을 하지 않는 훈련을 며칠 전부터 해오던 예뤼가 자신도 모르게 내뱉었다. 「자…….전 예뤼라고 합니다.」그는 호주머니 속의 칼을 놓고 노인에게 악수를 청했다.

「뵈리에 에크만이오. 예배당 관리인 뵈리에 에크만.」

36

예배당 관리인 뵈리에 에크만은 세상만사가 우연에 의해 결정된다고 생각하지 않았다. 다시 말해서, 그는 그게 행운이 됐든 불운이 됐든, 운 같은 것은 믿지 않았다. 자기 자신과 하나님과 예수, 그리고 몇 가지 규칙과 규정들 외에는 아무것도 믿지 않았다. 하지만 특별히 종교적이지 않은 사람이라면 누구나 그와 킬러 안데르스의 만남은 불운이었다고 생각했을 것이다.

일들이 다른 식으로 진행되기를 바랄 충분한 이유들이 있었던 이 사내는 바로 전날까지만 해도 고용부 소속 공무원이었다. 그는 40년 동안 ― 이따금 직함이 바뀌긴 했지만 ― 똑같은 자리에 있었다. 또 그는 이제 안데르스 교회가 되려하고 있는 주님의 집의 예배당 관리인으로서, 최후의 심판날에 성 베드로 님에게 어여쁘게 보이려고, 오랫동안 무급으로 봉사해 왔다.

지난 30년 동안 이 관리는 갈수록 깊어지는 실망과 무기

력 속에서 그저 시간만 때워 오고 있었다. 처음에는 달랐다. 물론 그는 봉급을 위해 일했지만, 단지 그것만은 아니었다. 그는 고용부 내에, 혹은 적어도 뵈리에 에크만이 담당하고 있는 한 관련 기관에 만연한 무법천지 같은 분위기에 분연히 맞서 싸웠다. 뵈리에는 직업 소개국의 공무원들이 정기적으로 사무실을 나가서, 일자리를 찾는다는 미명하에 몇 시간이고 시내를 떠돈다는 사실을 알게 되었다. 그들은 이런 행동을 〈고용주들을 만나〉 〈인맥을 만들고〉 〈친분을 쌓기 위한〉 것이라고 정당화했다.

젊은 뵈리에 에크만이 보기에 이런 전략은 전혀 쓸데없는 짓이었다. 또 이게 얼마나 위험한 일인가? 감시할 수 있는 사람 하나 없이 달랑 혼자서 쏘다닌다? 어느 술집에 기어 들어가 맥주를 퍼마실지 누가 아는가?

세상에, 술이라니! 그것도 근무 시간에! 오, 하나님 맙소사! 뵈리에 에크만은 직업 소개국은 완벽하게 조직된 행정의 모델이 되어야 한다고 생각했다. 이 나라의 실업은 연령별, 성별, 분야별, 인구별, 학력별로, 심지어는 각 개인별로까지 치밀하게 파악되어야 했다. 그리고 이를 위해서는 명확한 조직체가, 다시 말해서 내적 갈등이나 분쟁이 없는 위계적 체계가 필요했다. 그리되면 직업 소개국은 완벽한 작업장이 될 것이고, 결국에는 완전히 예측 가능한 결과들이 산출될 것이었다. 이런 상상만으로도 뵈리에 에크만의 입가에는 흐뭇한 미소가 피어올랐다.

하지만 직업 소개국 관리들이 일자리를 찾는답시고 길거리를 쏘다니는 한, 그 어떤 통제도 불가능했다. 한 번은 테뷔 시의 한 직업 소개국 관리가 어떤 기업 간부를 구워삶아서는 그 기업에 없던 야간 근무조를 새로 만들게 했다. 그 결과, 테뷔 시에는 80개의 새로운 일자리가 창출됐는데, 사실 이것은 고용 실태 분석가의 입장에서는 악몽이나 다름없는 상황이었다. 통계 분석표에는 이런 종류의 결과들을 기입할 난이 존재하지 않는 것이다! 어느 사우나나 골프장에서 얻어 낸 (이를 위해 문제의 관리는 18홀을 돌면서 적당히 더블 보기를 범해 일부러 져주곤 했단다) 이런 뚱딴지같은 결과들을 도대체 어떤 식으로 처리해야 한단 말인가?

뵈리에 에크만은 80개의 새 일자리의 가치를 모를 정도로 바보는 아니었지만, 그렇다고 해서 전체적인 시각을 잃으면 쓰겠는가 말이다! 테뷔 시의 관리는 근무 시간에 골프를 쳤다는 잘못 외에도, 일의 행정적 측면을 간과했다는 과오를 범했다. 그 한 사람 때문에 스톡홀름 주 북부 지역의 분기별 예측은 완전히 엉터리가 되지 않았는가? 어디 그뿐인가? 문제의 관리는 전에 실업자였던 80명의 월별 상황을 서면 보고하는 것을 거부하기까지 했다!

「에이, 귀찮아!」 그는 전화를 건 뵈리에 에크만에게 되레 짜증을 냈다. 「여보세요! 이미 일자리를 찾은 사람들의 서류를 내가 몇 주간 뒤적이고 있어야겠어요? 내가 그렇게 한가한 사람처럼 보입니까?」

그는 전화를 탁 끊어 버리고는, 배관 및 난방 업계에서 일곱 개의 새 일자리를 창출하기 위해 골프장으로 달려갔다.

이 일곱 개의 새 일자리 창출은 지시 불이행 및 뇌리에 에크만이 그 친구를 떨쳐 버리기 위해 꾸며 내야 했던 다른 몇 가지 위반 사항들 때문에 면직되기 전에 그가 이룬 마지막 쾌거였다. 사실 좀 유감스러운 일이긴 했다. 일자리 창출에는 분명히 재능이 있는 친구였으니까. 또 마지막까지 그 재능을 아낌없이 발휘했으니, 그가 떠남으로써 테뷔 지부에 자리가 또 하나 생긴 것이다. 뇌리에 에크만은 이 새로 생긴 자리에 전임자와는 다른 시각을 가진 사람이 들어오도록 은밀히 영향력을 행사했다. 무엇보다 중요한 것은 조직과 통계인 것이다! 그래야 정치인들이 고용 시장의 실태를 정확히 알 수 있지 않겠는가? 만일 그 쫓겨난 친구 같은 경솔한 관리들만 있다면, 분기별 예측의 오류율은 거의 1백 퍼센트에 달할 것이었다. 그런데 이 틀린 예측이야말로 야당 정치인들이 가장 좋아하는 것이고, 결과적으로 공무원들에게는 가장 골치 아픈 일감으로 돌아오는 것이었다.

어떤 예측이 일단 문서로 작성되고 나면 더 이상 현실에 맞춰질 수 없다는 것은 자명한 사실이었다. 따라서 현실이 예측에 맞춰져야 했다. 뇌리에 에크만이 보기에, 이것은 모든 영역에 적용되어야 하는 진실이었다. 예외가 하나 있다면 그것은 날씨였다. 이것은 하나님께서 특별한 관심으로 꾸준히 관리하시는 영역이라서, 노르셰핑 기상대의 일기 예보관들은 모르긴 몰라도 꽤나 절망감을 맛볼 것이었다. 그들이 다음 날 햇빛이 화창할 거라고 예보할라치면, 하나님께서는 곧바로 비를 부르시곤 하시니까. 뵈리에 에크만은 자기가 그런 곳에서 일한다는 상상만 해도 몸이 부르르 떨렸지만, 또 한편으로는 하나님과의 핫라인 통화가 가능하고, 여기에 기상 관측소들과 위성들로부터 약간의 도움까지 받으며 일한다면 어떨까, 하는 엉뚱한 상상도 해보았다. 그러면 일기예보 정확도는 연일 신기록을 수립하리라…….

뵈리에 에크만의 생각을 자유롭게 해석해 보자면, 중요한 것은 결과의 질보다는 예측 가능성의 정도라는 얘기였다. 한층 더 자유롭게 해석해 보자면, 순수하게 기상 관측적 관점에서는 전 국민을 예테보리의 바로 위 지역에 이주시킬 필요가 있다는 얘기였다. 그리하면 이 나라에 필요한 기상 예보관의 수를 정확히 알 수 있게 되는데, 바로 제로였다. 365일 중에서 2백 일에서 250일 사이로 올바른 예측을 할 수 있기 위해서는 그저 다음 날 비가 온다고만 하면 될 테니까. 여기에 뵈리에 에크만이 하나님과의 직통 전화가 가능하다는 점까지 감안하면 일기 예보 신뢰도는 ── 하나님께서 그날 다른 일로 바쁘신 정도에 따라 달라지겠지만 ── 대략 85퍼센트에서 90퍼센트 사이를 오갈 것이었다.

이 뵈리에 에크만의 논리를 고용부에 적용해 본다면, 각 분기 사이에 어떤 변화가 일어난다는 것은 용납할 수 없는 일이었다. 그럼에도 불구하고 어떤 변화들이 발생하게 되면, 어쩔 수 없이 분석 팀 전체가 달려들어 계산을 처음부터 다시 해야만 했다. 물론 이 때문에 그 부서 고용자 수가 일정하게 유지되는 것은 사실이지만, 정치가들 입장에서는 확실히 짜증 나는 일이었고, 심지어 이로 인해 선거에서 패배할수도 있었다. 그런데 공무원들이 세월을 거치면서 배우게 되는 한 가지 사실이 있었으니, 고용부의 어떤 사무실 혹은 어떤 책상이 얼마나 작고 얼마나 외진 곳에 있다 하더라도, 그보다 더 작고 더 외진 곳에 있는 사무실과 책상이 언제나 존재한다는 사실이었다.

뵈리에 에크만이 그 살아 있는 증거였다. 그 역시 40년 동안 무수한 실수를 저질러 계속 이동되고, 좌천되고, 전근된 끝에 마침내 그가 마땅히 속해 있어야 할 조직에서 잊힌 존재가 되고 말았다. 뵈리에는 동료들에게 굳이 자신의 존재를 상기시키려 하지 않았다. 대신 그는 자신의 예순다섯 번째 생일까지 남은 날들을 하나하나 세어 나갔고, 드디어 그날이 되자 고용부 장관은 뵈리에 에크만이 얼마나 훌륭한 동료였는지에 대해 — 그의 이름과 활동한 부서가 어디였는지 조심스럽게 확인한 후에 — 짤막한 연설을 행했다.

그렇게 뵈리에 에크만은 벽장보다 조금 더 큰 사무실에서 마지막으로 걸어 나왔지만, 섭섭한 마음은 조금도 없었다. 열정으로 타올랐던 때로부터 수십 년이 지난 지금, 고용부는 점차로 즉흥적이고도 혼란스럽게 일자리를 창출하려는 태도를 버리고, 대신 통계와 관리를 중시하는 그의 관점을 채택해 왔다. 하지만 관리들은 일자리를 창출하지 않는 업무를 아무 열의 없이 수행했다. 거기에다 빌어먹을 정치인들과 빌어먹을 일반 시민들이 끼어들었다. 4년에 한 번씩 민주적 선거가 열릴 때마다 정당들은 저마다 다른 방법으로 실업률을 떨어뜨리겠다는 공약을 내걸었다. 그들의 전략이 무엇이든 간에, 하나같이 고용부 내의 혼란을 가중시키는 결과를 가져올 뿐이었다. 유권자들이 선거 때마다 지지 정당을 바꾸는 짓만 그만한다면 얼마나 좋을까! 선거가 끝날 때마다, 공무원들은 전혀 효과가 없는 종전의 일자리 창출 정책을 계속하는 대신, 역시 전혀 효과가 없는 새 일자리 창출 정책을 시행해야만 했다.

이 모든 세월 동안 독신으로 지내 온 뵈리에 에크만은 만일 또 다른 방식으로 자신을 실현하려 노력해 오지 않았다면, 꽤나 의미 없는 삶을 살게 되었을 것이다. 그는 실업 문제는 하나님의 손에 맡겨 버리고, 대신 신성한 분야에서 커리어를 쌓아 왔던 것이다.

그리고 그것은 괜찮은 커리어였다. 그는 그가 속한 교구에서 꾸준히 모두의 신앙생활을 관리해 왔고, 마침내는 그것의 모든 면들을 통제하게 되었다.

이 종교적 삶은 뵈리에 에크만을 마냥 행복하게 해주었다. 그리고 은퇴하고 나면 더욱 행복하리라 생각했다. 그는 교구의 비공식 목자로서의 임무들에 깨어 있는 모든 시간을 바칠 것이었다. 그리고 강대상에 서 있는 숫양을 포함한 양 무리 전체는 그의 말을 경청하고 따를 것이었다.

그런데 재앙이 발생했다. 교회는 문을 닫았고, 교구는 이웃 교구에 흡수되었다. 예배에 참석하는 열아홉 신도 중 열여덟 명이 거기로 가버렸다. 그리고 열아홉 번째 신도는 그들을 따르는 대신 이따금 자갈길의 잡초를 뽑으며 가엾은 교회의 운명을 슬퍼했다. 이웃 교회의 그란룬드는 우쭐댈 줄만 아는 멍청이(다시 말해서 뵈리에 에크만이 자기 뜻대로 하게 놔두질 않는 자)일 뿐이었다.

그리고 몇 주 전에는 예배당과 공동묘지를 포함한 교구 전체가 전에 살인범이었다가 회개했다는, 그리고 지금 온 나라가 떠들어 대는 어떤 자에게 팔렸다. 앞으로 그런 인물에게 사사건건 보고해야 한다고 생각하니 썩 기분이 좋지가 않았다. 더구나 천국에서 자기가 차지하려던 위치가 이로 인해 흔들릴 수 있었다. 하지만 빌어먹을! 이것은 자신의 교회이고, 자신은 그 살인범이 — 고집 세고 미련한 그란룬드와는 달리 — 이 사실을 분명히 이해할 수 있게끔 도와줄 것이었다. 스웨덴 최고의 예배당 관리인이 돌아온 것이다! 아직은 아무도 모르고 있지만.

그동안 뵈리에 에크만은 매일 두세 번씩 와서 자갈길을 쓸었지만, 창립 예배 당일이 될 때까지는 아무도 그의 존재를 발견하지 못했다.

이름이 예뤼라고? 뭐, 보안 팀장? 뭘 지키겠다는 건데?

뵈리에는 아까 갈퀴질을 하면서 빗자루 벽장 같은 사무실에서 보낸 마지막 날들을 떠올렸었다. 그때, 그는 오직 전 시간을 바쳐 봉사할 교구 생각뿐이었다. 디데이까지 사흘, 이틀, 하루……. 케이크 하나 준비하지 않은 장관의 짤막한 치사(致辭) 한마디……. 그리고 그 마지막 날이 지나고 또 첫 번째 날이 된 오늘, 그의 사랑하는 교회가 다시 문을 열려 하고 있었다.

그는 일부러 모습을 드러내지 않았었다. 첫 번째 설교가 끝날 때까지 기다리기로 했다. 그러고 나서 어찌할 바를 모르고 쩔쩔매고 있을, 아직 배울 게 너무도 많은 사람들 앞에 짠, 하고 등장하리라……

이런 생각들로 그의 입술에 피어났던 미소는 얼마 안 가 돌처럼 굳어질 것이었다.

37

순서로나 규모로나 사상 두 번째인 스웨덴 범죄자 총회가 이 악당들이 즐겨 드나드는 한 술집의 지하실에서 열렸다.

참석자는 백작과 백작 부인이 빠져 모두 열일곱 명이었다. 그리고 오늘의 안건은 이 커플이 킬러 안데르스의 털끝 하나라도 건드리기 전에 그들을 먼저 제거한다는 것이었다. 이 안건은 찬성 17표, 반대 0표로 가결되었다.

하지만 누가, 그리고 어떻게 이 일을 할 것인가? 이것이 위층에서 계속 내려오는 맥주를 들이켜면서 그들이 논의한 문제였다.

참석자들 중에는 비공식적인 리더가 있었으니, 바로 전번 총회 때 용감무쌍하게도 처음으로 커플에게 이견을 낸 사내였다. 그는 대용량 잔의 맥주를 두 번 연거푸 들이켠 다음, 올로프손과 올로프손이 땅끝 하숙텔을 불태워 버렸다는, 모두가 알고 있는 사실을 상기시켰다.

「아니, 그 일이 이 일하고 무슨 상관인데?」 올로프손이 따지고 들었다.

「맞아! 무슨 상관인데?」 그의 동생이 맞장구쳤다.

에, 그러니까 — 악당들의 리더가 설명했다 — 만일 형제가 그 건물을 불태우지만 않았어도, 킬러 안데르스는 여전히 거기 있을 거고, 따라서 그곳을 찾아가 킬러를 데려다가 백작 커플이 모르는 곳에 숨겨 놓으면 일이 간단하게 끝났을 거란다.

물론 올로프손은 항변했다. 지금까지 킬러 안데르스는 그들의 도움 없이도 혼자 힘으로 잘 숨어 있었다. 그리고 백작과의 골치 아픈 문제는 그가 계속 얌전히 숨어 있지 않고, 숨어 있던 곳에서 제 발로 기어 나와서 시작된 거다. 난데없이 예수와 손을 잡고서 나타나더니만, 자기에게 어떤 일이 생길 경우 무슨 짓을 할 건지 신문에다 떠들어서 이 사달이 난 게 아닌가 말이다!

「그리고 설사 그 호텔이 불타지 않았다 해도, 지금 여기 있는 열일곱 명이 우르르 호텔로 몰려가서 킬러와 차 한 잔을 들며 담소를 나눈 후, 부디 그에게 아무 일도 일어나지 않게끔 어디 산속 오두막 같은 곳에 가서 조용히 짱 박혀 있어 달라고 점잖게 부탁할 수 있다고 생각해? 엉?」

「맞아, 엉?」 동생이 다시 맞장구쳤다.

올로프손의 논리는 너무 복잡해서 다른 사람들은 중간까지 듣다가 더 이상 따라가기를 포기해 버렸다. 결국 15대 2의 표결로, 백작 커플이 킬러를 제거하기 전에 그들을 먼저 제거하는 임무를 두 형제가 맡기로 결정되었다. 이 킬러는 애초에 제거해 버려야 옳았지만, 이제는 모두가 그의 만수무강을 빌어야 하는 상황이 돼버렸기 때문이었다.

지하실에 모인 악당들은 돈 문제에 있어서 의견 일치를 보는 일에는 그다지 익숙지 않았다. 그들에겐 그런 유전자가 없었다. 하지만 놀랍게도, 일단 고역을 면한 열다섯 명의 악당은 올로프손 형제가 커플 중 하나를 제거하면 40만 크로나, 둘을 다 제거하면 1백만 크로나의 보상금을 지급한다는 내용에 한 목소리로 찬성했다.

올로프손과 올로프손은 떨떠름한 표정이 되었다. 하지만 1백만 크로나는 1백만 크로나였고, 그들의 경제적 재기를 위해서는 꼭 필요한 액수였다. 더구나 열다섯 명의 조폭들은 대답을 기다리며 둥그렇게 둘러서서 그들을 노려보고 있었다.

형제에겐 두 가지 옵션이 있었다. 첫째는 받아들이는 거였고…….

둘째도 뭐, 받아들이는 것이었다.

38

킬러 안데르스의 첫 창립 예배는 이제 한 시간도 남지 않았다. 요한나는 그에게 그들의 계획과 전략에 대해 다시 한 번 복습시켰다. 하지만 그녀는 그가 과연 잘 해낼 수 있을지, 조금은 의문이었다. 머리의 반쪽은 곧잘 이해하고, 어느 정도 생각도 돌아가는 것 같은데, 나머지 반쪽은 볼링공만큼도 못하다는 느낌이었기 때문이다. 강대상 위에서 어느 쪽 머리가 돌아가게 될지는 하늘에 맡기는 수밖에 없었다.

예배당은 사람들로 채워져 갔다. 그뿐 아니라 대형 스크린 아래로도 꽤 많은 사람들이 모여드는 가운데, 방문객들이 속속 도착하고 있었다. 종탑 속에는 망원 렌즈가 장착된 총으로 무장한 저격수 두 명이 숨어 있었고, 예배당 경내로 들어오는 입구마다 보안 요원이 한 명씩 배치되었으며, 그럭저럭 사람들 앞에 내보일 만한 한 친구는 검은색 정장을 입혀서 예배당 정문의 전자 보안 검색대 옆에다 세워 놓았다. 그는 이 일을 위해 요한나에게서 세련된 예의범절에 대해 속성으로 특강을 받은 바 있었다.

「교회 입구에서 보안 검색은 왜 하는 거요?」 여기에 오고 싶은 마음은 전혀 없었지만, 아내의 강권으로 어쩔 수 없이 따라나선 한 남자가 불만스레 물었다.

「보안을 위해섭니다, 사장님.」 정장 차림의 요원이 대답했다.

「뭐, 보안을 위해서?」 아내를 따라온 남자가 건방진 어조로 되물었다.

요한나 셸란데르는 진실을, 다시 말해서 설교사와 그들 자신이 위협받고 있다는 사실을 방문객들에게 숨기는 편이 낫다고 판단했던 것이다.

「네 그렇습니다, 사장님.」 요원이 다시 대답했다.

「누구를 위한, 그리고 어떤 이유로 하는 보안이죠?」 건방진 사내가 계속 따지고 들었다.

「타예, 우리 그냥 들어가면 안 돼?」 그의 아내가 약간 짜증이 난 얼굴로 끼어들었다.

「네, 저도 우리 사모님 말씀이 옳다고 생각합니다만, 사장님……」 이 엿 같은 자식에게 라이트 펀치 한 방을 먹이고 싶은 마음이 굴뚝같지만, 대신 호주머니 속에서 주먹을 꽉 움켜쥐면서 정장의 요원이 말했다.

「하지만 그레타, 여기 뭔가 좀 이상하지 않아?」 TV에서 중계되는 아이스하키 결승전이 더 중요하다고 하루 종일 아내를 설득해 보려 했던 남자가 항의했다.

이 진상 손님 뒤에 늘어선 줄이 길어졌다. 결국 요원은 그의 복장에 걸맞은 인내심을 잃고 말았다.

「만일 당신이 〈보안을 위해서〉라는 말도 이해하지 못한다면, 설교사님의 말은 어떻게 이해하려고 그래? 자, 우리가 제공하는 구원을 받고 싶지 않다면, 당장 당신의 엿 같은 벤츠에 올라타서는, 당신의 엿 같은 교외에 있는 당신의 엿 같은 집으로 돌아가서, 당신의 엿 같은 이케아 소파 위에서 뒹굴다 썩어 뒈지라고!」

다행히도 마침 그 옆을 지나던 요한나가 바람직하지 못한 방향으로 흐르는 대화의 끝부분을 듣게 되었다.

「말씀하시는 중에 죄송한데요.」 요한나가 이렇게 말하며 끼어들었다. 「전 요한나 셸란데르 목사라고 하고, 아마도 이 땅에서 가장 위대한 하나님의 종이실 분의 어시스턴트예요. 지금 선생님께서 만나신 보안 요원은 안데르스 설교사님의 새 신자 그룹의 일원으로, 아직 창세기밖에 떼지 못한 분이죠.」

「그래서요?」 건방진 사내가 되물었다.

「음, 그런데 이 책은 금지된 과일을 건드려서는 안 된다는 것 외에 올바른 행동 방식에 대해선 아직 가르쳐 주지 않아요. 비록 아담과 이브가 말할 줄 아는 뱀의 꾐에 빠져 그마저도 따르지 않았지만요. 이런 이야기가 조금 이상하게 느껴지실지도 모르겠지만, 하나님께선 불가능한 일이 없으신 분이죠.」

「네? 말할 줄 아는 뱀이라고요?」 이제는 건방지다기보다는 멍한 표정이 된 사내가 물었다. 그는 아내와는 달리 한 번도 성경을 펼쳐 본 적이 없었다.

「네, 그래요. 그리고 이 뱀은 말을 알아들을 수도 있었죠. 그런데 세상에! 녀석이 하나님한테 얼마나 된통 혼났는지 아세요? 그래서 지금까지도 흙 속을 벌벌 기어다니고 있는 거랍니다. 뱀이 말이에요, 하나님이 아니라!」

「근데 이 얘기는 왜 하는 거죠? 대체 무슨 말을 하고 싶으신 거죠?」 건방진 표정은 거의 사라진 반면, 한층 더 어리병병해진 사내가 물었다.

요한나 셸란데르가 원한 것은 일단 이 기고만장한 사내의 기를 꺾어 놓는 거였는데, 이 목적은 달성한 셈이었다. 그녀는 이제 또 무슨 말을 해야 할지 1~2초 동안 생각해 보고는, 안데르스 설교사님의 말씀은 어쩌면 그 능력에 한계가 없을지도 모른다고 좀 더 나지막한 어조로 말을 이었다. 그렇다고 해서 설교 중에 예수 그리스도 자신이 나타나는 것까지야 바랄 수 없겠지만, 혹시 그럴지도 모를 일이기 때문에, 누군가가 설교 중에 설교사님을 공격한다면 끔찍한 일이 발생할 수도 있단다. 또 주님께서 그분의 사도들 중 하나를 보내는 상황도 배제할 수 없단다. 꼭 가룟 유다가 아니더라도, 나머지 열한 명의 제자 중에서 보낼 사람은 너무나도 많단다. 한마디로 설교사님이 위기에 처했을 때 어떠한 두려운 능력을 보여 주시게 될지는 아무도 모른단다. 그래서 보안 검색대 같은 예방 조치들이 꼭 필요한 거란다.

「하지만 선생님 원하는 대로 하세요. 우린 설교사님을 만

나라고 강요하지 않습니다. 예수님도, 그분의 사도들도 만나라고 강요하지 않지요. 어차피 여기서 있을 모든 일들은 내일 신문에 나올 거니까, 그걸 읽으시면 됩니다. 자, 출구까지 안내해 드릴까요?」

아니, 〈시건방짐〉이란 병에서 치유된 사내는 그걸 원하지 않았고, 그의 팔을 꽉 잡은 아내는 더욱 그랬다.

「자, 타예, 빨리 들어가! 자리가 꽉 차기 전에.」

타예는 멍하니 끌려 들어갔지만, 자기와 아내가 지난 2년간 끌고 다닌 것은 볼보가 아니라 오펠 코르사였다고 불쾌한 보안 요원에게 쏘아붙일 정도의 정신은 남아 있었다.

킬러 안데르스는 〈드리시오! 드리시오! 드리시오!〉만 계속 외치라는 지침을 받았다. 이 위에다 예수 얘기를 미량 뿌린 다음, 또다시 〈드리시오!〉를 반복하라는 것이었다. 전해야 할 또 다른 메시지는 〈받는 것보다 드리는 게 복이 있습니다〉, 〈지갑 속의 돈을 헌금 바구니에 털어 넣는 자는 하늘나라에서 한자리를 얻을 것입니다〉, 그리고 〈지갑을 아주 조심스럽게 여는 자도 하늘나라에 들어갈 자격이 전혀 없는 것은 아닙니다〉(〈티끌 모아 태산〉의 원칙에 따라) 등이었다.

「그리고 〈할렐루야〉, 〈호산나〉 등 당신이 잘 모르는 말들은 가급적 쓰지 말아요.」 요한나가 권고했다.

하지만 킬러는 운명의 날이 다가옴에 따라 점점 불안해지고 있었다. 만일 자기가 확실히 이해하지 못하는 모든 것들의 사용을 자제한다면, 과연 자기가 무얼 말할 수 있을까 싶었다.

그는 위급한 상황에 처했을 때, 버섯들의 학명을 암송하면 어떻겠느냐고 물었다. 이것들은 어감이 그럴듯하여 잘 모르는 사람들에게는 아주 종교적으로 들릴 수도 있지 않겠어? 그는 직접 예를 하나 보여 주었다.

「칸트하렐루스 시바리우스, 아가리쿠스 아르벤시스, 투베르 마그나툼⋯⋯. 성부와 성자와 성신의 이름으로 기도드리옵나이다, 아멘.」

「지금 뭐라고 하는 거야?」 막 성구 보관실에 들어선 페르페르손이 깜짝 놀라며 물었다.

「내 생각으로는 살구버섯, 말버섯, 그리고 아마도 송로버섯에게 기도를 드렸을 거야.」

요한나는 다시 킬러에게로 고개를 돌리며, 이런 말들 근처에는 얼씬도 하지 말 것이며, 파리버섯 같은 독버섯들은, 그 학술명이 뭐든 간에, 쳐다보지도 말라고 경고했다.

「아마니타 무스카리아」 그녀가 막을 틈도 없이 킬러의 입에서 자동으로 튀어나왔다.

요한나 셸란데르는 지금은 자신감을 잃을 때가 아니라고 역설했다(속으로는 아닌 게 아니라 〈아마니타 무스카리아〉는 어설프게 쓰인 〈호산나〉보다는 훨씬 좋은 효과를 얻을지도 모른다고 느끼면서).

「당신이 국가적 영웅, 제2의 엘비스 프레슬리라는 사실을 잊지 말라고요!」 그녀는 술잔에 포도주를 가득 부으며 격려했다. 이 술잔은 그녀가 전날 성구 보관실의 한 18세기 장롱에서 꺼내 온 성배로, 이 장롱 하나가 예배당 전체보다 값이 더 나갈 것이었다.

그녀는 이 장롱에서 왠지 먼지 맛이 날 것 같은 성찬식용 면병(麵餠)들이 든 상자도 찾아냈다. 그는 이 그리스도의 몸을 킬러에게 권했으나, 벌써 성배를 비워 가고 있던 킬러는 대신 피를 한 잔 더 채워 달라고 부탁했다. 그는 설교 중에 갑자기 당이 떨어질 경우를 대비하여 이미 시나몬 롤 몇 개가 든 봉지를 강대상 안에 숨겨 놓은 터였다.

39

안데르스 설교사가 입장하자, 우레와 같은 환호와 박수가
그를 맞았다.

그는 오른쪽과 왼쪽, 그리고 중앙을 향해 손을 흔들었다.
그런 다음, 두 팔을 번쩍 쳐들고는 청중이 조용해질 때까지
기다렸다.

「할렐루야!」 이게 그의 입에서 터져 나온 제일성이었다.

다시금 환호와 박수가 터져 나왔다.

「호산나!」 무대 뒤에 숨어 있던 요한나는 이제 파리버섯
만 남았다고 리셉셔니스트의 귀에 속삭였다.

하지만 킬러의 혀는 다른 방향을 택했다.

「드리시오! 드리시오! 드리시오!」

「에구, 좀 나아졌네!」 요한나가 안도의 한숨을 내쉬었다.

멜라르 고등학교에서 알바 나온 두 학급의 학생들이 제각
기 헌금 바구니를 하나씩 들고서 예배당의 내부와 외부에서

이리 뛰고 저리 뛰고 있을 때, 킬러 안데르스의 설교는 계속되었다.

「그리스도의 피와 몸!」 그가 외치자 또다시 환성이 터져 나왔다.

「원래는 〈몸과 피〉가 맞는 순서인데……」 요한나가 속삭였다. 「하지만 각자의 취향이 있으니까.」

「제발 시나몬 롤만 안 꺼내면 더 바랄 게 없겠어.」 리셉셔니스트가 기도하듯 말했다.

설교사는 자신의 인생 스토리나 그의 새로운 삶의 목적에 대해서는 아직 한마디도 하지 않았다. 사실은 완전한 문장은 단 한 줄도 내뱉지 않았다. 하지만 너무나 놀랍게도 이런 것들은 별로 중요한 것 같지 않았다. 사람들은 킬러 안데르스를 마치…… 엘비스 프레슬리처럼 대하고 있었다!

킬러는 슬그머니 포스트잇 한 장을 꺼내어 자기 앞에다 내려놓았다. 그는 캠핑카에서 성경을 읽으면서 기막힌 구절을 하나 찾아 놓았던 것이다.

「사도 바울은 디모데에게 편지로 이런 말을 쓰셨습니다. 〈더 이상 물만 마시지 말고, 자네의 위장을 생각해서 와인 좀 마시도록 하게나.〉」

리셉셔니스트는 눈을 질끈 감으며 손바닥으로 자기의 이마를 탁 쳤다. 목사는 얼굴이 창백해졌다. 저 바보가 쪽지에다 또 뭐를 더 써놨을까?

이번에는 박수 소리에 웃음과 미소가 섞여 들었다. 하지만 여전히 반응은 여전히 유쾌한 것 같았다. 그들의 우려와 달리 분위기는 계속 좋아지고 있을 뿐이었다.

요한나와 페르는 강대상 왼편의 커튼 뒤에 숨어서 청중을 자세히 관찰할 수 있었다. 고등학생들은 긴 좌석들 사이를 부지런히 뛰어다니고 있었다. 거의 대부분의 방문객들이 달랑 몇 푼씩만 집어넣고 있었는데…… 어, 저것은……?

「내가 잘못 생각하는 건지도 모르겠지만, 가장 기분 좋아 보이는 사람들이 가장 많이 넣는 것 같은데……?」 페르가 속삭였다.

이 말에 요한나도 운집한 청중들을 다시 한 번 주의 깊게 관찰하는데, 킬러 안데르스는 아래의 포스트잇을 흘끔거리며 설교를 이어 갔다.

「하박국 예언자님도 와인에 대한 계시가 있었습니다. 하박국……. 예언자님 이름이 좀 이상하죠……? 아무튼 성경엔 이렇게 쓰여 있어요! 〈너도 마시고 네 할례[7] 아니한 것을 드러내라! 여호와의 오른손의 잔이 네게로 돌아올 것이니라!〉(〈하박국〉 2장 16절)」

원래의 문맥과는 완전히 동떨어진 인용이었지만, 어쨌든 분위기는 한층 더 화기애애해졌다. 요한나 셸란데르는 남친의 지적이 옳았음을 확인할 수 있었다. 이제 헌금 바구니만으로는 부족해지자 학생들은 양동이들을 가져왔고, 심지어

7 유대 민족이 행하는 의식으로서 남자의 성기 끝 살가죽을 살짝 끊어 내는 것.

어떤 이는 지갑을 통째로 집어넣고 있었다!

요한나는 욕을 하는 법이 거의 없었다. 교구 목사였던 아버지로부터 물려받은 습관이었다. 그는 아주 드문 경우에만 욕설을 내뱉었고, 이 드문 경우들에 표적은 항상 그의 딸이었다. 그런데 예외가 있었으니, 그것은 설교가 있는 일요일이었다. 목사는 잠에서 깨어나면 침대 언저리에 걸터앉아, 아내가 항상 같은 자리에 가지런히 놓아두는 슬리퍼에 두 발을 집어넣으며 오늘이 일요일이라는 사실을 깨달았고, 아직 시작되지도 않은 그의 하루를 이렇게 요약하곤 했다.

「에이 젠장, 개떡 같네!」

따라서 요한나 셀란데르가 5백 크로나 지폐들이며 지갑들이 바구니들과 양동이들 속으로 사라지는 것을 보면서 내뱉은 말 역시 상당히 의미심장했다. 그녀는 지금 벌어지고 있는 상황을 잘 요약할 수 있는 말은 〈와, 죽인다!〉라고 느낀 것이다. 그래도 창피한 건 아는지, 아무도 듣지 못하게 조그맣게 중얼거리긴 했다.

금상첨화라고나 할까, 킬러 안데르스는 마지막 20분 동안 지금까지와는 전혀 다른 모습을 보여 주었다. 형편없는 살인자를 다시 태어날 수 있게 해주신 예수님께 감사를 드리고, 자신의 친구인 왕비 전하께 안부를 전하며 그녀의 성원에 대해 깊은 감사를 표하는 한편, 포스트잇을 내려다보며, 앞의 것들보다는 훨씬 적절한 구절 하나를 인용했다.

「〈하나님께서 세상을 이처럼 사랑하사 독생자를 주셨으

니, 이는 저를 믿는 자마다 멸망치 아니하고 영생을 얻게 하려 하심이라······.〉」

그러고는 우레와 같은 갈채에 파묻혀 거의 들리지도 않는 말을 다시 한 번 반복했다.

「드리시오! 드리시오! 드리시오! 할렐루야! 호산나! 그리고 아멘!」

이 예기치 못한 〈아멘〉 소리에 몇몇 신도들은 설교가 끝난 걸로 (설교자 자신도 끝났는지 아닌지 확실히 모르는 상황에서) 착각하고는 좌석을 박차고 일어나 그에게로 우르르 몰려 나갔다. 적어도 3백 명의 신도들이 그 뒤를 따랐다. 역시 스타는 스타였다!

설교 후에는 안데르스 설교사의 팬들이 그의 사인을 받고, 그와 함께 포즈를 취한 셀카를 찍는 시간이 두 시간 반 동안이나 이어졌다. 한편 페르와 요한나는 수고한 학생들에게 헌금 들어온 돈으로 1백 크로나씩 지급한 다음, 남은 액수를 계산했다.

한 남자가 예배당 뒤쪽 한구석에 서서 이 모든 광경을 지켜보고 있었다. 이번에는 그의 손에 갈퀴가 들려 있지 않았다(어차피 입구의 금속 탐지기에 걸렸겠지만).

「주여, 감사합니다. 이 혼란을 정리해 줄 사명을 제게 주심을 감사합니다.」 뵈리에 에크만이 나지막이 뇌까렸다.

주님은 대답이 없으셨지만.

40

창립 예배는 멜라르 고등학교 학생들에게 지급한 알바비를 제하고도 그들에게 42만 5천 크로나를 가져다주었다. 이는 즉 보안 팀, 킬러 안데르스, 일반 경비, 그리고 기부금에 각각 2만 1,250크로나씩 돌아간다는 얘기였다. 나머지 34만 크로나는 성구 보관실의 18세기 장롱 속에 누워 있는 페르 페르손의 노란 트렁크 속으로 들어갔다. 빨간 트렁크는 아직 필요치 않았다(트렁크는 세상에서 가장 안전한 금고라고는 할 수 없겠지만, 페르는 비상시에 30초 만에 튈 수 있기 위하여 모든 수입금을 거기에 보관해야 한다는 입장이었다).

그날 저녁, 훌륭하게 일한 데에 대한 보상으로서, 킬러 안데르스는 레드 와인 한 병을 추가로 더 마실 수 있었고, 적어도 20주 안에 그가 원하는 단체에 50만 크로나를 기부할 수 있을 거라는 약속까지 받았다.

「와, 대박!」 그가 환성을 올렸다. 「그런데 뭣 좀 먹고 싶은데? 5백 크로나만 빌릴 수 있겠어?」

리셉셔니스트는 설교자도 봉급을 받게 될 거라고 말해 주는 것을 깜빡했음을 깨달았지만, 당사자가 그걸 요청하지 않았으므로, 이 문제는 그냥 현 상태로 놔두기로, 다시 말해서 잊어버리기로 결정했다.

「물론이죠!」 페르가 흔쾌히 대답했다. 「자, 여기 있어요. 하지만 한꺼번에 다 써버리지는 말아요! 그리고 외출할 때는 예뤼를 데리고 가시고요.」

설교자와 달리, 잭나이프 예뤼는 셈을 할 줄 알았다. 그는 2만 1,250크로나는 자신과 보안 팀이 쓴 경비도 안 된다고 설명했다.

「그럼 더블로 드리죠, 뭐.」 리셉셔니스트가 화끈하게 대답했다.

보안 팀은 아무것도 모르는 킬러에게 가야 할 돈을 받았으므로 리셉셔니스트와 목사의 저금통에는 조금도 출혈이 없었다.

하지만 킬러가 잭나이프 예뤼를 데리고 방을 나가려고 하는 순간, 낯선 남자 하나가 불쑥 들어왔다.

「안녕하세요? 참으로 놀라운 저녁 시간이었습니다.」 그는 만면에 미소를 지으며 인사했다.

「누구시죠……?」 요한나 셸란데르가 물었다.

「저는 뵈리에 에크만이라는 사람으로서, 30여 년 전부터 이 교회의 예배당 관리인이었어요. 거의 31년 됐군요. 아니,

계산에 따라서는 29년이라고도 할 수 있겠네요. 한동안 교구 활동이 중단되었으니까요.」

「예배당 관리인이라고요?」 페르가 반문했다.

〈이런, 골칫거리가 나타났군!〉 요한나가 속으로 끌끌 혀를 찼다.

「아, 이런, 시발! 내가 이 양반에 대해 말해 준다는 걸 깜박했네!」 잭나이프 예뤼는 당황한 나머지 언어를 조심해야 한다는 것을 깜박했다.

「오, 그렇다면 우리 교회에 잘 돌아오셨습니다!」 불과 몇 분 사이에 두 사람에게서 찬사를 받은 킬러는 입이 헤벌쭉해져서 이렇게 말했다.

그러고는 밖으로 나가면서 에크만을 한 번 꽉 안아 주었다.

「자, 예뤼, 가자고! 목이 되게 마르네. 즉 배가 고프단 말씀이야!」

41

뵈리에 에크만은 그가 창립 예배에 대해 적어 놓은 열네 가지의 의견 중에서 한 가지도 제대로 얘기할 수 없었다. 리셉셔니스트와 목사는 아주 빠른 시일 내에 대화할 시간을 갖겠다고 약속하며 그를 부드럽게 예배당 밖으로 밀어냈다. 이에 예배당 관리인은 메시지, 어조, 예배 시간, 그리고 기타 몇 가지 사소한 것들에 관련된 매우 중요한 세부 사항 몇 개를 제외하고는 논의할 게 별로 없다고 설명했다. 또 자기는 교구의 자원봉사 활동을 어떻게 조직하는지 잘 알고 있으며, 이를 위해 벌써 몇몇 방문객을 접촉한 바 있단다.

「그런데 말이죠, 오늘 저녁에 얼마나 걷었죠?」

「아직 계산해 보진 않았지만, 아마 5천 크로나 조금 넘지 않을까 싶어요.」 금액을 지나치게 축소했다는 인상을 주지 않기를 바라며 리셉셔니스트가 곧바로 대답했다.

「와우!」 뵈리에 에크만의 눈이 휘둥그레졌다. 「교회의 신기록이네요! 하지만 내가 이 교회의 조직이며 콘텐츠며 기타 등등을 조금만 다듬으면 그 액수가 얼마나 올라갈지 한 번 상상해 보세요! 하루 헌금이 1만 크로나를 돌파한다는데 내 모가지를 걸겠어요.」

〈아주, 아주, 아주 커다란 골칫거리야…….〉 요한나가 다시 속으로 탄식했다.

「난 자갈길을 깨끗이 청소하기 위해 월요일에 다시 올 겁니다. 그때 다시 뵐 기회가 있겠죠.」 뵈리에 에크만은 이렇게 말하고 마침내 성구 보관실을 떠났다.

「왜 난 한 번만이라도 온전히 행복할 수 없는 거지?」 페르 페르손이 푸념했다.

요한나도 같은 느낌이었으나, 그들이 결코 채용한 바 없는 불청객을 해고하기 위해서는 다음 주까지 기다려야 했다. 하지만 지금은 호텔 레스토랑에서의 풀코스 디너로 성공을 자축할 시간이었다. 그리고 무엇보다도 이 첫 번째 경험을 토대로, 앞으로 사업을 어떻게 전개시켜 나갈지 논의할 시간이기도 했다.

◆

남아공산(産) 2005년도 안빌카 와인으로 첫 번째 건배를 한 다음, 목사는 곧바로 자신의 새 아이디어를 공개했다.

「성찬식 포도주.」

「에이, 난 또 뭐라고.」 리셉셔니스트는 역겨운 듯 얼굴을 찌푸렸다.

「아냐! 자기가 생각하는 그런 게 아냐!」

지금 그녀가 생각하고 있는 것은 킬러를 지탱해 주는 그
싸구려 와인도 아니고, 문자 그대로의 성찬식 포도주도 아
니며, 새롭고도 자유로운 안데르스 교회적 의미에서의 성찬
식 포도주란다.

「더 설명해 봐.」 리셉셔니스트가 한 병에 2천 크로나가 넘
는 남아공산 감로주를 홀짝거리며 말했다.

음 그러니까, 신도들은 기분이 좋아질수록 아낌없이 드리
는 경향이 있단다. 킬러 안데르스는 모든 사람을(그들 두 사
람과 그 거지 같은 예배당 관리인만 빼고) 기분 좋게 만들었
고, 그래서 지갑들이 활짝 열렸단다. 따라서 술을 좀 더 추
가하면 사람들은 더 행복해질 거고, 따라서 더 후해질 거란
다! 이것은 아주 간단한 수학이란다.

목사는 결론짓기를, 만일 각 방문객에게 — 각자의 갈증
과 체구에 따라 — 와인 한 잔, 혹은 반병을 먹일 수 있다면,
토요일의 수입은 두 배로 뛸 게 분명하단다. 갈퀴를 든 그
한심한 노인네가 말한 5천 크로나나 1만 크로나가 아니라,
50만 혹은 1백만 크로나로 말이다!

「그렇다면 모든 신도에게 성찬식 포도주를 무제한으로
공급한다?」

「적어도 우리 사이에선 그걸 다른 이름으로 불러야겠지.
예를 들면 〈경제적 촉진제〉가 더 낫지 않을까?」

「그럼 주류 취급 허가증은 어떻게 하지?」

「우리에게 그런 것은 필요치 않을 거야. 금지 조항들과 규정들로 가득한 이 스웨덴이라는 나라는, 예배당 경내에 있는 한 얼마든지 와인 병을 딸 수 있는 놀라운 곳이니까. 하지만 확실히 하기 위해 내가 당장 월요일에 알아보겠어. 자, 건배! 카……. 바로 이런 걸 보고 좋은 와인이라고 하는 거야……. 우리 교회에서 쓰기엔 너무 좋지만…….」

42

　다음 월요일, 오전 9시 1분, 신설된 교단의 수석 설교사 어시스턴트의 자격으로 요한나 셀란데르 목사는 그 지역 주류 및 담배 관리 기관에 전화를 걸어 예배 중에 성찬식 포도주를 제공하기 위해서는 허가증이 필요하느냐고 문의했다.

　아니오, 딱딱한 목소리의 관리 기관의 담당자는 대답했다. 예배 중에는 포도주를 자유롭게 제공할 수 있소.

　이어 요한나는 1인당 제공량에 혹시 제한이 있는지 물었다. 딱딱한 사내는 조금 더 딱딱해졌다. 문의자의 질문에서 뭔가 좋지 못한 냄새를 감지한 그는 공식적 답변에 개인적 의견을 덧붙이기로 마음먹었다.

　「의식용 포도주의 양은 허가증 교부 기관이 어떤 의견을 낼 성질의 것은 물론 아니지만은, 법의 관점에서 볼 때 술에 취하는 것이 성찬식의 주목적이 될 수 없음도 분명한 사실이오. 예컨대, 과도한 포도주가 제공될 경우, 종교적 메시지가 제대로 이해되지 않는 상황이 우려될 수 있소.」

요한나는 킬러 안데르스가 떠들어 대는 메시지는 —— 적어도 부분적으로는 —— 차라리 어디론가 사라져 버리는 편이 낫다고 대꾸할 뻔했다. 하지만 그녀는 활기차게 담당자에게 감사를 표한 뒤 전화를 끊었다.

「우린 프리 패스를 얻었어!」 그녀는 곧바로 페르에게 알렸다.

이어 잭나이프 예뤼에게 고개를 돌리고는,

「이번 주 토요일까지 적어도 9백 리터의 레드 와인이 필요해요. 어떻게 해볼 수 있겠어요?」

「물론이죠.」 발 넓기로 말하자면 타의 추종을 불허하는 예뤼가 대답했다. 「몰도바산(産) 메를로 와인 5리터들이 2백 통, 용기는 플라스틱 통으로 통당 단돈 1백 크로나, 이거면 되겠어요? 그렇게…….」

〈품질이 나쁘진 않아요〉라고 그는 말하려고 했다.

「도수가 세지 않아요?」 요한나가 물었다.

「충분히 세요.」

「그렇다면 좋아요. 그냥 4백 통 가져와요. 다음 예배들을 위한 예비용으로.」

43

뵈리에 에크만은 자갈길을 갈퀴질하고 있었다. 자갈길은 그의 것이었고, 다른 그 누구의 것도 아니었다. 킬러 안데르스가 뒤에 잭나이프 예뤼를 달고서 그 옆을 지나갔다. 설교자는 갈퀴질을 칭찬했고, 그 답례로 그의 첫 번째 설교에 대한 찬사를 들었다.

「정말이지 흠잡을 게 거의 없었어요.」 뵈리에 에크만이 미소를 지으며 아부했다.

이 새빨간 거짓말은 3스텝으로 이루어진 그의 제1단계 계획으로 넘어가기 위한 발판이었다. 그 3스텝이란,

첫째, 설교 내용에 대해 의견을 말할 수 있는 권리를 얻는다.

둘째, 설교자가 어느 부분에 중점을 두어야 할지 알려 준다.

셋째, 예전의 그 좋던 시절처럼, 자신이 직접 주일 설교문을 작성한다, 였다.

세상에, 예배를 토요일 저녁으로 옮기는 말도 안 되는 짓을 하다니! 그는 이것을 제2단계에서 시정할 생각이었다.

혹은 설교자와 목사, 그리고 또 한 친구가 얼마나 까다로운가에 따라 그게 제3단계로 넘어갈 수도 있었다.

킬러 뒤를 그림자 같이 따라다니는 잭나이프 예뤼는 설교자와 자칭 예배당 관리인 간에 움트기 시작하는 우정에 대해 보고하는 센스를 발휘했다.

「아주, 아주, 아주, 아주, 아주 커다란 골칫거리야.」 목사가 탄식하며 손으로 이마를 감쌌다.

리셉셔니스트도 고개를 끄덕였다. 뵈리에 에크만이 누가 임명하지 않았는데도 예배당 관리인으로 자처하는 것은 그 자체로는 문제가 될 수 없었다. 하지만 그는 이 교회와 결혼한 듯이 보였고, 아무리 잭나이프 예뤼와 보안 팀이 쫓아내도 계속 다시 찾아올 것이었다. 돌아와서 이 교회에 얼마나 많은 돈이 쏟아져 들어오고 있는지 발견하게 될 것이었다. 게다가 그는 이미 충분히 맛이 간 설교사의 정신을 한층 맛이 가게 할 위험이 있었고, 그리되면 그들은 더 이상 상황을 통제할 수 없게 될 것이었다.

「다음에 킬러가 뵈리에 에크만과 마주치게 되면, 그 노망난 인간을 가급적 다른 쪽으로 데려가도록 해요.」

「누구? 킬러, 아니면 갈퀴 든 영감?」

44

여러 가지 상황을 감안해 본다면, 안데르스 교회의 창립 예배는 예상보다도 괜찮게 치러졌다고 할 수 있었다. 신문 사들도 기자들을 파견했고, 안데르스 설교사의 성공적인 데 뷔에 대해 전하고, 앞으로 있을 50만 크로나의 기부금의 수 혜자를 추측해 보면서 교회 홍보를 확실하게, 그리고 공짜 로 해주었다. 설교 자체에 감명을 받은 기자는 한 사람도 없 었지만, 설교자와 신흥 교단의 열렬한 신앙에 대해서는 아 무도 의문을 품지 않았다.

며칠 후, 한 신문사는 다시 기사를 하나 내주었다. 한 익 명의 소식통에 따르면, 예배 중에 제공되었던 커피는 다음 주에는 이 안데르스 교파의 예배 의식의 중요한 요소인 성 찬식 포도주로 대체된다는 것이었다. 또 안데르스 설교사는 매주 토요일 오후 5시 정각에, 1년 내내 의식을 집행한다고 소식통은 덧붙였단다. 만일 예배일이 크리스마스이브와 겹 치게 되면, 이날을 기념하여 특별히 따끈한 글뢰그[8]를 제공한다고.

「오, 익명의 소식통들을 창조하신 하나님을 찬양하라!」
페르 페르손이 타블로이드지들에 실린 무료 광고들을 읽으
면서 외쳤다.

「그것들을 하나님이 창조했다는 얘기가 대체 성경의 어디
에 써져 있는데?」 요한나가 쏘아붙였다.

◆

드디어 토요일이 되자 다시 사람들이 물밀 듯 몰려들었는
데, 그 숫자가 저번만큼은 되지 않았다. 하지만 목사와 리셉
셔니스트는 예상하고 있던 바였다. 이미 설교사의 사인을
받거나 셀카를 찍은 많은 사람들이 똑같은 것에 돈을 두 번
쓸 생각이 없었던 것이다. 그럼에도 불구하고 좌석이 부족
하여 예배당 안에 들어오지 못한 신도들이 1백 명이 넘었다.

지난 주말에는, 스무 자리마다 커피 보온병을 하나씩 비
치했었다. 반면 이날은 각 좌석 옆에 와인 잔이 하나씩, 그리
고 매 20미터마다 몰도바산 플라스틱 포도주 통이 하나씩
놓였다.

아무도 와인 잔에 감히 손댈 생각을 못하고 있는 가운데,
정확히 5시 정각이 되자 설교사가 입장했다.

그리고 전번과 똑같은 뒤쪽 한구석에 뵈리에 에크만이 서

---

8 레드 와인에 계피 등의 향신료를 넣어 따뜻하게 데운 칵테일의 일종. 〈글
뢰바인〉이라고도 한다.

있었다.

벌써부터 깊은 당혹감을 느끼며.

「할렐루야, 그리고 호산나!」 벌써부터 목이 컬컬해진 안데르스 선교사는 이렇게 제일성을 발한 후, 지체 없이 본론으로 들어갔다. 「여러분, 예수께서는 온 인류의 고통을 짊어지셨습니다. 자, 먼저 이 사실을 위하여 우리 건배합시다!」

킬러 안데르스가 성찬식용 성배에 담긴 와인을 자기 잔에 따르고 있을 때, 늘어선 좌석들에서 술렁임이 일기 시작했다. 사실 누군가가 건배를 제의하는데 내 잔이 텅 비었을 때만큼 당혹스러운 때가 없는 법이다.

설교사는 자신의 와인을 쭉 들이켜고 싶은 마음이 굴뚝같았지만, 그래도 신도들의 잔이 어느 정도 채워질 때까지는 기다렸다.

「예수 그리스도를 위하여!」 마침내 그는 이렇게 외치고는 잔 속의 내용물을 단번에 목구멍에 털어 넣었다.

건물 안의 8백 명 신도 중 적어도 7백 명 이상이 설교자의 인도를 따랐다. 그 대부분은 금세 얼굴이 불콰해졌다.

「카……. 바로 이거야!」 다소 적절치 못한 감탄사를 터뜨린 후, 설교사는 설교를 시작했다. 자신은 주님의 한 평범한 종일 뿐이며, 과거에는 천국에 이르는 길이 그리스도의 피와 몸을 통한다는 사실을 이해하지 못했단다. 그런데 다행히도 자신은 빛을 보았으며, 무엇보다도 이 빛을 오늘 여기

모인 모든 분들에게 밝혀 드러낼 수 있단다. 그것은 성찬식 포도주에 대한 계시란다. 세부적인 점들로 들어가진 않겠지만, 간단히 얘기해 보자면, 예수께서는 십자가에 매달리기 얼마 전에 배가 고파지셨는지라, 친구들을 초대해서 마지막으로 시끌벅적한 파티를 한판 벌이셨단다. 그들은 분명 예수님과 그분의 사도들이셨지만, 안데르스 설교사가 수행한 최근의 연구 결과에 따르면, 지금까지 알려진 것보다 훨씬 많은 양의 포도주를 마신 것 같단다. 그리고 십자가형 집행이 얼마간 연기되었기 때문에, 골고다 언덕 위에 매달리신 예수께서는 그 아픔도 아픔이려니와, 끔찍한 숙취에도 시달려야 했을 거란다. 그분께서 〈나의 하나님, 나의 하나님, 왜 저한테 이러시는 건가요⋯⋯?〉라는 고통스러운 비명을 내지른 것은 아마도 이 때문이 아닌가 싶단다.

뭐? 시끌벅적한 파티? 예수님이 숙취 상태로 십자가에 매달려? 뵈리에 에크만은 자신의 귀를 의심했다.

안데르스 설교사는 또 다른 포스트잇을 한 장 준비했고, 따라서 가장 최근에 발견한 「마가복음」 15장 34절을 우아하게 인용할 수 있었다. 그런 다음, 얘기가 삼천포로 빠져 숙취의 끔찍함에 대해 잠시 늘어놓다가, 다시 십자가와 예수에게로 돌아왔다. 안데르스 설교사에 따르면, 예수님이 세상을 떠나시기 전에 하신 가장 중요한 말씀은 「요한복음」 19장 28절에 나오는 〈목마르다!〉라는 것이었다.

자, 이게 바로 예수의 피란다! 그리고 예수의 몸에 대해 말하자면…… 아니, 잠깐만, 우리 함께 주님의 이름으로 한 번 더 건배하잔다! 그렇게 모두들 팔을 축 늘어뜨리고 앉아 있지 말고, 대체 이 〈취기〉란 게 무엇인지 함께 체험해 보잔다!

신도들 거의 대부분이 취하기까지는 오랜 시간이 걸리지 않았다. 설교자는 세 번 더 건배를 제의하며 성찬식 포도주에 대한 그의 독창적인 견해를 밝히고는, 그다음 문제로 넘어갔다.

「그들은 포도주에 곁들이기 위해 빵을 부스러뜨렸다고 말씀하고 계십니다. 하지만 솔직히, 적포도주를 밋밋한 생빵과 같이 먹다니요! 여러분은 정말로 주님과 그분의 아들을 그런 식으로 기념하고 싶습니까?」

조그만 〈아뇨〉 소리가 여기저기에서 새어 나왔다.

「네, 뭐라고요? 대답 소리가 전혀 들리지 않네요?」 킬러가 한쪽 귀에 손을 대고 외쳤다. 「여러분은 정말로 주님과 그분의 아들을 그런 식으로 기념하고 싶습니까?」

「아뇨!」 이번에는 훨씬 많은 목소리들이 대답했다.

「자, 다시 한 번!」

「아뇨!」 예배당 전체와 주차장의 절반이 우렁차게 합창했다.

「네……. 이제야 조금 들리는군요. 그럼 저는 여러분이 명하신 대로 거행하겠습니다.」

그가 신호를 하자, 멜라르 고등학교 네 개 학급의 학생들이 일사불란하게 움직이기 시작했다. 각 학생의 한 손에는 지폐들을 — 최악의 경우 동전 몇 개라도 — 거둬들이기 위한 양동이가, 다른 손에는 각종 크래커, 건포도, 버터, 치즈 등이 수북이 담긴 쟁반이 들려 있었다. 이 쟁반들은 신도들의 손에서 손으로 전달되었고, 특정한 음식이 부족해지려 하면 학생들은 당장에 달려와 보충해 넣었다.

이 모든 광경을 마주하고 선 설교자에게도 따로 접시 하나가 마련되어 있었다. 그는 이 지상의 양식을 조금 집어서는 눈을 지그시 감으며 씹었다.

「음……. 이 테트 드 무안,[9] 맛이 괜찮군!」

사실, 지난 몇 주 동안 오로지 그리스도의 피만 마시고, 이따금 햄버거와 시나몬 롤로 주린 배를 채우는 식으로 살아온 킬러 안데르스는 이 성찬식이란 것에 대해 성경을 통해 조금 알아보는 게 좋다고 생각했었다(〈너무 많이는 말고요!〉). 요한나도 그것을 격려해 주었다. 그녀는 만일 설교사가 토요일마다 멍청한 소리들만 지껄이다 보면, 나중에는 그가 무슨 말을 하더라도 신도들은 천국에 가기 위해 돈을 드리고 싶은 열정을 느끼지 못하게 될 거라고 판단했던 것이다. 결국 그들의 비즈니스는 해결사가 없는 폭력 대행사만큼도 수익이 나지 않을 것이었다.

하지만 지금 주님의 집과 그 주변에서 절정에 달한 이 술판의 흥을 돋우기 위한 것으로는 이 성찬식 얘기만 있는 게

---

9 Tête de Moine. 스위스의 유명한 전통 치즈의 하나로, 〈수도승의 대가리〉라는 뜻이다.

아니었다. 이번에는 요한나가 설교사가 준비한 포스트잇을 한 번 들여다보고는, 한층 더 분위기를 띄울 수 있는 성경 구절 한두 개를 추가해 주었다.

지금 설교사가 이 땅에 처음 포도나무를 심었고, 결과적으로 술에 진탕 취한 최초의 인간이 된 노아의 이야기를 청중에게 들려줄 수 있는 것은 바로 그 덕분이었다. 창세기 9장 21절 말씀에 의하면, 그는 술에 취해 옷을 홀딱 벗고 텐트 안에 드러누워 있었단다. 조금 정신이 든 그는 술이 덜 깬 상태에서(《아, 그 빌어먹을 숙취!》) 그의 아들들을 호되게 꾸짖었고, 그러고는 지금까지 산 6백 년에다 무려 350년을 더 살았단다!

「자, 그러니 우리도 마지막으로 한 번 더 건배합시다!」 안데르스 설교사는 결론지었다. 「우리는 그리스도의 피를 마시는 거예요! 포도주는 노아에게 950년의 수명을 주었어요! 그렇지 않았다면 그는 이미 오래전에 죽어 있을 겁니다.」

페르 페르손은 노아는 벌써 죽고도 남았다고 생각했지만, 전체적으로 볼 때 설교사는 괜찮게 해나가고 있었다.

「자, 모두 함께 쭉 마시고 다음 토요일에 다시 봅시다!」 설교사는 아예 성배째 들고서 들이켜면서 설교를 마무리했다.

페르가 손가락을 딱 퉁기자, 학생들이 다시 한 번 양동이를 돌렸고, 이를 통해 ─ 비록 굵직한 깃털 목도리를 두른 한 노부인이 양동이 중 하나에다 먹은 걸 다 게워 버린 눈살 찌푸려지는 일도 있었지만 ─ 이미 걷힌 액수 위에 1만 크로나가 더 들어왔다.

　신도들이 포도주와 행복감에 취해 비틀거리며 예배당을
떠나고 있을 때, 요한나와 페르는 오늘 저녁 수입을 계산해
보고 있었다. 이번에는 어림잡아 1백만 크로나 이상이 들어
온 것 같았다. 다시 말해서 몰도바산 포도주와 안줏거리 구
입에 들어간 투자금 대비 아주 괜찮은 수익률이었다.

◆

　돈이 든 트렁크들이 이미 닫혀 있을 때, 안데르스 교회의
사령부라 할 수 있는 성구 보관실에 뵈리에 에크만이 불쑥
들이닥쳤다. 두 볼이 시뻘겋게 달아오른 그는 전혀 만족한
기색이 아니었다.
　「자, 우선 말이죠……!」그는 다짜고짜 따지기 시작했다.
　「그래, 우선 말이에요, 당신은 인사하는 법 좀 배워야겠어
요!」페르 페르손이 사납게 쏘아붙였다.
　「오, 뵈리에 씨 오셨구먼!」가는귀먹은 킬러가 반가워하며
말했다.「그래, 오늘 설교는 어떻게 생각하시오? 전번만큼
좋았소?」
　잠시 생각의 흐름이 끊겼던 뵈리에 에크만은 다시 말하기
시작했다.
　「자, 모두들 안녕하십니까? 난 오늘 비판할 게 많아요. 첫
째, 예배당 앞은 그야말로 난리가 났어요. 적어도 네 대의

자동차가 후진하다 서로 부딪혔고, 사람들이 발을 질질 끌며 지나가는 통에 자갈길이 엉망이 됐어요. 내가 월요일에 평소보다 두 배는 일해야 한다는 얘긴데…….」

「거기도 아스팔트로 포장해 버리면 좋겠네요. 주차장과도 잘 어울릴 거고…….」 한판 붙고 싶은 기분이 된 페르가 비꼬았다.

자갈길에다 아스팔트를 갈아? 뵈리에 에크만에게 있어서 이것은 예배당 안에서 욕을 하는 거나 마찬가지였다. 그가 이 불경스러운 제안을 속으로 삭히려 애를 쓰고 있는데, 평소 주량보다도 과하게 약주를 든 킬러 안데르스는 그를 가만히 놔두지 않았다.

「어이, 이보쇼! 내 빌어먹을 설교에 대해 어떻게 생각하느냐 말이야?」

예배당 안에서 욕을 하는 것은 정말이지…… 예배당 안에서 욕을 하는 것만큼이나 심각한 일이었다.

「그런데 지금 여기서 도대체 무슨 일이 벌어지고 있는 겁니까?」 뵈리에 에크만이 아직 유일하게 그 내용물이 트렁크로 옮겨지지 않은 양동이, 즉 수천 크로나는 족히 되어 보이는 지폐들 위로 걸쭉한 토사물이 한 겹 덮여 있는 양동이를 내려다보며 물었다. 「설교? 세상에 그런 질펀한 술판은 처음 봤구먼!」

「얘기가 나왔으니 말인데, 뵈리에 씨도 한잔 안 하시려오?」 킬러가 말했다. 「당신이 950살까지 살 거라고 약속하진 못하겠지만, 그래도 기분은 한결 좋아질 거요.」

「완전히 술판이라고, 술판!」 뵈리에 에크만이 꽥 소리쳤다. 「주님의 집에서! 당신들, 부끄럽지도 않소?」

이 대목에서 요한나의 인내심은 한계에 달했다.

「여보세요, 만일 이 가운데 부끄러움을 느껴야 할 사람이 있다면, 그건 바로 당신, 빌어먹을 에크만 씨에요! 우리 셋은 이 행성의 가장 어려운 사람들을 위해 몇 푼이라도 모으려고 죽어라 하고 애를 쓰고 있는데, 당신은 고작 자갈길을 가지고 불평하고 있어요. 그래, 지금까지 당신은 헌금 통에 몇 푼이나 넣어 봤죠?」

자칭 예배당 관리인은 단 1크로나도 넣은 적이 없었다. 그는 잠시 당황하다가, 다시 정신을 차리고 맞받았다.

「당신들은 하나님의 말씀을 왜곡하고 있어! 당신들은 거룩한 예배를 서커스로 만들고 있다고! 당신들은, 당신들은……. 헌금은 얼마나 걷었지? 그리고 그 돈은 다 어디 있는 거요?」

「그건 당신이 상관할 바 아니에요!」 페르가 화를 내며 대꾸했다. 「중요한 것은 단 1크로나도 남김없이 모두 필요에 처한 사람들에게 간다는 사실이에요.」

이 〈필요에 처한 사람들〉이란 표현에 대해 한마디 부연하자면, 사실 페르와 요한나 커플은 1주일 전, 캠핑카를 버리고 힐튼 호텔의 리다르홀름 스위트룸에서 투숙한 바 있었는데, 물론 이 스위트룸은 공짜로 들어갈 수 있는 곳이 아니었다…….

요한나는 만일 자칭 예배당 관리인님께서 혼자서 출구를 찾기 힘드시다면 〈여기 계신 예뤼 씨께서〉 안내해 드릴 거라고 말했다. 그런 다음, 양측의 격한 감정이 좀 가라앉았을 때 다시 보자고 좀 더 부드러운 목소리로 제안했다. 예를 들면 다음 주 월요일 같은 때.

그녀의 의도는 이 소동을 이만 끝내 버리면서도, 사내가 경찰서로 달려가거나 그와 비슷한 어떤 끔찍한 짓을 저지르는 걸 방지하려는 것이었다.

「내가 찾아내고야 말겠소!」 뵈리에 에크만이 대꾸했다. 「그래, 월요일에 다시 오리다! 아무렴, 다시 와서 자갈길도 고르고, 깨진 자동차 전조등 유리 조각들도 빗자루로 쓸어 담고, 내가 아직 발견하지 못한 토사물 웅덩이들도 치워야지! 그리고 다음 토요일에는 오늘보다는 훨씬 질서가 있기를 바라오, 알겠소? 자, 월요일 오후 2시에 다시 만나서 이 문제에 대해 얘기합시다!」

「2시 반이요!」 요한나는 한마디도 밀리지 않으려고 소리쳤다.

45

두 번째 예배가 진행되는 동안, 포도주를 한 방울도 입에 대지 않은 몇 안 되는 사람들 중에, 금발 가발을 쓰고 장식용 안경을 걸친 중년 여성이 하나 있었다. 앞에서 열여덟 번째 줄에 앉은 그녀는 헌금 통이 지나갈 때마다, 비록 가슴은 찢어질 듯 아팠지만, 꼬박꼬박 20크로나씩 집어넣었다. 남의 눈에 띄고 싶지 않았기 때문이다. 지금 그녀는 정찰 임무 수행 중이었다.

예배당 안에서 그녀의 이름을 아는 사람은 없었다. 사실, 바깥에서도 아는 사람은 아주 드물었다. 그녀가 활동하는 세계에서 사람들은 그녀를 〈백작 부인〉이라고 불렀다.

그녀의 뒤쪽으로 일곱 번째 줄에는, 몰도바산 와인 한 통을 독점하고서 퍼마시는 두 남자가 있었다. 백작 부인과는 달리 그들은 헌금 시간에 단 1크로나도 내지 않았다. 옆에서 누군가가 이에 대해 의견을 말하면, 그 즉시 살벌한 눈빛을 받아야 했다.

이 두 구두쇠는 가발 쓴 여자와 같은 이유로 거기 앉아 있었다. 첫 번째 사내의 이름은 올로프손이었다. 두 번째의 이름도 같았다. 마음 같아서는 당장에 저 앞의 설교자를 갈가리 찢어 죽이고 싶었지만, 그들의 임무는 오히려 그의 생존 가능성을 분석해 보는 것이었다. 킬러 안데르스는 절대로 죽어서는 안 되었다. 무엇보다도 두 사이비 귀족보다 먼저 죽으면 안 되었다.

올로프손과 올로프손이 마주친 첫 번째 장애물은 입구의 금속 탐지기였다. 그들은 발길을 돌려 주변을 한 바퀴 돌다가, 가까운 어느 관목 밑에 권총 두 자루를 숨겨 놓아야만 했다. 이 두 자루의 권총은 와인을 과음한 탓에 다시 찾지 못하게 될 것이다.

그들의 눈이 아직 풀리지 않았을 때, 그들은 이곳에 상당수의 보안 요원들이 있음을 알아챘다. 올로프손이 먼저 종탑 안에 저격수 두 명이 숨어 있는 것을 발견하고는 동생에게 살며시 그 확인을 부탁했고, 올로프손은 형님이 본 게 맞다고 대답했다.

이날 저녁, 형제는 백작과 백작 부인의 제거를 만장일치로 결정한 그룹의 나머지 멤버들에게 그들이 본 바를 보고했다. 스파이들이 만취한 탓에 진행이 매끄럽지는 않았지만, 어쨌든 악당들은 킬러 안데르스가 지금으로선 꽤 안전하게 보호되고 있다는 정보를 올로프손과 올로프손으로부터 뽑아낼 수 있었다. 누구라도 그에게 접근하기 위해서는 상당한 잔머리와 과감함이 필요할 터였다.

불행히도 이 잔머리와 과감함은 백작과 백작 부인의 주요 특징들 중의 하나였다. 백작 부인은 그녀의 동반자에게, 킬러에겐 다행스러운 일이 되겠지만 예배당으로 들어가 그의 몸을 벌집으로 만들어 버리는 일은 그리 쉽지 않을 것 같다고 의견을 밝혔다. 너무 감시가 삼엄하단다.

토요일은 거사를 치르기에 최적의 날은 아니었다. 하지만 한 주 안에는 킬러 안데르스에게 경호원이 한 명만 붙는 다른 여섯 날도 있었다.

「한 명만 붙는다고?」 백작이 씩 웃으며 되물었다. 「그 말은 즉, 멀리서 잘 조준 사격하면, 킬러 안데르스가 머리통이 박살 나서 발밑에 뻗어 있는 시체 한 구와만 같이 있게 된다는 얘기네?」

「대충 그래. 난 종탑 안에 적어도 한 명의 저격수가 있는 걸 봤지만, 그놈이 1주일 내내 거기 붙어 있지는 않는다고 봐.」

「또 다른 내용은 없어?」

「예배당 주위에 경비원들이 여럿 있을 거라고 예상해야 돼. 이 건물에는 적어도 네 개의 입구가 있는데, 그것들 모두가 감시되고 있을 거야.」

「모두 해서 대여섯 놈 정도 된다는 얘기군……. 그중 한 놈은 킬러에게 붙어 다니고?」

「응. 자, 여기까지가 현재로선 내가 아는 전부야.」

「그렇다면 이렇게 하지. 자기는 다시 가발을 쓰고 정찰 구역으로 가서는, 우리의 미래의 시체께서 가끔씩 예배당 밖으로 코를 내밀기도 하는지 지켜봐. 이렇게 그의 행동 패턴을 좀 더 자세히 파악하게 되면, 난 먼저 그 경호원을 150미터 거리에서 사살하고, 그다음 두 번째 총알은 킬러 안데르스의 배때기에 박아 버리겠어. 놈에게 과하는 고통의 정도에 대해선 우리가 너무 까다로워선 안 될 것 같아. 창자가 팥죽이 되어 가지고 출혈로 서서히 죽어 가는 것은 꼭 우리가 바라는 바는 아니겠지만, 그래도 지금 상황에서는 충분히 끔찍한 일이야.」

백작 부인은 실망한 얼굴로 고개를 끄덕였다. 어쩌겠는가, 이걸로 만족하는 수밖에. 그래도 〈창자가 팥죽이 되어 가지고〉라는 표현은 매우 신선하게 다가왔다. 우리 백작은 조금도 변하지 않았어……. 그녀는 오랜만에 애틋한 감정을 느끼며 속으로 중얼거렸다.

46

앞에서도 말했듯이, 올로프손과 올로프손은 백작과 백작 부인을 제거하는 임무를 본의 아니게 맡게 되었다. 다른 열다섯 악당들은 약속한 금액을 그럭저럭 모을 수 있었지만, 지명된 집행자들은 결과를 가져오기 전까지는 단 1외레도 만질 수 없었다.

문제는 이 무리의 현저한 특징 중 하나가 아이디어 부족이라는 사실이었다. 무리의 리더도 올로프손 형제만큼이나 뾰족한 수를 찾아내지 못했다. 이때 이 악당들의 넘버 9가 앞으로 나섰다. 이 절도범에게 무슨 일이 있었는가 하면, 며칠 전 그는 예르펠라 시에서 전기 전자 용품 전문 유통사 테크니크마가시네트의 중앙 창고를 두 번째로 털었다. 거기에는 상상 가능한 온갖 종류의 전자 장비들이 쌓여 있었고, 이창고의 경보 시스템을 정지시키기 위해서는 어떤 박스 속에들어 있는 노란색과 녹색의 케이블 하나씩만 자르면 끝이었다. 그런데 참으로 얄궂은 운명의 장난으로, 이 건물에는 무려 5백 개나 되는 감시 카메라가 있었는데, 그것들은 모두 포장되어 팔레트 위에 가지런히 쌓여서는 절도범들 승합차의 넉넉한 공간에 실리기만을 기다리고 있었던 것이다…….

넘버 9는 또 2백 개의 욕실용 체중계(개봉 후 작은 실망감을 맛보았다), 그보다 훨씬 많은 수의 스마트폰(대박!), 각종 GPS 기기, 쌍안경 마흔 개, 그리고 이보다 거의 두 배나 많은 추잉 껌 자판기를 수확할 수 있었는데, 껌 자판기 수확은 창고의 어스름 속에서 스피커와 혼동되어 일어난 실수였다.

「혹시 이 기계 원하는 사람 있으면, 손들어 봐요.」

아무도 손을 들지 않았다. 넘버 9는 GPS 기기 쪽으로 얼른 화제를 옮겼다.

「백작과 백작 부인의 차량에 설치할 수 있는 기기가 내게 하나 있는데, 이걸 달아 놓으면 각자의 휴대폰을 통해 그들의 이동 상황을 훤히 알 수 있어요. 그들에게 사적인 감정이 있는 사람들은 어느 순간에 그들이 어디 있는지 알아서 나쁠 건 없다고 생각합니다만…….」

「그렇다면 넌 그 물건을 누가 가서 달아야 한다고 생각하는데?」 올로프손은 이렇게 묻고 나서 곧바로 이 질문을 후회했다.

「너나 네 동생은 어때?」 리더가 제안했다. 「우리가 약속한 것과, 또 너희들이 아직 냄새밖에 맡지 못한 돈뭉치를 생각해야지.」

「하지만 우린 그들이 무슨 차를 타고 다니는지도 모른다고!」 다른 올로프손이 볼멘소리를 냈다.

「흰색 아우디 Q7이오.」 정보라면 차고 넘치는 넘버 9가 알려 주었다. 「밤에는 그들 집 앞에다 세워 놓죠. 똑같이 생긴 다른 차 옆에다. 그들은 각기 한 대씩 타고 다녀요. 자, 이정도면 도움이 되셨나? 두 사람이 차 밑으로 기어가 한 대씩 맡으면 될 거요. 주소도 드릴까? 길을 잘 모르면 내비게이션도 줄 수 있고.」

이 넘버 9는 리더의 입장에서는 일테면 귀엽기 짝이 없는 학급의 영특한 반장이라고 할 수 있었다. 올로프손과 올로프손은 꿀 먹은 벙어리가 되었다. 동시에 눈앞이 캄캄해졌다. 그들에게 부과된 임무를 수행하는 중에 백작과 백작 부인과 마주치는 것은 그 즉시 하늘나라로 가야 함을 의미하기 때문이었다. 아니면 그 반대편 나라로 가야 하거나.

허나 1백만 크로나는 1백만 크로나였다.

47

　백작은 인상적인 무기고를 보유하고 있었다. 자신이 직접 총기를 도둑질한 적은 없었고, 여러 해에 걸쳐 다른 범죄자들에게서 하나둘씩 구입해 놓은 것이었다. 그리고 그는 백작 부인의 성화에 못 이겨 10여 년 전에 사놓은 시골 별장에서 실력을 갈고닦아 왔다. 사격 연습은 재미도 있으려니와 무엇보다도 쓸모 있는 일이었다. 차량 딜러의 세계에서는 언제든 전면전이 일어날 수도 있는 일이니까.

　운명의 장난이라고나 할까, 그의 컬렉션 중 희귀한 수집품은 스톡홀름 광역시 북부에 거주하는 한 진짜 백작의 엽총 보관장에서 나온 것이었다. 이른바 〈더블 라이플〉이라는 총열이 두 개인 엽총으로, 9.3×62 구경에 망원 렌즈까지 장착된 엄청난 녀석이었다. 이것은 길을 가다가 코끼리 한 마리와 딱 마주쳤을 때 특히 효과적인 무기였다. 하지만 그런 식으로 코끼리와 마주치는 것은 스톡홀름 지역에서는 드문 일이었고, 설사 그런 일이 일어난다 해도 그 도둑맞은 백작이 심한 근시가 아닌 이상 이 망원 렌즈는 별 소용이 없었을 텐데…… 하고 가짜 백작은 궁금해했다.

어쨌든 드디어 그 총기를 사용할 때가 되었다. 빨리 시골을 한번 다녀와야 하리라. 그의 계획은 한쪽 총신에는 반철갑탄을, 다른 쪽 총신에는 철갑탄을 장전한다는 것이었다. 첫 번째 총알은 경호원의 두 눈 사이에 두개골을 박살 낼 것이었다. 그런 다음, 곧이어 총신을 몇 밀리미터만 옆으로 돌려 방아쇠를 당길 거고, 두 번째 탄환이 킬러 안데르스의 배꼽을 향해 날아갈 것이었다. 철갑탄은 그의 몸을 완전히 관통하여 등 뒤로 빠져나오겠지만, 그러면서 치명적인 데미지를 입힐 것이었다. 킬러는 곧바로 숨을 거두지 않고, 상상할 수 없는 고통과 함께 끔찍한 죽음의 공포를 맛볼 것이었다. 몸에서 피가 빠져나감에 따라 서서히 의식을 잃고 또 죽어갈 것이었다. 너무 빨리 끝나는 감도 없진 않지만, 현 상황이 허용하는 한에서는 최대한 느린 죽임이 될 것이었다.

「완벽한 저격 지점을 찾아낼 수 있다면, 놈이 피 웅덩이에 뻗어서도 계속 버둥대고 있으면, 우린 느긋하게 재장전해서 다시 두 발을 보내 줄 수 있어.」

백작은 처음에는 남자의 자존심상 150미터 거리에서의 저격을 생각했었지만, 뭐, 좀 더 다가간다 해도 크게 창피할 건 없었다.

단 1초 사이에 두 개의 다른 총신으로 두 개의 다른 타깃을 향해 총알을 발사할 수 있는 강력한 무기. 게다가 이 고

성능 망원 렌즈까지……! 백작은 센스 있게도 엽총 보관장
에 자물쇠 채우는 걸 깜빡한 반소경 코끼리 사냥꾼에게 진
심 어린 감사를 보냈다.

48

112만 4천3백 크로나. 여기에 토사물로 두툼히 덮인 양동이 밑바닥의 돈은 계산되지도 않았다. 목사와 리셉셔니스트는 그 액수를 영원히 알 수 없게 되었다. 코를 쥐고 웅크리고 앉아 눈어림으로 대략 계산해 본 학생 대표는 그 안에 든 액수가 자신들이 받아야 할 돈보다 많다고 판단했고, 알바비 대신 양동이를 가져가고 싶다는 소망을 피력한 것이다.

「오, 잘됐네!」 목사가 대답했다. 「가져가, 가져가!」

「그럼 다음 토요일에 뵐게요!」 학생은 얼른 양동이를 집어 들고는 방을 나갔다.

요한나는 방을 환기시키고자 최근 설치한 방탄 문을 활짝 열었다(잭나이프 예뤼는 성구 보관실에 문을 하나 더 뚫으면 유사시엔 비상구로, 평상시엔 화물 적재구로 사용할 수 있다고 설명했었다). 그녀는 그녀의 패거리와 함께 사람들 눈에 띄고 싶은 마음은 전혀 없었지만, 지금은 그럴 위험성이 매우 낮았다. 문 앞에는 보안 요원 하나가 지키고 있고,

잭나이프 예뤼는 늘 그렇듯 킬러 안데르스를 그림자처럼 따라다니고 있었다. 게다가 예배당과 도로 사이의 1백 미터 정도의 공간에는 풀만 자라고 있었고, 도로 너머로는 조그만 수풀이 하나 보일 뿐이었다. 설사 거기에 누군가가 있다 해도, 그들을 죽이려면 망원 렌즈가 달린 총이라도 가져야 할 것이었다.

◆

일요일에 열린 후속 미팅의 첫 안건은 전날 수입금에 대한 거였는데, 그 이유는 간단히, 킬러가 아직도 꿈나라를 헤매고 있는 듯했기 때문이었다. 그렇지 않았다면 이 문제는 뒤로 미뤄졌을 것이다.

이번에는 방문객당 수입은 625크로나에 달했고, 순수익은 6백 크로나에 약간 못 미쳤다.

「이제 취기와 드림 간의 균형이 잘 맞춰지고 있는 같아.」 요한나 셀란데르가 흡족한 얼굴로 논평했다.

이때 킬러가 우당탕 방으로 뛰어들어 왔다. 지금 자기가 목사가 한 말의 뒷부분을 들었는데, 누군가가 토할 경우에 대비하여 신도석 열(列)마다 대야를 하나씩 비치해 놓으면 어떻겠냔다. 속을 시원하게 비워 버려야 몇 잔 더 하고 싶지 않겠어?

이 제안에 대한 목사와 리셉셔니스트의 반응은 킬러가 생각했던 것보다 훨씬 미적지근했다. 그런 조치는 경건한 분위

기를 망칠 위험이 있어요. 아무리 생각해 봐도 토사물 대야
는 신성함과는 좀 거리가 있지 않아요? 과거에 노아께서 텐
트 안에서 어떤 짓들을 했는지는 잘 모르겠지만 말이에요.

「그때 그분은 홀딱 벗고도 계셨지.」 킬러는 그때 노아가 숙
취로 얼마나 고생했는지를 강조하기 위해 이렇게 덧붙였다.

킬러는 다시 어디론가 휙 하고 사라졌다. 술집들과 기타
휴식 공간들이 그를 기다리고 있었으니, 매주 받는 5백 크로
나를 토요일 저녁에 다 써버리지 못했기 때문이었다. 게다가
후속 미팅이 너무 지루하기 때문이기도 했다. 사실은 모든
회의가 지루했다. 그 토사물 대야에 대한 아이디어만 떠오
르지 않았더라도, 벌써 오래전에 술을 한 잔 시켜 놓고 앉아
있었으리라.

다시 둘만 남게 된 페르와 요한나는 그들의 사업 전체에
심각한 위협으로 떠오른 그 빌어먹을 예배당 관리인 문제를
논의하기 시작했다. 내일 있을 그와의 대화에 모든 게 달려
있었다. 요한나가 보기에 해결책은 두 개밖에 없었다. 첫째,
오줌을 지릴 정도로 겁을 주는 건데, 이것은 예뢰가 어렵지
않게 해낼 수 있을 터였다. 그리고 둘째 해결책은 그도 교단
일에 참여하라고 권유하는 건데…….

「뇌물을 먹이겠다는 뜻이야?」

「대충 그런 뜻이지. 예를 들어 우린 그의 갈퀴질이 너무 마
음에 들기 때문에, 오로지 통행로 정리에만 전념해 주신다면

매주 2만 크로나씩 드리겠다고 하는 거야.」

「만일 그가 거절하면?」

요한나는 한숨을 내쉬었다.

「그렇다면 우리 보안 팀장을 대화에 참석시켜야 할 거야. 잭나이프도 같이 참석하라고 해야겠지.」

예배당 관리인에 대한 목사와 리셉셔니스트의 불안감은 전적으로 근거 있는 것이었다. 뵈리에 에크만은 지금 무슨 일이 벌어지고 있는지 대주교가 알아야 할 필요가 있다고 느꼈다. 하지만 그녀는 여자인 데다가 외국인이었다. 독일 여자일 게 분명했다. 그가 알기로 독일인들은 질서를 지키는 사람들이었다. 이따금 과도한 음주에 빠지는 일도 있지만, 교회의 이름으로 그런 짓을 하는 경우는 절대로 없고, 이것은 중요한 차이였다. 하지만…… 그녀는 어쨌든 외국인이었다. 또 여자였다. 더구나 이 〈안데르스 교회〉는 대주교의 통제하에 있지 않을 것이었다. 막 나가는 최하 질의 신흥 종파이니까.

하지만 그래도 뭔가를 해야 했다. 경찰에 신고한다? 무슨 이유로? 아니면 차라리 세무서에다……? 그래, 부정 회계에 관련된 익명 제보가 정답이리라!

좋다, 월요일에 자갈길을 쓸고 나서 그 사이비 목사와 담판을 지으리라. 그녀와 그 패거리들이 알아듣게끔 분명히 얘기하리라! 만일 이게 통하지 않으면 세무서와 접촉하리

라. 그리고 또 플랜 B, 플랜 C로 넘어가리라. 그런 플랜들이라면 얼마든지 짤 수 있었다.

49

일요일인 이날 오후, 요한나와 페르가 이 뵈리에 에크만 이라는 골칫덩어리를 대체 어떻게 처리하나, 하는 답답한 생 각에 잠겨 있는데, 안데르스 설교사가 해처럼 빛나는 얼굴 을 하고서 다시 나타났다. 그는 술집들과 사우나들이 즐비 한 스톡홀름 중심가의 스투레플란 광장에서 돌아오는 길이 었다. 그 두 종류의 업소를 모두 거쳐 온 킬러의 몸과 마음 은 다시 태어난 사람처럼 가뿐했다.

「헤이, 모두들 안녕!」 그가 외쳤다. 「그런데 왜들 그렇게 표정이 우울해?」

시원하게 샤워하고 깔끔하게 면도까지 한 그는 반소매 셔 츠 차림이었다. 우람한 두 팔뚝은 문신으로 뒤덮여 있었는 데, 특히 단도 하나, 해골 하나, 그리고 꽈배기처럼 배배 꼬 여 있는 뱀 두 마리가 인상적이었다. 요한나는 이 남자를 절 대로 재킷 없이는 설교하지 못하게 해야겠다, 하고 속으로 다짐했다.

「이봐, 왜들 그렇게 표정이 우울하느냔 말이야?」 그는 재차 물었다. 「우리 다음 주 토요일 설교를 빨리 준비해야 하지 않아? 내게 몇 가지 아이디어가 떠올랐어.」

「우리는 뭣 좀 생각하고 있어요.」 리셉셔니스트가 대꾸했다. 「그러니 우리 좀 방해하지 말아 줬으면 고맙겠어요.」

「생각한다, 생각한다……. 너희들은 입만 열면 그놈의 〈생각한다〉라는 말뿐이지. 둘 다 그렇게 힘들게만 살지 말고 가끔씩 삶을 즐겨 보는 게 어때? 〈온화한 자는 땅을 차지하며 완전한 평화를 누리리로다〉, 시편 제37편.」

요한나는 킬러가 그 망할 놈의 책을 징그럽게도 열심히 읽는다고 생각했다. 하지만 그렇게 말하지는 않고, 그냥 그를 위아래로 훑어보면서,

「〈레위기〉 19장에는, 너희는 면도하지 말고, 팔뚝에다 문신도 하지 말라, 하는 구절도 있어요. 그러니 부탁하는데, 제발 그 입 좀 다물고 있어요!」

「말 한번 잘했다!」 그녀의 남친이 씩 웃으며 맞장구쳤고, 반질반질한 뺨과 해골과 꽈배기 같은 뱀들이 인상적인 킬러는 당황하여 얼굴이 빨개져서 물러났다.

일요일이 지나 월요일이 되었지만, 그들은 뵈리에 에크만의 문제에 대해, 위에서 언급한 두 가지 해결책 외에는 뾰족한 수를 찾아내지 못했다. 다시 말해서, 뵈리에 에크만이 자의로 팀에 합류하든지, 아니면 예뤼와 잭나이프의 도움을 받아 합류하든지 둘 중 하나일 뿐이었다. 하지만 2시 반의 미

팅이 원만하게 이뤄질 수도 있는 일, 미리부터 복잡하게 생각할 필요는 없었다.

•

월요일 아침, 예배당 관리인은 9시가 되기도 전에 일을 시작했다. 오늘은 스케줄이 빡빡했다. 우선 자갈길을 갈퀴질해야 했다. 그런 다음 주차장의 몇몇 장소를 청소하고, 이틀 전에 음주 운전 스웨덴 최고 기록이 경신된 여파로 일어난 일련의 추돌 사고의 잔해들을 치울 참이었다. 그날 혈중 알코올 측정기를 불어야 했던 사람은 아무도 없었으니, 스톡홀름의 경찰관들은 만인 — 그들 자신을 포함한 — 의 정신이 말짱할 때 음주 운전 단속을 하는 경향이 있기 때문이었다.

11시쯤이 되어 뵈리에는 잠시 휴식을 취하기로 했다. 그는 자갈길의 한 벤치에 앉아 소시지 샌드위치 하나와 조그만 우유병 하나를 꺼냈다. 무심코 앞쪽으로 시선을 던진 그는 흉물스러운 주차장을 가려 주고 있는 장미 나무들 사이에 떨어진 어떤 폐기물을 발견하고는 다시 한 번 한숨을 내쉬었다. 정말이지 그 주정뱅이들의 지저분함에는 한도 끝도 없었다!

「도대체 저게 뭐야?」 뵈리에는 요깃거리를 옆에 내려놓고는 좀 더 자세히 보려고 다가갔다.

「궈…… 권총? 그것도 한 자루도 아니고 두 자루?」

그는 갑자기 머리가 핑 돌았다. 지금 내가 어떤 무시무시

303

한 범죄극의 한가운데 있는 건가?

그러자 자신이 헌금 액수에 대해 물어봤을 때 들었던 답변이 떠올랐다. 5만 크로나? 오, 하나님, 내가 얼마나 순진했던지요! 그래, 그들이 그렇게 신도들에게 술을 퍼먹인 이유가 바로 이거였어! 양동이들에다 계속 돈을 집어넣게 만들려는 수작이었다고! 자기들이 말한 액수보다 훨씬 많은 돈이 들어 있을 양동이에다는 그걸 감추려고 위에다 토해놓게 하고 말이야!

전에 살인범이었다는 사내, 전혀 신을 믿는 것 같아 보이지 않는 목사, 그리고…… 뭐, 그자가 누가 됐든. 이름이 페르페르손이라고 했던가? 지어낸 냄새가 풀풀 나는 이름이군.

그리고 또 누구? 그 이름은 딱 한 번 들어 봤었다. 아마도 목사가 그 이름을 말했을 거고, 보안 팀장이라고 했으며, 설교사 옆에 항상 붙어 다니는 그 남자…… 그래, 잭나이프 예뤼! 이자들은 하나님에 대해서는 전혀 생각하지 않아! 어린아이들에 대해서도 마찬가지고! 오직 자신만을 생각하는 인간들이야! 하고 스스로도 평생을 이 말처럼 해온 뵈리에 에크만이 중얼거렸다.

바로 이 순간, 이 땅 위에서의 삶 전체를 하나님만을 섬기며 보내온 그에게 그분이 처음으로 말씀하셨다. 〈뵈리에야, 오직 너만이 나의 거처를 구할 수 있느니라. 너만이 이곳에서 벌어지는 미친 짓거리를 보았고, 너만이 그걸 깨달았느니라. 그러니 너는 해야 할 일을 해야 하느니라. 자, 뵈리에야,

그 일을 하거라!〉

「네, 주님!」 뵈리에 에크만은 대답했다. 「그런데 주여, 내가 대체 무얼 해야 하나이까? 명하시면 그대로 따르겠나이다. 내게 길을 가르쳐 주옵소서.」

하지만 하나님은 꼭 그분의 아드님 같으셨다. 그분은 시간이 조금 날 때나 마음이 내킬 때만 말씀하시는 분이셨다. 그리고 이것은 그분이 당신의 어린양에게 마지막으로 말씀하신 순간이었다. 뵈리에 에크만은 다시는 그분의 목소리를 듣지 못할 것이었다.

50

　예배당 관리인은 두통을 핑계로 오후 2시 반의 약속을 취소하면서, 어차피 얘기할 내용은 그렇게 급한 것도 아니라도 덧붙였다. 요한나는 맹렬하던 그의 기세가 갑자기 수그러든 데에 조금 놀랐지만, 신경 써야 할 다른 일들도 많았기 때문에, 골칫덩이를 달래느냐 아니면 박살 내버리느냐 둘 중 하나라고 생각했던 상황이 제3의 방향으로 간 거라고 생각하기로 했다.

　그러나 이것은 얼마나 큰 착각이었던가!

　뵈리에 에크만은 단지 생각을 정리할 필요가 있었던 것이다. 그는 자전거를 타고 약식 주방이 갖춰진 자신의 원룸으로 돌아왔다.

　「소돔과 고모라……」 그는 죄악이 한도 끝도 없이 번성하여 결국 주님이 불벼락으로 끝내 버리셨다는 그 성경의 도시들을 생각하며 중얼거렸다. 「소돔과 고모라……. 그리고 안데르스 교회…….」

상황이 호전되려면 그 전에 악화되어야 할 필요가 있을지도 몰라…….

이것은 베트남 전쟁에 대한 닉슨 대통령의 분석이었다. 문제는 그때 베트남의 상황은 악화되고 나서 한층 더 악화되었었다는 사실이다. 결국 닉슨은 사임해야 했다(베트남 전쟁이 아닌 다른 이유였긴 했지만).

역사는 스스로를 반복하는 고약한 습관을 갖고 있다. 예배당 관리인의 머릿속에 좋은 계책 하나가 그려지기 시작했다. 또 세무서에 찌른다는 계획도 있었고. 처음엔 나빠졌다가, 그다음에는 좋아지리라(적어도 계획은 그랬다).

그러나 최종적인 결과는? 처음에는 나빠졌고, 그다음에는 더욱 나빠질 것이었다. 그러고 나서 뵈리에 에크만은 망하게 될 것이었다.

◆

수풀 속에 쪼그리고 앉은 백작 부인은 최근 새로 만들어진 것이며, 가끔씩 열렸다가 닫히곤 하는 예배당 옆문을 면밀히 관찰하는 중이었다. 도로 건너편으로 보이는 그 문은 그녀로부터 120여 미터 떨어져 있었다. 오늘은 수요일, 소형 트럭 한 대가 포도주를 배달하러 왔다. 포도주 박스들이 하나하나 옆문을 통해 예배당 안으로 옮겨졌다. 트럭과 문 사이에는 제대로 감춰지지 못한 기관 단총으로 무장한 경비원 하나가 지키고 서 있었다.

문짝 두 개가 활짝 열린 덕에 그 안의 몇 사람이 식별되었다. 하나는 요한나 셸란데르고, 또 하나는 페르…… 뭐라고 했더라……? 얀손? 그리고 그 옆에는 킬러 안데르스와 그의 빌어먹을 경호원…….

백작 부인은 쌍안경을 꺼내어 경호원을 좀 더 자세히 살펴보았다. 그녀가 잘 모르는 사람이었다. 아마 다른 바닥에서 노는 친구이리라. 그의 이름이 무엇인지는 조금도 중요치 않았다. 자기나 백작이 정 알고 싶어지면 나중에 무덤에 찾아가 묘비를 확인하면 그만이었다.

중요한 것은 지금 이 순간 그들이 준비만 되어 있었다면 저 킬러와 경호원을 그대로 저세상으로 보내 버릴 수 있다는 사실이었다. 유일한 문제는 기관 단총을 들고 문밖을 지키는 저 친구였다. 최악의 경우, 그는 이쪽으로 달려올 수도 있고, 그럴 경우, 총을 재장전할 시간이 필요하리라. 이쪽에 유리한 점이 하나 있다면, 그것은 예배당과 수풀 사이에 도로가 가로놓여 있다는 사실이었다.

이런 긍정적인 결론과 함께, 그녀는 정찰 작업은 현재로선 이걸로 충분하다고 판단했다. 급할 게 전혀 없었고, 일을 제대로 처리하는 게 더 중요했다.

백작 부인은 그녀의 흰색 아우디로 돌아갔다.

「그냥 가게 놔둬.」 올로프손이 말했다. 「그 빌어먹을 백작에게 보고하러 돌아가는 거니까.」

「흠.」 올로프손이 고개를 끄덕였다. 「저 여자가 저기 숨어서 뭘 보았는지, 우리도 가서 한 번 보는 게 좋겠어.」

◆

안데르스 교회 지도부는 다시 분위기가 명랑해져 있었다. 포도주는 물론, 크래커, 건포도, 〈테트 드 무안〉 치즈 등이 새로 배달되었기 때문이다.

「다음 예배 때도 같은 안주를 내놓을 거야.」 목사가 말했다. 「사람들이 다 좋아했거든. 하지만 그다음 주엔 메뉴를 바꿀 필요가 있어. 판에 박힌 방식에 빠지는 걸 피해야 해.」

「햄버거와 감자튀김이 어떨까?」 킬러가 제안했다.

「아니면 다른 것도 좋겠죠.」 요한나는 이렇게 대꾸하고는, 이제 설교도 준비해야 한다고 말을 돌렸다.

하지만 안데르스 설교사는 굴하지 않고 계속 갖가지 아이디어들을 늘어놓았다. 와인은 어떤 사람들의 입맛에는 좀 안 맞을 수도 있단다. 그러면서 이야기를 들려주는데, 소싯적에 자신과 자신의 가장 친한 친구(나중에 멍청하게도 마약 중독으로 사망했단다)는 포도주에 코카콜라를 섞어서 마시곤 했단다. 또 나중에는 거기에다 아스피린을 섞는 법도 배웠는데, 그러니까 훨씬 더 재미가 있었단다.

「정말 재미있었겠네요.」 목사가 그의 말을 끊었다. 「좋아요, 나중에 당신의 제안을 참고해서 메뉴를 짜겠다고 약속드릴게요. 자, 그럼 이제 설교 준비에 집중하자고요, 오케이?」

성경에는 포도주를 하나님의 선물로 예찬하는 구절들이 넘쳐 났다. 요한나는 기억을 더듬어 사람을 행복하게 해주는 포도주와, 얼굴을 빛나게 해주는 기름과, 마음에 힘을 주는 빵에 관련된 「시편」의 구절들을 줄줄 써 내려갔다. 그리고 이것을, 〈이따금 진탕 취하지 않는 삶은 헛되도다, 완전히 헛되도다〉라는, 원문에 약간 덜 충실한 「전도서」의 인용구로 보충했다.

「정말로 〈진탕 취하지 않는〉이라고 써져 있어?」 킬러가 놀라며 물었다.

「아니, 하지만 사소한 거 가지고 시비 걸진 말자고요.」 목사는 이렇게 대꾸하면서, 마지막 심판의 날에는 기름진 음식과 오래 묵은 포도주, 즉 골수가 가득한 기름진 음식과 오래 저장한 맑은 포도주로 잔치가 벌어질 거라는 이사야의 예언(「이사야서」 25장 6절)을 써 내려갔다.

「거봐! 바로 내가 얘기했던 거잖아!」 킬러가 외쳤다. 「기름진 음식! 햄버거와 감자튀김! 뭐, 콜라와 아스피린은 빼도 상관없어.」

「우리 잠깐 쉴까요?」 요한나가 제안했다.

51

세 번째 토요일 저녁, 모든 게 안정적으로 자리 잡아 간다는 느낌이 들기 시작했다. 음주 예배는 2주 연이어 두 〈필요에 처한 사람〉에게 90만 크로나에 가까운 순수익을 안겨 주었다. 더 이상 불필요해진 대형 화면은 철거되었지만, 예배당의 좌석들은 여전히 신도들로 매진되었다.

예배당 관리인은 며칠 후 다시 모습을 드러냈지만, 주변을 똥개처럼 슬금슬금 배회하기만 할 뿐, 다시 만나자는 소리는 하지 않았다. 요한나와 페르는 그를 시한폭탄처럼 경계했지만, 그 사람만 생각하고 있기에는 둘 다 할 일이 너무 많았다.

「난 저 사람에 관한 한은 〈무소식이 희소식〉이라는 말은 믿지 않지만, 우릴 귀찮게 하지 않는 한, 그냥 조용히 놔두는 게 좋다고 봐.」 리셉셔니스트가 자기 생각을 말했다.

요한나도 같은 의견이었으나, 일이 지나치게 순조롭게 진행되고 있다는 느낌을 떨칠 수 없었다. 즐거워해야 할 이유가 하나도 없는 삶을 한동안 살고 나면, 그 반대의 일이 일어날 때, 쉽게 의심에 사로잡히는 법이다.

예를 들면, 아주 화가 나 있을 조폭들 쪽에서 전혀 기척이 없었다. 안데르스 설교사가 사망할 경우, 범죄 의뢰인들의 명단을 만천하에 공개하겠다는 협박이 효력을 발휘하는 모양이었다.

매주 수요일 오후 1시에 있는 와인 및 안주 배달 역시 아무 탈 없이 이뤄지고 있었다. 페르는 이런 종류의 규칙적인 스케줄이 그들을 노리는 자들에게 최상의 기회를 제공한다는 사실을 모르지 않았지만, 일단은 잭나이프 예뤼와 그의 보안 팀을 신뢰했다. 그런데 보안 요원 중 하나가 의무를 등한시한 이유로 쫓겨나는 일이 발생했다. 종탑 안에서 텅 빈 몰도바산 와인 통을 부둥켜안고 코를 골다가 들킨 것이다.

예뤼가 지체 없이 그를 처벌했기 때문에, 이 사건은 오히려 그에 대한 신뢰감을 높이는 결과를 가져왔다. 지금 보안 팀에는 한 사람이 빠져 있지만, 예뤼가 채용 인터뷰를 진행 중이기 때문에 보안 팀은 늦어도 한 달 내로 다시 완전한 전력을 회복하게 될 터였다.

매주 토요일 현금으로 들어오는 1백만 크로나에 가까운 헌금 말고도, 페르의 SNS 방면에서의 탁월한 수완 덕분으로 수십만 크로나에 달하는 추가적인 액수가 교회 명의의 은행 계좌로 쏟아져 들어오고 있었다. 그런데 이 돈을 사용하려면 행정적으로 이만저만 번거로운 게 아니었다. 스웨덴에서는 현금으로 1만 크로나 이상을 소유하고 있는 사람은 자동적으로 범죄자나 탈세범으로, 혹은 그 둘 다로 간주된다. 이런 이유로, 여러 날 전에 미리 공손히 요청을 해놓지 않고서 자신의 계좌에 돈을 입금하거나 혹은 인출할 수 있는 액수를 제한하는 규정들이 존재한다. 리셉셔니스트는 안데르스 교회의 가장 열성적인, 그리고 가장 목마른 신도 중의 하나인 한 여성 은행원의 환심을 사놓은 바 있었다. 이렇게 해서 그는 매일 은행을 방문하여, 돈세탁의 냄새를 맡고 그녀가 금융 감독원에 신고하는 일 없이, 상당한 액수씩 인출할 수 있었다. 여신도는 이 인출금들이 주님의 봉사를 위해 쓰인다고 굳게 믿었다(또 그 불타는 토요일 저녁들을 위해서도 쓰일 것이었다). 페르는 돈을 은행 계좌에 고이 모셔 둔다는 생각은 단 한순간도 하지 않았다. 위기가 닥쳤을 때, 요한나와 그는 30초 만에 보따리를 싸서 튈 수 있어야 했다. 그런데 어떤 스웨덴 은행에서 수십만 크로나를 인출하기 위해서는 적어도 30주는 걸릴 것이었다.

「행운이 우리에게 미소를 지을 때 너무 탐욕을 부려서는 안 되는 법이야.」 리셉셔니스트가 생각에 잠긴 얼굴을 하고 말했다. 「우리가 저 바보에게서 다시 50만 크로나만 덜어 주는 게 어떨까?」

「그래, 그게 현명하겠지.」 목사가 고개를 끄덕였다. 「하지만 이번엔 그의 돈에서 나간다는 걸 확실히 해야 해.」

♦

킬러는 불과 몇 주 만에 무려 48만 크로나나 되는 헌금이 들어왔으며, 여기에 사재를 털어 2만 크로나를 더해 준 요한나 셀란데르의 무한히 넓은 마음 덕분으로, 그들이 다시 50만 크로나를 쾌척할 수 있게 되었다는 얘기를 듣고 뛸 듯이 기뻐했다.

「당신은 천국에서 하나님의 오른쪽에 앉게 될 거야!」 킬러가 그녀를 축복했다.

요한나는 그럴 가능성은 거의 없다고 대꾸하려다가 참았다. 더구나 「시편」을 보면 그 자리에 벌써 다윗이 앉아 있기도 하고 말이다. 「마가복음」에서는, 같은 자리를 예수가 차지하고 있고, 그 무릎 위에 다윗이 앉아 있는 걸로 되어 있던가?

설교사는 이 돈을 어디로 보낼까 생각해 보기 시작했다. 어떤 비영리 단체? 가만, 환경 보호 단체도 나쁠 것 없잖아?

「죽어 가는 나무들을 구한다……. 음, 이게 괜찮은데! 더욱이 열대 우림은 주님의 위대한 작품이기도 하고 말이야. 아니, 그렇게 비가 많이 내리지 않는 어딘가를 찾아보는 게 나을지도 모르겠군.」

열대 우림? 요한나는 가끔씩 킬러의 입에서 튀어나오는 의외의 표현들에 더 이상 놀라지도 않았다. 그 볼레투스 에둘리스(그물버섯)란 말을 어디서 주워들었는지는 여전히 미스

터리로 남아 있지만.

「난 차라리 질병이나 기아에 신음하는 아이들 쪽이 나을 것 같은데요?」 그녀가 한마디 했다.

킬러 안데르스는 특별히 폼 잡기 좋아하는 사람은 아니었다. 기부 대상이 열대 우림이든 굶주린 아이들이든, 그건 별로 중요치 않았다. 중요한 것은 주님의 이름으로 기부를 한다는 사실이었다. 그래도 그는 가난한 아이들이 사는 열대 우림이라면 더욱 좋지 않을까 하는 생각을 해보았다. 스웨덴에는 이런 곳이 없을까?

52

예배당 관리인은 전혀 풀이 죽어 있지 않았다. 단지 여기
서 뭔가 수상한 일이 벌어지고 있다는 자신의 이론을 뒷받
침할 수 있는 증거들을 찾아 예배당과 그 주변을 샅샅이 뒤
지며 때를 기다리고 있을 뿐이었다.

이렇게 1주가 지났고, 또 3주가 지났다. 뵈리에 에크만은
토사물로 덮인 양동이 밑바닥에 수천 크로나가 깔려 있는
것을 자기 눈으로 똑똑히 보았었다. 여기다 양동이 수만 곱
하면 이 일에 얼마나 많은 돈이 걸려 있는지 능히 짐작할 수
있었다.

지금쯤 사이비 목사와 그녀의 똘마니는 어딘가에 4백 내
지 5백만 크로나를 숨겨 놓고 있을 터였다. 그것도 최소한
으로 잡아서!

새 기부금은 그게 축축하든, 아니면 바짝 말라 있든 간에
어떤 숲으로 가지는 않았다. 요한나는 두 개의 신문사, 한

라디오 방송국, 그리고 한 TV 방송국의 기자들을 거느리고 아스트리드 린드그렌 아동 병원을 방문한다는 생각을 했다. 킬러 안데르스는 중병에 걸린 어린 환자들에게 깜짝 선물을 가져왔는데, 그것은 이 아이들이 예수님의 모범을 따를 수 있게끔 〈그리스도는 살아 계시다〉라는 쪽지와 함께 50만 크로나가 들어 있는 배낭이었다.

소아과 전문의이기도 한 병원장은 마침 자리에 없었지만, 곧바로 발표한 공식 성명을 통해 〈더없이 힘든 시련을 통과하고 있는 아이들과 그 부모들에게 무한한 관심과 사랑을 보여 주신〉 안데르스 교회와 안데르스 설교사님에게 깊은 감사의 뜻을 전했다.

킬러의 저 관대한 얼굴 뒤에는 탐욕과 뻔뻔함이 숨어 있다는 뵈리에의 깊은 확신이 몇 초 동안 살짝 흔들리기도 했지만, 곧바로 냉철함을 회복한 그는 상황을 찬찬히 분석하기 시작했다.

어쩌면 이 설교사에게는 — 그의 과거와 약간 모자라다는 점 외에는 — 크게 책망할 게 없을지도 몰랐다. 문제는 뒤에서 조종하고 있는 자들, 바로 목사와 그 괴상한 이름을 가진 친구였다.

약식 주방이 갖춰진 그의 원룸에서 뵈리에는 이 50만 크로나는 자기 주머니에 들어와야 더 가치 있게 쓰일 수 있다고 생각했다. 주님의 넘버원 종인 자신이 그분의 뜻에 합당하게 사명을 다할 수 있기 위해서는 경제적 바탕이 필요하지 않은가? 오랜 세월 동안 그가 교회 헌금의 10분의 1을 취하면서 굳이 교구에 알릴 필요를 느끼지 못한 것은 바로 이런 이유에서였다. 하나님과 자신 사이의 거래는 그 누구와도 상관없는 일이었다.

53

　백작 부인이 준비 작업을 모두 마쳤으므로, 드디어 백작이 직접 움직일 때가 되었다. 이제 백작에게는 두 가지 선택이 있었다. 하나는 그 어떤 만일의 사태에도 대처할 수 있게끔 충분한 무기들을 갖추는 거였고, 다른 하나는 임무를 완수한 후 신속히 사라져 버릴 수 있기 위해 지나치게 중무장을 하지 않는 것이었다.

　두 번째 시나리오가 더 개연성 있게 느껴졌다. 백작 부인의 보고에 의하면, 문짝이 두 개 달린 예배당 옆문은 그녀가 관찰한 지난 5주 동안 매주 수요일 오후 1시 정각에 열렸다고 한다. 물건 배달 시 거기에 배치되곤 하던 친구가 최근에는 보이지 않고, 킬러 안데르스를 그림자처럼 따라다니는 사내가 대신 서 있는 경향이 있단다. 지금 이 패거리는 인력이 부족한 것으로 보이며, 그 결과 킬러와 그의 경호원 사이의 거리가 매주 한 번씩 짧은 순간이나마 벌어지고 있다고.

　이로 인해 작업이 간단해졌다고 할 수도 있고, 반대로 복잡해졌다고 할 수도 있었다.

배달이 올 때마다, 킬러 안데르스는 문을 통해 요한나 셸란데르와 페르 머시기 하는 친구와 함께 확실히 시야에 포착되었다. 따라서 오늘도 그가 〈그동안 고마웠고, 잘 자〉 작전을 위해 다시 모습을 보일 거라고 충분히 예상해 볼 수 있었다.

이 경우, 백작은 먼저 철갑탄 한 발로 킬러를 쓰러뜨린 다음, 혹시 경호원이 암살자들을 향해 달려가겠다는 나쁜 생각을 품게 될 경우를 대비하여 반(半)철갑탄을 발사할 준비를 하고 있을 것이었다.

하지만 이 두 번째 탄환이 이 두 번째 타깃을 제거할 수 있을지는 확실치 않았다. 만일 문 앞의 사내가 어느 정도라도 프로라면, 첫 번째 총성을 듣고서 자신의 생명이 날아가기만을 기다리며 멀대처럼 가만히 서 있을 리 없었다. 게다가 두 타깃이 더 이상 나란히 붙어 있지 않게 된 지금, 두 번째 사격을 위해 총구가 이동해야 할 거리는 몇 밀리미터 더 늘어났고, 따라서 그를 제대로 겨냥하기 위해서는 10분의 몇 초가 더 소요될 터였다. 이런 상황에서 그를 쓰러뜨리는 게 과연 가능할까?

백작과 백작 부인에겐 플랜 B가 필요했고, 일단 찾아내고 보니 비교적 괜찮게 느껴졌다. 그들은 무모하게도 반격을 감행할 수 있는 사내가 내려다보이는 수풀에 납작 엎드려 있을 것이었다. 만일 적시에 수류탄 한 발을 까서 데굴데굴

밑으로 굴린다면, 그 어느 무모한 인간이 감히 달려들 생각을 하겠는가?

「오, 수류탄……!」백작 부인은 이 수류탄이라는 단어의 짜릿한 어감과 이것이 적의 신체에 초래하게 될 결과를 음미하며 탄성을 발했다.

백작은 그녀에게 따스한 미소를 던졌다. 그의 백작 부인은 정말이지 사랑스러움 그 자체였다.

◆

12시 50분, 요한나와 페르는 예수님의 피와 기타 등등의 주간 배달을 기다리기 위해 식료품 저장실, 창고, 사무실, 배달 물품 하역장 등으로 변신한 성구 보관실에 들어섰다. 거기서 그들이 발견한 것은 수백만 크로나의 지폐로 터질 듯이 채워진 빨간색과 노란색 트렁크의 수색에 여념이 없는 뵈리에 에크만의 모습이었다.

「이런 벼락 맞을 인간 같으니! 도대체 여기서 뭘 하고 있는 거요?」놀라기도 하고 화가 나기도 한 리셉셔니스트가 빽 하고 소리 질렀다.

「벼락 맞을 인간? 그래, 말 한번 잘했다!」예배당 관리인은 짐짓 태연한 모습을 보이며 대꾸했다.「아무렴, 당신들, 살인자, 돌팔이, 사기꾼……. 정말이지 표현할 말이 없는데…… 아무튼 당신들 어이없는 패거리에겐 하나님의 불벼락이 기다리고 있지!」

「그건 우리 트렁크인데, 대관절 왜 뒤지느냐고!」요한나
가 트렁크 뚜껑을 쾅 닫으며 악을 썼다. 「도대체 당신이 무
슨 권리로 남의 물건을 뒤지는 거예요?」

「당신 물건이라고? 여보쇼, 난 필요한 조치를 취했을 뿐
이야! 주님의 이름을 빙자한 당신네들 사업도 이젠 끝장이
야! 웩! 정말이지 당신들 둘 다 구역질 나는 인간이야! 웩!
웩! 웩! 웩! 웩!」

요한나는 만일 자신들의 행위에 대해 그가 내놓을 수 있
는 표현이 단지 〈웩〉 하나뿐이라면, 자신들은 어휘력이 극
도로 빈곤한 진드기 한 마리를 끌어들인 거라는 생각이 들
었다. 그녀가 보다 말 같은 말로써 맞받아치려 하는 순간,
안데르스 설교사가 불쑥 문간에 나타났다.

「오, 안녕하세요, 뵈리에 씨! 한동안 못 뵌 것 같네요? 그
래, 요즘 어떻게 지내요?」분위기 파악에는 여전히 약한 왕년
의 킬러가 물었다.

몇 분 전, 자갈길 정리를 끝내 가고 있던 뵈리에 에크만의
머릿속에 한 가지 생각이 번쩍 떠올랐었다.

그 트렁크들!

맞아, 저들이 벌이는 흉악한 짓거리에서 나오는 수익금을
감춰 놓는 데가 바로 거기였어! 빨간 트렁크와 노란 트렁크
속에 들어 있는 거였어. 일단은 증거를 확보해야 해. 경찰, 관
련 부처 공무원, 아동 보호 담당관…… 기타 내 얘기를 듣고

싶어 할, 아니 반드시 들어야만 하는 모든 이들을 접촉하기 전에…….

그는 아동 보호 담당관이 자신에게 무슨 도움을 줄 수 있을지는 정확히 몰랐지만, 중요한 것은 모든 이를, 정말로 이 나라 모든 이를 눈뜨게 해줘야 한다는 사실이었다. 언론, 식품 안전청, 그란룬드 목사, 스웨덴 축구 협회…….

종교 단체 내에서 일어나고 있는 어떤 범죄 활동에 대해 아동 보호 담당관과 스웨덴 축구 협회에 알려야 한다고 느끼는 것은 사실 정상이라고는 할 수 없으며, 그 사람의 정신 상태를 의심해 보지 않을 수 없는 일이다. 하지만 지금 뵈리에 에크만의 상태가 그랬다. 어쨌든 그에게는 온 세상에 이 사실을 알리기 전에 한 가지 해야 할 일이 있었다. 조금 서두른다면 트렁크의 돈 중에서 그에게 당연히 돌아와야 할 몫인 10분의 1을 취할 수 있을 것이었다.

사실 예배당 관리인은 무슨 일이 일어나게 될 것인지를 잘 생각해서 신중하게 처신하는 편이 더 나았을 것이나, 지금이 몇 시이며 또 모든 범죄적 요소들이 어디에 위치해 있는지는 조금도 고려해 보지 않고서 트렁크들이 있는 성구 보관실 안에 어느 사이에 들어와 있는 자신과 갈퀴의 모습을 발견했다.

이게 그의 현재 상황이었다. 뵈리에는 돈을 움켜쥐고 있는 자세로 인근의 범죄 집단의 몇 인물들에게 빙 둘러싸여 있었다. 그들 중에는 설교사를 그림자처럼 따라다니고, 지금의 불경스러운 상황에 딱 어울리는 이름을 가진 사내의 얼굴도 보였다.

그러고 있는 사이, 설교사의 명랑한 인사는 뵈리에 에크만으로 하여금 이 사악한 게임에서 킬러는 단지 유용하게 써먹는 바보에 불과할지도 모른다는 생각이 들게 했다.

「아직도 모르오? 이자들이 당신을 이용해 먹고 있다는 걸?」 뵈리에 에크만이 여전히 손에 갈퀴를 든 채로 킬러에게 몇 걸음 나아가며 물었다.

「누가? 뭘?」 안데르스 설교사가 되물었다.

바로 이때, 경적 소리가 두 번 울렸다. 경제적 촉진제를 가득 실은 배달 차가 도착한 것이다.

그 즉시 잭나이프 예뢰는 여기 서 있는 이 어릿광대는 외부에서 출현할 수 있는 위협에 비하면 새 발의 피도 안 된다는 판단을 내렸다. 그는 성큼성큼 문 쪽으로 걸어가면서, 뵈리에 에크만을 휙 돌아보며 목사와 리셉셔니스트에게 당부했다.

「갈퀴를 든 이 엿 같은 인간을 두 분이 좀 지켜보고 있어요. 내가 밖에 나가서 일을 처리할 테니.」

털끝만큼도 빈틈이 없는 보안 팀장은 먼저 운전사가 전부터 계속 왔던 친구라는 걸 확인한 다음, 소형 트럭의 내용물을 점검했다. 그러고 나서 문 옆 벽에 등을 딱 붙인 경계 태세를 취하고는, 시선을 좌에서 우로, 우에서 좌로 훑으며 주변을 살폈다. 와인 상자들을 안으로 옮기는 일은 목사와 리셉셔니스트가 직접 맡아야 하는 상황이었다.

거기서 120여 미터 떨어진 곳에서 백작은 그의 여친과 함께 배를 땅바닥에 붙이고 수풀 속에 숨어 있었다. 망원 렌즈와 그동안 갈고닦아 온 사격 실력 덕분으로 저 경호원을 제거하는 것은 누워서 떡 먹기일 터였다. 문제는 지금 경호원처럼 시야에 완전히 들어와 있는 킬러 안데르스가 두 번째 사격을 하기 전에 몸을 숨길 수 있다는 점이었다. 물론 저 두 발 달린 경비견까지 보너스로 죽인다면 너무나도 좋겠지만, 지금의 주요 타깃은 역시 저 50대의 킬러였다.

따라서 백작은 이 주요 타깃에 집중하기 위해 사살 대상 리스트에서 잭나이프 예뤼를 제2순위로 밀어 내렸다(요한나 셸란데르와 페르 머시기 역시 숨이 오래 붙어 있진 못할 것이나, 백작 한 사람이 하루에 할 수 있는 일에는 한계가 있었다).

목사와 리셉셔니스트가 마지막 박스들을 들어올리고, 살의에 불타는 사내가 총을 조준하고 있을 때, 주요 타깃과 뵈리에 에크만 사이에서 언쟁이 일어났다.

「저자들이 당신에게 거짓말을 하고 있다고! 저자들이 돈을 독차지하고 있단 말이야! 그것도 모르겠소? 당신, 장님이야?」

아스트리드 린드그렌 아동 병원에서 거둔 성공이 아직도 기억에 생생한 킬러가 그의 말을 끊었다.

「어허, 뵈리에 씨, 왜 그러는 거요? 오늘 뙤약볕 밑에서 갈 퀴질을 너무 오래 한 거 아니오? 대체 무슨 얘기하고 있는지 모르겠소. 우리 교회에 헌금으로 들어온 첫 50만 크로나를, 심지어는 그게 완전히 들어오기도 전에 사회에 환원했다는 사실을 모르오? 우린 아직 재정 상황이 허락지 않는 상황에서 도 그리스도의 이름으로 하는 진정한 기부를 처음으로 행했 고, 이를 위해 요한나는 개인 예금까지 탈탈 털어야 했다고!」

뵈리에 에크만은 다시 떠들어 댔지만, 목사와 리셉셔니스 트는 옆에서 잠자코 지켜보기만 했다. 아직까지는 킬러 안 데르스가 대변인 역할을 썩 잘 수행하고 있었으므로.

「아, 인간이 대체 어느 정도까지 멍청해질 수 있는 거지?」 예배당 관리인이 흥분하기 시작했다. 「그래, 당신은 자신이 토요일마다 돈을 얼마나 벌어들이고 있는지 모른단 말이야?」

킬러는 인간의 멍청함에 대한 예배당 관리인의 질문이 사 뭇 불쾌하게 느껴졌다. 첫째는 그 답을 모르기 때문이었고, 둘째는 그 질문이 뭔가 자신을 겨냥하고 있다는 느낌을 받 았기 때문이었다. 하여 그도 발끈하며 소리쳤다.

「당신은 갈퀴질이나 열심히 하셔! 어려운 사람들을 위해 돈 모으는 일은 내가 할 거니까!」

이 대목에서 뵈리에 에크만은 냉정을 잃어버렸다.

「좋아! 당신이 그 정도로 무시무시하게 순진한 인간이었다면(이 말은 그가 아는 가장 험한 욕이었다) 계속 그 상태로 남아 있어! 그리고 남는 시간이 있으면 당신이 직접 자갈길을 청소하고!」이렇게 소리치며 갈퀴를 설교자의 두 손 안에 거칠게 밀어 넣었다. 「어쨌든 난 필요한 조치를 취할 거니까. 아, 소돔과 고모라! 소돔과 고모라! 이것밖에는 더 이상할 말이 없네!」

이렇게 독설을 매듭 지으며 매우 오만한 미소를 머금었는데, 바로 다음 순간 상황은 악화되었다.

돌이킬 수 없이.

◆

수풀 속에서 백작은 조준을 끝냈다. 그와 타깃 사이에는 아무런 장애물도 없었다. 탄환은 저 빌어먹을 킬러 안데르스의 흉곽 바로 아랫부분에 적중하여 몸을 완전히 관통할 것이었다.

「지옥에서 다시 봐!」 그는 방아쇠를 당기며 속삭였다.

바짝 긴장해 있던 잭나이프 예뤼는 거센 총성이 울리자 즉각 반응했다. 후딱 몸을 던져 땅에 엎드린 그는 문까지 기어가 그걸 닫았다. 그러고 나서도 바깥에 남아서(그는 결코 겁쟁이가 아니었다!) 배달 트럭 뒤에 대충 몸을 숨겼다. 보자, 총알이 어디서 날아왔지?

이처럼 경호원은 번개 같은 속도로 반응했지만, 백작은 자신이 일을 제대로 처리했음을 알 수 있었으니, 킬러 안데르스가 뒤로 벌렁 나자빠지는 모습을 보았던 것이다. 이제 경호원은 시야가 미치지 않는 트럭 뒤에 있었고, 백작은 백작 부인에게 퇴각 신호를 했다. 경호원이 하나 더 있고 아니고는, 그가 심각한 위협이 되지 않는 한, 크게 중요한 문제가 아니었다. 하지만 그들이 이 나지막한 언덕 위의 숲에 계속 남아 있으면 확실히 그는 위협 요소가 될 수 있었다. 백작은 경호원이 자살이나 다름없는 공격을 감행하려는 생각을 못 갖게 하려고, 트럭의 운전석 옆 유리창이나 박살 내겠다는 의도로 남은 반철갑탄도 발사했다(운전사는 차 바닥에 액셀러레이터, 브레이크, 클러치 페달들 사이에 몸을 바짝 웅크리고 있었는데, 총알은 불과 몇 센티미터 위로 지나갔다).

앞에서도 말했지만, 뵈리에 에크만은 그게 행운이 됐든 불운이 됐든 이른바 〈운〉이라는 것을 믿지 않는 사람이었다. 그는 오직 자기 자신과 자신의 뛰어난 자질들만을 믿었다. 그다음에는 하나님을 믿었고, 그다음에는 규칙들과 규정들을 믿었다. 하지만 객관적으로 볼 때, 킬러 안데르스와 그의 패거리가 어쩌다가 그의 예배당에 들어앉게 된 것은 그저 불운이었다고 말해야 할 것이다. 그리고 백작이 총을 쐈을 때 그가 갈퀴를 킬러 안데르스에게 넘겨준 것도 그저 불운이었다. 또 그 갈퀴를 킬러가 엉거주춤 쥐고 있던 탓에 철갑탄이 그의 배꼽 윗부분에 착륙하여 그의 몸 전체를 뚫고 나가는 대신, 갈퀴의 금속 부분에 부딪힌 것 역시 그저 불운이었을 뿐이다. 그 충격으로 갈퀴는 튕겨져 날아가 킬러의 얼굴을 탁 때렸고, 코피를 줄줄 흘리며 엉덩방아를 찧게 했다.

「아야야, 이런 염병할!」 그는 비명을 내질렀다.

뵈리에 에크만은 아무 말도 하지 않았다. 철갑탄 한 개가 눈알에 박혀 대뇌 속에 파묻혀 버린 사람은 별로 할 말이 없는 게 당연하다. 왕년의 예배당 관리인은 영영 왕년의 존재가 되고 말았다. 그의 몸은 마룻바닥에 허물어져 내렸다. 사망한 것이다.

「아이고, 나 코피가 난다!」 킬러 안데르스는 힘겹게 몸을 일으키며 신음했다.

「예배당 관리인도 마찬가지예요!」 요한나가 쏘아붙였다. 「하지만 이 사람은 당신처럼 징징거리지 않아요. 당신을 무시해서 하는 말은 아니지만, 지금 당신의 코피 따위는 조금도 우리의 관심거리가 아니라고요!」

요한나는 그들을 끔찍이도 괴롭히다가 고인이 된 남자를 내려다보았다. 전에 그의 눈이었던 구멍에서 피가 줄줄 흘러내리고 있었다.

「〈죄의 대가는 사망이라.〉〈로마서〉 6장 23절.」 그녀는 이렇게 결론지었지만, 왜 그렇다면 자신은 아직까지 멀쩡하게 살아 있는지에 대해서는 깊이 생각해 보지 않았다.

◆

　적의 공격 의지를 꺾어 놓을 마지막 수단으로 백작이 호
주머니에서 수류탄 하나를 꺼내고 있을 때, 올로프손과 올
로프손이 마침내 범죄의 현장에 도착했다. 그들은 어느 회
전 교차로에서 길을 잘못 접어들어, 그 막강한 전자 장비에
도 불구하고 흰색 아우디를 놓쳐 버렸던 것이었다. 그들은
언덕을 향해 달려오던 중에 총성을 한 번, 그리고 또 한 번
을 들었다. 그리고 지금은 라일락 덤불이 제법 무성하게 자
라 있고, 백작과 백작 부인이 네발로 엎드려 있는 수풀에서
약 20미터 떨어진 지점에 있었다. 백작은 손에 총열이 두 개
인 엽총을 들고 있었지만, 두 형제를 봤을 때 그의 얼굴에 나
타난 다분히 절망적인 표정은 그가 총알을 다 써버렸으며,
재장전할 시간이 충분치 않다는 걸 짐작케 해주었다.
　「자, 저것들을 죽여 버려!」 올로프손이 동생에게 지시했
다. 「먼저 백작부터!」
　올로프손은 아직까지 사람을 죽여 본 적이 없었다. 사실
그와 같이 범죄로 잔뼈가 굵은 친구에게도 살인은 그리 쉬
운 일이 아니었다.
　「내가 언제부터 형 따까리였는데? 형이 직접 죽여!」 그가
대꾸했다. 「그리고 오히려 저 여자부터 먼저 죽여, 둘 중 더
악질이니까.」
　이러고 있는 사이, 백작은 약간 더듬어 가면서도 순식간

에 수류탄을 두 형제에게 한 번 들어 보인 다음, 안전핀을 뽑는 데 성공했고, 그것을…… 아이고, 참, 그만 라일락 덤불 속에 떨어뜨리고 말았다.

「뭐 하는 거야, 이 멍청아!」 이게 백작 부인이 한 마지막 말이었다.

백작은 이미 마지막 말을 하고 난 뒤였고.

올로프손 형제는 얼른 바위 뒤로 몸을 던졌고, 덕분에 백작과 백작 부인, 그리고 덤불까지 몽땅 팥죽으로 만들어 버린 쇳조각들을 피할 수 있었다.

54

잭나이프 예뤼는 숨어 있던 곳에서 조심스럽게 기어 나왔다. 이제 두 번의 총격이 어디서 왔는지 궁금해할 필요가 없었으니, 곧이어 도로 건너편 언덕의 한 작은 숲에서 거센 폭발음이 들려온 것이다.

경호원은 총격이 성구 보관실 내에 초래한 피해 상황에 대해서는 나중에 알아볼 것이었다. 지금은 혹시 남아 있을지도 모를 위협 요소들을 분쇄하기 위해 언덕으로 가는 게 급선무였다.

총격의 타깃이 되지 않기 위해서는 큰 반원을 그리며 천천히 움직일 수밖에 없었기 때문에, 그가 목표 지점에 이르렀을 때는 벌써 경찰 사이렌 소리가 들리고 있었다. 그런데 여기서 대체 무슨 일이 일어났단 말인가? 뭐라고 단정 지을 수는 없었지만, 사방에 널린 인체의 잡다한 조각들은 여기서 총을 쏜 자들이 폭발로 사망했음을 암시해 주고 있었다. 하지만 그 조각들은 너무도 작았기 때문에, 이 팥죽이 된 현장

한가운데 가지런히 놓여 있는 발 세 개가 아니었더라면, 그들이 모두 몇 명이었는지 짐작할 수 없었을 것이다. 예뤼가 보기에, 발 두 개는 사이즈가 285밀리미터 정도 됨 직한 게 남자의 것이었고, 나머지 하나는 230밀리미터 남짓한 데다가 하이힐까지 신은 걸 보니 여자의 것임에 분명했다. 총격자가 자웅 동체 혹은 사이즈가 서로 다른 발 세 개를 지닌 사람이 아닌 한, 그는 여자 한 명과 같이 있었다는 뜻이었다. 백작과 백작 부인? 아마도. 그렇다면 누가 그들을 이렇게 날려 버렸을까? 킬러 안데르스를 어떻게 처리하느냐의 문제를 놓고 악당들 사이에 의견이 갈렸던 걸까? 어쨌든 그중 두 명은 킬러를 죽이고 싶어 했지만 이렇게 더 이상 뛰어 도망갈 수 없는 세 짝의 발이 되어 버렸고, 그들과 달리 잭나이프 예뤼는 경찰이 도착하기 전에 부지런히 발을 놀려 현장을 벗어날 수 있었다.

예배당으로 돌아오면서 예뤼는 스스로도 좀처럼 믿겨지지 않는 복잡한 가설을 세워 보았다. 그렇다면 킬러 안데르스를 제거하기를 원했던 자들을 제거하기를 원했던 자들이 마침 거기에 있어서 백작과 백작 부인을 팥죽으로 만들어 버렸다는 얘긴가? 그 정도로 일들이 절묘하게 얽혔단 얘긴가?

다음 순간, 폭발음이 들리기 전에 두 번의 총격이 있었다는 사실이 떠올랐다. 두 번째 총알은 트럭에 맞았지만, 첫 번째 것은 어디로 날아갔지? 음, 당연히 킬러의 몸속이겠지…….

몇 분 후, 잭나이프 예뤼는 자신이 제대로 보호하지 못한 사내가 억세게 운 좋은 사람이란 걸 확인할 수 있었다.

「자, 현재의 상황을 말씀드리자면,」예뤼가 목사와 리셉셔니스트와 킬러에게 긴급 브리핑을 시작했다. 「지금 예배당에서 150미터 떨어진 지점에서 범죄 수사가 진행 중이고, 우리 발밑에는 시체 한 구가 뒹굴고 있으며, 경찰관들은 단서들을 하나하나 맞춰 보고 나서 곧 여기에 들이닥칠 겁니다.」

「하나하나면 둘인데 왜 일루 와?」휴지를 말아 한쪽 콧구멍을 막아 놓은 킬러가 어리둥절해졌다.

잭나이프 예뤼는 예배당 관리인을 트렁크 안에 넣을 수 있지 않을까, 하는 생각도 해봤지만, 두 토막을 내지 않는 한 어렵다는 것을 깨달았다. 더구나 지금 그럴 시간적 여유도 없었고, 작업이 그리 유쾌할 것 같지도 않았다.

페르는 첫 번째 총알은 전에 뵈리에 에크만의 두개골이었던 것의 안쪽 어딘가에 있는 것 같다고 말하고는, 만일 그렇다면 거기 어딘가에 빠져 있을 나사 한 개는 좋은 이웃을 얻게 된 셈이라고 덧붙였다.

요한나는 예배당 관리인이 죽으면서 마룻바닥을 엉망으로 더럽혀 놓은 것을 보자 와락 짜증이 치밀었다. 물론 흥건한 핏자국은 걸레질로 지워 버릴 수 있는 거였지만 말이다. 그녀는 직접 팔을 걷어붙이고 청소를 시작하면서, 잭나이프 예뤼에게는 시체를 트럭에다 실은 뒤, 시체와 트럭 둘 다 사라지게 하는 게 어떻겠느냐고 말했다. 어차피 옆 차창이 박살 나 있어 경찰관들에게 일러바칠 거리가 너무 많은 트럭이었다.

백번 지당한 말이었고, 또 그렇게 했다. 잭나이프 예뤼는 아직도 차 바닥에 납작 엎드려 있는 운전사에게 자신이 페달을 밟을 수 있게끔 옆으로 1미터만 비켜 달라고 부탁하고는 운전석에 앉았다. 이 과정에서 하나의 수확이 있었으니, 겁에 질린 운전사가 자세를 바꾸면서 실종된 총알을, 즉 예배당이 총격을 받았음을 암시할 수 있는 마지막 증거물을 발견한 것이다.

와인과 포도와 치즈와 크래커는 이미 옮겨진 뒤라서, 소형 트럭 뒤 칸은 죽은 예배당 관리인이 들어가기에 충분히 넓었다. 만일 필요했다면, 보통 규모의 교회 신도들 전체가 그의 마지막 길을 함께하기 위해 들어가도 충분했을 공간이었다.

수사관들은 라일락 덤불숲에서 두 사람의 목숨을 앗아간 수류탄과 도로 건너편에 있는 교회 건물을 곧바로 연결 짓지는 않았다. 여러 시간이 지나고 나서야 한 수사관이 안데르스 교회와의 관련성을 생각하게 되었고, 경찰이 찾아와 문을 두드린 것은 다음 날이 되어서였다.

문을 열어 준 요한나는 바로 지척에서 그런 끔찍한 사건이 일어났다는 사실을 신문을 통해 알게 됐다고 설명한 다음, 자신과 동료들은 끔찍한 폭발음이 있은 후 경찰차 사이렌 소리를 듣고서 얼마나 안심했는지 모른다고 덧붙였다.

「왜냐하면 경찰이 곧 상황을 통제하리라는 걸 알 수 있었으니까요. 세상에, 그렇게 신속히 출동하시다니! 정말로 놀라워요! 그런데 들어와서 커피 한잔 안 하시겠어요? 나무 블록 빼기 한 판 하실 시간은 물론 없으시겠죠?」

그로부터 약 열 시간 전, 잭나이프 예뤼는 예배당 관리인 80킬로그램과 돌멩이 15킬로그램을 3중으로 싼 꾸러미를 발트 해의 물속에 집어 던졌다. 그런 다음 트럭을 어느 으슥한 자갈길로 끌고 가 휘발유 40리터를 부어 불살라 버렸다. 그는 보다 신중을 기하기 위해 이 작업을 이웃 주(州)인 베스트만란드까지 가서 했다. 이 유기되고 불태워진 차량에 대한 수사가 스톡홀름 주 북부에서 일어난 의문의 폭발 사건을 담당하는 경찰서가 아닌 다른 지방의 다른 경찰서에서 행해지기를 바라는 마음에서였다.

55

생전에 예배당 관리인이었으며 지금은 발트 해의 수심 16미터 되는 곳에서 조용히 누워 있는 사내는 사망 후, 며칠이 지나 마지막으로 한 번 더 그들을 쫓아와 괴롭힐 것이었다.

「소돔과 고모라야······. 소돔과 고모라······.」지난 화요일, 뵈리에 에크만은 오트밀 죽이 보글보글 끓고 있는 그의 원룸에서 계속 이를 갈았었다.

그는 마가린을 바른 바삭바삭한 호밀빵을 와작와작 씹으며 어떻게 할 것인지 결정했다. 우선 제1단계로 말이다.

「주님, 제 생각이 맞죠?」뵈리에 에크만은 큰 목소리로 물었다.

대답 대신 정적만이 흐르자, 뵈리에 에크만은 접근 방식을 바꿨다.

「주여, 만일 제 생각이 틀리다면, 말씀해 주세요! 주님도 잘 알다시피, 전 주님의 길에서 한 걸음도 벗어나지 않을 거라고요!」

주님은 여전이 반응이 없으셨다.

「……네, 감사합니다, 주님!」 필요했던 확신을 마침내 얻게 된 뵈리에 에크만이 중얼거렸다.

수요일 아침, 스스로를 안데르스 교회의 예배당 관리인으로 임명한 사내는 자전거를 타고 주류 판매점들을 돌아다녔다. 이 상점들 앞의 벤치에 앉아 있는 사람들을 만나기 위해서였다. 이들 중에는 상점이 자신을 쫓아낼 수도 있다는 걸 알면서도 미련을 못 버리고 어정거리는 이들도 있었고, 또 자신은 정신이 충분히 말짱하여 10시 정각에 상점 문이 열리면 입장이 허용될 거라고 생각하는 사람들도 있었다. 〈쉬스템볼라게트〉라고 하는 이 국영 주류 판매점들은 한편으로는 국가의 조세 수입을 늘리기 위해 스웨덴 국민들에게 가급적 많은 술을 팔아야 하고, 다른 한편으로는 바로 그 고객들에게 그들이 아주 비싸게 산 알코올을 — 〈절제〉를 위해 — 마시면 안 된다고 설교해야 하는 아주 복잡하고도 미묘한 임무를 맡고 있는 것이다.

책임 완수의 열정에 불타는 판매원들은 매일 재급유가 가장 절실하게 필요한 사람들 중에서 열 명, 때로는 스무 명까지를 거부할 이유들을 찾아내곤 했다.

뵈리에 에크만이 자전거를 타고 돌면서, 매주 토요일 저녁, 이 도시 북쪽에 있는 안데르스 교회에 가면 공짜 와인을 마음껏 마실 수 있다는 복음을 전파한 것은 바로 이런 종류의 사람들에게였다. 네, 전능하신 분의 인자하심에는 한계가 없지요. 시간만 맞춰 오시면 모든 게 공짜예요. 안주도 포함해서요. 아니, 꼭 안주를 먹어야 할 필요는 없어요. 또 입구에서 쫓겨나는 일도 없죠. 그곳은 국가가 아닌 주님이 다스리시는 곳이니까요.

뵈리에 에크만은 멜라르 고등학교 학생들이 일을 오후 1시에 시작한다는 것을 알고 있었다. 와인 통들은 그로부터 반시간 후면 준비되리라.

「오후 2시 이전에만 오시면 늦을 일은 없을 거예요!」 그는 그들에게서 멀어져 가며 소리쳤다.

그는 미소를 지으며 다시 자전거에 올라타 시원한 바람을 받으며 힘차게 페달을 밟았다. 다음 판매점을 향하여. 그리고 그다음 판매점, 또 그다음 판매점을 향하여. 그가 죽기 불과 몇 시간 전에 있었던 일이었다.

◆

토요일, 뵈리에 에크만이 발트 해 밑바닥에서 편안히 쉬고 있을 때, 그가 들쑤셔 놓은 인류 중 가장 한심한 부류의 개체들은 오전 11시가 조금 넘은 시간에 벌써 교회 의자들에 진을 치고 앉아 있었다.

세 시간 후에는 교회가 가득 채워졌다. 그리고 20분 후에는 방문객들도 뭔가로 가득 채워졌다. 몰도바산 와인 통들과는 정반대였다.

학생들은 자기들이 지시받은 그대로 했다. 비워진 와인 통은 곧바로 새것으로 교체되어야 했다. 하지만 이런 상황은 설교가 끝날 즈음에 한두 번 정도 있을 거라고 예상되었었다. 안데르스 설교사가 의식용 가운을 걸치기도 전에 이런 일이 벌어지리라고 예상한 사람은 아무도 없었다.

첫 번째 난투극은 4시 30분 경, 옆에 놓인 와인 통이 누구의 것인가 하는 문제를 놓고 일어났으며, 와인 통들이 계속 새것으로 교체된 덕분에 더 이상 아무도 언쟁의 이유를 기억하지 못하게 되었을 때 끝났다. 그러고 있을 때 평소 예배에 참석하던 신도들은 주머니 가득 돈을 채우고 도착하기 시작했지만, 문 앞에 이르러서는 다시 집으로 발길을 돌려야 했다.

5시 20분 전, 요한나는 지금 무슨 일이 일어나고 있는지 깨달았다. 학생들은 1차로 헌금통을 돌렸지만, 들어온 돈은 스웨덴 돈 22크로나와 1982년에 서독에서 발행된 1마르크가 전부였다. 1인 평균 2.7외레라는 얘기였다. 쇳물로 녹이면 채 1마르크 가치도 안 될 독일 동전은 빼고 말이다.

5시 10분 전, 알바생 대표는 이 주 분의 와인이 다 떨어졌음을 알려 왔다. 다음 주 분량의 와인을 가져와야 하나요, 아니면 안주 접시들을 더 내놓을까요?

둘 다 아니란다. 이날 저녁의 설교는 취소되었단다. 잭나이프 예뤼와 보안 팀은 상황이 악화되기 전에 방문객들을 예배당 밖으로 모시라는 지시를 받았다.

「너무 늦었어요.」 잭나이프 예뤼가 커튼 틈으로 무리를 관찰하며 말했다.

어떤 이들은 앉아 있고, 어떤 이들은 좌석 사이에서 어정거리고 있었으며, 또 어떤 이들은 길게 누워 코를 골고 있었다. 최소한 네 군데에서 격한 언쟁이 벌어졌으며, 서로를 밀치는 놀이가 진행 중이었으며, 침 뱉기와 욕설 퍼붓기는 별로 특별한 일도 아니었다. 말구유의 아기 예수를 재현한 프레스코화 아래서는 지저분한 여자 하나와 그보다 더 지저분한 남자 하나가 나란히 누워, 어떻게 해서 무염 시태[10]가 이뤄지지 못했는가를 실연으로 보여 주려 하는 듯이 보였다.

누가 경찰에 신고를 한 모양으로(이번만큼은 뵈리에 에크만에게 혐의가 없다), 사이렌 소리가 들렸다. 경찰관 한 명이 들어올 때마다 금속 탐지기가 **삑삑** 울려 대어 경찰견 두 마리를 극도로 흥분시켰다. 조그만 소리도 반향 되는 예배당 안에서 개 두 마리가 짖어 대니 정원 초과된 개 사육장에 들어온 듯한 느낌이었다. 짖어 대는 두 마리의 개는 혼돈 그 자체였다.

연기가 걷혔을 때, 마흔여섯 사람이 공공장소 만취 혐의 혹은 공무 집행 방해 혐의로, 혹은 그 둘을 다 범한 혐의로 체포되었고, 다른 두 사람은 풍기 문란 혐의로 붙잡혀 갔다.

뿐만 아니라 교회의 책임 목사 요한나 셸란데르도 조사를 위해 소환되었는데, 그녀의 위반 사항은⋯⋯ 음, 명확히 규정하긴 힘들었다.

10 가톨릭 용어로서 〈원죄 없는 잉태〉를 말함.

공공질서법 제3조 18항에 따르면, 공공질서 유지를 목적으로 이미 존재하는 금지 조항들 위에, 추가적인 금지 조항들을 부과할 수 있는 권한은 오직 지자체들만이 갖는다.

일요일 자 신문들에 기사들이 뜨고 난 후, 문제의 교회가 속한 지자체는 〈안데르스 교회로 알려진 종교적 성격의 사적 집회 장소에서의 알코올 소비를, 그 소비의 목적이 관련 규정이 허용하는 목적에서 벗어나는 듯이 보이는 고로, 전면 금지한다〉라는 결정을 내렸다. 그리고 이 결정은 바로 다음 날인 월요일에 발표되었다. 두 범죄자가 살해된 것으로 추정되는 며칠 전의 폭발 사건과 이 교회 간의 막연한 연관성은 이 지자체의 결정을 더욱 공고히 해주었다.

56

    죄가 전혀 없다고만은 할 수 없는 인간들을 구타해 주는 서비스를 기반으로 비즈니스를 해본 후에, 요한나와 페르는 믿음과 소망과 사랑과 너그러움으로 가득한 마음을 가진 사람들에게서, 보다 확실히 하기 위해 그들의 혈관을 포도주로 채워 놓은 다음, 돈을 후려 먹는 사업으로 전환했었다.

    백작과 백작 부인의 죽음만 아니었어도 — 또한 스스로를 예배당 관리인으로 임명했고, 지금은 역시 고인이 된 그 이기적인 사내가 날린 마지막 한 방만 아니었어도 — 그들은 오늘까지도 이 사업을 계속하고 있었으리라. 하지만 그들은 언론이 공짜이긴 하지만 그다지 신뢰할 수 없는 광고 매체란 사실을 깨닫게 되었다. 기자들은 암흑가의 두 중심 인물이 잔혹하게 살해된 걸로 추정되는 폭발 사건과 안데르스 교회 사이에 모종의 관계가 있을지 모른다고 떠들어 댔다. 심지어 어떤 이들은 킬러 안데르스가 그의 본성을 되찾았으며, 이 모든 일들의 배후에 숨어 있을 가능성을 언급하기도 했다. 이른바 〈백작〉과 〈백작 부인〉 커플은 킬러에게 몇 달 전에 사기당한 고객들 중 하나라는 것이 이제 당연시되었다.

「망할 놈의 기자들!」 리셉셔니스트는 지금 자신과 목사가 처해 있는 상황을 이 한마디로 요약했다.

요한나도 동감이었다. 언론이 저렇게 자기 의무를 다하겠다고 설쳐 대지만 않는다면 일이 이렇게 복잡하지 않을 텐데 말이다.

불행은 혼자 오지 않는다고 했던가, 이 기사들이 나오기가 무섭게 지자체는 안데르스 교회가 〈모든 좋은 것의 근원은 (베름란드 주의 그 풍차 방앗간이 아니라) 포도주니라〉라는 원리를 바탕으로 활동하는 것을 금하는 조례를 제정했다. 이제 그들은 거대한 장벽을 마주하게 됐다는 얘기였다.

간단히 말해서, 창립 예배 때 주차장에 있던 2백 명까지 포함하여 거의 천 명에 육박했던 신도 수가 단 몇 주 사이에 급격히 하락했다.

딱 일곱 명만 남았다.

그리고 수입금은 1백 크로나였다.

총액이.

이 1백 크로나를 가지고 목사 한 명과 리셉셔니스트 한 명과 보안 팀 하나와 알바생 몇 명의 급료를 충당해야 했다. 심지어는 킬러마저 지금 교회의 재정 상황이 좋지 못하다는

걸 알게 되었다. 하지만 그는 자신의 메시지의 능력은 아직
도 온전하다면서, 목사와 리셉셔니스트가 인내로 무장할 것
을 당부했다.

「우리가 알거니와, 환란은 인내를, 인내는 연단을, 연단을
소망을 가져오느니라!」

「엥?」 페르가 어리둥절한 표정을 지었다.

「〈로마서〉 5장 말씀이야.」 요한나도 깜짝 놀라며 출처를
알려주었다.

안데르스 선교사는 자신의 말이 청중에게 어떤 인상을 주
었는지 의식하지 못한 채로 설명하기를, 자신은 뵈리에 에크
만이 세상을 떠난 것에 처음엔 슬픔을 느꼈지만, 만일 그렇
지 않았다면 총알이 자신의 배 속에 박혔을 거라는 사실을
알게 되고는 30초 만에 위안을 얻었단다. 또 이 사실을 생각
하면, 자신이 코피가 난 것도 리셉셔니스트의 말마따나 충
분히 견딜 만한 것이었다고 생각한단다.

더구나 코피는 15분도 안 되어 멎었으며, 비록 지난 토요
일에 교회가 사소한 역경을 겪긴 했지만, 자신은 예수의 이
름으로 사역을 계속해 나갈 준비가 되어 있단다. 또 자신이
와인 한 사발을 들이켜 충분히 워밍업을 할 수 있는 한, 신도
들에게 더 이상 와인을 제공할 수 없는 것도 큰 문제는 아니
란다. 비록 지금은 신도석에 일곱 명밖에 앉아 있지 않지만,
이것은 곧 열네 명이 되고, 자신들이 의식도 못 하고 있는 사

이에 어느덧 1천 4백 명으로 불어나 있을 거란다.

「경찰들이 개까지 끌고서 쳐들어왔는데 〈사소한 역경〉이라는 표현은 좀 모자라지 않을까요?」 페르가 반박했다.

「그렇다면 〈아주 심각한 역경〉으로 바꾸지. 하지만 〈레위기〉도 말씀하듯이, 믿음은 산들도 옮기는 법이야!」 킬러가 결론지었다.

「아니, 저 인간이 이제 성경을 다 외어 버린 거야?」 킬러가 방을 나가자 페르가 놀라서 물었다.

「그렇진 않아.」 요한나가 대답했다. 「우리는 이 〈믿음은 산들도 옮긴다〉라는 문제를 성경 안에서도 다뤄 보고 바깥에서도 다뤄 봤지만, 적어도 〈레위기〉에서는 아니었어. 거기에는 동물들을 희생시키는 얘기밖에 없어.」

페르는 앞으로 킬러의 믿음이 그들에게 어떤 골칫거리를 몰고 오는 것 외에 뭔가를 옮길 수 있으리라고는 상상할 수 없었고, 요한나도 이에 동감이었다.

안데르스 교회는 침몰하고 있었다. 이제 그들이 할 수 있는 일은 최선의 방식으로 배를 해체하는 것뿐이었다. 설교사가 알아채지 못하게 하면서 말이다.

「사실을 고백하자면 난, 일들이 진짜라고 믿기엔 너무 잘나가던 그 짧은 기간 동안, 이건 진짜라고 믿기엔 너무 잘나가고 있다고 생각했었어.」 요한나가 한숨을 내쉬며 털어놓았다.

「나도 거의 같은 때에 이렇게 생각했었지. 〈그 오랜 개 같
은 세월 끝에, 드디어 운명이 바뀐 거야!〉라고. 하지만, 자기
야, 난 그런 생각은 두 번 다시 안 할 거야.」

57

목사와 리셉셔니스트는 노란 트렁크 안에 현금으로 모두
690만 크로나를 가지고 있었다(다시 정확히 계산해 본 액수
였다). 빨간 트렁크 안에는 두 사람의 소지품을 채워 넣었다.

또 그들에게는 설교사도 한 명 있었지만, 이제는 상업적
가치를 상실했기 때문에 시급히 떨쳐 버릴 필요가 있었다.
어떤 의미에서 그들은 이 이야기의 제16장으로 돌아왔다고
할 수 있었다. 그때 그들은 호텔 문을 닫고, 돈이 든 트렁크
를 들고 어디론가 사라져 버린다는 계획을 세웠었다. 그러
면서 킬러를 떨쳐 버리려고 했었다. 지금 닫을 것은 교회이
지만, 떨칠 것은 그때와 똑같은 킬러 안데르스였다. 그때보
다 조금만 더 잘하면 되는 일이었다.

구체적으로 어떻게 해야 할지는 아직 몰랐지만, 그들에겐
차분하게 생각해 볼 여유가 있었으니, 왜냐하면 킬러가 아직
상황이 얼마만큼 악화됐는지 전혀 모르고 있었기 때문이다.

「이번 토요일엔 신도가 일곱 명뿐이었어.」 페르가 한숨을

내쉬었다. 「그나마 이것도 다음 주에는 네댓 명으로 떨어지지 않을까?」

「내가 가장 아쉬운 게 뭔지 알아?」 요한나가 말했다. 「그건 앞으로 와인을 찬양하는 성경 구절들을 들을 수 없다는 거야. 솔직히 안데르스 설교사는 분위기 띄우는 재주 하나는 끝내줬지. 어쨌든 시간이 없어서 내가 제일 좋아하는 구절을 써먹지 못하게 된 것은 유감이야.」

「네가 제일 좋아하는 구절?」

「내가 주정뱅이 같으며 포도주에 사로잡힌 사람 같으니 이는 주님과 그의 거룩한 말씀으로 인함이라」

「세상에! 누가 그런 말을 했어?」

「이사야. 술깨나 좋아했던 모양이지. 아무튼 멋진 말 아니야? 하나님은 말씀하시고, 자기 말을 듣는 사람들에게는 공짜로 술을 퍼주시느니라…….」

페르는 요한나가 하나님이 그녀의 집안으로 하여금 그녀의 뜻과는 상관없이 자신을 섬기게 만들도록 놔둔 것을 용서할 수 있기 위해서는 적어도 1백 년은 더 필요하겠다고 생각했다. 하나님께서 조금만 더 신경을 쓰셨더라면, 그녀의 무결점 답안지들을 좀 손봐서 대학에서 낙제하게 할 수도 있었을 텐데. 이 방법이 좀 번거롭게 느껴졌다면, 그냥 신학교 마지막 학기에 받아들여지지 못하게 할 수도 있었을 텐데. 그리했다면 그녀는 목사 서품을 못 받았을 게 아닌가? 격노한 아버지가 접시를 몇 개를 집어 던지든 말든 말이다.

하지만 구스타브 셸란데르는 접시를 딸을 겨냥해 던질 수도 있는 일이었고, 따라서 하나님은 아버지의 기분을 맞춰주어 딸의 생명을 구하려고 했던 것인지도 모른다. 만일 그게 사실이라면, 하나님이 지금 그 일을 얼마만큼이나 후회하고 있을지, 궁금하지 않을 수 없었다.

페르 페르손은 자신은 신학적인 문제를 따지는 일에는 별로 소질이 없다는 걸 오래전부터 의식해 왔다. 그는 보다 구체적인 것들, 예를 들면 690만 크로나, 콩가루가 되어 버린 두 범죄자, 총 맞아 죽은 예배당 관리인(조금 재수가 없었지만, 전체적으로는 다행스러운 일이었다), 그리고 그 전에 다뤄야 했던 골절된 팔다리나 가끔씩 함몰되곤 하는 얼굴 같은 것들이 더 쉽고 편하게 느껴졌다. 어쨌든 자신이나 자신의 여친은 저 구름 위에 아무것도 없기만을 간절히 바라야했다. 그렇지 않다면 둘 다 완전히 망해 버리는 거니까.

「헤이, 안녕? 좋은 아침이야!」 킬러 안데르스가 성구 보관실 안으로 불쑥 들어오며 명랑하게 인사했다. 「내가 이번 주에 할 무(無)알코올 설교의 도입부를 몇 개 생각해 봤는데 말이야, 그것들을 요한나에게 한번 테스트해 보고 싶어. 근데, 먼저 오줌 좀 누고 올게!」

설교사는 잭나이프 예뤼가 설치해 놓은 비상용 옆문으로, 들어온 것만큼이나 갑작스럽게 휙 빠져나갔다. 어디로 도망가기 위해서가 아니라, 하나님이 창조하신 대자연 속에서 용변을 해결하기 위해서였다.

목사와 리셉셔니스트가 킬러의 이 번개 같은 출몰에 대해 논평할 시간을 갖기도 전에, 성구 보관실의 정식 문으로부터 또 다른 목소리가 들려왔다.

「안녕하십니까?」 정장 차림의 작달막한 남자 하나가 거기에 서 있었다. 「전 올로프 클라린데르라는 사람입니다. 국세청에서 근무하는데, 혹시 이곳의 회계 서류 좀 열람할 수 있겠습니까?」

언제나 그렇듯, 이 질문은 순전히 형식적인 것이었다. 사실 이 질문의 뜻은 잠재적 사기꾼이 허용하든 안 하든 자신은 이곳의 회계 상황을 샅샅이 조사하겠다는 얘기였다.

리셉셔니스트와 목사는 남자를 쳐다보았다. 그들 중 누구도 어떻게 대답해야 할지 알 수 없었지만, 언제나 그렇듯 재빨리 대응책을 찾아낸 것은 목사였다.

「아, 어서 오세요, 클라린데르 씨! 하지만 이렇게 예고도 없이 찾아오셔서 좀 당황스럽긴 하네요. 오늘 안데르스 설교사님은 이곳에 안 계시고, 우린 그분의 하찮은 종들일 뿐이랍니다. 내일 오전 10시에 다시 방문해 주시면 안 될까요? 제가 설교사님께 회계 장부들을 다 준비해서 기다리고 계시라고 말씀드릴 테니까요. 어떻게 생각하세요?」

이렇게 말하는 성직자 칼라를 두른 여자의 목소리는 너무도 또렷하고 해맑아서, 올로프 클라린데르의 머릿속에는 이 교회에 세무상의 위반 행위 같은 전혀 없을지도 모른다는 생각이 스쳤다. 익명의 고발들이 주는 불편한 점은 그것들이 실제적인 사실보다는 개인적 원한에서 나오는 경우가 많다는 점이다.

회계 장부들이 존재한다는 사실 역시 반가운 소식이었다. 회계 장부들을 한 장 한 장 넘겨 보는 것만큼 올로프 클라린데르가 좋아하는 일은 없었다.

「에, 그러니까, 제가 찾아온 게 좀 급작스럽게 느껴질 수도 있겠지만, 원래 이런 방문은 이렇게 불시에 행하는 게 원칙입니다. 하지만 필요 이상으로 경직된 태도를 취하지 않는 것 또한 우리의 원칙이죠. 네, 내일 10시 정각이면 저도 괜찮습니다. 회계를 책임진 분이 그 시간에 계시다면 말이죠……. 회계 장부들도 있다고 하셨죠?」

세무 공무원이 방을 나가기가 무섭게 킬러 안데르스가 다른 방향에서 나타났다. 바지 앞섶의 단추를 채우면서 어기적어기적 걸어 들어왔다.

「표정들이 왜 그래? 무슨 문제라도 있어?」

「아뇨!」 목사가 재빨리 대답했다. 「아무 일도 없어요. 전혀 없어요. 그래, 오줌은 시원하게 잘 누셨나요?」

◆

아직 해고되지 않은 유일한 경호원인 잭나이프 예뤼와 대화를 가져야 할 때였다. 그리고 이것은 설교사가 보이지 않는 곳에서 행해져야 했다.

예뤼에게는 편리한 연락처들이 있었고, 요한나에게는 한 가지 해결책이 있었다.

그것은 그녀가 최근 몇 년 동안, 아니 그녀가 성인이 된 이후로 품어 온 다른 생각들보다 더 윤리적인 것이라고는 할 수 없는 아이디어였다. 하지만 유용한 아이디어임에는 분명했다.

「로힙놀[11]이 조금 필요해요. 혹은 그와 비슷한 어떤 것이요. 좀 찾아볼 수 있겠어요?」

「급해요?」

「그런 편이죠.」

「지금 두 사람이 무슨 얘기를 하고 있어?」 상황이 급한 탓에 미처 자세한 설명을 듣지 못한 페르가 옆에서 물었다.

「그건 더 이상 스웨덴에선 살 수 없어요. 시간이 좀 걸릴 것 같은데.」

「얼마나요?」

「지금 무슨 얘기 하고 있어?」 리셉셔니스트가 재차 물었다.

「세 시간.」 예뤼가 대답했다. 「도로가 잘 뚫리면 두 시간 반.」

「아, 젠장, 지금 무슨 얘기를 하고 있냐고!」

11 불면증이 악화되었을 때 사용하는 최면 마취제.

58

곧 페르 페르손은 계획의 내용을 알게 되었고, 잠시 망설인 끝에 이 계획에 축복까지는 아니더라도 오케이 사인을 내주었다.

하루 중에서 안데르스 설교사의 기분이 가장 유쾌해질 때, 다시 말해서 오후 4시 30분경, 커플은 이제 그가 안데르스 교회를 직접 이끌어야 할 때가 되었다고 선언했다. 이는 즉, 이 단체에 속한 모든 재산들과 의무들이 지금 이 순간부터 그에게로 귀속됨을 뜻한단다. 또 이는 앞으로 교단의 수입금을 그가 원하는 대로 기부할 수 있다는 것도 뜻한단다. 목사와 리셉셔니스트는 2선으로 물러나서 그를 정신적으로 성원하겠단다.

안데르스 설교사는 극도로 감동했다. 매주 자기 마음대로 쓸 수 있는 돈을 5백 크로나씩이나 받는 것도 감사하기 이를 데 없었는데(비록 이번 주에는 전체 헌금액이 세 자릿수로 떨어지긴 했지만), 이제는 이 교회를 통째로 넘겨주겠다니!

「오 친구들, 고맙네! 너무나도 고맙네! 내가 처음엔 자네들에 대해 조금 잘못 생각했었지만, 이제는 자네들이야말로 더없이 착한 사람들이란 걸 깨달았어! 할렐루야! 호산나!」

그러고는 그들이 내민 서류들에, 단 한 줄도 읽어 보지 않고 칸마다 모두 서명했다.

복잡한 행정 절차가 다 처리되고 나자, 요한나는 설교사에게 통상적인 점검을 위해 다음 날 오전에 들르기로 되어 있는 세무 당국의 관리를 그가 직접 맞이하는 게 어떠냐고 제안했다.

「그래, 금고에는 얼마나 들어 있지?」 킬러가 물었다.

「32크로나요.」 페르가 대답했다.

◆

그들은 다음 날 아침 9시에 성구 보관실에서 다시 만나기로 약속했다. 아뇨, 무슨 특별한 일이 있는 건 아니고요, 그냥 아침 식사나 같이 하자고요. 누가 잠시 방문한다고 해서 거룩한 성체인 아침 와인을 커피 한 잔으로 대신할 수는 없잖아요?

킬러는 〈성체〉라는 말은 잘 이해할 수 없었지만, 어쨌든 현재의 성찬식 전통이 아주 없어지는 건 아니구나, 하는 생각을 했다.

「자, 그럼 내일 봐!」 그가 작별 인사를 했다. 「그런데 내가 몰도바 와인 한 통만 가져가도 될까? 오늘 친구 두어 명과 캠핑카에서 성경 공부를 하기로 했거든. 그래, 자네들은 여전히 페르의 숙모님이라는 분의 지하실에서 지내고?」

「네, 완전히 공짜로요. 하나님께서 우리 숙모님을 축복하시길!」 숙모님이라는 것은 가져 본 적이 없으며, 협상을 통해 힐튼 호텔로부터 리다르홀름 스위트룸의 요금 할인을 얻어 낸 바 있는 청년이 대답했다. 「네, 포도주 한 통 가져가서 친구분들하고 마음껏 드세요. 아니, 두 통도 괜찮아요. 하지만 내일 아침 9시에는 꼭 맑은 정신으로 나오셔야 해요! 적어도 그와 비슷한 상태로요.」

그런 다음, 페르 페르손은 그들의 계획에 따라 환한 미소를 지어 보였고, 킬러는 얼빠진 미소로 화답했다.

◆

킬러는 약속한 시간에 나타나지 않았다. 15분이 지나서도 보이지 않았다. 9시 30분이 거의 다 되어서야 비틀거리는 걸음으로 겨우 도착했다.

「늦어서 미안해. 아침마다 하는 화장실 용무가 좀 길어져서.」

「용무는 무슨 얼어 죽을 용무에요?」 요한나가 빽 소리쳤다. 「캠핑카 화장실은 1주일 전부터 고장 나 있고, 캠핑카는 예배당에서 70미터나 떨어져 있는데?」

「알아. 정말 끔찍하지 않아?」

어쨌든 꾸물댈 시간이 없었다. 킬러 앞에는 그가 모르는 사이에 약간의 보드카로 풍미를 더한 와인 한 잔이 놓였다.

그리고 잠시 후 또 한 잔이 놓였다. 그리고 안주로는 치즈 샌드위치 세 개가 제공되었는데, 각각의 샌드위치에는 곱게 빻은 로힙놀이 대략 1밀리그램씩 섞인 마가린이 먹음직스럽게 발라져 있었다.

몇 년 동안 〈난 술과 약물은 절대로 안 해〉라는 말을 입에 달고 살아오던 킬러는 요 몇 년 사이에 요렇게 달콤한 와인은 맛본 적이 없다고 단언했다. 어쩌면 그가 세무 당국의 관리를 잘 만날 수 있게끔 주님께서 가장 좋은 방법으로 준비시켜 주시는 건지도 모르겠다고.

「내가 예상하는 최악의 상황은 말이야, 그 관리가 32크로나에 대해 20퍼센트의 세금을 요구하는 건데, 안 그래?」

그가 샌드위치에 대해 한 유일한 논평은 한 개만 더 달라는 것이었고, 목사는 보다 안전을 기하기 위해 네 번째 샌드위치에 추가적인 $C_{16}H_{12}FN_3O_3$ 1밀리그램을 듬뿍 뿌려 주었다.

10시 5분 전이 되자 목사와 리셉셔니스트는 장 볼 것이 있다고 핑계 대고는, 만화 잡지들로 채워 넣은 서류 바인더 세 개를 킬러에게 내밀었다(〈이가 없으면 잇몸〉이란 말이 있는데, 이 경우에 있어서 〈잇몸〉은 무슨 사연인지는 모르겠지만 성구 보관실 장롱 속에 굴러다니는 한 뭉치의 만화 잡지들이었고, 〈이〉는 최근에 바뀐 교회 소유권에 관한 것 말고는 전혀 존재하지 않는 서류들이었다). 그런 다음 필요하면 자신들에게 전화하라고 말하고는, 그들의 휴대폰 전원을 잊지 않고 꺼버리면서 사라져 버렸다.

「내가 알기로는 그 정도 양의 독주와 약물은 말 한 마리도 쓰러뜨릴 수 있다던데?」 이제 곧 폭발할 장소로부터 충분히 떨어진 거리에 이르자 리셉셔니스트가 말했다.

「그래. 하지만 그는 오히려 당나귀 쪽이라 할 수 있어. 그리고 이 당나귀는 옛 버릇을 잃지 않았지. 이 당나귀와 세무 관리의 만남은 분명히 비극적인 결말로 이어질 거야.」

국세청에서 나온 공무원은 안데르스 설교사에게 자신을 소개하며 악수를 청했는데, 그때부터 설교사는 기분이 이상해지기 시작했다. 이 처음 보는 친구가 악수를 청하는 태도가 뭔가 거만하게 느껴졌다. 뭐? 〈만나서 반갑습니다〉? 그리고 이 넥타이는 또 뭐야? 지가 남들보다 우월하다고 믿는 건가?

뿐만 아니라 이 넥타이 맨 녀석은 금전 등록기며, 현금 통제기며, 견본이며, 일련번호며, 회계며, 하여간 그로서는 전혀 이해할 수 없는 소리들만 늘어놓기 시작했다. 게다가 면상은 또 얼마나 못생겼는지! 킬러는 속이 부글부글 끓어오르기 시작했다.

「빌어먹을, 대체 당신 문제가 뭐야?」 그가 내뱉었다.

「예? 내 문제요?」 올로프 클라린데르가 약간 불안해진 얼굴로 되물었다. 「문제는 전혀 없습니다. 난 그저 내 임무를 성실히 수행하려는 공무원일 뿐입니다. 건전한 납세 윤리는

모든 민주 국가의 초석이라 할 수 있지요. 설교사님도 동의
하시지 않습니까?」

급격한 인격 변화가 진행 중이었던 안데르스 설교사가 동
의할 수 있는 것은 단 하나, 국세청이 교회 수입금 32크로나
중에서 딱 20퍼센트만 떼어 갈 수 있다는 점이었다. 결정 세
액이 정확히 얼마인지는 세무 관리가 계산할 문제지만, 아
마도 50크로나는 안 넘어가지 않을까?

올로프 클라린데르는 뭔가가 이상해져 가고 있다는 걸 직
감으로 느꼈지만, 첫 번째와 두 번째 서류 바인더를 펼쳐 보고
싶은 욕구에 저항할 수 없었다. 다행히도 그는, 그가 1979년
에서 1980년 사이에 간행된 만화책『팬텀』열일곱 권은 국
세청이 요구하는 교단 사업 관련 자료를 대체할 수 없다는
점을 지적하는 순간 다시 옛 모습을 완전히 회복한 킬러가
휘두르기 시작한 폭력으로부터 살아남을 수 있었다. 살아남
긴 했지만, 킬러가 요구된 회계 장부 열람을, 아직 건네주지
않은 세 번째 서류 바인더의 도움을 받아 확실하게 시켜 주
려고 시도한 과정에서 심각한 안면 부상을 피할 수 없었다.

법정에서 설교사는 자신이 저지른 행위를 전혀 기억하지
못했지만, 자신의 경험에 근거하여 순순히 유죄를 인정했고,
스웨덴 형법 3조 7항에 따라 징역 16개월을 선고받았다. 여
기에 조세법 제4항에 의거하여 9개월이 추가되었다. 도합
25개월이었는데, 지금껏 때려 맞은 형기 중에서 가장 짧다
고 킬러는 만족스러워했다. 정말이지 이제는 모든 게 좋은

방향으로만 가고 있었다…….

재판이 끝난 후, 그는 페르와 요한나와 잠시 대화를 나눌
수 있었다. 그는 사과를 하면서, 자기에게 대체 무슨 귀신이
씐 건지 모르겠다고 말했다. 요한나는 그를 오랫동안 꼭 안
아 주면서 그렇게 자책하지 말라고 말했다.
「종종 면회 올게요.」 그녀가 미소를 지으며 약속했다.
「정말이야?」 킬러와 헤어졌을 때 그녀의 남친이 물었다.
「아니.」

◆

그동안의 노고에 감사하기 위한 저녁 식사를 잭나이프 예
뤼와 함께 가진 후, 힐튼 호텔 스위트룸에는 다시 커플과 7백
만 크로나 가까운 돈이 들어 있는 노란 트렁크만 남았다. 킬
러 안데르스 명의로 되어 있는 교회와 캠핑카는 올로프 클
라린데르의 징수과 동료들에 의해 차압되었다. 클라린데르
자신은 이곳저곳의 골절상을 치료하기 위해 카롤린스카 병
원에 입원 중이었다. 하지만 그렇게 무료하지는 않았으니,
안데르스 교회의 서류 바인더 두 개를 가져간 것이다. 『팬
텀』은 여전히 클라린데르의 은밀한 영웅이었다.

제3부

세 번째의 독특한 비즈니스 전략

59

페르는 요한나 옆에 포근한 이불을 덮고 누워 있었지만,
좀처럼 잠이 오지 않았다. 그는 두 사람의 삶이 어떻게 흘러
왔는지, 또 자신의 삶이 어떻게 흘러왔는지 생각해 보고 있
었다. 또 집안 재산을 날려 먹어 손자로 하여금 어느 사창가
호텔의 리셉셔니스트가 되게 만든 자신의 빌어먹을 조부에
대해서도 생각해 봤다.

지금 목사와 그는 노란 트렁크 안에 수백만 크로나에 달
하는 거금을 가지고 있었다. 그들은 한창 경기가 좋을 때의
조부만큼이나 부자였다. 그리고 호화로운 스위트룸에서, 푸
아그라와 샴페인을 질리도록 맛보며 지내고 있었다. 그것들
이 감미롭기 때문이기도 했지만, 무엇보다도 페르가 비싼
음식만을 고집했기 때문이었다.

청년은 경제적으로 복수를 한 셈이었으나, 그럼에도 불구
하고 마음 한구석에는 뭔가…… 이상한 뭔가가 남아 있었다.
뭔가가…… 부족한 느낌이라고나 할까?

이렇게 조상이 경제적으로 망쳐 놓은 것을 반세기 만에 멋지게 만회해 놓았는데, 왜 완전히 만족스럽지 못한 걸까? 아니, 완전히 만족스럽진 못하다 해도, 적어도 어느 정도는 만족스러워야 하지 않겠는가?

혹시 요한나와 자신이 킬러 안데르스를 원래의 위치로 돌려보낸 것 때문에 양심이 편치 않은 걸까?

제길, 별 생각을 다하네! 내가 왜 그래야 하는데?

각자는 저마다 받을 만한 대가를 받았을 뿐이다. 어쩌면 예배당 관리인만은 예외일지도 모르겠다. 너무 많은 것을 알게 된 잘못도 있긴 하지만, 상황상 꼭 필요하지 않았는데도 죽음을 맞았으니까. 다소 불행한 면이 없다고 할 수는 없었지만, 전체적으로는 대수롭지 않은 사건이었다.

여기서 잠깐, 이 청년의 변호를 위해 잠시 여담을 해보기로 하자. 어떤 살인 미수 행위에 이어진 과실 치사 사건을 〈대수롭지 않다〉라고 말하는 것은 좀 지나치다고 느낄 수도 있으리라. 하지만 그가 집안에서 어떤 유전자를 물려받았는지를 한번 살펴본다면, 그를 용서까지는 못한다 해도, 최소한 이해 정도는 할 수 있을 것이다.

페르는 그의 윤리적 감각을 주정뱅이 부친(두 살배기 아들보다 코냑 한 병을 더 좋아했던 그 양반)과 말 장수였던 조부, 그러니까 망아지들에게 태어났을 때부터 비소를 조금씩 복용시켜 그것에 익숙해지게 만들어서는, 팔리는 당일에는 최상의 상태가 되었다가, 그 후 몇 주 혹은 몇 달 동안 시나브로 죽어 가게 만들었던 그 영악한 조상에게서 물려받았다.

누군가가 가축을 토요일에 시장에 가져다 팔았는데 그게 죽어 버렸다는 항의를 일요일에 받게 되면, 그 사람의 명성은 땅에 떨어지게 마련이다. 그런데 페르의 조부의 말들은 다음 날에도 네발로 굳건히 서 있을 뿐 아니라, 그다음 날에도 눈이 초롱초롱 빛났다. 녀석들은 몇 달이 지나서야 만성 위장 장애, 폐나 다른 장기의 암, 간 기능 장애나 신부전, 혹은 여전히 돈 잘 벌고 명성 높은 말 장수에게 책임을 돌리기 어려운 여타 다른 질병들로 죽었다. 페르의 조부는 항상 정확한 양을 투여했기 때문에, 그의 말들이 몸통이 푸르뎅뎅하게 변하는 일은 결코 없었다. 그것은 비소를 과다 투여할 때 발생하는 증상인데, 말들이 — 식물들이나 어떤 종류의 트랙터들과는 달리 — 녹색이 아니라는 것은 삼척동자도 아는 사실인 것이다. 또 말 장수는 그가 판 말들이 일을 부려먹기도 전에 죽어 버리는 불상사가 일어나지 않는 게 신상에 좋았다. 예를 들어, 어떤 농부가 수레 끄는 말 한 마리를 사서, 이걸 축하하려고 토요일 저녁에 코가 비뚤어지게 마시고는 다음 날 아침에 깨어나 보니, 자기 머리는 빠개질 듯 아픈데 새로 산 말은 좀처럼 깨어나지 않는다면, 주일 아침 예배를 빼먹고 쇠스랑으로 무장하고는 벌써 여러 마을 건너 저쪽으로 달아나고 있는 말 장수를 쫓아 나서야 할 이유가 적어도 두 가지는 있는 것이다.

페르의 조부는 그런 멍청한 짓을 하기에는 너무 약은 사람이었다. 나중에는 트랙터의 출현이 엉덩이에 꽂힌 쇠스랑보다 열 배는 더 고약한 일이라는 것을 깨닫지 못할 정도로 멍청한 사람이기도 했지만.

결국 콩 심은 데 콩 나고 팥 심은 데 팥 나는 법이기 때문에, 이 문제에 있어서 리셉셔니스트가 그런 식으로 생각하는 것은 결코 이상한 일이 아니었다. 그의 특이한 윤리적 관점에서는 절묘한 타이밍에 중독사한 말이나 절묘한 타이밍에 죽어 준 예배당 관리인이나 아무런 차이가 없었던 것이다.

이런 생각들을 머릿속에 이리저리 굴리며, 오랫동안 몸을 뒤척이고 있던 페르 페르손은 결국 옆에서 자고 있는 여자에게 도움을 청하기에 이르렀다.

「자기야, 자고 있어?」

대답이 없었다.

「자기야?」

여자의 몸이 조금 움직였다.

「응, 나, 자고 있어. 왜 그래?」

페르는 자신을 책망했다. 오밤중에 뜬금없는 생각을 하는 것도 모자라서 다른 사람까지 깨우다니, 이게 무슨 짓이야? 에이, 바보! 에이, 바보! 에이, 바보!

「미안해. 그냥 내일 얘기해.」

하지만 요한나는 베개를 탁탁 쳐 고르면서, 몸을 반쯤 일으켰다.

「무슨 일인지 얘기해 봐. 안 그러면 저『기드온 성경』을 밤새도록 읽어 버릴 테니까!」

페르는 이 위협이 농담임을 알고 있었다. 이 나라의 거의 모든 호텔 방마다 굴러다니고 있는 그 책을, 요한나는 여기 처음 들어온 날에 창밖으로 던져 버렸던 것이다. 하지만 그는 이제 뭔가를 얘기해야 한다는 걸 깨달았다. 다만 무엇을, 또 어떻게 얘기해야 할지는 알 수 없었다.

「응, 그러니까…… 우리, 지금까지 잘 해낸 거지?」

「다시 말해서, 우리 길을 막고 선 사람들은 모두 죽었거나 감옥에 갇혀 있는데, 우린 지금 이렇게 샴페인을 즐기고 있다는 얘기?」

음……. 아니, 그런 말을 하려는 것은 아니었다. 적어도 그렇게 직설적으로 표현하고 싶지는 않았다. 페르는 조상들이 싸질러 놓은 부당한 유산들을 자신들이 깨끗이 치워 버렸다는 점을 지적했다. 손자는 할아버지의 경제적 파산을 호화로운 스위트룸과 푸아그라와 샴페인으로 바꿔 놓은 것이다. 그리고 이것은 그들이 힘을 합치고, 또 그녀의 아버지와 조상들이 강요한 성경을 마음껏 조롱했기에 가능했다.

「난 우리가 어떤 의미에서는 목적지에 와 있지 않은가, 하는 뜻으로 말한 거야. 하지만…… 그 여자, 이름은 잘 모르겠지만, 길을 가는 것이 더 가치가 있다, 라고 썼던 그 여류 시인……[12] 만일 그녀의 말이 맞는 거라면…….」

「뭐, 길을 가는 게 더 가치 있다고?」요한나는 아직 잠이 덜 깬 목소리로 반문했지만, 이 대화가 금방 끝나지는 않으리라는 걸 느꼈다.

「그래, 길을 가는 거. 만일 우리의 목적지가 『기드온 성경』을 창밖으로 던져 버린 이 특급 스위트룸이라면, 왜 지금의 삶이 즐겁게 느껴지지가 않는 거지? 아니면 넌 그렇다고 생각해?」

「뭐가 그런데?」

「지금 즐겁게 느껴지느냐고.」

「뭐가?」

「삶이.」

「근데 지금 몇 시야?」

「밤 1시 10분.」

---

12 스웨덴의 여류 소설가이며 시인인 카린 보예Karin Boye(1900~1940)를 암시하고 있을 것이다.

60

지금 삶이 즐겁게 느껴지느냐고?

한 가지는 확실했다. 만일 그렇다면, 이것은 요한나 셸란 데르에게는 새로운 현상이었다. 지금까지 삶은 그녀에게 주로 엿만 먹여 왔다.

그리고 이것은 모두가 그녀의 아버지 때문이었다. 그리고 아버지의 아버지, 또 그 위의 아버지, 또 그 위의 아버지 때문이었다. 그들은 그녀가 남자여야 하며, 또 그 남자는 목사가 되어야 한다고 자기들끼리 결정했다.

일은 그들이 원하는 대로 이뤄지지 않았고, 요한나는 그녀가 온전한 남자가 되지 못한 것은 순전히 그녀 탓이라는 말을 어린 시절 내내 귀에 못이 박히게 들어왔다.

하지만 어쨌든 그녀는 목사가 되었다. 그리고 만일 지금 다시 잠드는 대신에 잠시 한번 생각해 보려 한다면, 그것은 이 문제가 자신의 단순한 무신앙과 관계된 것이라기보다는, 믿지 않는 것을 원칙으로 삼은 자신의 태도와 관계된 것일 수도 있었기 때문이었다. 사실 성경은 여러 가지 다양한 관점으로 읽을 수 있는 것이다. 그녀는 자신의 관점을 택한 것이고, 그렇게 함으로써 자신의 아버지와 할아버지와 증조할아버지에 대한, 그리고 구스타브 3세 시대까지 거슬러 올라가는 조상들에 대한 자신의 원한을 표출한 것이었다(이 구스타브 3세는 예배당 관리인과 비슷한 점들이 꽤 있었다, 눈이 아니라 등짝에 총을 맞긴 했지만).

「그렇다면 그 책을 조금은 믿는다는 얘기야?」 리셉셔니스트가 물었다.

「너무 앞서 가지는 마. 노아가 9백 살까지 살았다는 그런 개소리를 누가 믿어?」

「950살이야.」

「그런가? 내가 잠에서 깬 지 얼마 안 됐으니까 이해해.」

「그런데 자기가 욕하는 건 처음 듣네?」

「벌써 한 적이 있어. 하지만 새벽 1시 이전에 하는 경우는 드물지.」

어두워서 얼굴이 잘 보이지 않았지만, 그들은 피차 미소를 지었다는 것을 알았다.

페르는 자신의 질문들이 조금 바보 같은 것은 사실이지만, 그녀가 아직 대답해 주지 않았다고 말했다.

요한나는 하품을 한 다음, 그가 뭘 질문했는지 잊어버렸다고 대답했다.

「자, 마음껏 질문해 봐. 어차피 잠자기는 글렀으니까.」

「좋아, 다시 물을게. 이건 사실 가장 중요한 문제야. 지금 모든 게 제대로 흘러가고 있는 거야? 지금 우리의 삶이 즐겁게 느껴지느냐고.」

요한나는 잠시 침묵을 지킨 후, 이 대화에 진지하게 임하기로 마음먹었다. 물론 그녀는 사랑하는 남자와 함께 힐튼 호텔에서 푸아그라를 맛보는 게 즐겁단다. 1주일에 한 번씩 양 떼에게 거짓말을 하기 위해 강대상에 올라가는 것보다는 훨씬 즐겁단다.

하지만 페르의 말마따나 요즘은 매일이 비슷비슷하고, 또 돈이 다 떨어질 때까지 이 스위트룸에 남아 있어야 한다는 법도 없단다. 여기에 있으니까 돈도 빨리 줄어가는 것 같던데, 안 그래?

「만일 우리가 푸아그라와 샴페인을 보수적으로 고집한다면, 트렁크 속의 내용물은 대략 3년 반 정도 갈 것 같아.」페르는 차마 정확한 숫자는 말하지 못하고 이렇게 대답했다.

「그러고 나서 어떻게 되는 거지?」

「내가 알고 싶은 게 바로 그거야.」

요한나는 조금 전에 페르가 이 나라의 가장 유명한 시 중 하나인, 〈포만한 날은 결코 행복하지 않다, 가장 아름다운 날은 목마른 날이다〉라는 구절로 시작되는 시를 잠시 언급한 것을 기억하고 있었다.

그녀로 하여금 그들의 삶에 대해 조금 더 생각해 보게 만든 것은 이 시 자체가 아니라, 시인이 이 시를 쓰고 나서 바로 몇 년 후에 자살했다는 사실이었다. 이게 인생의 의미가 될 수는 없는 일 아닌가?

요한나는 페르를 만난 이후로 정말로 즐거웠던 때가 언제였던가를 한번 생각해 보았다. 그녀의 머릿속에 떠오른 것은 (어느 매트리스 위에서, 어느 캠핑카 안에서, 어느 오르간 뒤에서, 혹은 이용 가능한 모든 장소들에서 그들이 나눴던 그 달콤한 순간들 말고는) 여기저기서 돈을 나눠 주었던 시간들이었다. 벡셰의 적십자 사무실에서의 소동은 물론 완벽한 작품이었다고는 할 수 없었지만, 헤슬레홀름의 주류 판매점 앞에서 구세군 자원봉사자가 놀라서 뒷걸음치던 모습은 나중에 회상하면서 미소를 지을 수 있는 종류의 일이었다. 그리고 세이브 더 칠드런 본부 앞에 대충 세워 놓았던 캠핑카…… . 또 여왕에게 가져왔다는, 하지만 폭탄이 장치되어 있을지도 모를 꾸러미를 받지 않으려 하는 근위병에게 호통치던 킬러 안데르스…… .

페르도 그 순간들을 떠올리며 고개를 끄덕였지만, 얼굴에 약간 불안한 빛이 떠올랐다. 지금 요한나는 트렁크 속의 돈을 그들 자신보다는 어려운 사람들에게 줘야 한다고 암시하는 건가? 그게 우리가 가야 할 길이야? 그런 거야?

「아, 젠장! 뭐야, 지금 제정신이야?」 요한나가 몸을 벌떡 일으키며 소리쳤다.

「또 욕했다.」

「그러니까 말 같지도 않은 소리 하지 말라고!」

결국 그들은 삶이 잠시나마 즐겁게 느껴졌다면, 그것은 한 손으로는 아무도 모르게 몇 배나 받으면서, 다른 손으로는 주었기 때문이었다는 것을 피차 인정했다. 다시 말해서, 주는 것보다는 받는 것이 물론 행복하지만, 주는 것에도 좋은 점들이 없지는 않다는 얘기였다.

「그렇다면 삶의 목적을 우리 자신을 조금 더 행복하게 해줄 수 있는 경제적 여력이 있는 한, 다른 사람들도 행복하게 해주는 걸로 잡으면 어떨까? 일종의 〈교회 프로젝트〉인 셈이지. 하지만 하나님도, 예수도, 종탑에 숨은 저격수도 없는 교회 프로젝트.」

「그리고 노아도 없어야 해.」 요한나가 덧붙였다.

「뭐?」

「하나님도, 예수도, 저격수들도, 그리고 그 말도 안 되는 노아도! 아, 난 정말이지 그가 끔찍해!」

리셉셔니스트는 남에게 베풀면서 살되, 이 베풂의 대상이 그들 자신부터 시작된다는 사실은 굳이 드러내지 않는 새로운 공식을 찾아보겠다고 약속했다. 그리고 무슨 일이 있어도 노아와 그의 방주는 거기에 포함시키지 않겠단다.

「자기가 세부적인 작업을 진행하는 동안 난 다시 꿈나라로 돌아가도 괜찮겠어?」 요한나는 당연히 〈응〉이라는 대답이 나오리라 생각하며 물었다.

페르는 그녀가 잠이 덜 깬 상태로도 훌륭한 대화 상대라고 생각했다. 그리고 이 상태로 조금만 더 남아 있어 준다면 더욱 좋을 것이었다. 왜냐하면 방금 전에 삶의 의미라는 주제와 관련하여 조그만 생각 하나가 떠올랐기 때문이었다. 그는 자신의 내부에서 갑작스레 느껴지는 이웃을 사랑하고픈 강렬한 욕구에 그녀가 화답해 주고 싶은 생각이 없다면, 다시 잠들어도 상관없다고 대답했다.

페르 페르손은 몸을 비틀어 그녀에게 다가갔다.

「벌써 1시 반이나 됐어.」 요한나 셸란데르는 이렇게 말하고는 자신도 몸을 비틀어 그를 맞았다.

61

    순서에 있어서나 규모에 있어서 스웨덴에서 세 번째라고 할 수 있는 전국 범죄자 총회가 열다섯 명의 인원이 참석한 가운데 지난번과 같은 장소에서 개최되었다. 두 명이 불참한 것은 그사이에 경찰에 체포되었기 때문이었다. 그들은 상당량 복용한 마약에 취하여 그들이 현금 호송차라고 믿은 것을 습격하였으나, 사실은 돌아다니며 빵을 파는 트럭이었다.

    비록 노획물이 에셸룬드 베이커리에서 제조된 콩알만 한 모닝롤 빵 열 개에 불과했지만, 실탄이 장전된 총기들이 습격에 동원되었고, 따라서 범인들은 실형을 선고받았다. 베이커리 체인은 언론의 관심을 한 몸에 받는 뜻밖의 행운을 얻었고, 이에 체인 회장은 구치소에서 재판을 기다리는 두 도둑에게 예쁜 제라늄 화분 두 개를 선물로 보냈다. 구치소 교도관들은 이를 마약을 반입하려는 시도라고 믿었는데, 구치소 역사상 실패로 돌아간 어떤 범죄에 감사하는 의미로 수감자들이 꽃을 받은 일이 (또 그걸 바란 일도) 전무했기 때문이었다. 그래서 교도관들은 화분들에 대해 철저한 검사를 행했다. 결국 선물들은 수취인들에게 넘겨지지 못했으니, 검사 후에는 더 이상 그럴 만한 가치가 없어졌기 때문이었다.

회의에 참석한 악당들은 백작과 백작 부인이 용감한 올로프손 형제와의 치열한 전투 끝에 이승을 하직했다는 사실을 확인할 수 있었다. 하지만 형제는 자신들이 구체적으로 어떻게 커플을 제거했는지는 밝히려 들지 않았다.

「직업상 비밀이야.」 올로프손이 검지를 세워 좌우로 흔들었고, 그의 동생은 고개를 끄덕였다.

한편 킬러 안데르스는 다시 감옥에 들어갔고, 그의 이상한 프로젝트는 방기된 상황이었다.

이제 열다섯 사내는 킬러의 패거리들을 어떻게 처리해야 좋을지 생각해 봐야 했다. 논리적으로 따져 볼 때, 이 두 공범은 수백만 크로나를 가지고 있을 게 뻔했다. 이 둘로부터 자신들의 당연한 권리인 돈을 돌려받기 위한 대화는 그렇게 우호적으로 진행되진 않겠지만, 지금 킬러가 감옥 안에 있기 때문에 별로 위험할 게 없었다. 한편 돈을 어떻게 분배할 것이냐의 문제에 대해서는 의견이 열다섯 개로 갈렸다.

〈황소〉라고 불리는 사내는 킬러의 공범들은 백작과 백작 부인과 같은 운명을 당하는 게 싸다고 주장했다. 예를 들어 각자 수류탄 한 개씩을 삼키게 할 수 있을 터인데, 이 일에는 최근 이 방면으로 체험한 바 있는 올로프손 형제가 적임자라고 덧붙였다.

열띤 토론 끝에 14대 1의 표결로 채택된 결론은, 첫째, 설사 외부의 도움을 받는다 해도 세상에서 수류탄을 꿀꺽 삼킬 수 있는 사람은 아무도 없으며(희생자의 목구멍에 수류탄을 쑤셔 넣어야 하는 사람들이 겪게 될 위험은 차치하더라도), 둘째 이 커플을 콩가루로 만드는 것은 킬러 안데르스로 하여금 좋지 않은 생각을 품게 할 위험이 있다는 것이었다.

당분간 더 이상의 살인은 자제해야 했다! 킬러에게 살인이나 심각한 폭력을 의뢰한 이들의 이름이 노출되어선 안 된다는 의견이 여전히 강력한 힘을 발휘했다. 지금 백작과 백작 부인이 지옥에서 푹 쉬고 있다 해도(그들도 언젠가는 합류하게 될지 모르지만), 킬러에게는 이들과 관계된 것 말고도 폭로할 것들이 너무 많았다. 따라서 목사와 그녀의 그 똘마니를 붙잡아 와서 빚을 갚게 한 후, 그냥 놓아주는 것은 모두의 안전을 위해 필요한 일이었다.

올로프손과 올로프손이 이 두 공범을 붙잡아 와야 한다는 의견이 찬성 13, 반대 2로 채택되었다. 형제는 열심히 징징댔고, 그 덕분에 5만 크로나의 보상금을 약속받게 되었다. 액수가 그 이상은 될 수 없었는데, 이번에는 사람 죽이는 일이 아니었기 때문이다.

◆

불쌍한 올로프손 형제는 목사와 그녀의 똘마니를 어디 가서 찾아야 할지, 그저 막막하기만 했다. 그들은 며칠 동안 예배당 주변을 어정거렸고, 다시 며칠을 어정거렸다. 그동안 한 가지 눈에 띄는 변화가 있었다면, 그것은 무성하게 자란 잡초가 예배당 입구에 이르기까지 자갈길을 온통 덮었다는 점이었다. 이것 외에는 그 어떤 활동의 흔적도 보이지 않았다.

이렇게 1주일을 보내고 나서, 형제 중 하나가 문손잡이를 돌려서 예배당 문이 잠겨 있는지 확인해 보자고 제안했다. 잠겨 있지 않았다.

예배당 내부는 여전히 전쟁이 휩쓸고 간 장소처럼 어수선하기 이를 데 없었다. 징수과의 그 누구도 압류 재산의 청소에 우선권을 부여하지 않았던 모양이었다.

하지만 목사와 똘마니의 행방에 대한 단서는 찾을 수 없었다.

반면 성구 보관실에서는 도합 1천 리터는 될 만한 와인 통들이 무더기로 발견되었고, 그것은 한번 맛볼 가치가 있었다. 시음 결과 맛이 썩 나쁘진 않았지만, 그들의 유쾌하지 못한 삶을 조금 유쾌하게 만들어 주었다는 점 외에는 별다른 성과를 주지 못했다.

그들은 또 한 장롱에서 한 뭉치의 만화 잡지를 발견했다. 발행 연도를 보건대, 거기 놓여 있은 지 적어도 30년은 되었을 법한 책들이었다.

「예배당에 웬 만화책이야?」 올로프손이 놀라며 말했다.

그의 동생은 대꾸하지 않았다. 대신 곧바로 자리에 쭈그리고 앉아 「비밀 요원 X-9」의 한 에피소드를 탐독하기 시작했다.

올로프손은 이번에는 책상 옆의 휴지통을 조사하기 시작했다. 휴지통을 뒤집어 내용물을 쏟아 낸 다음, 공처럼 구겨진 잡다한 휴지들을 뒤져 보았다. 모두가 스톡홀름 슬루센 구역에 있는 힐튼 호텔에서 현금으로 요금을 지불하고 받은 영수증들이었다. 첫 번째 밤, 그리고 또 한 밤, 그리고 또 한 밤……. 이 개 같은 것들! 이것들이 이 올로프손과 우리 동료들의 돈으로 힐튼 호텔에서 노닥거렸단 말이지? 모두 딱 하룻밤 치만 계산되어 있었다. 다시 말해서 언제든 튈 준비를 하고 있었다는 얘기였다.

「자, 가자!」 살아온 중 가장 똑똑한 결론을 끌어낸 올로프손이 외쳤다.

「아, 잠깐만…….」 이제는 『모데스티 블레즈』의 한 에피소드에 푹 빠져 있는 올로프손이 손을 저었다.

62

목사와 — 그리고 특히 — 리셉셔니스트는 앞으로 어떻게 살아가야 할지를 계속 생각해 보고 있었다. 엿새 후, 그들은 이 힐튼 호텔 리다르홀름 스위트룸에서는 그 답을 찾을 수 없다는 결론에 이르렀다.

그들은 살 집을 찾아보고 나서야 집이란 게 얼마나 비싼 것인지를 깨달았다. 스톡홀름 시내에서 방 세 개짜리 아파트를 사려면 트렁크의 내용물을 몽땅 가져다 바쳐야 했다. 이렇게 초장부터 탈탈 털어 버린다면, 소비를 줄여 가며 즐겁게 살고 자시고도 없지 않은가? 또 적당한 가격으로 아파트를 임대하려면 대기자 명단에 등록해야 하는데, 그것은 앞으로 950년을 더 살 계획이 없다면 무의미한 일이었고, 그렇게 오래 산 사람은 역사상 한 명밖에 없었다.

리셉셔니스트도 목사도 부동산 임대 방면에는 경험이 없었다. 성년이 된 이후로 페르는 호텔 접수 데스크 뒷방이나 캠핑카에서 자면서 살아왔다. 요한나는 아버지의 목사관이나 웁살라의 학생 기숙사 외에는 살아 본 데가 없었다. 그리고 신학교를 졸업한 후에는 아버지가 자유롭게 놔주질 않았기 때문에, 어린 시절의 침실과 거기서 20킬로미터 떨어진 직장 사이를 시계불알처럼 왕복해야 했다.

커플은 트렁크 속의 내용물을 너무 사랑하기 때문에 단지 주거 비용으로만 쓸 수는 없다는 결론을 내렸다.

그들은 인터넷에서 발트 해 한가운데 위치한 한 섬에 있는 어업용 오두막 하나를 발견했는데, 그 가격(거저나 다름없었다)과 스톡홀름의 범죄자들로부터 멀리 떨어져 있다는(적어도 1백 해리는 떨어져 있었다) 점 때문에 단박에 마음이 끌렸다.

가격이 낮은 데에는 몇 가지 이유가 있었다. 오두막에서 영구적으로 살 수도 없었고, 벽과 천장에 단열 처리를 할 수도 없었고, 화장실을 설치하는 것도 금지되어 있었다.

「벽난로에 불을 활활 태운다면 단열 시설 없이도 지낼 수 있겠지. 하지만 꽁꽁 얼어붙는 날씨에 눈밭에 쭈그리고 앉아 있어야 한다는 것에는 영 마음이 끌리지 않는데?」

「에이, 그냥 잡아 버리자고! 일단 입주하고 나면, 일단 환경 보호 지침서를 태워서 몸을 덥히는 거야. 그런 다음, 우리가 그 방면에는 약간 무지한 고로, 금지된 공사를 몇 가지 해 버리는 거지 뭐.」

「누가 조사하러 오면 어떡해?」

오랫동안 아버지의 지배하에 살아온 요한나는 아직도 권위를 두려워했다.

「아니, 누가? 고틀란드 섬 화장실 특별 감찰관? 집집마다 찾아다니면서 사람들이 응가를 올바로 하고 있는지 아닌지 일일이 관찰하고 다니는 사람?」

위에서 언급한 복잡한 규정들 외에도, 오두막을 나와 마음 놓고 주변을 돌아다닐 수나 있을지 의문이었다. 적어도 집주인과 통화하면서 든 느낌이 그랬다. 집주인은 보호된 해변들, 보호된 수원(水源)들, 보호된 동물들, 보호된 생물 서식 공간들, 그리고 요한나가 끝까지 들을 힘조차 없었던 몇 가지의 다른 보호된 것들에 대해 길게 늘어놓았다.

남자는 결론적으로 자신은 이 비할 바 없는 문화적 보물을 아무에게나 넘기고 싶은 마음은 추호도 없지만, 주님을 섬기는 종이시니 이 유산을 훌륭하게 관리해 주실 것을 확신한다고 말했다.

「네, 고맙습니다!」 요한나가 대답했다. 「그럼 곧바로 계약 서류를 보내 주실 수 있으세요? 말씀하신 사명을 하루라도 빨리 맡고 싶네요.」

집주인은 직접 만나 따끈한 해초 수프라도 한 그릇씩 들면서 계약을 마무리 짓자고 제안했다. 옆에서 이 말을 들은 페르는 이건 좀 지나치다고 생각했다. 그는 얼른 수화기를 뺏어 들고는, 자신은 셸란데르 목사의 조수로서, 목사와 함

께 스톡홀름의 힐튼 호텔에서 열리고 있는 회의에 참석 중이
며, 이틀 후에는 나환자촌들을 돕기 위한 인도적 프로젝트
를 위해 시에라리온으로 떠날 예정이라고 설명했다. 따라서
집주인님께서는 서명된 서류를 그들이 떠나기 전에 호텔로
빨리 보내 주시는 게 나을 것 같은데요? 그럼 우리도 서류에
연서해서 다시 보내드리죠.

「와우, 훌륭한 일을 하고 계시네요!」 사내는 감탄하고는,
당장에 우체국으로 뛰어가겠다고 약속했다.

페르 페르손이 수화기를 내려놓자, 목사는 이제 나환자촌
은 거의 존재하지 않으며, 이 질병도 목사의 안수 기도보다
는 항생제로 치료하는 게 훨씬 낫다는 것을 알려 주었다.

「하지만 전체적으론 잘했어. 그런데 시에라리온이라는 생
각은 대체 어디서 나온 거야?」

「글쎄, 나도 잘 몰라.」 리셉셔니스트가 대답했다. 「하지만 만
일 거기에 나환자촌이 없다면, 분명히 뭔가 다른 게 있겠지.」

이제는 트렁크들을 꾸려야 할 시간이었다. 아니, 꾸릴 트
렁크는 단 하나였다. 만만찮은 호텔 요금 덕분에 노란 트렁
크 속의 지폐 뭉치는 꽤나 몸매가 홀쭉해져서, 이제 두 사람
의 몇 안 되는 물건들이 충분히 끼어들 수 있게 되었다.

커플과 노란 트렁크는 마지막으로 체크아웃을 했다. 필요
없게 된 빨간 녀석은 방에 남겨 놓았다. 거리가 얼마 안 되는
중앙역까지는 걸어서 가고, 거기서 버스로 뉘네스함으로 가

서는 고틀란드행 페리를 탈 계획이었다.

그러나 계획은 그저 계획일 뿐이었다.

63

　며칠 전 백작 커플과 우연히 마주쳤을 때, 올로프손과 올로프손의 운은 그리 나쁜 편은 아니었다. 지금도 마찬가지였다. 힐튼 호텔 정문 앞에 차를 세워 놓고 잠복 중인 그들은 채 10분도 기다릴 필요가 없었다.

　「와, 빌어먹을, 저것 봐!」올로프손이 아직도 만화책을 손에서 놓지 못하고 있는 동생에게 속삭였다. 「그것들이 저기 있어!」

　「어디? 어디?」 깜짝 놀란 올로프손이 눈을 이리저리 돌리며 물었다.

　「저기! 노란 트렁크하고 같이! 이제 스위트룸에서 체크아웃하고서, 어디론가 가고 있는 게야!」

　「그래, 우리 집 지하실로 가야지!」 올로프손의 동생은 차 뒷좌석에 만화책을 집어 던지며 으르렁댔다. 「저것들을 쫓아가자고! 기회만 나면 내가 붙잡을 테니까.」

그 기회는 거기서 약 50미터 떨어진 쇠데르말름 공원 근처에서 찾아왔다. 올로프손은 득달같이 보도로 뛰어내려서는, 만취 상태에서 교회 앞에서 분실한 모델보다 두 배는 더 우람한 권총으로(크기가 클수록 분실 위험이 적겠다는 생각으로 마련한 권총이었다) 커플을 위협하여 뒷좌석에 오르게 했다. 무려 2킬로그램에 달하는 스미스&웨슨 500 권총이 얼굴에 똑바로 겨눠지자, 커플은 괴한의 충고에 순순히 따르는 게 좋겠다고 판단했다.

올로프손은 처음에는 트렁크를 길바닥에 버리고 갈 생각을 하다가, 결국 포로들의 무릎 위에 던져 놓았다. 포로들이 돈을 어디에 숨겨 놓았는지 실토하지 않을 경우, 그 안에서 어떤 단서를 찾을 수 있을지도 모르므로.

◆

스톡홀름 광역시 암흑가 인사들의 회의실이라 할 수 있는 곳, 즉 수도에서 가장 세금 납부에 불성실한 술집들 중 하나의 지하실 한가운데 목사, 리셉셔니스트, 그리고 노란 트렁크가 나란히 서 있었다. 요한나가 놀란 것은, 그들을 둘러선 열다섯 명의 사내들이 트렁크에는 전혀 관심이 없다는 사실이었다.

「잘 오셨어.」 악당들의 비공식 리더가 입을 열었다. 「두 사람은 이 방을 다시 나가게 될 거야. 그게 어떤 방식이 될지는 나도 잘 모르겠지만. 예를 들어 두 다리가 앞으로 들려 나갈 수도 있겠지.」

이어 그는 목사와 〈그리고 이놈〉은 자기들에게 최소한 1천 3백만 크로나의 빚이 있다고 선언했다.

「흠, 그건 계산법에 따라 다를 것 같은데요?」 요한나가 용감하게 맞받았다. 「우선, 1천3백만은 약간 많지 않나요?」

「〈우선〉이라?」

「그리고 내 이름은 페르 페르손이에요.」 〈그리고 이놈〉이라고 불려 기분이 상한 리셉셔니스트도 한마디 했다.

「네 이름 같은 건 개한테나 던져 줘!」 리더는 이렇게 대꾸하고는 다시 요한나에게로 고개를 돌렸다. 「〈우선〉은 뭐고, 〈계산법〉은 또 뭐야?」

요한나 셸란데르는 그 일들이 어떻게 시작되었는지도, 또 어떤 식으로 계산해야 할지도 잘 몰랐지만, 어차피 내친걸음이었다. 하지만 이제부터는 정신을 바짝 차려야 했다. 이런 종류의 상황에서는 먼저 말부터 해놓고 그다음에 생각하는 게 그녀의 스타일이었다.

「그러니까, 대략 계산해 보자면, 1천만 크로나 정도면 충분할 것 같아요.」

이 말을 내놓기가 무섭게, 그녀는 자신들의 자유를 사기 위해 동원 가능한 금액보다 훨씬 많은 액수를 부른 자신의 머리칼을 쥐어뜯고 싶었다.

「좋아, 그렇다면 혹시 우리가 너희들의 그 대략적인 계산을 받아들여 준다면, 그 1천만 크로나는 어디 있지?」 악당들의 두목이 침착하게 물었다.

정말이지 페르 페르손은 이런 절체절명의 순간에 순발력을 발휘하는 일에는 약했다. 그가 상황을 그들에게 유리하게 만들 수 있는…… 그런 말들로 전환될 수 있는…… 어떤 쓸 만한 아이디어를 찾아보느라 옆에서 소리가 들릴 정도로 끙끙대고 있는데, 요한나는 어느새 말을 이어가고 있었다.

「거기에 대해 더 말하기 전에, 우선 문제의 액수에 대해서 얘기 좀 하고 싶어요.」

「뭐야?」 리더가 소리쳤다. 「방금 전에 1천만 크로나라고 네 입으로 말했잖아! 이런 염병할!」

「여보세요, 여보세요! 제발 욕 좀 하지 마세요!」 요한나가 엄하게 꾸짖었다. 「저 위에서 그분이 다 보고 듣고 계신다고요!」

〈오, 드디어 리듬을 타기 시작했군!〉 그녀의 남친이 옆에서 다시 한 번 감탄했다.

「난 대략 계산해 볼 때 1천만 크로나가 더 합리적인 액수일 것 같다고 말했을 뿐이에요. 하지만, 사실 이런 미묘한 얘기는 하고 싶지 않지만, 이 액수 중에서 최소한 3백만은 여기 계신 몇 분을 제거해 달라고 의뢰한 백작과 백작 부인에게서, 혹은 그 반대 방향의 의뢰를 하신 여러분 중의 몇 분에게서 온 거예요…….」

악당들 사이에서 불안에 찬 웅성거림이 일었다. 설마 저 여자가 의뢰인들의 이름과 요청한 서비스의 내용들을 밝히진 않겠지?

「내가 계속 말할 수 있게 허락해 주신다면,」 그리고 그녀는 허락을 기다리지 않고 말을 이었다. 「킬러 안데르스가 여러분 가운데 그 누구도 죽이지 않았다는 이유로 여러분께서 그에게 환불을 요구한다면, 내가 볼 때 그것은 대단히 비윤리적인 일이라고 생각해요.」

리셉셔니스트는 목사의 생각의 속도를 거의 따라가지 못하고 있었다. 악당들은 아예 포기해 버렸다. 그들 대부분은 〈비윤리적인〉이라는 말 한마디에 전의가 꺾여 버린 것이다.

「뿐만 아니라, 백작과 백작 부인을 대상으로 한 의뢰의 최종적인 결과를 고려해 볼 때, 추가적인 할인도 필요하다고 생각해요. 만일 킬러를 죽이려고 그 숲에 숨어들지 않았다면, 그들은 죽지 않았을 거예요. 다시 말해서 결국 킬러 때문에 죽게 된 것 아닌가요?」

다시 웅성거림이 일었다.

「그래서 결론이 뭐야?」 리더가 퉁명스레 물었다.

「우리에게 빨간 트렁크가 있다는 사실이죠.」 목사가 옆에 놓인 노란 트렁크를 손으로 지그시 누르며 대답했다.

「빨간색 트렁크?」

「네, 그 안에 정확히 6백만 크로나가 들어 있어요. 우리가 번 돈 전부예요. 난 여러분 중 적어도 몇 분은 교회에서 견진 성사를 받은 일이 있다고 생각해요. 아마도 여러분 중 한두 분은 이 생 다음에 또 다른 생이 있으며, 거기서 꼭 백작과 백작 부인을 다시 만나야 할 필요는 없다고 생각하실 거예요.

목사 한 사람을 죽이지 않는 것에 대한 보상금으로 이 6백만 크로나는 괜찮은 가격이 아닐까요?」

「여러분이 안 죽이는 사람에는 페르 페르손도 포함됩니다!」 당사자가 황급히 외쳤다.

「네, 페르 페르손도 포함되죠.」 요한나가 고개를 끄덕였다.

악당들의 리더는 페르 페르손의 이름 따위는 개한테나 줘 버리라고 되풀이했다. 그러고 있는 사이, 무리 속에서 다시 한 번 웅성거림이 일었다. 요한나는 그 다양한 어조들을 분석해 보았다. 의견들이 갈라지고 있는 듯했다. 하여 그녀는 재빨리 덧붙였다.

「트렁크는 나만이 알고 있는 안전한 장소에 숨겨져 있어요. 그게 어딘지 내가 밝힐 수도 있겠죠. 물론 그러기 위해선 고문을 받아야겠지만요. 하지만 그게 정말로 주님의 마음을 달래 드릴 최선의 방법일까요? 감옥에 갇혔다고 해서 언어 능력까지 잃어버리지는 않았을 터인 우리 킬러 안데르스 님은 차치하고라도요.」

이 마지막 위협은 무리 중 몇 사람을 부르르 떨게 만들었다.

「따라서 내가 여러분께 드리는 제안은 이래요. 만일 여러분께서 우릴 무사히 풀어 주시겠다고 도둑으로서의 명예를 걸고 약속해 주신다면, 여러분들이 그다지 이름을 알고 싶어 하지 않는 여기 계신 이분과 나는 아주 가까운 시일 내에 여러분께 6백만 크로나를 넘겨 드리겠어요.」

「아닙니다, 아닙니다, 그게 3백만 크로나일 수도 있습니다!」 이 불확실한 상황에도 불구하고, 또다시 알거지가 된다는 생각에 절망에 사로잡힌 페르 페르손이 황급히 끼어들었다. 「그럼 그날이 오면 우리 모두 함께 천국에 올라갈 수 있을지도 몰라요!」

이로써 페르는 악당들과 결정적으로 척지게 되었다.

「난 네놈 이름 따위는 개한테나 줘버리고 싶을 뿐만 아니라, 만일 네놈을 토끼 가죽 벗기듯 배꼽에서부터 턱까지 쫙 갈라놓을 경우, 네 몸뚱이가 어디로 가게 될지는 눈곱만큼도 신경 안 써!」 리더가 목에 굵은 핏줄을 세우고 외쳤다. 그러고 나서 다시 두 번째의 저주를 퍼부으려고 다시 한 번 목에 힘을 모으는 순간, 목사가 말을 끊었다.

「아까 말한 대로 6백만이에요.」 그녀는 순간적으로 상황을 분석했고, 이 금액 이하로는 무사히 빠져나갈 수 없겠다는 결론을 내렸던 것이다.

다시 웅성거림이 일었다. 결국 악당들은 6백만 크로나는 이 빌어먹을 목사와 자기도 이름이 있다고 부르짖는 친구를 죽이지 않는 대가로 받아들일 만하다는 결론에 이르렀다. 물론 이들을 없애 버리는 게 더 간단한 일이겠지만, 그래도 살인은 살인이었고, 경찰은 경찰이었다. 킬러 안데르스와 그의 커다란 주둥이는 차치하고라도 말이다.

「오케이!」 리더가 드디어 결단을 내렸다. 「우리를 그 빨간색 트렁크와 6백만 크로나가 있는 곳으로 안내해. 그럼 우리가 바로 이 지하실에서 액수를 확인해 보고 나서, 문제가 없으면 너희들은 꺼져도 돼. 그리고 나면 적어도 우리에 관한 한, 너희들은 더 이상 존재하지 않아.」

「하지만 우리에 관한 한은요? 우리의 관점에서 볼 때, 우린 존재하게 되나요?」 계약을 좀 더 명확히 하고 싶었던 페르가 물었다.

「너희들이 베스테르 다리에 가서 아래로 뛰어내리든 말든 그건 니들 자유야. 하지만 우리 리스트에 너희들은 더 이상 존재하지 않는다고! 물론 그 빨간색 트렁크에 너희들이 약속한 게 정확히 들어 있어야 하겠지만.」

요한나 셀란데르는 눈을 살짝 아래로 깔면서, 주님께서는 거짓말들에 대해, 그것들이 눈처럼 순결하기만 하다면, 항상 관대하시다고 말했다.

「그게 무슨 뜻이지?」 리더가 물었다.

「그 빨간 트렁크는…… 사실은 노란색이에요.」

「지금 네가 몸을 기대고 있는 그것?」

「배달 한번 빠르죠?」 목사가 생긋 미소를 지었다. 「그럼 나와 내 친구가 여길 떠나기 전에, 이 안에 돈과 함께 들어 있는 칫솔 두 개와 속옷 몇 벌, 그리고 다른 몇 가지를 챙겨도 될까요?」

그러고는 리더와 패거리의 생각이 바뀌기 전에 얼른 트렁크를 열어 그 안의 눈부신 내용물을 보여 주었다.

64

탐욕에 불타는 몸뚱이들이 돈으로 가득한 트렁크에 코와 손들을 쑤셔 박고 있는 와중에, 팬티 몇 장과 칫솔 두 개, 원피스 한 벌, 바지 한 벌, 그리고 다른 몇 가지를 간신히 건져 내는 데 성공한 목사는 리셉셔니스트의 귀에 대고 이제는 조용히 사라져야 할 때라고 속삭였다.

무리 중의 그 누구도, 심지어 탐욕에 있어서라면 남들보다 결코 뒤지지 않는 리더까지도 포로들이 살그머니 방을 나가는 것을 알아채지 못했다. 대신 그는 정신없이 돈을 낚아채고 있는 동료들에게 〈모두 동작 그만!〉을 외쳤다. 돈의 분배는 질서와 규율 속에 이뤄져야 마땅했다.

이 고함 소리에 대부분의 지폐들은 트렁크 속으로 원위치했으나, 전부 다 그런 것은 아니었다. 악당 넘버 2는 넘버 4가 두툼한 돈다발 하나를 바지의 왼쪽 앞 호주머니에 집어넣는 것을 보았다고 고발하면서, 그 증거를 보여 주고자 했다.

넘버 4는 자기 몸에 남이 손대는 것을, 특히나 동료들이 보는 앞에서 자신의 개인적 자부심이 위치한 장소 부근을 만지작거리는 것을 참고 있을 사내는 아니었다. 하여 그는 넘버 4로서의 위치가 흔들리는 걸 막기 위해, 자신을 고발한 자에게 주먹 한 방을 날렸다. 넘버 2는 그대로 녁장거리를 했고, 다행히도 머리통이 콘크리트 바닥에 부딪혀 의식을 잃었는데, 그렇지 않았다면 상황이 정말로 악화되었을 것이다. 덕분에 비교적 차분한 상태가 4분 더 지속될 수 있었다.

악당들의 리더는 무리 가운데 질서를 회복하는 데 성공했다. 이제 6백만 크로나는 열다섯 명에게 정확히 분배되어야 했다. 아니, 바닥에 누워 있는 사내가 깨어날지 아닐지의 여부에 따라 열네 명이 될 수도 있었지만.

그런데 가만, 6백만 나누기 15가……? 그들 모두는 수학에 다소 약했다. 게다가 이때, 올로프손 형제는 돈을 벌써 받았으므로 액수를 줄여야 하며, 또 둘은 이름이 같으므로 한 사람으로 쳐야 한다는 소리가 몇 군데서 올라왔다. 이 말에 형제 중 더 열을 잘 받는 성격인 올로프손이 평소보다 더 열을 받아서, 악당 넘버 7(〈황소〉)에게 킬러 안데르스가 네놈 모가지를 따버리지 않은 게 정말 유감이라고 선언했다.

「아하, 무슨 말인지 알겠어, 이 개자식!」 황소가 마주 열을 냈다. 「네놈이 내 모가지를 걸고서 계약을 맺었었구먼!」

이렇게 말하면서 그는 올로프손이 킬러가 황소에게 해주길 바랐던 바로 그것을 올로프손에게 해주고자 칼을 뽑았다.

이 행동은 공황감에 사로잡힌 또 다른 올로프손이 나름의 교란 작전을 시도하는 결과를 초래했다. 이 절박한 상황에서 그에게 떠오른 유일한 아이디어는 그의 스미스&웨슨 500을 뽑아 지폐로 가득한 트렁크에 대고 갈긴다는 것이었다. 그의 두 손에 들린 무기는 필요하다면 진짜 황소도 쓰러뜨릴 만한 위력이 있었다. 따라서 총격을 당한 지폐들 사이에서 소규모의 화재가 발생한 것은 조금도 이상한 일이 아니었다.

교란 작전은 기대 이상의 효과를 낳았다. 황소와 다른 악당들 — 바닥에 누운 악당을 제외한 — 은 총성에 잠시 동안 넋을 잃고 있다가, 허연 연기로 화하고 있는 지폐들로 곧바로 정신을 돌렸다. 출동 가능한 모든 발들이 달려들어 다 같이 쿵쿵 뛰며 6백만 크로나를 위협하는 화마와 싸웠다. 그렇게 불길이 거의 잡혀 가고 있을 때, 악당 넘버 8이 보다 완벽한 화재 진압을 위해 가정에서 만든 90도짜리 독주 한 병을 희생하겠다는 갸륵한 생각을 했다.

올로프손과 올로프손은 화마가 더욱 맹렬한 기세로 부활하기 몇 초 전에, 이제는 그만 이곳을 빠져나가는 게 좋겠다는 현명한 판단을 내렸다. 다른 악당들도 다급히 그들 뒤를 따르지 않을 수 없었다(바닥에 누워 — 뒤로 자빠질 때 즉사한 게 아니었다면 — 화염 속에서 죽어 간 넘버 2를 제외하고). 아낌없이 콸콸 부은 90도 독주는 한 올의 불꽃도 잡지 못하였다.

다음 날 밤, 네 명의 사내가 올로프손과 올로프손의 집으로 찾아갔다. 그들은 초인종도 누르지 않았고, 문을 두드리지도 않았다. 그저 분노의 도끼질로 문짝을 톱밥으로 만들었다. 그러고 나서 눈에 쌍심지를 켜고 찾아보았으나, 두 올로프손은 그림자도 보이지 않았다. 다만 왕년의 유명한 은행 강도의 이름을 딴 〈클라크〉라는 햄스터 한 마리가 발발 떨고 있을 뿐이었다. 올로프손은 동생 올로프손에게 그들이 다시는 돌아갈 수 없는 아파트에 햄스터를 버릴 것을 강요했던 것이다. 지하실에서의 대참사가 있은 후, 형제는 말뫼, 그러니까 지금쯤 세상에서 가장 화가 나 있을 사람들로부터 6백 킬로미터 이상 떨어진 곳으로 가는 기차를 탔다.

말뫼는 멋진 도시였다. 사실 이곳은 스웨덴에서 범죄자들이 가장 많이 득실대는 도시이기도 했다. 이런 곳에서 1주일에 범죄 한두 건 더 일어난다고 해서 관심 갖는 사람은 아무도 없을 거야……. 이게 올로프손이 그의 동생과 함께 한 주유소 편의점을 습격하면서 한 생각이었다. 그들은 거기 있는 현금 전부, 그리고 특히 객쇼클라드 초콜릿바 네 개를 털어서는 탈취한 점장의 차를 타고 달아났다.

65

리셉셔니스트가 도무지 이해할 수 없는 점이 하나 있었다. 어떻게 트렁크 안에 정확히 6백만 크로나가 남아 있었을까? 거기에 적어도 60만 크로나는 더 있어야 하지 않나?

맞단다. 하지만 요한나가 짐을 꾸리면서 약간의 현금을 자기 몸에 챙겼단다. 속옷이나 치약이나 다른 것들이 들어갈 공간이 부족해서가 아니라, 몇 푼 안 되는 버스표를 살 때마다 번거롭게 트렁크를 열지 않기 위해서였단다.

「혹은 고틀란드 섬의 몇 푼 안 되는 오두막을 얻을 때도……겠지?」

「빙고!」

사실 더 형편없는 삶이 될 수도 있는 일이었다. 보다 정확히 말하자면, 오두막 임대료를 지불하고 나서도 그들에게 64만 6천 크로나가 남아 있었다. 그리고 가구를 몇 가지 들여놓고, 입주하자마자 불쏘시개로 없애 버린 규정집의 조항들을 수없이 위반해 가면서 집을 약간 손보고 나니 60만 크로나 조금 못 미치는 금액이 되었다. 위협받는 동물 리스트에 올라 있긴 하지만 상당히 짜증 나는 모래말벌들을 자벨수[13]를 부어 없앨 때에는 굳이 집주인에게 전화를 걸어 허락을 구하지는 않았다.

「비록 50만 남짓한 돈이지만 세상의 육푼이, 칠푼이, 팔푼이 들을 찾아내서 잘 투자하기만 하면 얼마든지 불려 나갈 수 있을 거야.」 요한나가 말했다.

페르도 같은 생각이었다. 자벨수 병마개를 돌려 따면서, 그는 여기서의 핵심 포인트는 육푼이에게 주는 돈은 칠푼이, 팔푼이에게서 얻는 돈보다 단 1외레도 많으면 안 된다는 점임을 상기시켰다.

---

13 하이포아염소산 칼륨과 염화 칼슘의 혼합 수용액으로 표백제, 소독제, 살균제로 사용된다. 파리 교외의 옛 지명에서 유래한다.

66

중세풍의 도시 비스뷔[14]와 이곳의 상점들은 크리스마스 시즌을 앞두고 준비에 한창이었다. 제로에 가까운 이자율은 사람들로 하여금 대출받은 돈을 펑펑 쓰게 하여, 연말 매출은 다시 한 번 기록을 경신하게 될 것이었다. 결과적으로 사람들은 일자리를 유지하고, 대출금도 이자를 포함하여 꼬박꼬박 상환할 수 있게 될 것이었다. 정말이지 경제란 미묘한 과학인 것이다.

지난 몇 달 동안 리셉셔니스트는 〈받는 게 주는 것보다 행복하다〉의 원리를 어떻게 하면 (사람들에게는 그 반대의 느낌을 줄 수 있는) 실제적인 방법으로 바꿀 수 있을지 곰곰이 생각해 왔다. 지금까지 그가 찾아낼 수 있었던 것은 〈주기〉 항(項)의 여러 형태들뿐이었다. 사실 여기저기 돈을 뿌리고

14 두 주인공이 새 보금자리를 꾸민 고틀란드 섬은 고틀란드 주에 속해 있고, 인구 약 5만 7천의 고틀란드 주의 주도가 이 비스뷔이다. 인구가 약 2만 명 남짓인 이 도시는 중세의 건물과 유적들이 잘 보존되어 있어 유네스코 세계 유산으로 지정되어 있다.

다니는 것은 별로 어려운 일이 아니었다. 또 재미있는 일이기도 했다. 하지만 준 만큼 받지 못한다면 완전히 미친 짓이기도 했다.

이게 기가 막히게 통하던 때도 있었다. 바로 왕년의 킬러, 안데르스 설교사가 한 손으로는 너그러이 기부하고, 다른 손으로는 양동이로 돈을 쓸어 담던 시절이었다. 하지만 지금 그들에게는 킬러도, 양동이도, 교회도 없었다. 이것들 중에서 양동이는 다시 구할 수 있겠지만, 그것 하나만 가지고 대체 무얼 할 수 있겠는가? 어느 날 헤스트가츠바켄 언덕길을 산책하고 있던 두 사람은 빨간 옷차림에 하얀 가짜 수염을 단 남자와 마주쳤다. 아마도 비스뷔 상인 협회에 고용된 듯한 그 남자는 언덕길을 이리저리 다니면서 행인들에게 〈메리 크리스마스〉를 외치기도 하고, 아이들에게는 생강 쿠키를 나눠 주기도 했다. 그의 모습과 그가 주는 과자들에 어른, 아이 할 것 없이 즐거워했다. 하지만 이 때문에 사람들이 근처의 상점들로 달려가 돈을 더 쓰게 될지는 솔직히 의문이었다.

어쨌든 이 광경을 보며 요한나는 만일 자기가 킬러 안데르스의 머릿속에 예수 대신 산타클로스를 집어넣어 주었다면 이야기는 전혀 다른 방향으로 흘러갔을 텐데, 하고 말했다. 페르는 강대상에서 〈우리 전능하신 산타클로스님!〉을 외치고 있는 안데르스의 모습을 상상해 보며 킥 웃었다.

「생강 쿠키와 따끈한 글뢰그를 나눠 주면서 말이야.」 요한나가 덧붙였다. 「반드시 아주 강한 와인으로 만든 글뢰그여야만 해. 무엇보다도 디테일이 중요하거든.」

이 말에 페르는 다시 한 번 킥킥거리다가, 갑자기 심각한 표정이 되었다. 그러고 보니 하늘에 계시는 하나님과 산타클로스(그가 어디에 살든 간에)의 차이는 그리 크지 않았던 것이다.

「둘 다 실제로 존재하지 않는다는 점을 말하는 거야, 아니면 둘 다 허연 수염이 달렸다는 걸 말하는 거야?」 요한나가 물었다.

「모두 아니야. 그것보다도 둘 다 선한 존재로 명성이 높지 않아? 혹시 여기서 어떤 아이디어를 발견할 수 있지 않을까?」

요한나 앞에서 신이 〈선하다고〉 말하고서 무사히 빠져나갈 수는 없는 노릇이었다. 그녀는 하나님이 약간 〈사이코〉 기질이 있다는 증거를 성경에서 적어도 1백 개는 뽑아낼 수 있다고 단언했다. 그리고 산타클로스에 대해서는 잘 모르겠지만, 어쨌든 굴뚝 속으로 기어 들어갔다가 쑥 튀어나오기를 반복하는 걸 보면 그 양반도 그리 정상으로 보이지는 않는단다.

페르는 자신들도 그렇게 〈착한 아이〉나 〈죄 없는 양〉 같은 존재들은 아니지 않느냐고 유쾌하게 되받았다. 대충 따져 봐도 우린 십계명 중에서 매일같이 아홉 계명은 어기고 있는 것 같은데? 아직까지 우리가 여건상 저질러 보지 못한 죄가 하나 있다면, 그건 〈간통〉이 될 테고 말이야.

「그 말이 나왔으니 말인데,」 요한나가 불쑥 말했다. 「우리 계속 이렇게 붙어 다니지만 말고 그냥 결혼해 버리는 게 좋지 않아? 물론 결혼식은 세속적인 방식으로 하고, 반지는 자기가 사 와야지.」

페르는 청혼을 곧바로 받아들이며, 자기가 금반지를 준비해 놓겠다고 약속했다. 하지만 잠깐 십계명 얘기로 돌아와서 한 가지 고칠 게 있단다. 그들은 간통하지 않았을 뿐 아니라, 살인을 한 적도 없단다.

「맞아.」 요한나가 인정했다. 「다시 말해서 우리의 스코어가 9대 1에서 8대 2가 된다는 얘기지. 그래 봤자 별로 대단할 것도 없지만.」

페르는 대꾸 없이 씩 웃기만 했다. 대신 다시 십계명 얘기로 돌아와서는,

「그리고 말이야, 사람이 적어도 미래의 아내에 대해서는 욕심을 품을 수 있는 거 아냐? 또 공동 소유인 5백 크로나 지폐 다발에 대해서도?」

요한나는 그것은 해석에 달려 있는 문제이긴 하지만, 어쨌든 자기는 성경 같은 것은 영원히 뒤로 던져 버리고 싶단다. 우선 천당이란 건 존재하지 않으며, 설령 존재한다 하더라도, 거기에 들어가겠다고 천당 대문 앞에 줄을 서고 싶지는 않단다. 하나님이 기다리고 있다가 보자마자 된통 야단을 칠 텐데, 도저히 그걸 견뎌 낼 자신이 없단다. 이어 그녀는 화제를 돌리면서, 〈즉각 돈으로 돌아오는 베풂〉이라는

문제에 대한 해결책을 찾는 데 있어서, 산타클로스가 관심 있는 고려 대상이 된 거냐고 물었다.

페르 페르손은 솔직히 말하자면, 요한나가 ─ 자신도 마찬가지지만 ─ 〈받지 않고 주기만 함〉에 만족하지 못하는 한, 그것도 해답은 아닌 것 같다고 생각했다.

「받지는 않고 오로지 주기만 한다……. 이게 옳다고 생각해야 할 이유가 전혀 없잖아?」

「그렇지!」 요한나가 고개를 끄덕였다. 「아무튼 말이야, 우리 돈이 다 떨어지고 나면, 그때는 어떻게 하지?」

「결혼?」

「그건 벌써 결정한 거고. 더구나 결혼한다고 해서 더 부자가 되는 것은 아니잖아?」

「그런 말 하지 마. 정부에서 나오는 육아 보조금이란 게 있잖아. 아이를 한 예닐곱 명만 낳으면 먹고사는 데는 아무 지장이 없어.」

「바보!」 요한나가 픽 웃었다.

바로 그 순간, 그녀의 눈에 보석 가게 하나가 들어왔다.

「자, 저기 가서 우리 약혼해!」

67

　겨울은 봄에게 자리를 내줬고, 봄은 초여름이 되었다. 이제 적어도 한 가지 방면에서는 죄를 짓지 않을 수 있게 되었다. 요한나 셸란데르와 페르 페르손이 합법적인 아내와 남편이 될 때가 온 것이다.

　이 일을 위해 그들이 찾아낼 수 있었던 가장 세속적인 사람은 고틀란드 주의 여자 주지사였는데, 그녀는 어업용 오두막 옆, 해변에서 식을 치르는 것을 받아들였다.

　「아니, 여기서 두 분이 사세요?」 그녀가 놀라며 물었다.

　「네? 우리가 미쳤어요?」 요한나가 어이가 없다는 듯 되물었다.

　「그럼 어디 사시죠?」

　「다른 곳에요.」 신랑이 대신 대답했다. 「자, 시작할까요?」

　오기 전에 주례는 결혼식이 그래도 3분은 돼야 하지 않겠느냐고 설득했지만, 신랑 신부는 45초면 끝나는 약식을 고집했었다. 이 일을 위해 먼 걸음을 해야 했던 그녀는 〈신랑은 모모 양을 신부로……〉 형식의 문장을 단 두 번 지껄인 다음에 곧장 지사 관저로 돌아가야 한다는 게 조금은 허망하게 느껴졌다. 더구나 그녀는 신랑 혹은 신부가 결혼 상대뿐 아니라 고틀란드의 연약한 자연도 잘 보살펴야 한다는 내용으로 멋진 주례사도 준비해 놓은 터였다.

몇 번의 전화 통화 끝에, 주지사의 주례는 식이 얼마나 오래 걸리든 공짜라는 사실을 알고 나서야 리셉셔니스트는 그녀가 정히 원한다면 부부 간의 사랑과 환경 문제에 대해서도 언급하는 것을 받아들였다. 전화 주어 감사하다고 말하고 수화기를 내려놓은 그는 자벨수 병들을 모두 숨겨 놓았다. 그리고 다음 날에는 리틀 트리 방향제 열 개를 사와서 주지사님이 소중히 아끼는 자연에 향긋한 갯내음을 돌려주기 위해 해초들 사이에다 밀어 넣었다.

◆

신랑 신부는 결혼 증명서 양식과 결혼 자격 증명서를 제출했고, 주례는 서류를 잘 준비해 왔다고 칭찬했다.

「그런데 증인은 어디 있죠?」 주례가 물었다.

「네? 증인이요?」 페르가 되물었다.

「아, 빌어먹을!」 그 자신 과거에 꽤 많은 커플을 맺어 준 바 있어 이게 무슨 말인지 이해하는 목사가 탄식했다. 「앗, 잠깐만요!」 그녀는 이렇게 덧붙이고는 저쪽에서 한가로이

산책하고 있는 한 노부부에게로 달려갔다.

주지사가 지금 자신이 욕쟁이 목사가 신부인 결혼식을 진행하려 하고 있다는 사실을 깨닫고 있을 때, 이 문제의 목사는 스웨덴어도, 영어도, 독일어도, 프랑스어도, 기타 요한나가 아는 그 어떤 언어도 할 줄 모르는 커플과 손짓발짓 섞어 가며 열심히 대화 중이었다. 일본인 관광객이었던 그들은 그래도 목사의 말뜻을 이해하고는, 말 잘 듣기로 소문난 국민답게 순순히 그녀를 따라나섰다.

「두 분은 신랑 신부의 증인들입니까?」 주례가 이렇게 묻자, 일본인 커플은 무슨 뜻인지 이해하지 못하고 그녀를 멀뚱히 쳐다보기만 했다.

「〈하이(はい)〉라고 해요! 〈하이〉!」 요한나가 속삭였다 (〈하이〉는 그녀가 아는 유일한 일본말이었다).

「하이!」 일본인이 외쳤다.

「하이!」 그의 아내도 따라 외쳤다.

「우리는 아주 오래전부터 알아 온 친구예요.」 신부가 증인들을 소개했다.

결혼이 정식으로 성립되기 위해서는 추가적인 행정 서류 몇 가지와 주지사 쪽에서의 약간의 융통성이 요구되었다. 하지만 그녀는 문제를 일으키기보다는 해결하기를 좋아하는 부류였고, 잠시 후 페르와 요한나는 그들이 부부로 결합되었음을 확인하는 공식 증서를 얻게 되었다.

◆

　여름이 가고, 가을이 왔다. 요한나는 어느덧 임신 4개월째에 접어들었다.

　「자, 우리의 첫 번째 육아 보조금이 달려오고 있어!」 미래의 아빠가 신이 나서 외쳤다. 「여기에 아이 너덧 명만 더 생기면 게임은 끝이야. 출생 주기만 잘 맞추면, 옷 사느라 돈을 많이 쓸 필요도 없어. 첫째는 둘째에게 입던 옷을 물려주고, 둘째는 셋째에게, 셋째는 넷째에게……」

　「우선은 첫째에게 좀 집중해 줄래? 다른 애들을 그다음에 하고!」

　이제 그들은 다락방이 하나 딸린, 그리고 법적으로 거주가 금지된 19제곱미터 남짓한 어업용 오두막에서 평화롭게 살고 있었다. 생활비는 최소한도로 줄였다. 면만 삶은 스파게티와 수돗물은 푸아그라와 샴페인처럼 입에 착착 감기지는 않았지만, 그래도 아름다운 바다 풍경을 실컷 감상할 수 있었다. 게다가 강력한 살균력을 자랑하는 자벨수 덕분으로, 그들은 단지 모래말벌들만이 아니라, 개미, 꼬마꽃벌, 황금말벌, 개미벌, 기생파리, 기타 생태계의 다양성을 보장하는 임무를 띠고 설쳐 대는 다른 곤충들 대부분을 제거해 버린 지 오래였다.

　트렁크 속에 넘쳐 나던 수백만 크로나는 어느덧 사라지고, 지금은 트렁크조차 남아 있지 않았다. 〈주되 그것보다 조금 더 받겠다〉하던 페르의 멋진 계획은 다 어디로 갔단 말인가? 이제는 요한나도 회의적인 심정이었다. 지금 같은 상황에서는, 일단 〈받고 또 받겠다〉 정책부터 시행하는 게 나아 보였다.

페르는 프로젝트의 진행 속도가 좀 느린 게 사실이라고 시인했다. 그는 계속 산타클로스를 머릿속에 떠올려 봤으나, 이 바보는 도대체가 줄 줄만 알지 받을 줄을 몰랐다.

요한나는 박처럼 부풀어 오르는 배만 내려다보고 있는 삶이 슬슬 지겨워지는 데다가, 고틀란드에 다시 겨울이 찾아오고 있기도 했으므로, 머리도 좀 식힐 겸 본토나 한번 다녀오는 게 어떻겠느냐고 제안했다.

「가서 뭘 하려고? 우릴 별로 좋아하지 않는 어떤 악당과 마주칠 일밖에 더 있겠어? 혹은 두 명을?」

요한나에게도 딱히 뚜렷한 계획은 없었다. 악당들과 마주칠 위험이 상대적으로 덜한 공공장소들에서 놀다 오면 어떨까? 왕립 도서관, 해양 박물관⋯⋯.

아, 정말 재미있겠다!

「아니면 뭔가 좋은 일을 해볼 수도 있겠지. 그게 돈이 안 드는 일이라면 말이야.」 요한나는 말을 이었다. 「우리가 어떤 일을 하면서 행복감을 못 느낀다면, 그건 우리가 잘못된 길을 가고 있다는 신호일 수 있어. 이 점은 자기의 그 끝이 안 보이는 퍼즐 맞추기에서 중요한 단서가 될 수도 있다고.」

「내 퍼즐 맞추기가 아니라, 우리의 퍼즐 맞추기야!」 페르가 표현을 정정했다. 「그리고 뭐? 좋은 일을 한다고? 왜, 길을 건너는 할머니들을 도와주자고?」

「안 될 것도 없잖아? 혹은 우리가 아주 우아하게 감옥으로 보내 버린 그 버섯 애호가 킬러를 방문할 수도 있겠지. 내 기억이 맞는다면, 금방 면회 가겠다고 내가 약속하기도 했었고.」

「그건 거짓말 아니었어?」

「맞아. 하지만 자기 이웃에 대해 거짓 증언을 해서는 안 된다는 말을 어디선가 읽은 것 같아.」 페르의 젊은 아내가 빙그레 웃으며 대답했다.

킬러 안데르스에게 면회 가면 십계명과의 게임 스코어가 7대 3이 돼. 이 게임을 절대로 이길 수는 없겠지만, 조금이나마 점수 차를 줄여 나갈 수 있다면 어쨌든 좋은 일 아니겠어?

페르 페르손은 아내를 이상한 눈으로 쳐다봤고, 그녀는 간신히 제거해 버린 사람을 다시 만나러 가자는 자신의 엉뚱한 제안이 급격한 호르몬 변화와 관계가 있을 수도 있다는 점을 인정했다. 그녀는 임신부들이 기름에 절인 참치로만 살거나, 오렌지를 하루에 스무 개씩 먹어 치우거나, 심지어는 분필을 갉아먹기도 한다는 얘기를 읽은 적이 있었는데, 지금 자신의 상태도 이와 비슷한 현상일지도 몰랐다. 그래, 맞아. 하지만 말이야…….

지금 우리의 삶은 깨끗이 씻기어 해변에 던져진 해초처럼 그저 조용하기만 해. 우릴 짜증 나게 만들던 모래말벌들도 완전히 씨가 말랐고. 페리를 타고 잠시 바람을 쐬고, 그보다 더 짧은 시간이 되겠지만, 한 수감자를 방문하는 것은 뭔가 변화를 가져다줄 수도 있는 일이야. 더욱이 우리 예산에 엄청난 구멍이 나는 것도 아니고.

페르는 이 괴상망측한 생각의 원인은 임신이라고 더욱 확신하게 되었다. 그가 사랑하는 목사는 살인범과 모래말벌이 애타게 그리운 모양이었다. 하지만 그는 미래의 아빠로서 책임이 있는 사람이었다. 그리고 이것은 지금 밖에 나가서 오렌지 한 상자를 사 온다고 해결될 문제가 아니었다.

「좋아, 그럼 다음 주 초에 가기로 해!」 그는 결국 체념했다. 「자기가 면회 가능 시간을 알아봐. 난 페리 티켓을 예약해 놓을 테니까.」

요한나는 만족한 얼굴로 고개를 끄덕였고, 페르도 억지웃음을 머금었다. 킬러 안데르스를 다시 보는 것이 분명 인생의 목적은 아닐 터였다. 하지만 아내가 여성 호르몬이 넘쳐 나고 있는 한, 어쩔 도리가 없었다. 사실 왕립 도서관과 해양 박물관도 그렇게 마음 내키는 것은 아니었다.

「기쁠 때나 슬플 때나……」 그는 한숨을 내쉬며 웅얼거렸다. 「이건 〈슬플 때〉의 범주에 넣어야 할 것 같군……」

68

「오, 친구들, 이게 얼마 만이야! 두 분께 하나님이 함께 하시기를! 오, 할렐루야! 오, 호산나!」교도소 면회실에서 킬러가 환한 얼굴로 그들을 맞았다.

그는 알아보기 힘들 정도로 변해 있었다. 과거에 그들의 공범이었던 사내는 원기 왕성해 보였고, 얼굴은 무성하게 자란 수염에 거의 다 가려져 있었다. 그는 자신의 이런 용모에 대해서, 『구약 성경』은 얼굴 면도를 금지한다는 말을 전에 목사에게서 들은 적이 있기 때문이라고 설명했다. 그때 목사가 했던 말이 정확히는 기억나지 않고, 또 그 구절을 찾으려고 오랫동안 애써 왔지만 허사였단다. 그러나 자신은 소중한 친구의 말을 굳게 믿는단다.

「〈레위기〉19장이에요.」요한나의 입에서 답이 반사적으로 튀어나왔다. 「너희는 무엇이든지 피째 먹지 말며, 점을 치지 말며, 술책을 부리지 말며, 머리 가를 둥글게 깎지 말며, 수염 끝을 손상치 말며, 죽은 자를 위하여 너희는 살을 베지 말며, 몸에 무늬를 넣지 말라. 나는 여호와니라!」

「아, 맞아! 바로 그거였어!」 왕년의 설교사가 수염을 쓰다듬으며 고개를 끄덕였다. 「문신에 대해서는 어떻게 해볼 수가 없더군. 하지만 예수님하고 잘 얘기해서, 그냥 과거지사로 돌려 버리기로 했어.」

킬러 안데르스를 보면, 물 만난 고기가 따로 없었다. 그는 매주 세 번씩 성경 공부를 인도했고, 적어도 네 명의 제자를 낚았으며, 아직은 주저하고 있는 네 명을 더 포섭할 터였다. 그의 선교열이 유감스러운 결과를 가져온 적은 딱 한 번 있었는데, 구내식당에서 모든 사람에게 감사 기도를 드리게 하려고 했을 때였단다. 그런데 무기 징역을 살고 있던 주방장은 웬일인지 불같이 화가 치밀어서는 주먹을 휘두르기 시작했고, 이것이 식당 전체의 난투극으로 번졌단다. 이때 배식 줄의 맨 앞에 서 있던 사람은 왜소한 체격의 외국인으로, 평소 말을 한마디도 하는 법이 없어서(그만이 이해하는 언어 외에 다른 언어로는 말할 게 아무것도 없었던 게 가장 큰 이유였단다) 동료 수감자들이 〈수다쟁이〉라고 부르는 사람이었단다. 주방장은 깨진 병목을 수다쟁이의 목에 박았고, 수다쟁이는 스웨덴어로 〈아이고!〉라고 외쳤는데, 이것이 그가 남긴 마지막 말이었단다.

「깨진 병 모가지를 휘두른 친구는 또다시 무기 징역을 때려 맞았고, 지위도 설거지 담당으로 강등됐지.」

무기 징역을 한 번 때려 맞든 두 번을 때려 맞든, 자기에게는 별 차이가 없단다(비록 두 번의 삶 동안 설거지만 하고 살아야 한다면 죽는 것보다 고약한 일이 되겠지만). 반면 킬러는 감옥에 들어온 후로 어쩔 수 없이 성찬식 포도주를 끊어야 했지만, 예수님과의 관계는 조금도 나빠지지 않았다고 흥분하여 떠들어 댔다. 페르와 요한나가 기분 상하지 않았으면 좋겠지만, 자신은 성경 공부를 해가면서 두 사람이 성찬식에 한두 가지 잘못 이해한 점이 있다는 걸 발견했단다. 예수님을 구주로 영접했다고 해서 반드시 매일 포도주 한 병, 혹은 그 이상을 마셔야 하는 것은 아니란다. 원한다면 보다 자세히 설명해 줄 수도 있단다.

「아니, 괜찮아요.」임신부가 사양했다. 「대충 무슨 말씀인지 알 것 같아요.」

요컨대, 이제 두 번 사망할 때까지 매일매일 설거지만 하게 된 전직 주방장은 새로 바뀌었다는 교도소 규정에 따라 오로지 우유와 월귤 주스만 퍼주고 있단다. 우유에도 월귤 주스에도 열정을 못 느끼는 수감자들은 킬러가 오래전부터 냄새도 맡지 않았으며, 또 결코 입에 대지 않겠다고 맹세한 것들을 은밀히 대량 반입했단다.

「다시 말해서?」요한나가 물었다.

「로힙놀과 다른 지저분한 것들. 로힙놀을 독주에 약간 섞어서 마시는 것보다 날 미치게 하는 건 없었지. 하나님 감사하게도, 다 옛일이 되었지만.」

이처럼 화창하기만 한 하늘 가운데 떠 있는 한 조각 먹구

413

름은 교도소 당국이 그에게서 모범적인 수감자의 빛나는 예를 발견하고는, 그를 조기 석방시키려는 음모를 뒤에서 꾸미고 있다는 사실이란다.

「조기 석방이요?」

「응, 두 달 후에. 그것도 어떻게 될지 모르겠지만. 내 성경 공부 제자들은 어떻게 되겠느냐고? 그리고 나는? 난 불안해 미칠 지경이야.」

「와, 그거 정말 환상적인 소식이네요!」 페르가 너무나도 진심 어린 어조로 말해서 그의 아내는 경악하지 않을 수 없었다. 「내게 한 가지 생각이 있어요. 석방되는 날, 우리가 당신을 모시러 올게요! 당신에게 딱 맞는 일이 있을 것 같아요!」 그는 이렇게 덧붙여 다시 한 번 아내를 경악하게 만들었다.

「하나님, 저희와 함께 하소서!」 킬러 안데르스가 외쳤다. 요한나는 입만 딱 벌리고 있었다.

◆

대화가 진행되고 있는 동안, 페르는 요한나가 미처 깨닫지 못한 점 하나를 알아챘다. 「레위기」 19장 27~28절 덕분에 킬러 안데르스는 산타클로스의 판박이가 되어 있었다. 여기에 헝클어진 머리칼만 좀 다듬고, 적당한 안경만 하나 씌워 놓으면 훨씬 더 산타처럼 보일 것이었다. 수염은 물론 진짜였고, 그의 역할에 걸맞게 완벽한 은회색이었다.

리셉셔니스트는 이것은 누군가가 — 그게 누군지는 잘 모르겠지만 — 보낸 표징이라고 생각했다. 마치 높은 곳에 있는 어떤 힘이 개입한 듯한 느낌이었다. 비록 지금까지 그 어떤 높은 힘도 자신이나 목사를 도우려고 손가락 하나 까딱한 일이 없다는 것을 알고 있었지만 말이다.

69

다시 둘만 있게 되자마자, 페르는 요한나에게 자신이 교도소 면회실에서 무엇을 발견했는지 설명해 주었다. 집에 돌아온 그들은 「고틀란스 알레한다」의 지난 일자 신문들을 뒤적여 보았고, 거기서 페르의 아이디어가 돈이 될 수 있다는 증거들을 금방 찾아내었다. 거기에는 침대에 우글거리는 빈대들 때문에 아파트를 나오게 된 어느 세입자에 대한 기사가 있었다. 집주인은 기생충들은 자신의 문제가 아니라고 발뺌했고, 세입자는 길거리에서 자면서 집세는 여전히 내야 하는 딱한 처지가 되고 말았다.

「내겐 살아갈 돈이 기초 연금밖에 없다고요⋯⋯.」 노인은 설명하며 울상을 지었는데, 솔직히 울상을 지을 만도 했다.

노인의 이 비참한 상황에 대해 페르와 요한나는 별 흥미가 없었다. 그는 너무 주름이 자글자글하고 허리도 꼬부라져 있어서 상업적 가치가 전혀 없었다. 따라서 그와 빈대들은 지지든지 볶든지 자기네끼리 알아서 해야 했다. 비록 그

416

에게 전화를 걸어 자벨수 한 통이면 무엇이든 깨끗이 해결할 수 있다고 알려 주고 싶은 충동이 페르에게 잠시 일었지만 말이다.

하지만 노인이 그의 절절한 사연을 한 지역 신문에 쏟아 내었고, 또 며칠 후에 다른 종류의 또 다른 불행한 사람이 경쟁사 「고틀란스 티드닝」에 똑같이 사연을 쏟아 냈다는 사실은 페르와 요한나에게 그들에게 필요한 확신을 안겨 주었다.

스웨덴의 일간지들에 소개되는 이런 가슴 아픈 사연들은 이루 다 헤아릴 수 없었다. 빈대 떼에게 물어 뜯기는 노인네들, 스페인 민달팽이들에게 정원이 점령당한 백만장자들, 혹은 공기총으로 무장한 막 나가는 청소년들에 의해 쓰레기통에 던져진 상처 입은 쥐들은 뺀다 하더라도⋯⋯.

리셉셔니스트는 몇 해 전, 헌금 통의 돈을 꺼내어 산 두 개의 태블릿 중 하나를 꺼내어 작업에 들어갔다.

◆

「어때, 잘돼 가?」 요한나가 남산만 한 배를 문지르면서, 옆에다 수첩 한 권을 펼쳐 놓고서 아이패드에 코를 쑤셔 박은 남편에게 물었다.

「음, 잘돼 가. 고마워! 방금 한 일간지의 인터넷판을 구독 신청했어. 〈유스달스포스텐〉지인데, 한 달 구독료가 199크로나야.」

〈뭐, 안 될 것도 없잖아?〉 요한나는 생각했다. 물론 유스

달은 멋진 고장이긴 하지만, 거기서도 모든 게 장밋빛은 아닐 테니까. 그러고 나서 그녀는 또 어떤 다른 신문 인터넷판에 접속이 가능하느냐고 묻는 실수를 범하고 말았다.

「어디 보자……. 〈외스테르순스 포스텐〉, 〈달라 데모크라텐〉, 〈예플 다그블라드〉, 〈웁살라 뉘아 티드닝〉, 〈네리셰스 알레한다〉, 〈쉬스벤스칸〉, 〈스벤스카 다그블라…….」

「스톱! 그걸로 충분해!」

「아냐, 천만에, 그렇지 않아. 우리가 충분한 자료를 얻기 위해서는, 이 나라 방방곡곡의 지역 신문들이 필요해. 이 밑으로 읽지 않은 게 아직도 한참 남았고, 뒷면에도 빼곡히 적혀 있어. 모두 해서 족히 50개는 될 거야. 물론 공짜는 아니지. 어떤 것들은 체험을 위한 특별 가격을 제공하기도 하지만 말이야. 이런 점에 있어서는 〈블레싱에 렌스 티드닝〉에 경의를 표하는 바야. 처음 한 달 동안은 단돈 1크로나밖에 안 되거든.」

「그럼 그 신문은 정기 구독권을 두 개 사지 그러셔?」 요한나가 짓궂게 놀렸다. 「오, 안 됐군! 그래 봤자 둘 다 똑같은 얘기를 하고 있을 테니.」

페르는 미소를 지으며 엑셀 스프레드시트 파일을 열었다. 장기적으로 보자면 신문 구독을 위한 비용이 연 12만 크로나 정도 들어가게 되겠지만, 체험을 위한 특별 가격, 단기 가입, 시험 기간 등을 잘 이용하면 초기 투자 비용을 그들이 현재 보유한 자금이 허용하는 수준으로 축소시킬 수 있을 것이었다. 그리고 다른 사람들의 너그러움은 일반적으로 그들의 너그러움보다 크기 때문에, 짧은 시간 안에 계산지의 총액 란에 흑자들이 적혀 나가지 않겠는가?

「난 다른 사람들의 너그러움은 우리의 너그러움보다 훨씬 더 크다고 생각하지만, 이 점만 빼면 난 자기의 생각에 전적으로 동의해.」 요한나가 말했다.

그녀가 생각하기에 그들이 성공하는 데 있어 가장 큰 위협은 산타클로스 자신이었다. 킬러 안데르스는 여전히 위험 요인이라는 것이었다. 그렇긴 하지만 페르의 아이디어는 당장 본격적으로 시도해 보지 않기에는 너무도 매력적이었다.

「〈그러므로 너희는 내일 일을 염려치 말라. 내일 일은 내일 염려할 것이요, 한날 괴로움은 그날에 족하니라.〉〈마태복음〉 6장 34절 말씀이야.」

「어, 지금 자기가 자발적으로 성경을 인용한 거야?」 페르가 놀라며 물었다.

「뭐, 그런 것 같아.」

◆

인류는 실로 다양한 사람들로 이루어져 있다. 인색한 사람, 이기적인 사람, 샘 많은 사람, 무식한 사람, 멍청한 사람, 그리고 겁 많은 사람……. 또 친절한 사람, 똑똑한 사람, 정이 많은 사람, 너그러운 사람, 상냥한 사람들도 있다. 이 모든 특질들이 한 사람 안에 다 모여 있을 수는 없다는 것을 페르와 요한나는 특히나 스스로의 경험을 통해 잘 알고 있었다. 철학자 이마누엘 칸트는 각 사람 안에는 어떤 윤리적 나침반이 있다고 주장했지만, 이것은 그가 페르나 요한나 같은 사람을 만나 보지 못했기에 할 수 있었던 말이었다.

비스뷔 시 중심가에서 가짜 산타가 아이들에게 생강 쿠키를 나눠 주는 모습을 보면서 어렴풋이 떠오른 〈받고-그리고-(필요하니까) 준다〉라는 아이디어는 이제 윤곽이 잡히고 다듬어져서 완벽한 사업 플랜으로 준비되었다.

페르는 우선 조사 위원회를 구성했는데, 그가 유일한 멤버이자 위원장이기도 했다. 그의 역할은 관련 시장 현황과 잠재적 경쟁자들을 정확히 파악하는 것이었다.

예를 들어 그는 스웨덴 우체국이 〈스웨덴, 17300 톰테보다, 산타클로스 귀하〉라고 주소가 적힌 편지를 매년 10만 통 이상 받는다는 사실을 알게 되었다. 전화를 걸어 보니 그 담당자라는 사람이 자랑스럽게 설명하는데, 편지를 보내면 누구나 답장을 받게 된단다. 조그만 선물까지 하나 곁들여서.

고맙다고 하면서 전화를 끊은 리셉셔니스트는 그 〈선물〉이란 것의 가치는 발신자가 붙인 우표 값보다 당연히 낮겠지, 하며 입을 삐쭉했다. 만일 그렇다면, 이것은 극도로 제한된 베풂과 극도로 제한된 수익성의 결합이라 할 수 있었다. 나쁜 아이디어라고는 할 수 없었지만, 충분치는 못했다. 여기다 관리 비용까지 추가한다면, 잘해야 본전인 장사였다.

리셉셔니스트와 목사가 세상에서 0보다 더 싫어하는 것이 있다면, 그것은 앞에 마이너스 기호가 붙는 숫자들이었다.

이 우체국 산타클로스 말고도, 달라르나 주에는 〈톰테란드〉라는 명칭의 산타 마을이 있었다. 그것은 일종의 놀이공원으로, 무료로 입장하고 나서 수백 크로나어치를 먹고 마시고, 또 수천 크로나를 내고 숙박을 하면, 밤중에 가짜 산타를 만나고, 그에게 받고 싶은 선물 리스트를 전하는 특권을 누리게 된단다. 이 산타로 분장한 남자는 그날 밤 벽난로 불쏘시갯감이 부족할 일은 없을 것 같았다.

이 또한 나쁜 아이디어는 아니었지만, 주는 쪽보다는 받는 쪽으로 저울추가 너무 기울어져 있었다. 하지만 이 사업의 핵심은 바로 밸런스가 아니던가?

또 다른 산타클로스 하나는 하얀 폴리에스테르 수염을 달고서 핀란드의 로바니에미에 살고 있었다. 콘셉트는 달라르나의 그것과 엇비슷했다. 결점들도 비슷했고.

또 덴마크인들은 산타클로스는 그린란드에 산다고 하고, 미국인들은 북극에, 터키인들은 터키에, 러시아인들은 러시아에 산다고 주장하고 있었다. 이들 중에서 미국인들만이 그들의 산타를 본격적인 산업으로 발전시켰다. 이 미국 산타는 그 어떤 음료보다 코카콜라를 좋아했고, 매년 성탄절에는 영화를 한 편씩 내놓는데, 그가 처음엔 모든 걸 엉망으로 만들어 놓다가 마지막에 가서는 세상의 모든 아이들을 행복하게 만들어 준다는 내용이었다. 뭐, 적어도 아역 배우는 행복해졌으리라. 그냥 시늉이긴 하겠지만. 12달러짜리 티켓 판매를 위해.

또 산타의 사촌 격인 신터클라스, 즉 성 니콜라스라는 것도 있었다. 페르가 읽어 본 바에 의하면, 이 인물은 옛날에는 도둑들의 수호성인이었다는데, 그게 사실이라면 멋진 생각이 아닐 수 없었다. 하지만 그도 자격 미달이었으니, 아이들에게 선물 배달을 너무 일찍, 다시 말해서 12월 6일에 하기 때문이었다. 네덜란드 아이들은 몰라도 다른 나라 아이들은 이상하게 생각하지 않겠는가?

「하지만 이건 우리가 이 사업의 범위를 얼마나 글로벌하게 잡느냐에 달려 있지 않을까?」 배가 금방이라도 터질 것처럼 부풀어 있는 아내가 말했다.

「한 번에 한 나라씩이야. 사업을 확장하는 것은 그리 쉬운 일이 아니야. 예를 들어 스웨덴보다 인구가 열 배나 많은 독일을 보자고. 산타 역을 맡을 킬러 안데르스가 열 명은 필요해. 그것도 버벅거리지 않고 〈프로에 바이나흐텐!〉[15]이라고 말해 줄 수 있는 킬러 안데르스가.」

외국어 단어가 무려 두 개였다. 킬러가 (그것들이 어떤 버섯의 라틴어명이 아닌 한) 결코 익힐 수 없을 다섯 개의 음절이었다. 게다가 〈호산나〉는 독일어로도 〈호산나〉일 가능성이 컸다.

15 독일어로 〈메리 크리스마스〉.

◆

　앞에서도 보았듯이, 미리 대가를 받지 않고 허접하지 않은 선물다운 선물을 나누어 주는 산타클로스에 대한 경쟁자는 전무하다고까지는 할 수 없어도, 극히 제한되어 있었다.

　사업의 수입성은 미디어에서 가슴 아픈 이야기들을 얼마나 많이 찾아내느냐에 달려 있었다. 미혼모나 아픈 아이들, 혹은 거리에 버려진 애처로운 눈빛의 반려동물들의 이야기가 가장 좋을 것이었다. 빈대들에 의해 집에서 쫓겨난 못생긴 노인네들은 그다지 대중의 가슴을 찢어 놓지 못할 거였고, 상처 입고 쓰레기통에 던져진 쥐들도 마찬가지였다. 스페인 민달팽이가 정원을 초토화한 억만장자에 대해서는 스웨덴 사람들의 특성상, 〈아이고, 속이 다 시원하다!〉 하는 박수가 터져 나올 것이었다.

　각 지방의 신문들에서 쓸 만한 사연들을 세심하게 골라낸다면, 사연을 이미 알고 있는 대중은 사연의 주인공에게 산타클로스가 찾아왔다는 놀라운 이야기를 무척 듣고 싶어 할 것이었다.

　또 그 연쇄 반응으로, 턱에서 떨어지는 일이 없는 진짜 수염을 단 산타클로스를 보려고 폭주하는 누리꾼들로 웹사이트가 마비될 것이었다.

　그리고 만일 하나님께서 충분히 너그러우시다면(뭔가 비아냥대는 어감이 느껴지는 이 말을 페르는 그냥 삼켜 버렸다), 이것은 한두 건의 기부로 이어질 것이었다. 혹은 백 건의 기부로……. 혹은 — 안 될 것도 없잖은가? — 1천 건의 기부로…….

플랜은 완성되었다. 이제 교도소 당국이 킬러 안데르스를 조기 석방한다는 그 어처구니없고도 환상적인 생각을 어서 실행해 주기만 하면 되었다.

70

〈산타클로스 프로젝트〉의 출발점이 된 것은, 주는 것도 즐거운 일이지만, 받는 것은 더욱 즐겁다는 생각이었다. 페르와 요한나가 보기에, 만일 누군가가 이 두 가지를 다 할 수 있다면, 그는 장수와 행복을 위한 조건을 모두 갖춘 셈이었다. 사실 아직 태어나지도 않는 아이와 함께 굶어 죽는 게 인생의 목적은 아니지 않은가? 심지어 킬러 안데르스에게도 이런 운명은 온당치 않았다.

바로 이런 시각에서 리셉셔니스트는 〈진짜 산타클로스 — 그는 1년 내내 행복을 가져다줍니다〉라는 이름의 페이스북 페이지를 만들었다.

이 페이지는 온갖 종류의 사랑의 메시지들로 그야말로 발디딜 틈이 없었다(종교적 성격의 메시지는 전무했다). 그리고 조그맣게 남아 있는 한쪽 공간에는, 고귀한 임무를 수행 중인 산타클로스를 돕기 위해 누구든 자유롭게 마음을 — 다시 말해서 지갑을 — 열 수 있다는 메시지가 천천히 지나가고 있었다. 계좌 이체, 신용 카드, 직접 송금, 휴대폰, 혹은 다른 다양한 방법들을 통해 그를 후원할 수 있었다. 그 방법이 어떠하든, 기부금은 한델스방켄 비스뷔 지점의 한 계좌로 들어올 것이었다. 이 계좌는 〈진짜 산타클로스 AB〉라는 이름의 스웨덴 회사 명의였고, 이 회사는 1백 퍼센트 한 스위스 익명 재단의 소유였다. 〈킬러 안데르스〉 브랜드의 명성은 이제 땅에 떨어져 버렸으므로, 사람들의 삶에 기쁨을 가져다주는 사내의 신원은 절대로 밝혀져서는 안 되었다. 반면 산타클로스는 넬슨 만델라, 테레사 수녀, 그리고 계속 이름 없는 존재로 남게 될 이만큼이나 아무리 세월이 흘러도 인기가 식을 줄 모르는 브랜드였다.

여기까지는 플랜이 이전의 킬러 안데르스의 기부 사이트와 놀라울 정도로 흡사했다(이 〈킬러 안데르스〉 사이트는 지금 환불을 요구하는 댓글들에 파묻혀 있었다).

리셉셔니스트는 신중을 기하기 위해 23개 지방의 과세 목록을 부(部)당 271크로나에 주문했다. 투자할 만한 가치가 있는 일이었다. 이를 통해 페르 페르손은 스웨덴 내에서 세금을 납부하는 모든 이들의 이름, 주소, 과세 가능한 근로소득, 여기에다가 다양한 자본 소득까지 훤히 들여다볼 수 있었다. 스웨덴은 이런 곳이다. 이 나라에서는 — 산타클로스의 신원만을 제외하고 — 비밀이 존재하지 않는 것이다. 이 프로젝트는 진행하면서 몇 가지 조심해야 할 점들이 있었다. 예를 들어 독자들이 지갑을 열기를 꺼려 할 종류의 사람들에게는 절대로 기부금을 보내면 안 되었다. 만일 1년에 2백만 크로나를 벌어들이고, 지난 세기 초반에 지어진 방이 열세 개나 되는 유르스홀름의 으리으리한 성관에 사는 어떤 〈불행한〉 인간에게 돈이 간다면, 그가 스페인 민달팽이에게 고통받든 아니든 간에, 그들의 노력은 물거품이 될 수 있었다.

산타클로스의 첫 번째 발걸음은 주소로 판단컨대 아파트에 거주하는 것으로 파악되는 어느 젊은 여자에게로 향할 것이었다. 과세 목록은 그녀가 세입자이며, 연 수입이 고작 9만 9천 크로나밖에 안 된다는 사실을 알려 주었다.

71

32세의 마리아 요한손은 스웨덴의 최남단 도시인 위스타드의 쥐구멍만 한 방 두 칸짜리 아파트에서 다섯 살배기 딸 이셀라와 함께 살고 있었다. 아이의 아버지는 거기 없었다. 그들을 내팽개치고 떠난 지도 벌써 1년이 넘었다. 마리아는 실업 상태였고, 「위스타스 알레한다」지에 따르면, 누군가가 그녀의 침실 창문에 돌을 던졌다고 한다. 하지만 창문 수리를 위한 보상금을 받는 데에 문제가 있었으니, 보험 회사는 토요일 밤에 돌을 던진 사람은 다름 아닌 이셀라의 아버지가 확실하다고 보았기 때문이다. 그 1차적 증거를 제공한 이는 바로 문제의 아버지 자신으로, 그는 경찰이 심문하자 자신이 술집에서 나와 전 동거녀의 집을 찾아갔고, 돈을 제의했음에도 불구하고 자신과의 하룻밤을 거절한 그녀에게 고래고래 소리를 지르고 〈매춘부〉라고 욕설을 퍼부었다고 실토했다. 그러고는 창문에 돌을 던져 이 방문을 마무리했단다.

문제는 이셀라의 아버지가 여전히 같은 주소에서 거주하

는 걸로 되어 있다는 사실이었다. 스스로의 뜻으로 자신의 집을 파손하는 사람은 보험 회사로부터 그 어떤 보상도 기대할 수 없는 것이다. 하여 마리아와 이셀라는 깨진 창을 하드보드로 막고 성탄절을 보내야 하는 딱한 처지에 놓이게 되었다. 마리아가 이셀라에게 선물을 사는 대신 유리창을 가는 데 마지막 남은 돈을 쓰지 않는다면 말이다. 스웨덴의 겨울은 추웠고, 남부 지방도 마찬가지였다. 이셀라는 크리스마스트리는 고사하고 선물 같은 것은 꿈도 꿀 수 없게 되었다.

마리아와 그녀의 딸이 이런 상황에 있을 때, 누군가가 아파트 문을 똑똑 두드렸다. 마리아는 조심스럽게 문을 빠끔 열었다. 혹시 또 그 인간이……

천만에, 그게 아니었다. 산타클로스였다. 그것도 진짜 산타클로스처럼 보였다. 그는 허리를 아래로 구부려 이셀라에게 서로 대화를 나눌 수도 있는 인터랙티브 인형을 선물로 주었다. 즉석에서 〈난네〉라는 이름이 붙여진 이름은 이셀라가 제일 좋아하는 장난감이 되었다. 프로그래밍을 약간 대충한 느낌이 없지는 않았지만.

「난네야, 사랑해!」 이셀라가 말할라치면,

「난 잘 모르겠어. 난 시계를 볼 줄 모르거든.」 인형은 대답하곤 했다.

어쨌든 산타클로스는 장난감 외에도 이셀라의 엄마에게

2만 크로나가 든 봉투를 건넸다. 그러면서 〈메리 크리스마스!〉라고 외쳤는데, 이게 바로 그의 슬로건이었기 때문이다. 그런 다음, 아무것도 하지 말라는 엄한 지시가 있었음에도 불구하고, 그는 〈호산나!〉라고 쾌활하게 덧붙였다. 왠지 썰매에 사슴 한 마리가 빠져 있을 것 같은 느낌의 산타였다.

그는 탁시 토르스텐이라는 인물이 운전하는 택시에 올라서는, 나타났던 것만큼이나 후딱 사라져 버렸다. 뒷자리에서는 산타의 도우미 엘프 두 명이 만족한 얼굴로 그를 기다리고 있었다. 둘 다 엘프 복장은 아니었고, 하나는 배가 남산만 했다.

이렇게 위스타드에서 산타클로스 작전을 개시한 그들은 북쪽으로 진로를 정했다. 다음 목적지는 셰보였다. 이어 회르뷔, 회외르, 헤슬레홀름을 거쳐 나라 전체를 쭉 거슬러 올라갔다. 이렇게 그들은 4주 동안 매일 1만에서 3만 크로나 사이의 기부를 행했다. 때로는 현금으로, 때로는 선물의 형태로, 때로는 둘 다 하는 식이었다.

미혼모들은 좋은 투자처였다. 고아가 된 난민 아이들, 특히 여자아이들은 더욱 좋았다. 나이가 어릴수록 경제적 퍼텐셜은 더욱 커졌다. 병자들과 장애인들도 나쁘지 않았다. 아주 어린 나이의 귀요미 사내아이, 계집아이가 암까지 걸려 있다면…… 그건 확실한 잭팟이었다!

헤슬레홀름에서 탁시 토르스텐은 산타클로스를 한 아파

트 건물 앞에 내려 주었다. 산타가 층계를 걸어 올라가, 한 구세군 자원봉사자 아파트의 초인종을 눌렀다.

문을 열어 준 나이 지긋한 노부인은 두툼한 봉투를 받게 되었고, 그 안에서 10만 크로나를 발견하고는 외쳤다.

「오, 세상에! 당신에게 하나님의 축복이 임하시기를! 그런데 혹시 우리 어디서 만난 적이 있던가요?」

산타클로스는 마침내 기억을 되찾은 노부인이 들어오셔서 따끈한 순무 퓌레 한 그릇 드시라고 청하기 전에 얼른 택시에 올라 사라져 버렸다.

당초의 예산에 의하면, 첫 번째 달의 지출은 그들이 가진 돈 전부인 50만 크로나에 근접할 것이었다. 즉 그들이 벌인 모험은, 그 후로 돈이 들어오지 않는 한, 2월에는 다 끝나게 된다는 뜻이었다.

하지만 12월 20일에서 1월 20일까지의 기간 동안, 헤슬레홀름에서 계획에 없었던 특별 지출을 행했고 첫 4주 동안 논스톱으로 일했음에도 불구하고, 총 지출액은 46만 크로나를 넘지 않았다. 앞으로의 계획은 매달 3주는 스웨덴 각지를 돌아다니고, 한 주는 고틀란드의 오두막에 돌아와 휴식을 취한다는 것이었다. 물론 그동안 파산을 하지 않는다면 말이다. 파산하는 경우에는 최대한 빠른 속도로 아이들을 낳는 게 유일한 대책이란다.

「예산 세운 것보다 훨씬 잘했네!」 그녀는 이렇게 말하고는 얼마나 신이 났던지 그만 양수가 터지고 말았다. 「아야! 어우! 와우! 당장 병원으로 가!」

「잠깐만 참아! 아직 설명이 안 끝났단 말이야!」곧 아빠가 될 남자가 항의했다.

「호산나!」산타클로스가 환성을 올렸다.

「가서 차를 가져올게.」택시 토르스텐은 역시 믿음직했다.

◆

아기는 딸이었고, 몸무게는 2.98킬로그램이었다.

「자, 됐어!」리셉셔니스트가 기진맥진해 있는 사랑하는 목사에게 말했다. 「이로써 우리의 첫 번째 육아 수당이 확보된 거야! 두 번째 수당은 언제쯤 만들 수 있을 것 같아?」

「글쎄, 오늘은 아닌 것 같아.」조산사가 필요한 부위를 꿰매 주는 동안 요한나가 간신히 대답했다.

그로부터 몇 시간 후, 아기가 엄마 배 위에서 쌔근쌔근 잠들어 있을 때, 조금 기운을 차린 요한나는 방금 아빠가 된 남자에게 아까 산통이 시작되었을 때 설명하려고 했던 게 무엇이냐고 물었다.

「에, 그러니까, 우리의 인터넷 홍보 덕분으로 그동안 수입이 조금 있었다는 걸 말하려고 했었지.」

「오, 정말로? 얼마나?」

「대략 말해 볼까?」

「응, 대략 말해 봐.」

「음, 그러니까, 내가 정확한 숫자를 기입할 시간이 부족했던 고로, 기억이 약간 정확하지 않을 수 있다는 점은 감안하고, 에, 또 우리가 아기를 낳고 있을 동안 1~2크로나가 더 들어왔을 수도 있다는 점도 감안하고, 에, 또…….」

「빨리 요점만 얘기해 볼래?」 이렇게 말을 끊은 요한나는, 지금까지 딸을 낳느라 수고한 사람은 주로 자기가 아닌가, 하는 생각이 슬그머니 들었다.

「아, 그래, 그래. 미안해. 그러니까, 이 모든 점들을 감안하고서…… 에, 대략…… 234만 5,790크로나 정도인 것 같아.」

바로 이 순간, 요한나는 그럴 수만 있었더라면 또 한 번 양수를 터뜨렸을 것이다.

72

산타클로스가 주변에 행복을 뿌리고 다니면 다닐수록 사업은 더욱 번창해 갔다. 매일 스웨덴 각지에서, 아니 전 세계에서 수천 건의 소액 기부가 들어왔다. 미혼모들은 기쁨에 겨워 흐느꼈고, 사랑스러운 여자아이들도 엄마를 따라 울었으며, 강아지들조차 낑낑대며 고마움을 표현했다. 일간지들을 기사들을 쏟아 냈고, 주간지들은 양면으로 특별 기사를 실었고, 라디오와 TV 방송국들도 가만히 있지 않았다. 산타클로스는 성탄절 전후에는 진정한 행복을 선사하고 다녔지만, 겨울이 끝나 봄이 되고, 또 봄이 지나 여름이 되어도 활동을 멈추지 않았다. 그의 선물들은 샘물처럼 끝없이 흘러나왔다.

달라르나와 로바니에미의 〈산타 랜드〉들은 콘셉트를 재고하지 않을 수 없었다. 가짜 수염을 붙인 어떤 친구가 자기도 귀여운 망아지를 갖고 싶다고 호소하는 어린 리사에게 인자한 미소를 지으며 고개만 끄덕거리고 있는 것만으로는 더 이상 충분치 않았다. 이 폴리에스테르 수염의 산타클로스가 할 수 있는 일은 둘 중 하나였다. 아이가 원하는 것을 주거나(수익성의 측면에서 절대로 불가능했다), 아니면 자신은 덴마크 빌룬드에 본사를 둔 레고 그룹으로부터 협찬받는 코딱지만 한 레고® 상자 하나밖에 줄 수 없다는 점을 아이가 잘 알아들을 수 있게끔 설명하거나. 사실 망아지는 고사하고 햄스터도 주기 힘들었다. 몇 푼 되지 않는 레고(어린 리사를 달래 줄 수는 없겠지만)야 그것보다 약간 높은 입장료로 상쇄될 수 있으니 가능하겠지만.

탐사 보도 기자들은 산타클로스가 과연 누구이며, 그가 기부금을 얼마나 받고 있는지 알아내려고 해봤다. 하지만 그 누구도 한델스방켄 비스뷔 지점의 벽을 넘어설 수 없었다. 은행 측으로서는 스위스의 익명 재단으로 스위스법에 따라 아무 하자 없이 이체되고 있는 돈의 액수를 밝혀야 할 이유가 전혀 없었다. 또 후원자들이 기부하는 돈은 하나같이 극히 작은 액수에 불과했기 때문에(티끌 모아 태산이다), 기자들은 이 익명의 산타클로스의 깨끗한 이미지에 털끝만한 흠집도 낼 수 없었다.

딱 한 번 이 신비의 인물이 카메라에 잡힌 적이 있긴 했지만, 그 긴 수염과 기타 등등 때문에 그가 왕년의 킬러요, 안데르스 교회의 설교사였다는 사실을 알아챈 사람은 아무도 없었다. 하지만 보다 확실히 하고 싶었던 탁시 토르스텐은 스톡홀름에 심부름 가는 길에 소형 트럭 번호판 두 개를 훔쳐 와서는, 페인트를 조금 묻혀서 F 자를 E 자로 바꿔 놓았다. 이제 그의 차는 언뜻 보면 그 누구의 소유인지 알 수 없었고, 번호판을 조금 긁어 보면 헤슬레뷔의 어느 전기공의 소유임을 알 수 있었다.

억측과 소문들은 갈수록 무성해져 갔다. 혹시 신민들에게 행복을 뿌리고 다니시는 국왕 폐하가 아닐까? 사실 왕비 전하께서 어린아이들과 병자들에 정성을 쏟고 계시다는 것은 만인이 아는 바였다. 이 가설은 인터넷에서 여러 갈래로 발전해 가다가, 산타클로스가 헤르뇌산드에서 열두 살짜리 고아 난민 소녀에게 기쁨을 안겨 주고 있던 바로 그 순간에 폐하께서 쇠름란드의 어느 숲에서 수사슴 한 마리를 사살한 날에야 비로소 사그라들기 시작했다.

목사, 리셉셔니스트, 산타클로스, 그리고 탁시 토르스텐은 이익금의 8퍼센트를 사이좋게 나눠 가졌고, 그것만으로도 모두의 보금자리가 된 발트 해의 섬에서 부족함 없이 지낼 수 있었다. 그 나머지 돈은 어려운 이웃들을 위해 아낌없이 재투자되었다. 페르는 그들의 사업을 괴테의 나라로 확장한다는 요한나의 독특한 아이디어를 진지하게 검토해 보기 시작했다. 독일인들은 돈도 있었고, 따스한 가슴도 있었다. 또한 축구도 잘했다. 더구나 인구가 하도 많아서 산타클로스 프로젝트가 거기서 돈을 얼마만큼 벌어들일 수 있을지는 상상하기도 힘들었다. 한 가지 문제점은 열 명의 현지 산타클로스를 찾아내어, 그들이 하는 말을 이해하고, 또 그들이 해야 할 말들을 설명해 주는 것이었다. 그리고 특히 앞으로 그들이 알게 될 것들에 대해 입을 꾹 다물고 있게 만드는 것이었다.

◆

정말이지, 주님이 행하시는 길들은 신묘막측했다. 거의 같은 시기에, 독일어 교사가 될 뻔 했었던 페르의 어머니는 가끔씩 사고 치는 그녀의 남편과 아이슬란드의 화산들을 더 이상 견딜 수 없게 된 것이다.

그녀는 아주 드물게나마 식량이며 일용품 구입을 위해 문명사회로 나오곤 했는데, 그중 한 기회를 이용하여 사기꾼인 자기 남편의 소재지를 경찰에 신고하여 마침내 그 거머리 같은 인간을 떨쳐 버릴 수 있었다.

그러고 나서, 페이스북을 통해 페르와 접촉했다. 결국 그녀는 고틀란드 섬, 아들과 그의 가족이 사는 집에서 멀지 않은 곳에 오두막을 하나 얻었고, 더불어 앞으로 전개될 독일 진출 사업의 책임자 자리도 얻었다. 한편, 아이슬란드 법정은 그녀의 남편이 경제 방면에 있어서의 정신적 갱생을 위해 감옥에서 6년 4개월을 보내야 한다고 선고했다.

익명의 산타클로스는 스티나라는 여자를 만나게 되었고,

얼마 안 있어 그녀의 집으로 이사를 갔다. 그녀는 그가 삿갓버섯의 라틴어명을 알려 주었을 때, 그에게 홀딱 반해 버렸다(그가 이 방면에 이렇게 박식하게 된 데에는 사연이 있었다. 킬러가 되기 전, 그는 버섯들로 마법의 묘약들을 제조하는 방법을 배워 보고자 책을 한 권 샀었다. 하지만 책을 열두 번을 독파하고 나서 깨달은 것은, 자신이 이제 세상에 존재하는 모든 버섯들의 이름을 알게 되었지만, 그것들을 원래의 약효 이상으로 웃기게 만드는 방법은 전혀 배우지 못했다는 사실이었다).[16]

이 커플은 길들여지긴 했지만 약간 맛이 간 돼지를 데리고 송로(투베르 멜라노스포룸)를 찾아다녔지만 성공하지 못했고, 그다음에는 아스파라거스를 재배해 봤지만 역시 실패로 끝났다(특히 정원을 마구 파헤치고 다니는 그 돼지 녀석 때문에).

단순한 천성의 스티나는 그녀의 사랑하는 요한이 본토에서 3주 동안 계속 머물면서 무슨 일을 하는지 전혀 몰랐다. 중요한 것은 그가 언제나 약속한 날에 지폐로 두툼히 채워진 봉투 하나를 들고 집에 돌아온다는 사실이었다. 또 한 달에 한 번씩 일요일에 함께 교회에 가서 — 송로와 아스파라거스 건은 빼고 — 모든 것에 대해 주님께 감사를 드린다는 사실이었다.

16 어떤 버섯에는 일종의 마약 성분이 있어서, 그냥 복용하기만 해도 사람을 계속 웃게 만든다고 한다.

탁시 토르스텐은 산타클로스의 개인 기사 일을 하지 않을 때면, 섬 주민들을 대상으로 영업을 했다. 그것은 돈이 필요해서가 아니라, 운전을 좋아했기 때문이다. 그렇게 네 번째 주마다 월요일에서 목요일까지, 정오부터 오후 4시까지 일했다. 그는 비스뷔 시 중심가, 어느 술집이든 5분이면 달려갈 수 있는 곳에 위치한 한 아파트식 호텔에서 방 하나를 임대하여 살았다.

  요한나와 페르는 아기와 함께 소박한 어부의 오두막에서 계속 살기로 결정했다. 급할 때면 언제든 달려와 아기를 돌봐 줄 수 있는 할머니가 옆에 산다는 점도 좋았다.

  이제 그들은 양육 수당 때문에 아이를 너덧 명 더 가져야 할 필요는 없게 되었다. 하지만 한둘 정도는 기꺼이 더 받아들일 준비가 되어 있었다. 탐욕이 아닌 사랑의 마음으로 말이다. 그 외의 나머지 인간들에 대해서는 계속 원한을 품을 수도 있었다. 아니면 이제는 그만둘 수도 있고…… 어느 날 저녁, 잠자리에 들기 전에 페르가 말했다.

  「그만두자고?」 아내가 놀라며 물었다. 「아니, 왜?」

  음, 그냥 자기도 모르게 나온 말이란다. 단지 이 원한 대상에서 제외되는 사람들의 리스트가 조금 길어지기 시작했다는 걸 느꼈단다. 먼저 물론 아기가 제외되고. 또 어쩌면 킬러도. 사실 너무 착한 사람이니까. 약간 멍청한 게 흠이지만. 그리고 주지사님도. 그분은 일본인 증인들이 무엇의 증인을 서는지도 모르고 있다는 것을 눈치챘으면서도 우릴 결혼시켜 주지 않았어?

요한나는 고개를 끄덕였다. 그래. 이 리스트에 포함시킬 사람이 몇 명 더 있어. 아기의 할머니. 킬러의 여자 친구. 그리고 탁시 토르스텐은 어떨지 잘 모르겠지만, 적어도 그의 택시는.

「사실은 말이야, 오늘 모래말벌 한 마리가 해초 주위에서 윙윙대고 있는 걸 발견했어. 그런데 자벨수가 다 떨어졌어. 자벨수를 다시 사 오든지, 아니면 녀석들을 킬러, 주지사님, 그리고 나머지 친구들 아래에다 끼워 주든지 해야 할 거야.」

「좋아. 모래말벌들도 리스트에 넣지 뭐.」 페르가 동의했다. 「녀석들 수가 꽤 되겠지만, 뭐, 한 놈 받았는데, 두 놈 더 못 받겠어? 그 밑에다는 선을 그어 놓을까? 그리고 그 나머지는 다 미워해 버릴까?」

그것도 괜찮은 타협책이네.

「하지만 오늘 저녁은 말고. 누군가를 미워하기엔 지금 난 너무 고단해. 오늘 좋은 하루를 보내긴 했지만, 좀 길었거든. 잘 자, 전에 내 리셉셔니스트였던 자기야.」 역시 전에 교구 목사였던 여자는 이렇게 말하고는 깊은 잠에 빠져들었다.

에필로그

어느 아름다운 저녁 시간, 가족이 사는 오두막 근처에서 요한나는 거울처럼 잔잔한 바다를 바라보고 있었다.

오스카르스함행 페리가 수평선 위를 소리 없이 미끄러져 가고 있었다. 조금 떨어진 저쪽에는 외로운 검은머리물떼새 한 마리가 물결에 밀려온 해초들 사이를 콩콩 뛰어다니는 게 보였다. 놀랍게도 새는 곤충 한 마리를 찾아냈는데, 여기 서는 오랫동안 없던 일이었다.

그것 외에는 움직이는 것은 아무것도 없었다. 해는 노란 색에서 주황색으로 변하면서 천천히 기울어지고 있었다.

갑자기, 어떤 목소리가 정적을 깼다.

「요한나, 넌 나쁜 사람이 아니야. 난 네가 그 사실을 알았 으면 한다. 이 세상에 완전히 나쁜 사람은 아무도 없단다.」

옆에 누가 있었나?

아니었다.

「누구시죠?」 그래도 그녀는 한번 물어보았다.

「넌 내가 누구인지 알고 있고, 또 우리의 아버지께서 언제나 용서할 준비가 되어 계시다는 것도 잘 알고 있지.」

요한나는 숨이 탁 막히는 것 같았다. 이것은 그분? 이렇게 오랜 시간이 지나고 나서? 그녀는 그가 존재한다는 사실에 약간의 현기증을 느꼈다. 동시에 화도 났다. 이렇게 존재한다면, 왜 더 일찍 나타나시지 않았단 말인가? 왜 아직 늦지 않았을 때 아빠 셀란데르가 온 가족을 공포에 떨게 하는 것을 중단시키지 않았단 말인가?

「나의 아버지는 결코 용서하는 법이 없었고, 나 역시 그를 용서하지 못할 것 같아요. 그리고 〈만일 누가 너의 오른뺨을 때리면 네 왼쪽 뺨도 내밀어 줘라〉 같은 말도 안 되는 소리로 날 귀찮게 할 생각은 마세요.」

「왜 그러면 안 되는데?」 예수가 물었다.

「왜냐하면 말이죠, 우선, 그렇게 말하는 사람은 당신도, 마태도 아니기 때문이에요. 오랜 세월 동안, 사람들은 자기들한테 편리한 말을 당신이 했다고 주장해 왔어요. 당신의 허락도 구하지 않고서요.」

「어이, 잠깐.」 예수는 약간 흥분하면서도 최대한 위엄을 지켜 가며 말을 끊었다. 「그래, 사람들이 내 이름으로 제멋대로 얘기하고 있는 것은 사실이야. 하지만 아까 네가 말하기를……」

그는 더 이상 말을 이을 수 없었으니, 페르가 아기를 품에 안고 오두막에서 나왔기 때문이다.

「뭐야? 혼자서 중얼거리고 있는 거야?」

요한나는 일단 침묵으로 답했다.

이 침묵은 조금 더 이어졌고, 마침내 그녀가 입을 열었다.

「그런 것 같아……. 하지만 젠장, 누가 알아?」

감사의 말

우선 편집국장 소피아와 편집자 안나를 포함한 모든 피라트 출판사 식구들에게 감사드리고 싶습니다. 특히 마지막 순간에 환상적인 도움을 준 안나에게 감사를 표합니다.

또 초고를 쓰는 동안 계속 옆에서 나를 격려해 준 한스 삼촌과 릭손, 그리고 몇몇 결정적 단계에서 내게 영감과 자신감을 불어넣어 준 나의 형 라르스, 그리고 락소의 스테판에게도 고마운 마음을 전하고 싶습니다.

또 이 기회를 통해 나의 에이전트 카리나 브란트에게 그녀가 얼마나 뛰어난 전문가이며 훌륭한 친구인지를 말해 주고 싶습니다. 그리고 친구들에 대해서 말하자면, 나는 모든 분들이 안데르스 아베니우스와 파트리크 브리스만과 마리아 망누손 같은 사람들을 주변에 가질 수 있기를 바랍니다. 모두가 나의 작가로서의 삶을 훨씬 편하게 만들어 주고 있는 분들입니다.

보다 범위를 넓게 잡자면, 하지만 진심으로 말해서, 나는 그 어느 때보다도 이 행성에서 많은 사람들이 힘겹게 살아가는 이 시대에 조그만 차이를 만들어 가고 있는 〈국경 없는 의사회〉의 여러 분들에게 깊은 감사를 표합니다. 이분들은 적극적인 행동에 나서고 있는 것이고, 이는 모두가 할 수 있는 일은 아닙니다.

내가 여기서 지면 관계상 언급할 수 없는 모든 분들 중에서 특히 하나님을 들고 싶습니다. 일단 그분은 이 이야기에 출연을 허락해 주신 데에 대해 큰 감사를 받아 마땅하지만, 나 개인적으로는 그분이 당신의 가장 열렬한 지지자들이 당신을 너무 심각하게 받아들이지 않도록 좀 더 노력해 주셨으면 좋겠습니다. 우리 모두가 서로에게 보다 친절해지고, 또우는 일보다는 웃는 일이 더 많이 생길 수 있도록 말입니다.

내가 너무 많은 것을 요구하는 걸까요? 어쨌든 회답을 기다리고 있겠습니다.

요나스 요나손

잔혹한 세상 속의 햇살 같은 웃음

　어느덧 요나스 요나손의 세 번째 소설이 우리에게 왔다.
이 세 번째 소설도 전작들 못지않게 유쾌하고 재미있다. 아
니, 웃기는 정도로 따지자면 앞의 소설들보다 오히려 더하
다는 게 개인적 느낌이다. 또 〈흙수저〉 두 청년이 알바 등을
해가며 고되게 삶을 헤쳐 가는 이야기나, 오로지 지폐로 채
워진 트렁크 하나를 차지하려고 미쳐 날뛰는 탐욕에 찬 세
상의 풍속도나, 사이비 교회 안팎의 풍경 같은 것이 21세기
의 대한민국을 사는 우리에게 더 낯익어서 그런지 공감되는
부분도 더 많다. 인간들은 더 못되어졌고, 풍자는 한층 신랄
해졌으며, 웃음은 더욱 통렬해졌다.
　악당이나 걸인을 주인공으로 등장시켜, 누추하고 교활한
생존 방식을 보여 주며 사회를 풍자하는 이야기를 가리켜
〈피카레스크 소설〉이라고 한다. 요나손의 소설은 근본적으
로 피카레스크 소설의 공식을 따른다. 『창문 넘어 도망친
100세 노인』에서 보듯, 그는 악한 세상에서 어쩔 수 없이 조

금은 악당의 면모를 지니게 된 사람들의 이야기를 그린다. 그런데 이런 경향은 이 『킬러 안데르스와 그의 친구 둘』에서 더욱 뚜렷이 드러난다. 『창문 넘어 도망친 100세 노인』의 주인공이 어쩌다가 악당이 되었다면, 여기서는 작심하고 악당 짓을 한다. 킬러 안데르스 말고 페르와 요한나 말이다. 이 소설에서는 백작과 백작 부인, 올로프손 형제 등 악당들이 수두룩하지만, 기실 최고의 악당은 바로 이 비교적 온순해 보이는 두 젊은 친구이다. 이들은 어수룩한 킬러 안데르스를 이용하여 폭력 대행업을 하고, 사이비 종교 사업을 벌이며 돈을 긁어모은다. 이들이 거리낌 없이 행동할 수 있는 것은 모든 윤리와 관습과 종교의 족쇄를 미련 없이 집어던지고 집을 나왔기 때문이다. 이들은 윤리 의식이 제로가 된 상태에서, 지폐로 빵빵하게 채워진 트렁크를 차지하기 위해 만인이 벌이는 무한 경쟁의 사바나로 뛰어든다. 그런데 늦게 배운 도둑질에 날 새는 줄 모른다고, 이 초심자 악당들이 하는 짓은 기존의 악당들보다 더욱 영악하고도 뻔뻔하고도 악랄하다.

다행스러운 것은, 이 또한 피카레스크 소설의 공식이기도 하지만, 이 구제 불능으로 보이던 친구들도 결국 회심(回心)을 한다는 사실이다. 즉 이들은 착한 사람이 되기로 마음먹는다. 그런데 이 요나손의 소설이 사랑스러운 점은 그 과정이 그렇게 과장스럽거나 떠들썩하지 않다는 점이다. 회심의 순간은 그렇게 요란하게 찾아오지 않는다. 즉 『레미제라블』

식으로 어떤 성인을 만나 감화를 받거나, 불현듯 깊은 깨달음을 얻어서 눈물을 철철 흘리고 가슴을 두드리며 통회하는 식으로 이뤄지지 않는다는 것이다. 오히려 그것은 있는 듯 없는 듯, 아주 살며시, 아주 은근히 찾아온다.

그리고 요나손답게 사뭇 엉뚱하고 웃기기까지 하다. 예를 들어 킬러 안데르스가 더 이상 폭력을 휘두르지 않겠다고 결심한 것은 〈어린아이에겐 폭력을 쓰면 안 되는데, 알고 보니 모든 사람이 다 어린아이였어〉라는 사실을 깨달았기 때문이다. 사실 깨달았다기보다는 목사 요한나의 말과 성경 말씀을 자유롭게 버무려 끼워 맞춘 이론이다. 그렇다고 해서 킬러 안데르스의 이 회심을 비웃거나 폄하해서는 안 될 것이다. 그는 본능적으로 선을 지향하는 마음이 있었던 것이고, 선으로 돌이킬 수 있는 계기를 열렬히 찾고 있었을 뿐이다. 이런 그에게 성경 말씀은 하나의 구실, 하나의 출구였을 따름이며, 성경 말씀이 아니라, 불경이나 코란의 말씀을 들려주었어도 회심했을 착한 사람이었다. 요컨대 그가 변화한 것은 자신의 선한 본능에, 양심의 소리에 귀를 기울였기 때문이며, 이런 점은 어떤 위대한 가르침이나 말씀에 감화를 받아 변화했다는 것보다도 더 진실에 가깝고, 또 귀하게 느껴진다.

이런 양상은 페르와 요한나에게서도 나타난다. 그들이 마음을 바꾼 것도 누군가의 굉장한 가르침을 받았다거나 어떤 극적인 체험을 했기 때문이 아니라, 양심의 미세한 소리에 귀를 기울였기 때문이다. 그들은 1류 호텔 스위트룸에서 지내던 어느 날 밤, 사위가 조용해졌을 때 가슴에 손을 얹고 가만히 생각해 본다. 과연 내가 지금 행복하다고 할 수 있는가? 이게 내가 진정으로 원하는 삶인가? 만일 아니라면, 난 과연 어떤 삶을 살아야 하는가? 어느 때 난 가장 행복했던가? 아니, 꼭 〈행복〉이라는 거창한 말을 쓰지 않더라도, 어느 때 가장 즐겁고, 유쾌했던가? 혹은 그냥 마음이 편했던가……? 이런 식으로 스스로의 마음을 정직하게 들여다보며 인생의 의미를 곰곰이 따져 본다. 그래서 나온 결론이 〈지난 시간을 돌이켜 볼 때 받는 것이 물론 행복했지만, 주는 것 또한 행복했으며, 따라서 내 삶을 영위하는 데 지장을 받지 않는 범위에서 남에게 베풀기도 하면서 살아야겠다〉이다. 일견 여전히 조금은 이악스럽게 느껴지는 결론일지도 모르겠지만, 사실 이보다 더 정직한 결론이 있을까? 〈왼뺨을 맞으면 오른뺨도 돌려 대라〉 혹은 〈속옷을 달라고 하면 겉옷까지 벗어 줘라〉라는 가르침보다는 훨씬 솔직하고도 합리적인 생각이 아닐까? 그리고 솔직하고도 합리적이기 때문에 그만큼 실천 가능성도, 지속 가능성도 높은 공식이 아닌가 생각한다. 아닌 게 아니라 이렇게 〈미약하게〉 시작된 페르와 요한나의 착한 마음은 벌써부터 〈창대해지려는〉 조짐을 보이기 시작한다. 그들의 〈미운 놈 리스트〉에서 제외되는 사람이 한두 명씩 늘어나고, 요한나의 최대의 적이었던 예수님까지 슬그머니 옆에 와서 말을 거는 걸 보면 말이다…….

요나스 요나손은 그 섬뜩한 블랙 유머들만큼이나 시니컬한 작가다. 그렇다고 해서 염세주의자라는 얘기는 결코 아니다. 그저 현실을 있는 그대로 냉정히 바라볼 뿐이다. 그의 시선은 세상의 악함과 추함을 날카롭게 들추는데, 그 방식이 그렇게 가혹하지 않다. 예리한 동시에 부드럽고도 따스한 시선이다. 예리한 동시에 따스한 시선, 이게 바로 그의 웃음이다. 그 시선이 가혹하기만 하다면 우리는 우리의 더러움을 선뜻 쳐다볼 수도, 인정할 수도 없을 것이다. 하지만 가혹하지 않기에 우리의 추함을 돌아보고 머쓱하게 웃으면서 인정할 수 있고, 그러면서 부끄러움을 느끼게 되고, 마침내 변화를 열망하게 된다. 그러고 보니 꽁꽁 싸맨 옷을 벗기는 것은 매서운 바람이 아니라 따스한 햇살이라는 어떤 우화가 생각난다. 요나손의 웃음이야말로 우리의 더러운 옷들을 유쾌하게 벗어던질 수 있게 하는 더없이 강력한 햇살이 아닐까?

2016년 10월
남양주에서
임호경

옮긴이 **임호경** 서울대학교 불어교육과를 졸업했다. 파리 제8대학에서 문학 박사학위를 취득했으며, 현재 전문 번역가로 활동하고 있다. 옮긴 책으로는 요나스 요나손의 『창문 넘어 도망친 100세 노인』, 『셈을 할 줄 아는 까막눈이 여자』, 피에르 르메트르의 『오르부아르』, 스티그 라르손의 〈밀레니엄 시리즈〉, 베르나르 베르베르의 『카산드라의 거울』, 『신』(공역), 아니 에르노의 『남자의 자리』, 조르주 심농의 『갈레 씨, 홀로 죽다』, 『누런 개』, 『센 강의 춤집에서』, 『리버티 바』, 앙투안 갈랑의 『천일야화』, 로렌스 베누티의 『번역의 윤리』, 파울로 코엘료의 『승자는 혼자다』, 기욤 뮈소의 『7년 후』 등이 있다.

킬러 안데르스와 그의 친구 둘

발행일 2016년 11월 10일 초판 1쇄
        2016년 12월 6일 초판 8쇄

지은이 요나스 요나손
옮긴이 임호경
발행인 홍지웅·홍예빈
발행처 주식회사 열린책들

경기도 파주시 문발로 253 파주출판도시
전화 031-955-4000 팩스 031-955-4004
www.openbooks.co.kr

Copyright (C) 주식회사 열린책들, 2016, *Printed in Korea.*
ISBN 978-89-329-1799-3 03850

이 도서의 국립중앙도서관 출판예정도서목록(CIP)은 서지정보유통지원시스템 홈페이지(http://seoji.nl.go.kr)와 국가자료공동목록시스템(http://www.nl.go.kr/kolisnet)에서 이용하실 수 있습니다.(CIP제어번호:CIP2016025107)